Mina Baites
Der Ahorn und das rote Land

Das Buch

Berlin, 1910. Politische Konflikte und die rebellierende Arbeiter-
bewegung stellen Felix Breitenbach vor große Herausforderungen.
Der neue Geschäftsleiter von Schuherzeugung Breitenbach & Sohn
und seine Schwestern müssen das renommierte Unternehmen den
sich verändernden Gesellschaftsnormen anpassen. Doch dann
erleidet Isa einen schweren Unfall, der das Leben der ganzen Familie
für immer verändert.

Colorado, 1914: Julia und Chesmu bangen um ihre Familie in
Berlin, denn Österreich-Ungarn erklärt Serbien den Krieg, und den
Breitenbachs bleibt nur die Hoffnung, den Schwur auf den weißen
Ahorn erfüllen zu können und einander eines Tages wiederzusehen.

Die Autorin

Mina Baites alias Iris Klockmann ist eine Geschichtenerzählerin.
Als kleines Mädchen unterhielt sie ihre Familie mit kindlichen
Abenteuern und konnte es kaum erwarten, endlich selbst lesen und
schreiben zu können. Mit sieben verschlang sie so viele Bücher, dass
sie ihre Eltern schier zur Verzweiflung brachte. Doch erst viel später, sie
hatte längst selbst Kinder, fand sie Raum und Zeit, um ihre unzähligen
Ideen aufzuschreiben. Seit gut zehn Jahren veröffentlicht die erfolgreiche
Schriftstellerin zeitgenössische und historische Romane.

MINA BAITES

DER AHORN UND DAS ROTE LAND

Die Breitenbach Saga

Roman

Deutsche Erstveröffentlichung bei
Tinte & Feder, Amazon Media EU S.à r.l.
38, avenue John F. Kennedy, L-1855 Luxembourg
August 2020

Umschlaggestaltung: semper smile, München, www.sempersmile.de
Umschlagmotiv: © Lee Avison / ArcAngel; © Ronda Kimbrow Photography
/ Getty; © Putt Sakdhnagool / EyeEm / Getty;
© Africa Studio / Shutterstock © photo5963_shutter / Shutterstock
© Lukasz Szwaj / Shutterstock © gyn9037 / Shutterstock
Lektorat und Korrektorat: VLG Verlag & Agentur, Haar bei München,
www.vlg.de
Gedruckt durch:
Amazon Distribution GmbH, Amazonstraße 1, 04347 Leipzig /
Canon Deutschland Business Services GmbH, Ferdinand-Jühlke-Straße 7,
99095 Erfurt /
CPI books GmbH, Birkstraße 10, 25917 Leck

ISBN 978-2-91980-640-9

www.tinte-feder.de

Der Ahorn und das rote Land

Die wichtigsten Charaktere, Prenzlauer Berg, nahe Berlin:

Felix Breitenbach (geb. 1875): Erbe des
Familienunternehmens

Theodor Breitenbach (geb. 1851): sein Vater

Vanda Breitenbach (geb. 1855): seine Stiefmutter

Isa Breitenbach (geb. 1888): seine Schwester

Caroline Breitenbach (geb. 1890): seine Schwester

Georg Breitenbach (geb. 1857): Onkel von Felix,
Bruder von Theodor

Mathilde Breitenbach (1870): Georgs Frau,
führt eine Musikschule

Bernhard Wedekind (geb. 1885): Studienrat

Walther Singer (geb. 1887): bester Freund von Caroline
Emilie Münzer (1883): Krankenschwester

Arturo und Enzo De Luca (geb. 1876 und 1872):
Herrenschneider aus Mailand

Die wichtigsten Charaktere Cortez:

Rosa Ehrlich (geb. 1859): Schwester von Theodor und Georg, die als Pionierin vor vielen Jahren nach Colorado auswanderte

Wendelin Ehrlich (geb. 1845): Rosas Mann

Julias Farm, Grundstück des Reservats der Weeminuche:

Julia Ehrlich (White Bear Sue, geb. 1885): Tochter von Rosa und Wendelin

Chesmu (Redleaf Bobbie, geb. 1877): Julias Ehemann ist ein Weeminuche-Indianer

Moon Eyes Sam: (geb. 1906): Sohn von Julia und Chesmu
Repeat Dances Grace: (geb. 1911): Tochter von Julia und Chesmu

James Carrington (geb. 1857): englischer Missionar und Indian Agent

Reservat der Weeminuche:

Akule (Acowitz, geb. 1848), Chesmus Vater, »One who looks up«

Onawa (Eve, geb. 1850), seine erste Frau, »Wide awake«

Nituna (Alice, geb. 1860), seine zweite Frau, »Daughter«

Chief Ignacio (1828–1913), Chief der Weeminuche

TEIL 1

Prenzlauer Berg und Cortez 1910–1912

KAPITEL 1

Felix

Prenzlauer Berg, 11. März 1910

Die Zeichen standen auf Sturm, das wurde Felix Breitenbach schmerzlich bewusst, sobald er die Tageszeitung aufschlug. Fabriken schossen seit Jahren wie Pilze aus dem Boden, man warb in Anzeigen und sogar auf Litfaßsäulen um Mitarbeiter in der Industrie. Beinahe täglich erreichten ihn, den Leiter des Familienunternehmens _Schuherzeugung Breitenbach & Sohn,_ die Geschichten jener verzweifelten Menschen, die vom Land in die Stadt abwanderten, in der Hoffnung auf ein besseres Leben.

Auch Berlin wuchs förmlich über Nacht, Wohnheime für die Zuwanderer wurden errichtet sowie weitere Krankenhäuser für die rasant wachsende Bevölkerung. Doch es dauerte nicht lange, und die Zugezogenen erkannten verbittert, dass man sie als niedere Klasse betrachtete, mit der die Bessergestellten nichts zu tun haben wollten. Die Kluft zwischen Arm und Reich schien sich unaufhaltsam zu vertiefen. Inzwischen hatten sich Arbeiter in Vereinen zusammengeschlossen, und der Ton, mit dem sie ihren Unmut über die desolaten Lebensbedingungen zum Ausdruck brachten, wurde zusehends schärfer.

Wenn der Mittdreißiger mit seiner Familie über das Tagesgeschehen diskutierte, äußerten besonders sein Vater Theodor und dessen Bruder Georg, die sich beide bereits zur Ruhe gesetzt hatten, des Öfteren ihre Bedenken über die jüngsten Entwicklungen.

»Also, wenn ihr mich fragt«, sagte Onkel Georg eines Abends, »sitzen wir auf einem Pulverfass, das jeden Moment hochgehen kann.«

»Die Arbeiter wiegeln sich gegenseitig auf«, ergänzte Felix' Vater besorgt. »Faire Arbeitsbedingungen müssen in unserem Betrieb an oberster Stelle stehen. Ich für meinen Teil will zufriedene Mitarbeiter und keine Revolte.«

In dieser Beziehung war sich die Familie stets einig. Mit Empörung beobachteten alle, dass noch immer die Zahl derjenigen zunahm, die in den deutschen Kolonien, bedient von einer Schar dunkelhäutiger Einwohner, ein geradezu königliches Dasein führten. Auch Felix waren einige Großbürger bekannt, die sich in Togo oder Deutsch-Afrika einen Platz an der Sonne geschaffen hatten, in Briefen von ihrem neuen Leben schwärmten und fragten, ob er sich ihnen nicht anschließen wolle. Doch für Felix wäre ein Umsiedeln nie infrage gekommen, seine Familie war ohnehin in zwei Teile gespalten. Ein Teil wohnte am Prenzlauer Berg und führte das Unternehmen, der andere lebte in Colorado, wo seine Tante Rosa mit ihrem Mann Wendelin seit vielen Jahren eine Obstplantage betrieb. Ihre Tochter Julia war mittlerweile verheiratet und Mutter eines kleinen Sohnes. Doch die Jahre hatten den Schmerz der Trennung nicht lindern können. Glücklicherweise erleichterte ein Fernsprecher seit geraumer Zeit den Kontakt, denn die Briefe, die sie einander beinahe wöchentlich sandten, waren stets wochenlang unterwegs.

Inzwischen schrieb man das Jahr 1910, und der Winter wollte schier kein Ende nehmen. Da der März noch empfindlich kühl war, hatte der Hausangestellte Simon, der der Familie Breitenbach schon fast zwanzig Jahre diente, den Kamin im Speisezimmer der Stadtvilla in der Rykestraße entzündet.

Theodor und Georg Breitenbach, die die Geschicke von *Schuherzeugung Breitenbach & Sohn* auf Felix' Wunsch noch immer mitgestalteten, hatten es sich zur Gewohnheit gemacht, so oft wie möglich den Freitagabend für geschäftliche Besprechungen zu nutzen. Besonders wenn es kritische Themen zu diskutieren gab, wirkte sich die entspannte häusliche Atmosphäre positiv auf ihre Gespräche aus.

Vaters zweite Frau Vanda, deren gemeinsame Töchter Caroline und Isa sowie Onkel Georgs Frau Mathilde hatten sich bereits zurückgezogen, nur ihr älteres Dienstmädchen Magda huschte emsig und lautlos wie ein Schatten durch den Raum, damit es den Männern an nichts fehlte.

Felix starrte in die züngelnden Flammen im Kamin, dann stopfte er in aller Seelenruhe die Pfeife seines Großvaters Hermann Breitenbach und betrachtete die zwei Senioren aus den Augenwinkeln. Sein Vater trug wie immer Anzug und Fliege, während Onkel Georg, der mit seinen hochgekrempelten Hemdsärmeln und der offenen Weste wie eine blonde und lässigere Version des älteren Bruders wirkte, erwartungsvoll mit der für ihn typischen Heiterkeit in den Augen in die Runde blitzte.

»Die Gesamtstrecke unseres Eisenbahnnetzes misst mittlerweile über fünfzigtausend Kilometer«, eröffnete Felix das Gespräch, das er bereits seit Wochen geplant hatte. »Die Schnellzüge fahren inzwischen mit einer Höchstgeschwindigkeit von einhundertzwanzig Stundenkilometern. Unsere Waren erreichen ihren Bestimmungsort weit schneller als noch vor ein paar Jahren. Es ist an der Zeit, dass sich auch unser Unternehmen dem Fortschritt anpasst.«

»Worauf willst du hinaus?« Sein Vater winkte ab, als die pausbackige Dienstbotin ihm von dem Kräuterschnaps nachschenken wollte, den er wegen seines empfindlichen Magens nach dem Essen trank. Seit er Felix vor einigen Jahren die Geschäfte übergeben hatte, genoss der Endfünfziger die Freizeit mit seiner Frau in vollen Zügen.

»Konkurrierende Firmen produzieren schon seit geraumer Zeit mit Maschinen, die sie für den individuellen Bedarf zum Teil sogar selbst entwickeln«, erwiderte Felix ruhig. »Wenn wir dem Fortschritt weiterhin hinterherhinken, werden wir unsere Vormachtstellung bald einbüßen.«

»Das sehe ich anders.« Theodor strich über seinen ergrauten Bart. »Unsere Kunden schätzen die handgefertigte Ware.«

»Damit sprichst du vermutlich die fünfzehn Prozent unserer Kundschaft an, die exklusive Einzelstücke beziehen«, gab sein Sohn zu bedenken. »Der Rest braucht gutes und praktisches Schuhwerk, ob für den Beruf, den privaten Gebrauch oder sportliche Aktivitäten.«

Die Brauen seines Vaters zogen sich zu einer Linie zusammen und verliehen seinem frischen Gesicht etwas Düsteres. »Wir haben doch schon mehrfach darüber gesprochen. Die Qualität leidet unter der Maschinenfertigung.«

»Das ist nicht zwangsläufig so«, wandte sein jüngerer Bruder ein und putzte umständlich seinen Zwicker. »Was, wenn wir Maschinen fertigen lassen, die unseren Ansprüchen gerecht werden?«

»Danke, Onkel Georg.« Felix suchte den Blick seines Vaters. »Wir werden sehen, nicht wahr? Wir lassen Maschinen bauen, prüfen ihre Belastbarkeit und engagieren ein paar Fachkräfte, die sie unseren Bedürfnissen anpassen. Liegen die ersten Ergebnisse vor, setzen wir uns wieder zusammen. Bist du damit einverstanden?«

Theodors Züge bekamen einen Hauch Weichheit. »Versteht mich nicht falsch, ich will mich nicht gegen den Fortschritt sperren. Ich hatte selbst lang genug mit der Weigerung meines Vaters zu kämpfen, Neuerungen zuzulassen. Dennoch stehe ich der Maschinenfertigung skeptisch gegenüber.« Er hob eine Hand, als Felix etwas einwenden wollte. »Ja, mir ist sehr wohl bewusst, dass sich die Konkurrenz eine goldene Nase mit den industriell hergestellten Schuhen verdient. Aber sind die ebenso robust und widerstandsfähig wie unsere Handarbeit? Haben die sich schon ausreichend bewährt? Vielleicht erweist sich die so hoch gepriesene maschinelle Fertigung in naher Zukunft doch als Fehlinvestition.«

»Neue Errungenschaften beginnen häufig mit Rückschlägen«, warf Georg ein und klopfte seinem Bruder gutmütig auf die Schulter. »Es kann nicht schaden, es auszuprobieren.«

»Vater, deine erste Fertigungshalle ist ohnehin zu klein geworden und steht uns zur Verfügung«, ergänzte Felix. »Der normale Betrieb würde währenddessen nicht gestört werden. Gib dir einen Ruck.«

In einer Geste der Verzweiflung rang Theodor die Hände. »Was willst du von mir hören, mein Sohn? Als Leiter des Unternehmens brauchst du mein Einverständnis nicht. Es ist und bleibt deine Entscheidung.«

Felix lächelte. »Ich weiß, trotzdem entscheiden wir gemeinsam, das haben wir immer so gehandhabt und daran möchte ich festhalten.«

Sein Vater faltete die Hände auf dem Tisch. »Leg mir einwandfreie Baupläne für die Maschinen vor, dann sehen wir weiter.«

»Die sollst du bekommen.« Felix schob ihm eine Mappe zu. »Ich habe sie von einem Ingenieur anfertigen und prüfen lassen.«

Sein Vater begutachtete ein Blatt nach dem anderen, las, verharrte.

Georg lugte ihm über die Schulter.

»Diese Konstruktionen funktionieren tatsächlich?«, fragte Theodor, ohne den Blick von den Bauplänen zu lösen.

Felix nickte. »Sie haben die Kontrollen ausnahmslos bestanden.«

Sein Vater klappte die Mappe zu. »Ich bin beeindruckt. Wenn die Maschinen leisten, was sie versprechen, könnten wir unsere Produktion tatsächlich vervielfachen.« Seine Miene wurde nachdenklich. »Was wird aus unseren Arbeitern? Solltest du auch nur einen einzigen von ihnen entlassen oder durch ungelernte Kräfte ersetzen wollen, spiele ich nicht mit.«

»Darin schließe ich mich dir an«, sagte Onkel Georg. »Viele Fabrikanten haben seit Beginn der Maschinenfertigung genau diesen Fehler begangen und nutzen ihre ungelernten Arbeitskräfte für einen geringen Lohn bis aufs Blut aus. Ich für meinen Teil bestehe darauf, dass wir unsere Arbeiter nicht nur behalten, sondern sie auch weiterhin vernünftig bezahlen.«

»Das versteht sich von selbst«, antwortete Felix. »Wir werden es uns nicht leicht machen wie andere; die Maschinen sind zwar kostspielig, aber das finanzielle Risiko darf nicht auf dem Rücken unserer Mitarbeiter ausgetragen werden.«

Sein Vater klopfte auf den Tisch. »Ganz recht, mein Junge. Auch in der Beziehung muss sich *Schuherzeugung Breitenbach & Sohn* von der Konkurrenz abheben. Sollte dies nicht gelingen, plädiere ich dafür, die Maschinenfertigung einzustellen.«

»Da stimme ich dir zu«, warf Onkel Georg ein. »Ich gehe davon aus, dass die Fachkräfte, die die Maschinen einrichten, auch unsere Arbeiter unterweisen, damit sie später in der Lage sind, sie selbstständig zu bedienen. Ohnehin verbleiben noch genug Arbeitsschritte, die per Hand vorgenommen werden müssen.«

»Mach dir doch nichts vor«, protestierte sein Bruder. »Das mag für den Anfang zutreffen. Am Ende werden sich unsere Schuhmacher lediglich um Reparaturen zu kümmern haben.«

Felix ergriff das Wort. »Natürlich werden sie sich umstellen müssen, Fragen und Schwierigkeiten ergeben sich im Fertigungsprozess bestimmt ebenfalls, aber das gehört dazu. Lasst es uns versuchen.«

»Ein Vorschlag zur Güte.« Onkel Georg betrachtete die Eisblumen an den Fenstern. »Die Kunden, die seit Jahren unsere handgefertigten Artikel beziehen, sollten wir auf jeden Fall weiterhin damit bedienen. Für den Fall, dass unsere Probeläufe erfolgreich verlaufen, wäre der Sport- und Arbeitsschuhbereich vielleicht am besten für eine maschinelle Produktion geeignet.«

»Die Idee gefällt mir.« Theodor legte seine Serviette auf den Teller. »Abgemacht. Wenn es sonst nichts mehr zu besprechen gibt, ziehe ich mich jetzt zurück.«

»Das wäre von meiner Seite alles. Danke, Vater.«

Ein Hochgefühl ergriff Felix. Er fühlte sich wie ein Bergsteiger, der gerade einen Dreitausender bezwungen hatte. Sein Herz klopfte schneller. Es gehörte einiges dazu, seinen Vater, der die eigenen Ansprüche früh auf seine Kinder übertragen hatte, zu beeindrucken. Wahrscheinlich war dem alten Herrn selbst kaum bewusst, wie sehr er in dieser Hinsicht Felix' Großvater und Firmengründer Hermann Breitenbach ähnelte. Doch im Gegensatz zu seinem Vater verstand Felix dies von jeher als Ansporn. Anders als Onkel Georg und sein Vater hatte es ihn früh aus dem Elternhaus gezogen, und er bewohnte seit vielen Jahren die zweite Etage eines Mehrfamilienhauses gegenüber der Stadtvilla, in dem sich hauptsächlich Künstler niedergelassen hatten. Das Umfeld gefiel ihm, außerdem schenkte es ihm den Freiraum, den er inmitten seiner Familie oft vermisst hatte.

Als Theodors Schritte verhallt waren, wechselten Felix und sein Onkel ein breites Grinsen.

»Gut gemacht, Junge. Die Reife macht ihn milder.«

»Offensichtlich. Jedenfalls freue ich mich, dass wir nun den ersten Schritt in eine neue Zukunft getan haben. Bitte entschuldige mich.« Felix erhob sich. »Wie ich dir neulich schon erzählt habe, findet heute der Offiziersball in der Kaserne des Garde-Grenadier-Regiments statt. General Pfeiffer würde sich gewiss freuen, dich zu sehen. Willst du mich nicht doch begleiten?«

Georg zog eine Grimasse. »Vielleicht im nächsten Jahr, ich bin die Unterhaltungsmusik ziemlich leid.«

Was Felix verstehen konnte. Aufgrund einer Wirtschaftskrise hatte Georg einst die Tochterfabrik in Colorado aufgeben müssen und war nach Hause zurückgekehrt. Um seinen Arbeitern das Leben zu erleichtern, bis sie eine neue Anstellung fanden, hatte er damals regelmäßig Klavierabende in einem Ballsaal gegeben und mit dem Erlös die Löhne für weitere drei Monate finanziert. Ein Grund mehr für Felix, ihm Respekt zu zollen.

»Schon gut, Onkel Georg. Bis morgen.«

»Amüsiere dich gut«, rief Onkel Georg ihm nach.

Eine gute Stunde später schlüpfte Felix in seinen Frack, kontrollierte den Sitz der Fliege und kämmte sein volles, lockiges Haar.

Der Offiziersball war eine willkommene Abwechslung im täglichen Einerlei. Gerade in den letzten Monaten hatte er nach Feierabend viel Zeit mit der Planung der Maschinen verbracht. Zufrieden nickte er seinem Spiegelbild zu, bevor er aus dem Haus trat, wo Simon bereits auf ihn wartete, um ihn nach Westend in die Königin-Elisabeth-Straße zu kutschieren. Gesellschaftliche Ereignisse wie dieser Ball boten hervorragende Gelegenheiten, bestehende Geschäftskontakte zu pflegen und neue Verbindungen zu knüpfen. So jedenfalls begründete Felix seine Vorliebe für den Offiziersball. In Wahrheit jedoch schätzte

16

er Pfeiffers Ungezwungenheit ebenso wie die illustren Gäste – besonders die weiblichen. Der Mond leuchtete hell und die Nacht schien geradezu dafür gemacht, sich zu vergnügen.

Auch dieses Mal staunte Felix. Der General hatte sich mit der Dekoration der Räumlichkeiten selbst übertroffen. Luftige Vorhänge schirmten die neugierigen Blicke der Passanten ab, die auf dem Gehweg flanierten und nur zu gern gesehen hätten, was im Inneren der Villa vor sich ging. Kronleuchter und dickbauchige Kerzen hüllten die Gesichter der Anwesenden in warmes Licht. Der Duft der Blumen, die in ausladenden Kübeln arrangiert waren, vermischte sich mit dem des Rasierwassers der Männer. In der Mitte des Ballsaales spielte eine vierköpfige Musikgruppe auf, und die Angehörigen des Militärs standen in lockeren Gruppen beieinander, plauderten und ließen sich von Dienern in dunkler Livree Leckereien kredenzen.

Die Gastgeber näherten sich ihm. Die Auszeichnungen an Pfeiffers Uniformjacke lenkten den Blick von seinem Wohlstandsbauch ab, der sich unter dem feinen Stoff wölbte. Seine Frau Hedwig, zwei Köpfe kleiner als er, trat mit ausgestreckten Armen und einem liebenswürdigen Lächeln auf den rot geschminkten Lippen auf ihn zu.

»Wie schön, dass Sie es einrichten konnten, verehrter Herr Breitenbach. Willkommen. Darf ich Ihnen einen Champagner zur Begrüßung anbieten?«

Felix nahm dankend ein Glas entgegen.

Der General begrüßte ihn ebenso herzlich, und während sie sich unterhielten, sog Felix den Anblick der Männer in ihren schicken Ausgehuniformen und den ihrer Begleiterinnen, eine vornehmer gekleidet als die andere, in sich auf.

Der General wies zu den Musikern, die soeben die ersten Akkorde eines Walzers anschlugen. »Die vier reichen natürlich nicht an die Virtuosität Ihres verehrten Onkels heran. Ich bin ein glühender Verehrer seiner Kunst und lasse keines seiner

Klavierkonzerte aus, aber der Gute scheint sich ein wenig rar zu machen.«

»Onkel Georg tut nur noch, wozu er Lust hat«, erklärte Felix schmunzelnd. »Wir werden alle warten müssen.«

Die Frau des Generals hakte sich bei ihm unter. »Genug geplaudert, es wird Zeit, dass ich Sie mit einigen unserer Gäste bekannt mache.«

Im Laufe der nächsten Stunde wurde Felix einer Reihe von Leuten vorgestellt, deren Namen und Gesichter ihm bereits entfallen waren, kaum dass er mit ihnen Höflichkeiten ausgetauscht hatte.

Schließlich steuerte die Gastgeberin sichtlich erfreut auf eine junge Frau zu, die sich an der angeschlossenen Garderobe eben ihres Mantels entledigte.

»Emilie!«

Die Gastgeberin schloss eine junge Frau in die Arme, von der Felix zunächst nicht mehr als eine Fülle kastanienbraunes Haar zu sehen bekam. Doch gleich darauf musterten ihn große braune Augen aufmerksam.

»Das ist Emilie Münzer, eine liebe Freundin von mir. Felix Breitenbach.«

Felix verbeugte sich.

»Freut mich, Ihre Bekanntschaft zu machen.« Sie streckte einen Fuß unter ihrem bodenlangen, nachtblauen Abendkleid, das ihre schmalen Schultern betonte, hervor und ein Lächeln schlich sich in seine Mundwinkel. »Sie gehören zu der Unternehmerfamilie, der ich diese zauberhaften Schuhe verdanke, nicht wahr?«

»Ganz recht.« Felix betrachtete die goldfarbenen Ballschuhe, die mit Emilies breitem Gürtel harmonierten. »Es ist ein Modell aus der neuen Kollektion. Die Schuhe stehen Ihnen ausgezeichnet.«

»Vielen Dank.«

»Wenn Sie mal etwas Besonderes suchen«, fügte er rasch hinzu, »schauen Sie doch in unserem firmeneigenen Schuhsalon vorbei, den wir letztes Jahr eröffnet haben. Dort finden Sie eine ganze Reihe von Eigenkreationen, die es ansonsten nirgends zu kaufen gibt. Meine Schwester Isa hat einen großen Teil davon kreiert.«

»Das mache ich sicher bei Gelegenheit, verehrter Herr Breitenbach.«

Er fühlte sich unfähig, den Blick von Emilies reizenden Grübchen zu wenden, die sich zeigten, sobald sie lächelte.

Felix hörte den beiden Frauen höflich zu, die nun über die große Berliner Kunstausstellung sprachen, die in Bälde die Türen öffnen sollte. Emilie hatte etwas an sich, das jeden Blick auf sie zog. Vielleicht war es die Lebensfreude, die aus ihrer Mimik sprach. Möglicherweise lag es außerdem an dem Hauch Melancholie in ihren Augen, der sich zeigte, sobald sie sich unbeobachtet fühlte. Kaum dass Felix sie bemerkt hatte, kehrte mit dem nächsten Wimpernschlag schon die Heiterkeit in ihre Züge zurück.

Als er Hedwig Pfeiffers Blick begegnete und die Musikgruppe wieder einen Walzer anstimmte, reichte er ihr galant den Arm.

»Darf ich um diesen Tanz bitten, verehrte Frau General?«

Er fühlte sich ein wenig schäbig, denn sie lächelte erfreut, als sie sich von ihm auf die Tanzfläche führen ließ. In Wahrheit hatte er nur keine andere Möglichkeit gesehen, sich dem Bann zu entziehen, den Emilie sanft um ihn gewoben hatte. Da sich Frau Pfeiffer als ausgezeichnete Tänzerin entpuppte, empfand er bald Freude an den schnellen Drehungen im Dreivierteltakt. Als er sie schließlich zu ihrer Bekannten zurückgeleiten wollte, hatte sich Emilie bereits unter die Gäste gemischt. Kurz darauf verließ sie den Saal.

»Frau Münzer lässt sich entschuldigen«, erwiderte der General auf seine diskrete Nachfrage.

Felix murmelte ein paar höfliche Worte. Tatsächlich jedoch hatte er gehofft, ein wenig mehr über sie zu erfahren. Während er sich noch eine Weile mit dem Gastgeber unterhielt, ließ er den Blick schweifen. Auf einmal erschien ihm die gediegene Atmosphäre im Ballsaal ebenso fade wie die Musik.

KAPITEL 2

Isa

Prenzlauer Berg, 6. Mai 1910

Bereits im Backfischalter hatte Isa die Nachmittage mit Vorliebe in Herrn Benjamins Buchhandlung in der Potsdamer Straße verbracht. Wenn die Glocke bei ihrem Eintritt bimmelte und sie der Geruch von alten Büchern einhüllte, kam es ihr vor, als beträte sie eine andere Welt, eine, die nur ihr gehörte. Manchmal hatte der Buchhändler den Laden nur ihretwegen länger geöffnet gelassen, weil sie in den aufregenden Geschichten von Drachen, Zauberern und tapferen Helden, die für das Gute kämpften, völlig versunken gewesen war. Nicht ein einziges Mal hatte Herr Benjamin ein Wort darüber verloren, dass sie ihre Lieblingsgeschichten meist gar nicht kaufen konnte.

Doch seit Isa für das Familienunternehmen tätig war, blieben ihr in der Regel nur kurze Besuche vor der Arbeit oder der Samstag für einen Besuch des so geliebten Orts.

Es war erst halb acht am Freitagmorgen, als Isa in der Potsdamer Straße aus dem Pferdeomnibus stieg und kurz darauf die drei Stufen zur Buchhandlung hochlief.

Selbst mit geschlossenen Augen hätte sie sich in dem Laden spielend zurechtgefunden. Im Gang links der Kasse lagen immer die Neuerscheinungen, in hohen Regalen an der ihr gegenüberliegenden langen Wand hatte Herr Benjamin die Werke aus aller Welt säuberlich sortiert. In der rechten Ecke stand von jeher ein grünes Sofa, auf dem eine Decke ausgebreitet war, weil der Stoff allmählich fadenscheinig wurde. Lieb gewonnene Erinnerungen an zahllose Kindertage stiegen beim Betrachten jedes Mal in ihr auf.

Der Mittfünfziger, wie immer im gestärkten Hemd und mit Fliege, die schütteren Haare streng zurückgekämmt, unterbrach ihre Gedanken, kam ihr erfreut entgegen und begrüßte sie herzlich.

»Ich freue mich auch, Sie zu sehen, Herr Benjamin. Wie geht es der Familie?«

»Alles bestens. Was kann ich für Sie tun?«

Isa ließ den Blick schweifen. »Haben Sie den neuen Roman von Karl May vielleicht vorrätig?«

Ein verschmitztes Lächeln stahl sich in sein Gesicht. »Aber natürlich. Ich habe Ihnen bei der Lieferung gleich ein Exemplar beiseitegelegt.«

»Sie sind ein Engel, Herr Benjamin.«

Beschwingt verließ sie kurz darauf die Buchhandlung und machte sich auf den Weg zur Fabrik.

Eine Stunde später trommelte Isa mit den Fingerspitzen auf den großen Tisch im Besprechungszimmer ihres Vaters und betrachtete das Symbol des weißen Ahorns, des Qualitätssiegels von *Schuherzeugung Breitenbach & Sohn*, das seit vielen Jahren die lange Wand zierte. Die Höflichkeit gebot selbstverständlich, den vier Grafikern zuzuhören, die ihre ach so umwerfenden Entwürfe für die nächste Frühling/Sommer-Kollektion im Bereich Sportschuhe anpriesen. Dabei hatte Isa Mühe, ihre Ungeduld im Zaum zu halten.

Als die Vorstellung der Entwürfe beendet war, ergriff Isa das Wort. »Ich verstehe durchaus, dass der Komfort bei der sportlichen Ertüchtigung von großer Bedeutung ist. Aber lassen Sie uns ehrlich miteinander sein.« Sie schielte zu ihrem Bruder, der ihr gegenübersaß. »Ihre Entwürfe sind allesamt unansehnlich und für uns nicht zu gebrauchen. Auch Sportschuhe dürfen und sollen gut aussehen und die Füße ihrer Besitzer schmücken.« Sie sah in betretene Gesichter. »Ich gebe Ihnen genau eine Woche, uns neue Vorschläge zu unterbreiten, die unserem Anspruch gerecht werden.«

Mit verkniffenen Mienen verließen die Grafiker das Besprechungszimmer.

Isa wartete, bis sie mit Felix allein war, und rang die Hände. »Sag mir, wo wir moderne und kreative Mitarbeiter herbekommen, und ich stelle sie sofort ein.«

Ihr Bruder schmunzelte. »Du bist ziemlich anspruchsvoll, Kleines.«

Isa klemmte sich eine blonde Haarsträhne hinters Ohr. »Das muss ich sein, ansonsten kann ich die Entwürfe gleich selbst anfertigen.«

Was sie ohnehin tun würde, aber das brauchte sie Felix und ihrem Vater nicht gleich auf die Nase zu binden. Im Grunde war sie alles andere als unglücklich über die misslungenen Vorschläge der Grafiker. So erhielt sie nämlich Gelegenheit, ihrer Familie zu demonstrieren, was man anscheinend gern übersah: dass sie zwar eine Frau war, aber unter den Mitstreiterinnen in dieser Branche zu den Besten gehörte.

Was allerdings an dem leidigen Umstand lag, dass es nur wenige Grafikerinnen gab. Die Männerwelt vertraute den beruflichen Fähigkeiten des weiblichen Geschlechts nicht, was Isa jedoch nicht davon abhielt, sich eine gerechtere Weltordnung zu wünschen, in der Frauen endlich für ihre Leistungen anerkannt würden. Isa träumte davon, eines Tages die Kreativabteilung des Familienunternehmens zu leiten. Natürlich war ihr bewusst, dass sie ihr Ziel nur mit engelsgleicher Geduld und Sanftmut erreichen würde, doch eins unterschied die Männer der Breitenbachs deutlich von der Masse: Sie unterstützten das Streben der Frauen nach mehr Gleichberechtigung und zeigten sich Neuem gegenüber aufgeschlossen. Jedenfalls so lange, wie sie selbst zu dem Schluss kamen, dass sie für den leitenden Posten die beste Wahl war.

Nun, Isa konnte warten.

Felix' herzhaftes Lachen riss sie aus ihren Überlegungen. »Du bist unverbesserlich.« Er stupste ihr Kinn und trat ganz nahe an sie heran. »Zeig es ihnen, Schwesterchen.«

Isa tat, als hätte sie seine Aufforderung überhört. »Sind die Maschinen für die Sportschuhanfertigung schon eingetroffen?«

»Nein, sie kommen morgen im Laufe des Tages.« Ihr Bruder rieb sich die Hände. »Ich brenne darauf, sie auszuprobieren. Noch nie war ich so nahe dran, Vater von einer Modernisierung zu überzeugen. Drück mir bitte die Daumen.«

»Aber sicher.« Sie blickte auf die Wanduhr. »Herrje, schon so spät! Ich muss schleunigst wieder an die Arbeit.«

»Hast du nicht heute eine Verabredung mit dem rotbärtigen Sohn von Richter Wedekind?«

Isa reckte das Kinn. »Bernhard ist ein kluger und charmanter Mann. Im nächsten Jahr geht er als Studienrat im neuen Reform-Realgymnasium in Tempelhof in Stellung und unterrichtet naturwissenschaftliche Fächer. Was hast du an ihm auszusetzen?«

Felix bedachte sie mit einem nachdenklichen Blick. »Überhaupt nichts, Kleines, aber soweit ich mich erinnere, hat er dich vor ein paar Jahren auf Gesellschaften immer ignoriert.«

»Die Zeiten ändern sich eben«, erwiderte Isa trotzig. »Wir waren damals noch halbe Kinder.«

»Was wollt ihr unternehmen?«

Isa betrachtete Felix stirnrunzelnd. »Sei nicht so neugierig. Du brauchst nicht alles zu wissen.«

Die Art und Weise, wie Felix, mehr als einen Kopf größer, auf sie hinabsah, wirkte beinahe väterlich. »Schon gut. Ich wünsche euch einen schönen Abend.«

Isa nickte möglichst hoheitsvoll, was ihr angesichts seiner amüsierten Miene schwerfiel, und ging nach Hause.

Das Bild ihrer jüngeren Schwester tauchte unvermittelt vor Isa auf. Carolines widerspenstige rote Locken, mit denen sie immer wie ein Kobold wirkte, und nicht zuletzt ihr temperamentvolles Wesen hatten ihr bereits früh den Spitznamen »Wildfang« eingebracht. Wenn sie wenigstens daheim gewesen wäre und Isa ihr alles über die Verabredungen mit Bernhard hätte erzählen können!

Vor zwei Jahren hatte ihre Schwester eine kaufmännische Ausbildung im Familienbetrieb abgeschlossen. Als 1908 ein Gesetz erlassen wurde, das endlich auch Mädchen gestattete, eine höhere Schule zu besuchen, hatte Caroline den Wunsch geäußert, die Reifeprüfung ablegen zu dürfen, bevor sie bei *Schuherzeugung Breitenbach & Sohn* als Angestellte einstieg. Damals hatten die Schwestern damit gerechnet, dass das Nesthäkchen in der Nähe unterrichtet werden würde. Doch ihre Eltern hatten entschieden, sie in einem Internat mit einem angeschlossenen Lyzeum am Plauer See anzumelden, mehrere Stunden Fahrtzeit von zu Hause entfernt. Den Schwestern blieb seither nur, sich jede Woche endlos lange Briefe zu schreiben.

Wieso, hatte sich Isa zuweilen gefragt, hatte sie damals kein Internat besuchen dürfen? Horchte sie jedoch in sich hinein, kannte sie die Antwort: Vater hatte ihr Talent für grafische Gestaltung früh erkannt und wollte sie im Betrieb fördern.

Rückblickend betrachtet verstand sie die Entscheidung ihrer Eltern. Wegen ihrer Unbekümmertheit hatte sich Caroline in den vergangenen Jahren so manchen Ärger eingehandelt, angefangen bei regelmäßigen Beschwerden ihres Lehrers, sie sei zu unaufmerksam, bis hin zu dem Unfall vor einigen Jahren, als sie sich bei einem wilden Ausritt ein Bein gebrochen hatte.

Eines Abends hatte Isa ihre Eltern belauscht, als sie im Salon miteinander sprachen. »Caroline muss lernen, ihr Temperament zu zügeln, bevor sie sich ins Unglück stürzt. Sie braucht ein wenig Schliff, und sowohl das Internat als auch das benachbarte Lyzeum genießen einen ausgezeichneten Ruf«, hatte Vater ihrer Mutter sanft erklärt.

Ihre Mutter weinte, schloss sich aber letztlich seiner Meinung an.

An einem diesigen Herbstmorgen einige Wochen später umarmten sich die Schwestern zum Abschied, während ihre Mutter ihnen versicherte, dass Caroline bereits zu den Weihnachtsferien auf Besuch kommen werde.

In den ersten Monaten hatten die Schwestern heftig unter der Trennung gelitten, denn von klein auf teilten sie sich ein Zimmer und waren es gewohnt, einander ihre großen und kleinen Geheimnisse anzuvertrauen. Als sich Caroline aber überraschend schnell in Brandenburg einlebte und im Internat wenig später sogar ein paar Freundinnen gefunden hatte, freute sich Isa für ihre Schwester. Im Grunde hatte sie selbst nie das Bedürfnis nach einer Horde unentwegt schwatzender Mädchen gehabt.

Trotz aller Unterschiede blieb die Beziehung der Schwestern davon unberührt. Im Gegenteil, Caroline und Isa ergänzten einander nahezu perfekt. Während Isa zuweilen an den Schulaufgaben verzweifelte und auf einem Bleistift herumkaute, erledigte ihre Schwester die Lektionen beinahe gelangweilt und in Windeseile. Isa hätte einiges darum gegeben, auch nur ein Fünkchen von Carolines Mathematikverständnis zu besitzen, sie musste sich nämlich jede Gleichung und Formel mühsam einbläuen. Dafür hatte Isa früh ihre Passion für die

Grafik entdeckt, etwas, was Caroline höchstens ein gequältes Stöhnen entlockte. Eins jedoch hatten sie gemein: Sie wollten ihre Eltern stolz machen und eines Tages zeigen, dass sie mehr waren als gute Partien mit hübschen Gesichtern. Wobei besonders Caroline ihr Dasein um nichts auf der Welt als gehorsame Ehefrau fristen wollte.

Isa lächelte versonnen. Seit sie sich mit Bernhard traf, erschien ihr die Aussicht auf eine Zukunft als seine Braut von Tag zu Tag verlockender. Ungefähr vier Monate waren seit dem Silvesterball im Haus eines Geschäftspartners der Breitenbachs vergangen, auf dem sie sich während eines ausgelassenen Tanzes ineinander verliebt hatten. Bernhard hatte sie daraufhin zu einem winterlichen Eisvergnügen auf dem Halensee eingeladen, und sie hatte mit Freuden eingewilligt. Bis heute konnte sie kaum fassen, dass sich ausgerechnet der Mann in sie verliebt hatte, für den sie seit längerer Zeit heimlich schwärmte. Bernhard entstammte einer Familie aus Rechtswissenschaftlern, sein Vater war ein hoch angesehener Richter beim Kammergericht Berlin. Wilhelm Wedekind hatte die Hände über dem Kopf zusammengeschlagen, als ihn sein einziger Spross darüber in Kenntnis gesetzt hatte, dass er sich aller Tradition zum Trotz zum Studienrat ausbilden lassen wollte. Die Entschiedenheit, mit der er sich gegen seine Eltern durchgesetzt hatte und seine Ziele verfolgte, imponierte Isa. Sie spürte, dass sie in Bernhard eine verwandte Seele gefunden hatte. Abgesehen davon war er ein stattlicher Mann mit einem feinen Sinn für Humor – und wenn sie an seine zarten Küsse dachte, wurden ihre Wangen heiß.

Ihr Herz schlug höher, als sie in ihrem Zimmer in ein neues Kleid in der Farbe blühender Mohnblumen schlüpfte, sich einen passenden Hut auf ihr blondes Haar setzte und zart ihre Lippen nachzog. Ohne Schminke wirkte sie noch immer wie ein Schulmädchen, dabei war sie mit ihren zweiundzwanzig

Jahren längst eine erwachsene Frau. Mit einem leichten Mantel über dem Arm verließ sie das Haus.

Bernhard und sie wollten sich vor dem Tempelhofer Berg treffen und ein Stück durch den Park schlendern, der zu dieser Jahreszeit besonders schön sein sollte. Meist kehrten sie später noch irgendwo ein oder suchten sich ein verschwiegenes Plätzchen, wo sie Händchen haltend Zukunftspläne schmieden konnten. In absehbarer Zeit wollte Bernhard ihren Vater aufsuchen und um ihre Hand bitten, hatte er ihr bei ihrem letzten Rendezvous ins Ohr geflüstert.

Sanfter Sonnenschein wärmte ihr Gesicht. Im Kutschstall vor dem Fabrikgebäude in der Christinenstraße am Prenzlauer Berg – das zweite befand sich in Berlin-Mitte – versorgte Simon gerade die Pferde, es wäre also ein Leichtes gewesen, ihn zu bitten, dass er sie zum Tempelhofer Berg fuhr. Das kam für sie jedoch nicht infrage. Niemand – nicht einmal Simon – musste wissen, wie und mit wem sie ihre Freizeit verbrachte. Deshalb beschloss sie, bis zum Alexanderplatz zu laufen und sich dort eine Droschke zu nehmen.

Gedankenversunken schlenderte Isa die belebten Straßen entlang, auf denen die Berliner nach einem langen Arbeitstag heimwärts strebten. Am liebsten hätte sie ihr Kleid gerafft und wäre gelaufen, so schnell es ihre feinen Schuhe zuließen, nur wäre ein derartiges Auftreten wenig damenhaft gewesen. Bernhard und sie trafen einander höchstens einmal die Woche, und dann flogen die Stunden nur so dahin, denn sie hatten sich so viel zu erzählen. Zum Glück würde sich das alles ändern, sobald sie ihre Verlobung offiziell bekannt geben würden.

»Guten Tag, Fräulein Breitenbach. Ist das nicht ein wunderschöner Tag heute?«, fragte eine junge Frau ihres Alters, die sie als eine Nachbarin aus der Rykestraße erkannte.

»Ja, ganz wunderbar«, erwiderte Isa abwesend, wechselte ein paar höfliche Worte mit ihr und schlängelte sich an einer

Gruppe junger Männer der Kaiserlichen Marine in schmucken dunkelblauen Uniformen vorbei.

Die Statue der Berolina wies ihr den Weg zum Alexanderplatz. Bimmelnd fuhr eine Straßenbahn mit dem Ziel Moabit an einem Pferdefuhrwerk vorbei. Ein Mann zog mit gequälter Miene einen Handwagen voll Getreidesäcken hinter sich her. Das stetige Hufgetrappel der Omnibuspferde erfüllte die Frühlingsluft. Eine Frau mit einem kleinen Mädchen an der Hand, dessen Zöpfe bei jeder Bewegung wippten, kam ihr entgegen.

Isa lächelte und winkte einem Droschkenfahrer, der gelangweilt auf Kundschaft wartete.

Die Zeit zog sich schier endlos in die Länge, bis der Mann eine knappe Stunde später vor dem Tempelhofer Berg hielt.

Isa kannte den Viktoriapark mit dem Nationaldenkmal auf dem höchsten Punkt des Hügels, der dem Turm einer gotischen Kathedrale glich, nur vom Hörensagen. Ein böiger Wind kühlte ihr Gesicht, als sie nach Bernhard Ausschau hielt.

Dann entdeckte sie ihn. Mit weit ausholenden Schritten steuerte er auf sie zu, zog sie dann ungeachtet der Handvoll Umstehender in die Arme und hauchte einen Kuss auf ihre Nasenspitze.

Isa betrachtete ihn zärtlich. »Entschuldige die Verspätung. Ein Händler hat unterwegs einen Teil seiner Ladung verloren und den Verkehr aufgehalten. Wartest du schon länger?«

»Höchstens ein paar Minuten.« Er legte den Arm um ihre Taille. »Jetzt bist du ja hier. Hast du Lust, mit mir auf den Aussichtspunkt zu steigen? Von dort kann man ganz Kreuzberg überblicken.«

Isa betrachtete ihre Schuhe und lachte. »Ja, natürlich, warum nicht.«

Sie hakte sich bei ihm ein. Vor dem Hügel erklommen sie zunächst eine kurze und danach mehrere längere Holztreppen und überholten amüsiert eine Schulklasse, die ihrer Lehrerin paarweise hintereinandergereiht sichtlich ängstlich auf den Aussichtspunkt folgte.

Oben angekommen hielt Isa beeindruckt die Luft an. Sie hatte sich die Anlage weniger ausgedehnt vorgestellt, die Sicht war klar und Wolken zogen in rascher Folge über den Himmel. Unter ihnen schlängelten sich Wasserwege in einem steilen Gelände. Sie bestaunte eine Schlucht aus Granit und Kalkstein, durch die sich ein Wasserfall donnernd in Bäche ergoss. Unter ihnen befand sich ein Park mit dichtem Baumbestand, durch den sich Wege wanden, deren Verlauf von hier oben gut auszumachen war, und die Kutschen, die sich in der Ferne auf den Straßen bewegten, wirkten klein wie Ameisen.

»Bernhard, die Aussicht ist bezaubernd!«, entfuhr es Isa, die ihren Hut festhalten musste, damit der Wind ihn ihr nicht entriss.

»Deshalb wollte ich sie dir unbedingt zeigen.«

Auch die Schulklasse war inzwischen angekommen. Die Lehrerin wies die Kinder an, sich bei den Händen zu halten, danach stiegen sie die Treppe wieder hinab. Außer Bernhard und Isa hielten sich nun lediglich zwei ältere Herren in Anzügen und mit Gehstöcken auf dem Aussichtspunkt auf, und Isa schnappte Gesprächsfetzen einer politischen Unterhaltung auf. Dann machten auch sie sich an den Abstieg und das junge Paar blieb allein zurück.

Bernhard nahm ihr Gesicht in seine Hände.

»Ich habe deine Eltern um ein Gespräch gebeten. Ich suche sie am Samstagnachmittag auf.«

Isa weitete die Augen. »So bald schon? Du überraschst mich.«

»Warum länger warten, wenn wir uns sicher sind, zueinander zu gehören, nicht wahr? Außerdem drängt mich mein Vater, er hält mir immer wieder vor, dass jeder ordentliche Kerl in meinem Alter bereits verheiratet sei.« Er zwinkerte verschwörerisch. »Ehrlich gesagt möchte ich ihm zuvorkommen, bevor er mir eine Reihe Kandidatinnen anpreist und ich in die unangenehme Situation gerate, ihnen freundlich, aber bestimmt absagen zu müssen.«

Isa kicherte. »Das wäre natürlich fatal.« Sie lehnte sich leicht gegen ihn und sog den Duft seines Rasierwassers in sich auf. Vor ihrem geistigen Auge sah sie sich schon mit ihm Hand in Hand durchs Leben gehen, vielleicht mit ein paar Kindern und einem eigenen Haus. Es musste nicht groß sein, sie war ohnehin schon so glücklich, besonders seit Bernhard ihr mehrfach versichert hatte, dass er sie bei ihrer Karriere unterstützen werde. Ein Grund mehr, ihn von ganzem Herzen zu lieben.

Er löste sich sanft von ihr. »Meinst du, deine Eltern werden mit mir einverstanden sein? Schließlich haben wir mit eurer Branche nichts zu tun und sie wünschen sich sicher einen Schwiegersohn, der Fachwissen und Erfahrung in das Unternehmen einbringt.«

»Du machst dir zu viele Sorgen, Liebling.« Isa fuhr die Linien seines Mundes nach. »Mein Glück geht ihnen über alles. Ich sehe nicht, wieso sie Einwände haben sollten.«

Am Himmel verdichteten sich die Sturmwolken, und der Wind zerrte mittlerweile wie ein wütender Geselle an ihrem Hut. Hoch über der Parkanlage kreiste ein Schwarm Krähen, die heisere Laute ausstießen.

Bernhard legte den Arm um sie. »Hier oben wird es ein wenig ungemütlich. Ich schlage vor, wir spazieren besser unten ein wenig durch die Anlage, solange das Wetter es noch zulässt. Was meinst du?«

Sie wandten sich zum Gehen. Isa hatte gerade die erste Stufe überwunden, da erklang plötzlich ein schrilles Krächzen über ihr. Eine Krähe schoss direkt auf sie zu. Sie erschrak, als der schwarze Vogel im Flug nach den Federn auf ihrem

Hut schnappte. Entsetzt versuchten sie, den Angreifer zu verscheuchen.

Für einen winzigen Moment schienen Isas Füße in der Luft zu schweben.

»Vorsichtig!«, schrie Bernhard und wollte sie festhalten.

Doch es war zu spät, Isa verlor das Gleichgewicht und stürzte in die Tiefe. Verzweifelt tastete sie nach einem Halt, griff jedoch ins Leere. Mit bis zum Zerreißen geschärften Sinnen spürte sie, wie sie mit dem Rücken gegen eine harte Kante prallte. Ein scharfer Schmerz jagte durch ihren Rücken und raubte ihr schier den Atem. Dann wurde es dunkel um sie.

Als der Nebel ihrer Bewusstlosigkeit sich lichtete, schlug sie die Augen auf und nahm Bernhards bleiches Gesicht über ihr wahr.

»Isa, um Himmels willen. Geht es dir gut?«

»Ich weiß nicht.« Wieso klang ihre Stimme auf einmal so fremd?

Er strich über ihr Haar. »Kannst du aufstehen, Liebes? Komm, ich helfe dir.«

In Isas Kopf pochte ein stechender Schmerz. Sie griff nach Bernhards Hand und wollte sich aufsetzen, sank jedoch wie eine Puppe ohne Beine auf den Steinboden zurück. Sie probierte es wieder und wieder, bis ihr vor Anstrengung Schweiß auf die Stirn trat. »Ich kann … nicht. Ich kann meine … Beine nicht mehr fühlen«, murmelte sie und verlor erneut die Besinnung.

KAPITEL 3

Caroline

Zwölf Schülerinnen in hellen zweiteiligen Kleidern und mit Hauben auf dem Kopf standen in der Küche des Lyzeums »mit haus- und volkswirtschaftlicher Orientierung«, wie es offiziell hieß. Die dralle Hauswirtschaftslehrerin Frieda Baumann erteilte ihnen Anweisungen.

»Fräulein Siebold, kneten Sie den Teig sorgfältiger und hören Sie auf, zu schwatzen. Das schickt sich nicht«, wies sie Carolines beste Freundin streng zurecht, die ebenso ungern buk wie das Fräulein Breitenbach und es kaum erwarten konnte, die stickige Küche zu verlassen.

Der Tag machte dem nahenden Pfingstfest alle Ehre, die Sonne strahlte vom Himmel und Schmetterlinge tanzten in der lauen Luft. Die zwanzigjährige Caroline und ihre Freundin Luise warfen sehnsüchtige Blicke hinaus in den Garten, wo es sich fabelhaft Federball spielen ließ.

Luise Siebold war ein Jahr jünger und ebenso unternehmungslustig und ungeschickt in hauswirtschaftlichen Fächern.

33

Ihrem Vater gehörte ein Gut in der Nähe von Schwerin. Wäre es nach ihm gegangen, so hätte seine Älteste gleich nach ihrem Schulabschluss verheiratet werden sollen. Weshalb Luise bereits grübelte, wie es ihr gelingen konnte, die Schulzeit in die Länge zu ziehen.

»Wenn ich die Lektionen extra vermassle, merkt Frau Falkenburg das sofort«, resignierte sie schließlich. »Die hat ihre Augen und Ohren überall.«

Seit einigen Jahren leitete Minna Falkenburg das Lyzeum und war zudem Eigentümerin des Internats, das siebzig Schülerinnen beherbergte. Caroline hatte gestutzt, als sie der aparten blonden Frau mit der sportlichen Figur zum ersten Mal gegenüberstand, sie hatte sich eine Schulleiterin völlig anders vorgestellt, eher wie eine dickliche, verknöcherte Jungfer. Minna Falkenburg war nichts dergleichen. Doch wieso hatte sich eine Frau wie sie gegen Ehe und Familie entschieden und widmete ihr Leben stattdessen der Ausbildung und Erziehung junger Mädchen? Vielleicht hielt sie ebenso wenig von der Ehe wie Caroline. Bestimmt ließ es sich mit ihr fabelhaft auskommen.

Doch die Einschätzung fiel offenbar etwas zu rosarot aus. Gleich nach der Begrüßung stellte Frau Falkenburg nämlich unmissverständlich klar, dass sie keinerlei Ungehorsam dulde. Obendrein schätze sie es nicht, beim Sprechen unterbrochen zu werden. Caroline habe nur das Wort zu ergreifen, wenn sie dazu aufgefordert werde. Ein derartiges Diktat kannte Caroline von zu Hause nicht, bei ihnen konnte jeder sprechen, der etwas zu sagen hatte, solange man dabei die Höflichkeit nicht verletzte. Die Anordnung bereitete ihr anfangs große Schwierigkeiten. Fühlte sie sich oder ihre Mitschülerinnen ungerecht behandelt, gelang es ihr nicht, sich zu zügeln. Das konnte und wollte sie nicht hinnehmen. Es gehörte zu ihrem Wesen, Befehle und Entscheidungen zu hinterfragen, wenn sie sie nicht verstand. Damit handelte sie sich in den ersten Monaten so manche

Rüge ein. Obwohl Frau Falkenburg nicht zögerte, ihr ohne viel Federlesens mehrstündige Strafarbeiten aufzugeben, zeigte sie sich respektlos oder übertrat ihre Anweisungen.

Die Internatsleiterin teilte zwar Carolines Liebe zum Pferdesport und zu wilden Ausritten durch den benachbarten Wald. Dennoch kannte sie keine Gnade, diese Leidenschaft bei Bestrafungen zu nutzen, und verbot ihr wegen ihrer ungenügenden Manieren mehr als einmal das Betreten der Stallungen. Sie wusste genau, wie empfindlich sie Caroline damit traf.

Nach einer Zeit der inneren Kämpfe sah der Rotschopf schließlich ein, dass es klüger war, sich Frau Falkenburg zum Freund statt zum Feind zu machen. Seither verstanden sie sich viel besser. Außerdem beobachtete Caroline bald, dass hinter Frau Falkenburgs strenger und burschikoser Fassade ein weicher Kern steckte, stand doch die Tür ihrer Schreibstube jedem jungen Mädchen offen, das etwas auf dem Herzen hatte oder Rat suchte.

Da Caroline sie immer besser leiden konnte, bemühte sie sich, nicht mehr unangenehm aufzufallen. Was sich angesichts der strengen Kleiderordnung durchaus als Herausforderung erwies. Nur weil es sich so gehörte, sollte sie ihre Taille schnüren und selbst im Hochsommer hochgeschlossene Kleider tragen, die am Hals und an den Handgelenken scheuerten. Nicht einmal bei der Gartenarbeit machte die Internatsleiterin eine Ausnahme. Caroline fand das irrsinnig, kein Mann wäre je auf einen derart abwegigen Gedanken gekommen! Wenn sie eines Tages wieder daheim wäre, schwor sie sich, würde sie alle unbequemen Kleidungsstücke aus ihrem Schrank verbannen.

Da holte sie die Hauswirtschaftslehrerin unsanft in die Wirklichkeit zurück. »Fräulein Breitenbach, würden wir Träumereien benoten, wären Sie Klassenbeste. Der Hefekranz verbrennt, wenn Sie ihn nicht aus dem Ofen holen!«

Caroline senkte den Blick. »Verzeihen Sie, Frau Baumann.«

Die Lehrerin verengte die Augen. »Sie lassen es an Ernsthaftigkeit mangeln.«

Dann wandte sie sich anderen Schülerinnen zu, und Caroline und Luise wechselten entmutigte Blicke.

Als alle Brote und Kuchen fürs Pfingstfest auf Servierplatten angerichtet waren und Frau Baumann am Ende des Unterrichts in die Hände klatschte, atmete Caroline auf, entledigte sich ihrer Schürze und lief mit den anderen Schülerinnen ins Freie.

Luise, Caroline und die pausbäckige Pastorentochter Annegret Engel suchten unter einer alten Eiche Schatten und beobachteten gebannt ein Eichhörnchen, das von Ast zu Ast sprang.

»Wozu sollen wir uns so mit dem Lernen plagen?« Annegret wischte sich eine vorwitzige Strähne aus der Stirn, die sich aus ihrem Zopf gelöst hatte. »Mein Vater wird mir ohnehin nicht erlauben, zu studieren. Frauen haben sich um ihre Ehemänner, Haus und Hof zu kümmern.«

»Das ist ein uralter Zopf, der endlich abgeschnitten gehört! Als ob wir nicht zu mehr imstande wären!«, warf Caroline erbost ein. »Die neue Schulreform ist zumindest ein Anfang, und wir Mädchen haben nun die Möglichkeit, ein Studium zu absolvieren. Ich finde das einfach fabelhaft!«

»Das ist es, nur nützt uns dreien die Schulreform leider nichts«, sagte Luise bekümmert.

»Seht ihr nicht, dass mit dem neuen Gesetz ein Stein ins Rollen gebracht wurde?«, entfuhr es Caroline. »Die Schulreform haben wir jenen Frauen zu verdanken, die seit Jahren für unsere Rechte kämpfen. Wenn wir uns alle zusammenschließen und hartnäckig bleiben, können wir mehr Gleichberechtigung erreichen.«

Annegret kicherte hinter vorgehaltener Hand. »Du klingst wie diese Suffragette aus England, wie heißt sie noch?«

»Meinst du Christabel Pankhurst, die öffentlich raucht und mit vielen anderen für das Wahlrecht gekämpft hat?«, fragte Luise.

»Ja, genau die«, erwiderte Annegret.

Ihr Gespräch verstummte abrupt, als Frau Baumann mit wehender Schürze und erhitztem Gesicht direkt auf Caroline zustürmte.

»Fräulein Breitenbach, ein Ferngespräch für Sie. Bitte kommen Sie.«

Caroline raffte ihren Rock und folgte der Lehrerin unter den neugierigen Blicken ihrer Freundinnen. Der Fernsprecher befand sich im Vorraum von Frau Falkenburgs Schreibstube. Die Sekretärin bat sie, Platz zu nehmen, und reichte ihr den Hörer.

»Caroline Breitenbach hier.«

»Guten Tag, mein Kind. Ich bin's.«

»Mama! Was für eine schöne Überraschung«, sprudelte es aus Caroline heraus. »Wie geht es Papa, Isa und allen anderen?«

Für den Bruchteil einer Sekunde wurde es am anderen Ende still.

»Deshalb rufe ich an, mein Schatz. Anfangs wollten wir dich nicht beunruhigen, aber jetzt ... wird es Zeit.«

Die Stimme ihrer Mutter klang heiser und brüchig, wie die einer alten Frau. »Du machst mir Angst. Was ist passiert?«

»Isa ist vor einer Woche schwer gestürzt und liegt seitdem mit einer Verletzung der Wirbelsäule in der Charité. Sie hat kein Gefühl mehr in den Beinen. Sei nicht böse, dass wir dich nicht früher benachrichtigt haben, wir wollten erst die Untersuchungsergebnisse abwarten.«

Caroline starrte aus dem Fenster, ohne etwas von dem lieblich angelegten Garten wahrzunehmen. Alles, was zu ihr durchdrang, war der hämmernde Puls in ihren Ohren. Sie schloss die Augen und hoffte, das Gesagte sei nur ein schrecklicher Traum, der endete, sobald sie wieder die Lider hob. »Das kann nicht sein.«

»Leider doch, Caroline.«

»Was haben die Ärzte gesagt?«, brachte sie schließlich stockend heraus.

»Sie haben eine Querschnittslähmung diagnostiziert und vermuten eine Schädigung der Niere. Ob sich Isa je wieder wie früher bewegen kann, wissen die Ärzte zu diesem Zeitpunkt nicht. Es gibt Fälle, bei denen die Lähmung zurückgeht, in anderen können die Mediziner nicht helfen und die Patienten sind lebenslang auf den Rollstuhl angewiesen.«

Caroline stieg ein Schluchzen in die Kehle. Bange Fragen lagen ihr auf der Zunge, aber sie brachte keinen Ton heraus.

Eine quälend lange Zeit blieben Mutter und Tochter stumm.

»Wie ... hat Isa die Diagnose aufgenommen?«

»Das ist der Grund meines Anrufes, mein Herz.« Ihre Mutter seufzte. »Deine Schwester will weder den Ärzten noch uns glauben und wird zornig, sobald wir sie auf ihren Zustand ansprechen. Inzwischen ist sie schon zweimal aus dem Bett gefallen, weil sie verbissen versucht, aufzustehen. Die Ärzte drohen damit, sie ans Bett zu fesseln, sollte sie nicht endlich zur Vernunft kommen.«

»Grundgütiger! Ich muss zu ihr, Mama!« Caroline hielt es nicht auf ihrem Platz, dabei spürte sie kaum die Tränen, die ihr übers Gesicht liefen und im Kragen ihrer Bluse versickerten. Frau Falkenburg stand in der Tür, reichte Caroline ein Taschentuch, und sie schnäuzte sich.

»Natürlich, mein Schatz.« Auch in der Stimme ihrer Mutter schwangen Tränen mit. »Wenn jemand zu ihr durchdringen kann, dann du.«

Carolines Inneres krampfte sich zusammen. Sie mochte sich nicht vorstellen, was jetzt in ihrer Schwester vorging. Für

Isa musste eine Welt zusammengebrochen sein. »Aber wie?«, wandte sie heiser ein. »Die Reifeprüfung habe ich zwar bereits geschrieben, aber bis Ende Juni findet noch Unterricht statt.«

»Wir haben mit Frau Falkenburg gesprochen und ihr die Situation geschildert. Du bist bis Ende nächster Woche beurlaubt. Simon ist bereits unterwegs, er dürfte in zwei bis drei Stunden bei dir eintreffen. Wir sehen uns später.«

Kurz darauf beendeten sie das Gespräch, und Carolines Hand zitterte, als sie den Hörer auf die Gabel legte.

Die Leiterin des Internats strich über ihre Wange. »Packen Sie das Nötigste zusammen. Ich informiere Ihre Kameradinnen und bitte die Köchin, dass sie Ihnen ein wenig Proviant vorbereitet.«

Caroline murmelte einen Dank und verließ leicht schwankend den Vorraum.

Im Schlafsaal, den sie sich mit fünf anderen Mädchen teilte, warf sie mit fliegenden Fingern ein paar Kleidungsstücke in ihren Koffer und sank aufs Bett, da ihre Knie weich wie Butter wurden. Der Zeiger der Wanduhr schien sich keinen Millimeter zu bewegen. Draußen sah sie, wie Frau Falkenburg die Mädchen zu sich rief und mit ihnen sprach. Wenig später wurden ihre Mitschülerinnen zum Tanzunterricht gerufen, und der Garten vor dem Fenster lag still im Licht der Nachmittagssonne vor ihr.

Weil ihr nicht der Sinn danach stand, ihren Freundinnen von Isas Unfall zu erzählen, schlich sie sich hinaus vor das Portal des zweigeschossigen ehemaligen Gutshauses und setzte sich auf eine Bank. Wenn es einen Ort gab, der ihr aufgewühltes Inneres besänftigen konnte, dann war es dieser. So weit das Auge reichte, erstreckten sich die Nutzgärten und Getreidefelder des Internats, zu ihrer Rechten befanden sich die Wiesen, auf denen die Kutsch- und Reitpferde des Anwesens friedlich grasten. Links neben dem Gutshaus, durch eine Reihe hoher Weiden den Blicken Fremder verborgen, lagen die Stallungen. An besonders klaren Tagen konnte man in der Ferne sogar den Plauer See als blaues Band ausmachen. Caroline liebte die Weite, hier war es so ganz anders als am Prenzlauer Berg, wo sich die Häuser wie die Glieder einer Kette aneinanderreihten und die Straßen selbst bei Nacht belebt waren.

Doch an diesem Tag verfehlte die malerische Umgebung ihre beruhigende Wirkung, und Caroline schielte wieder und wieder zu dem Feldweg hinüber, der sich zwischen den Getreidefeldern bis zur Auffahrt des Internats schlängelte.

Es war fast sechs Uhr, da entdeckte sie eine sich langsam nähernde Kutsche, auf dem Bock ein dunkel gekleideter Mann mit Hut. Caroline lief dem Ankommenden so schnell entgegen, wie sie es mit ihrem langen Rock vermochte.

»Simon!«

Als der drahtige Hausangestellte mit den gutmütigen Zügen ihrer gewahr wurde, hielt er die Kutschpferde und lüftete seine Kopfbedeckung.

»Guten Tag, Mädchen. Du hast schon gewartet, nicht wahr?« Simon gab ihr ein Zeichen, dass sie ihren Koffer in die Kutsche legen sollte.

Caroline kannte ihn ihr ganzes Leben und genierte sich nicht, ihn zu umarmen.

Simon tätschelte ihren Rücken und klopfte neben sich. »Du kannst dich zu mir setzen, wenn du magst. Ist nicht so einsam wie allein in der Kutsche, und es ist noch herrlich warm.«

Das ließ sich Caroline nicht zweimal sagen. Es war Jahre her, dass sie zuletzt neben ihm hatte sitzen dürfen. Später rügten sie ihre Eltern, ein junges Mädchen wie sie habe in der Kutsche Platz zu nehmen.

Gedankenversunken verfolgte sie, wie Simon wendete und die Pferde auf den Feldweg lenkte. Sie blickte zurück und winkte Frau Falkenburg, die ihre Abreise diskret beobachtet hatte. Als das Internat nicht mehr zu sehen war, verfiel sie in Schweigen.

Simon räusperte sich. »Wie geht es dir?«

»Ich versuche, einen klaren Gedanken zu fassen«, gab sie zu. »Aber ich muss ständig an Isa denken.«

»Das geht mir ähnlich«, sagte er bekümmert. »Dein Vater ist untröstlich. Gut, dass er sich zur Ruhe gesetzt und Felix den Betrieb überlassen hat.«

»Wie geht es Mama?«

Simon warf ihr einen raschen Seitenblick zu. »Mach dir darüber keine Gedanken. Deine Eltern verhalten sich so besonnen, wie es in dieser schweren Zeit möglich ist.« Er wich einem Hasen aus, der unweit von ihnen ihren Weg kreuzte. »Du willst Isa bestimmt gleich morgen besuchen, nicht wahr?«

»Auf jeden Fall. Sie wird auf mich warten.« Caroline betrachtete die Getreidefelder, die sich wie zu einer unhörbaren Melodie im Wind wiegten, und fühlte sich hilflos wie noch nie. »Simon, was soll ich meiner Schwester sagen?«

»Sei einfach für sie da. Mehr weiß ich dir auch nicht zu raten.«

Caroline nickte unter Tränen und verfolgte, wie die Landschaft an ihnen vorüberzog. Wenn sie bei ihrer Schwester nur die richtigen Worte finden würde.

Kapitel 4

Chesmu

Julias Farm, Grundstück des Reservats der Weeminuche, zur selben Zeit

Träge zogen die Wolken über dem *Sleeping Ute* dahin und warfen ihre Schatten auf den stolzen Berg und das grüne Band aus Wacholderbüschen an seinem Fuße. Herrschte die Nachmittagssonne jedoch allein über Vater Himmel, zwang das gleißende Licht jedermann, eine schützende Kopfbedeckung zu tragen. Chesmu machte da keine Ausnahme. Den Strohhut tief in die Stirn gezogen, ließ der hochgewachsene Indianer vom Stamm der Weeminuche den Anblick auf sich wirken. Schon als kleiner Junge war er mit Vater Akule hier auf dem Weg, der sich wie eine Schlange durch die dichte Vegetation wand, stehen geblieben und hatte das Gebirgsmassiv, das wie ein riesiger, liegender Ute-Indianer aussah, betrachtet.

Einmal hatte ein ohrenbetäubendes Vibrieren die Luft erfüllt und ihn zutiefst erschreckt.

»Büffel«, hatte sein Vater ihm erklärt. »Die Büffel kommen.« Dann war er mit den anderen Männern der Núu-ci – so nannten sich die Weeminuche untereinander – auf die Jagd gegangen. Tage später hatten die Frauen das Fleisch über dem Feuer geröstet und zu Ehren der Geister, die für sie ihr Leben gelassen hatten, ein großes Fest gefeiert. Heute liefen höchstens hin und wieder wilde Pferde und *yo woo vich* – Kojoten – durch die Prärie, die sich nur eine Stunde von ihrem Sommerlager entfernt befunden hatte.

Die Weißen halten uns für Wilde, sie haben unsere Gebete nie verstanden, dachte Chesmu. *Sie sagen, unsere Seelen seien verloren, nur weil wir zur Sonne, zum Mond oder dem Wind gesungen haben. Sie haben es nicht mal versucht.*

Das Werk des Großen Geistes war fast mit Händen greifbar, und trotz aller Wunden, die man dem Volk der leuchtenden Berge zugefügt hatte, lag noch immer der alte Zauber über dem Land seiner Ahnen.

Der Schöpfer wachte auch heute noch über seine Kinder.

Chesmus erster Weg am Morgen führte ihn stets auf die kleine Weide zu seinem Pony, das ihm die Weißen glücklicherweise gelassen hatten. Kenai, was so viel wie »Schwarzer Bär« bedeutete, schnaubte und trabte auf ihn zu. Er strich über seine weichen Nüstern, murmelte ein paar zärtliche Worte in der Sprache der Núu-ci und fühlte das unzerstörbare Band zwischen ihnen. Sein Pony war mit vielen Artgenossen im Reservat aufgewachsen und fühlte sich ebenso einsam wie er zuweilen. In den klugen braunen Augen lag dieselbe Sehnsucht nach einem Leben in Freiheit, die auch Chesmu umtrieb. Gedankenversunken gab er dem Rappen eine Karotte.

Seine Frau Julia und er betrieben eine Rinderzucht auf ihrem Land und lebten mehr recht als schlecht von den Einkünften. Zusätzlich webte Julia Teppiche, Pferdedecken und Plaids, die seine Schwiegereltern bei den benachbarten Siedlern heimlich für sie verkauften. Überhaupt wäre es schlecht um ihn und seine Familie bestellt gewesen, hätten Rosa und Wendelin

Ehrlich ihnen nicht regelmäßig frisches Obst, Gemüse und andere notwendige Dinge zugesteckt, denn Chesmu und Julia durften ihr Land ebenso wenig verlassen wie sein Stamm das angrenzende Reservat. Die Lebensmittelration, die der Indian Agent Anfang jeden Monats verteilte, war mehr als lächerlich, besonders da Chesmu und Julia einen kleinen Sohn hatten. Außerdem versorgten Rosa und Wendelin die beiden mit den neuesten Nachrichten aus Cortez und Umgebung.

Julias Eltern waren für sie wie ein Licht in dunkler Nacht, und er überlegte oft, wie er ihnen seine Dankbarkeit zum Ausdruck bringen konnte.

Nachdenklich verließ er die Weide der Rinder, nachdem er die Tröge mit frischem Wasser gefüllt und nach dem Rechten gesehen hatte. Wasser, das er des Nachts stahl, weil ihm keine andere Wahl blieb, denn der Große Vater in Washington hatte den Siedlern mittels eines neuen Gesetzes die Wasserrechte auf dem Land der Núu-ci zugesichert. Sein Stamm erhielt nicht mehr als einen kläglichen Rest.

Mehrmals die Woche holte der Indian Agent ihre Milch ab und verkaufte sie auf dem Markt. Mit etwas Überredungskunst war es Chesmu gelungen, James Carrington davon zu überzeugen, dass er ihn wenigstens zur Viehauktion in Cortez begleiten durfte, wenn er eins ihrer Rinder verkaufen wollte. Schließlich kannten seine Frau Julia und er die Vorzüge ihrer Tiere am besten.

Inzwischen gehörten zwei Hunde zu ihrer Familie. Blackbeard war ein junger Rottweiler, der die Rinderherde unerschrocken beschützte. Die schwarzen Haare unter der Schnauze hatten ihm seinen Namen eingebracht. Blackbeards Bruder Barney hingegen bewachte die Familie und war der beste Freund seines Sohnes.

Seit geraumer Zeit trieben Chesmu und Julia die Rinder vor der Abenddämmerung in die Ställe. Das war nötig geworden, nachdem sie vor einer Woche frühmorgens die kläglichen Überreste eines gerissenen Rehs auf einem Baum ganz in der Nähe entdeckt hatten. Blackbeard hätte sich gegen Kojoten und Wölfe behauptet, ob er jedoch einen Puma besiegen konnte, bezweifelten sie.

Bevor die Weißen wie Heuschrecken in das Stammesgebiet der Núu-ci eingefallen waren, hatten sie Bruder Puma stets seinen Anteil überlassen, auch er hatte seine Jungtiere zu versorgen. Doch heute musste Chesmu ihre Rinder vor dem kraftstrotzenden Raubtier schützen. Ihre Existenz hing von der Zucht ab, denn nur sie ermöglichte ihnen, auf eigenem Land außerhalb des Reservats zu leben, wenn auch unter Aufsicht des Indian Agents.

Seine Gedanken flogen zu Vater Akule. Seit Wochen hatten sie sich nicht gesehen, die Indianerpolizei hatte Wind davon bekommen, dass er sie heimlich besuchte.

Chesmu erinnerte sich noch deutlich an Vaters Empörung, als die Weißen sie damals zwangen, im Reservat Ackerbau und Viehzucht zu betreiben.

»Ich werde nicht arbeiten«, hatte er scharf erwidert. »Sie fordern mich auf, das Land umzupflügen. Soll ich ein Messer nehmen und die Brust meiner Mutter zerreißen? Dann kann ich, wenn ich sterbe, nicht in ihren Leib eingehen, um wiedergeboren zu werden.«

Doch jetzt, Jahre später, hatte sein Vater resigniert, um seiner Familie weiteren Hunger zu ersparen, und im Reservat gediehen Mais und Kürbisse. Schafe hielten das Gras kurz und lieferten Fleisch und wertvolle Felle, die der Indian Agent in Dolores und Mancos verkaufte.

Julia hockte mit Moon Eyes Sam, den sie der Einfachheit halber nur Sam nannten, vor dem Ahornbaum, den sie nach ihrer Berlinreise vor einigen Jahren im Vorgarten ihrer Hütte gepflanzt hatte, und zeigte ihrem dreieinhalbjährigen Sohn, wie er die Erde um den Ahorn von wuchernden Pflanzen frei hielt. Jener trug seine gelblichgrüne Blütenpracht, war inzwischen knapp vier Meter hoch und spendete in der heißen Jahreszeit wohltuenden Schatten.

Chesmu berührte es tief, wie liebevoll sich seine Frau um den Ahorn bemühte. Julia hatte ihm erzählt, dass er in ihrer Heimat ein Symbol für Stärke und Familienzusammenhalt sei. Auch sein Stamm hatte den Baum immer geschätzt, er bedeutete Wohlstand, Gesundheit und ein langes Leben. Mit der Pflanzung wollte sich Julia stets an das Gelöbnis auf den weißen Ahorn erinnern, das sie in Gegenwart ihrer Onkel vor sieben Jahren abgelegt hatte.

So einträchtig, wie Julia und Sam nebeneinanderhockten und beim Sprechen gestikulierten, umgeben von duftendem Salbei und Wacholderbüschen, gaben sie in Chesmus Augen ein harmonisches Bild ab.

Als wäre es gestern gewesen, erinnerte er sich an seine erste Begegnung mit Julia, damals war das deutsche Siedlermädchen drei Jahre alt gewesen, wie ihr Sohn heute. Chesmu hingegen stand bereits an der Schwelle vom Jungen zum Mann. Trotz seiner Jugend hatte er sofort gespürt, dass Julia etwas Besonderes war, eine Seele, die ihm der Große Geist gesandt hatte, damit er sie bis zum letzten Atemzug beschützte. Aus ihrer unschuldigen Freundschaft wuchs im Laufe der Zeit Liebe, und auch jetzt – einundzwanzig Jahre später – war für Chesmu ein Leben ohne seine Frau unvorstellbar.

Sonnenstrahlen warfen goldene Schimmer auf Julias Haar, das ihr inzwischen bis zur Hüfte reichte. Sam hatte ihre feingliedrige Gestalt geerbt, sein halblanger Zopf war haselnussbraun, und er trug die Gesichtszüge der Núu-ci. Chesmus Sohn wirkte wie eine perfekte Verbindung von Weiß und Rot, aber genau dies bekam der Kleine bereits schmerzhaft zu spüren, wenn ihm Siedlerkinder abfällige Kommentare zuriefen. Sam, von Natur aus fröhlich und aufgeschlossen, warf ihnen dennoch sehnsüchtige Blicke hinterher. Wie sollte ein Dreijähriger auch begreifen, warum er nicht mit den Kindern spielen durfte, die an ihrem Holzzaun vorbeiliefen? Manchmal schlichen sich einige Núu-ci-Kinder heimlich zu Sam, die meiste Zeit aber spielte er allein.

Eines Morgens hatten Chesmu und sein Sohn vor der Hütte gehockt und den Sonnenaufgang verfolgt. Als sich der Himmel lichtete, hatte er Sam so kindgerecht wie möglich von Mutter Erde und all ihren Lebewesen erzählt.

»Stell dir vor, Mutter Erde wäre so etwas wie ein Puzzle mit unzähligen Teilchen. Was passiert, wenn ein Stück fehlt?«, fragte er seinen Sohn vorsichtig.

»Dann ist das Puzzle nicht fertig«, erklärte der Dreijährige ernsthaft.

»So ist es.« Chesmu legte den Arm um ihn. »Wir gehören alle zusammen, die Vögel, Insekten, Raubtiere, das Wild, Fische und Pflanzen. Die Bäche und Flüsse sind die Adern und die Berge die Knochen von Mutter Erde.«

Sams Augen wurden groß. »Dann dürfen wir ihr aber nicht wehtun, Vater.«

Chesmu nickte. »Genau, darum müssen wir immer gut auf sie aufpassen.«

»Gehören denn auch alle Menschen zusammen?«

Eine gefährliche Frage, dachte Chesmu. »Ja, wir sind alle die Kinder von Mutter Erde.«

»Warum sperren uns die weißen Männer dann ein, und wir dürfen Großvater Akule nicht besuchen, wann wir wollen?«

Die Frage trieb Chesmu den Schweiß auf die Stirn. »Weil es leider Menschen gibt, die das noch nicht verstanden haben, mein Sohn.«

Sam schwieg mit finsterer Miene, und sein Vater wusste, dass in den nächsten Jahren unweigerlich eine Menge Fragen folgen würden.

Chesmu schüttelte die Erinnerung ab und berührte Julias Schulter.

Sie sah sich lächelnd um. »Der Ahorn ist im letzten Jahr mehr als einen halben Meter gewachsen.«

»Er will größer werden als alle anderen Bäume, Vater«, rief Sam in der Sprache der Núu-ci und reckte begeistert die Hände in die Höhe, als wollte er den Himmel berühren.

Chesmu sprach stets Ute mit ihm und Julia abwechselnd Englisch und Deutsch. Anfangs hatten sie befürchtet, den Kleinen damit zu überfordern, doch dieser wechselte mühelos zwischen den Sprachen.

Er fuhr seinem Sohn durchs Haar. »Das kann schon sein.«

»Ist in den Ställen alles in Ordnung?«, wollte Julia wissen.

»Alles, wie es sein soll.« Gleich darauf stutzte er und wies auf eine schlanke Gestalt in Hose, Bluse und Stiefeln, die sich ihrem Land näherte. »Sieh nur, wir bekommen Besuch.«

Julia kniff die Augen zusammen, ein Lächeln schlich sich in ihre Mundwinkel. »Das ist Mama!«

Es dauerte nicht lange, und Rosa Ehrlich schloss ihre Tochter in die Arme. Ihre Haare waren kürzer, die Züge gereift, ansonsten hätte man die beiden Frauen fast für Schwestern halten können. Nur wirkten die sonst so strahlenden Augen seiner Schwiegermutter seit einiger Zeit stumpf und müde. Nach einigen äußerst erfolgreichen Jahren als Obstplantagenbesitzer, in denen das Montezuma County mit Sitz in Cortez sogar drei Goldmedaillen in San Francisco gewonnen hatte, ging es seit einiger Zeit geschäftlich bergab. Anders als die meisten Obstbauern hatten Rosa und Wendelin genügend Weitsicht bewiesen und Kontakte zu einem Großhändler in Denver geknüpft, der sich mittlerweile als ihr wichtigster

Geschäftspartner herauskristallisiert hatte und ihr Einkommen sicherte. Leider machte der Wassermangel auch vor den Siedlern keinen Halt, er hatte sich zu ihrem größten Problem entwickelt, denn Cortez verfügte nur über zwei Teiche, die nicht annähernd genügten, die Familien und ihre Plantagen zu versorgen. Daher verwunderte es Chesmu nicht, dass inzwischen eine Handvoll Obstbauern ihr Land verlassen hatte, um sich anderswo eine sichere Existenz aufzubauen.

Rosa und Wendelin ahnten, auf welchem Wege Chesmu und die anderen Núu-ci sich das Wasser beschafften, schnitten das Thema jedoch nie an.

Doch so besorgt und niedergeschlagen wie heute hatte er seine Schwiegermutter lange nicht erlebt.

Julia holte rasch einen Hocker aus der Hütte, stellte ihn unter den Ahornbaum und bat sie, dort Platz zu nehmen. »Ich habe aus den Pfirsichen, die ihr uns geschenkt habt, Saft gemacht. Möchtest du welchen?«

»Danke, nein.« Rosa setzte sich und strich ihrem Enkel, der auf ihren Schoss geklettert war, über den Rücken. Sie stellten Mutmaßungen über die kommende Ernte an und tauschten Neuigkeiten über die Siedler und Rosas Schule aus. Eine Weile später warf sie dem Paar einen vielsagenden Blick zu und setzte Sam ab.

»Schatz, wo ist eigentlich Barney?«

Der Junge blickte treuherzig zu seiner Großmutter hoch.

»Er liegt hinter der Hütte und passt auf uns auf.«

»Das ist richtig, mein Sohn«, kam Chesmu Rosa zu Hilfe. »Barney ist bestimmt langweilig und er würde gern mit dir spielen. Hast du Lust?«

Er hatte kaum ausgesprochen, da lief sein Sohn bereits davon.

Sie warteten, bis der Kleine außer Hörweite war.

49

»Danke. Sam muss davon nichts mitbekommen«, sagte Julias Mutter leise. »Ich habe heute Vormittag mit deinem Onkel Theodor und Tante Vanda gesprochen. Es ist ein Segen, dass wir beim Postamt endlich einen Fernsprecher bekommen haben, nicht wahr? Leider gibt es schlechte Neuigkeiten.«

Das junge Paar setzte sich ihr gegenüber und wartete, bis sie das Wort ergriff.

Chesmu lief eine Gänsehaut über die Unterarme, als seine Schwiegermutter von Isas Unfall berichtete.

Julia vergrub das Gesicht in den Händen.

»Unser liebes Mädchen ist nach einem bösen Sturz gelähmt und sitzt im Rollstuhl«, fuhr Rosa fort.

Julia starrte ins Nichts. Als sie sich wieder ihrer Mutter zuwandte, spiegelte sich das Grauen in ihren Augen wider. »Aber die Lähmung geht doch gewiss zurück?«

»Das bleibt uns nur zu hoffen.« Rosa stieß zitternd die Luft aus. »Isa befindet sich in einem kritischen Zustand, eine Niere soll Schaden genommen haben. Leider steckt die Behandlung von Organleiden noch in den Kinderschuhen. Die Ärzte bemühen sich sehr. Die Frage ist nur, ob deren Wissen genügt, die Niere zu heilen.« In ihrer Stimme schwang Furcht mit. »Isa beharrt darauf, dass sie sich bald besser fühlt und sie wieder laufen kann, sobald das Gefühl in ihre Beine zurückkehrt.«

»Niemand darf sie vom Gegenteil überzeugen«, stieß Chesmu leidenschaftlich aus. »Damit richten die Ärzte einen größeren Schaden an als mit ihrem Unwissen. Wir Núu-ci haben gelernt, dass ein Mensch so stark ist wie sein Geist. Sag der Familie, sie sollen Isa ermutigen und auf ihre Kraft vertrauen. Damit helfen sie ihr am besten.«

Rosa und Julia lauschten seinen Worten mit geweiteten Augen. Obwohl er seiner Frau die Mysterien der Weeminuche gelehrt hatte, blieben sie ihr dennoch zuweilen fremd und unerklärlich. Julia kleidete sich wie eine Núu-ci und stellte ihre Rolle als Ute-Frau nie infrage, aber durch ihre Adern floss das Blut der Weißen. Wie sollten die Erzählungen der Alten für sie auch dieselbe Bedeutung haben wie für ihn? Doch das spielte alles keine Rolle. Was auch immer geschehen würde, Julia war seine kluge weiße Sonne, die er liebte wie nichts auf der Welt, und er der Mann vom Volk. Seine Familie ehrte ihre Andersartigkeit, statt sie zu bekämpfen. Dennoch bemerkte er hin und wieder nachdenkliche Blicke von Vater Akule, der von Anfang an daran gezweifelt hatte, ob es Julia und ihm gelingen würde, trotz ihrer unterschiedlichen Herkunft glücklich zu werden.

Aber sein Vater brauchte sich nicht zu sorgen.

»Du hast recht«, sagte Julia weich und riss ihn aus seinen Gedanken.

Rosa suchte Chesmus Blick. »Unsere Lieben in Berlin werden Isa unterstützen, so gut sie können.«

Er lächelte leicht. »Gut.«

»Ich werde Isa einen Brief schreiben«, warf Julia ein.

»Tu das.« Ihre Mutter erhob sich, auf ihrem reizvollen Gesicht lagen Schatten. »Wenn wir der Familie jetzt nur zur Seite stehen könnten!«

Da stürmte Sam mit Barney in den Garten. Der Hund jagte bellend einem Stoffball hinterher und verscheuchte für einen Moment die beklemmende Atmosphäre zwischen den Erwachsenen.

Rosa breitete ihre Arme aus. »Gut, dass du da bist, Sam. Ich muss zurück zu Großvater. Sagst du mir Auf Wiedersehen?«

Der Junge lief in ihre Arme und ließ ihren Wangenkuss ungerührt über sich ergehen. »Du bist doch gerade erst gekommen. Warum willst du schon wieder gehen?«

»Ich muss das Abendessen zubereiten, mein Schatz. Aber wir sehen uns bestimmt morgen.«

»Bis dann, Oma.« Damit wandte sich Sam wieder dem Hund zu, der schwanzwedelnd darauf wartete, dass er ihm den

Ball erneut zuwarf, und lief mit ihm in den hinteren Teil des Gartens.

Als das junge Paar allein war, hob Chesmu Julias Kinn.

»Vertraue auf Isas Kraft. Sie wird es schaffen.«

»Das sagt sich so leicht, Liebling«, wandte sie leise ein. »Was, wenn nicht? Ein Großteil der Patienten mit ähnlicher Diagnose stirbt innerhalb weniger Monate an den Folgen der Lähmung. Das habe ich vor Kurzem erst gelesen.«

»Mag sein. Niemand weiß, welchen Lebenspfad *das Große Eine* für sie vorgesehen hat.« Chesmu zupfte eine Blüte aus Julias Haar. »Eine unserer wichtigsten Lektionen ist es, unser Schicksal willkommen zu heißen, statt mit ihm zu hadern. Das gilt auch für Isa. Wir sollten ihr gute Gedanken schicken, meinst du nicht?«

»Natürlich. Ich kann es noch gar nicht fassen.« Julia kämpfte mit den Tränen. »Warum ausgerechnet Isa? Onkel Theodor hat Großes mit ihr vor, das sagte er mir bei unserem letzten Telefongespräch. Er bezeichnete Isa als neue Hoffnungsträgerin des Unternehmens und wollte sie in absehbarer Zeit zur Leiterin der Kreativabteilung erklären.« Julia verfolgte, wie ein Greifvogel auf einem Felsen landete und sich über einen erbeuteten Präriehund hermachte.

Sie schwiegen, nur Sams ausgelassenes Lachen unterbrach zuweilen die Stille.

»Wir müssen etwas besprechen.« Sie tastete nach seiner Hand. »Wir gehören zum Reservat. Das bedeutet, dass man uns Sam wegnehmen wird und ihn in einer Indian Boarding School unterbringt, weit fort von uns.«

»Das lasse ich nicht zu«, brachte Chesmu heftig hervor. »Es muss einen anderen Weg geben.«

Julia hielt seinen Blick fest. »Den gibt es vielleicht. Was, wenn er Mamas Schule besucht?«

Chesmu schüttelte energisch den Kopf.

Julias Miene gefror. »Wieso willst du den Gedanken nicht zulassen?«

Er umfasste ihre Schultern. »Wir dürfen unser Land nur mit einer Genehmigung verlassen. Warum sollten sie das dem Kleinen erlauben?«

»Weil er zur Hälfte weiß ist«, erklärte Julia fest und umklammerte seine Arme. »Ich finde, wir sollten mit Chief Ignacio sprechen und schon jetzt versuchen, ihn davon zu überzeugen, Sam den Unterricht in der *Breitenbach School* besuchen zu lassen. Allein bei der Vorstellung, wie die Weißen den Schülern der Indian Boarding School ihre Lebensweise aufzwingen und sie im Krankheitsfall unversorgt lassen, wird mir übel. Zu viele Kinder sind dort gestorben oder haben den Kontakt zu ihrer Familie verloren. Das müssen wir verhindern, hörst du? Denk nach, Liebling.« Ihre Stimme nahm etwas Beschwörendes an. »Es geht um sein Leben und seine Zukunft!«

»Mein Sohn geht ganz sicher nicht auf Rosas Schule«, entfuhr es Chesmu mit einem Hauch Schärfe in der Stimme. »Was glaubst du, wie er sich dort fühlt? Er wird unweigerlich zum Außenseiter, weil er seine Herkunft nicht verleugnen kann. Er sieht aus wie einer vom Volk.« Chesmu wehrte sie ab und fuhr auf. »Niemand streckt seine dreckigen Finger nach meinem Sohn aus, ein weißer Eindringling schon gar nicht!« Sein Kiefer mahlte. »Wir brauchen einen Ausweg, ein Schlupfloch, um das Gesetz zu umgehen.«

Julia wehrte ab. »Das gibt es nicht, Liebling. Die Gesetze sind klar formuliert. Wenn wir es aber klug anstellen, gelingt es uns vielleicht, den Chief zu überzeugen, dass Sam Mamas Schule besuchen kann. Und ist er zu Hause, lernt er von dir, wie man mit Pfeil, Bogen und Machete umgeht und Fährten liest.«

Wissen, das zu nutzen ihm verboten ist, dachte Chesmu bitter und rang um Gelassenheit. »Das ist wohl der geringste Teil der Lektionen, das weißt du genau.«

Als seine Frau und er dieses Land bezogen hatten, war er so sicher gewesen, seinen Kindern später alles über die Lebensweise seines Volkes und das alte Wissen vermitteln zu können. Doch Sam zu unterrichten, wurde von Tag zu Tag schwieriger, besonders da dem Jungen zusehends bewusster wurde, dass seine Mutter – obwohl sie sich nie einmischte – die Welt zuweilen anders sah als sein Vater.

Ohne die Hilfe der Núu-ci, die seinen Sohn zu einem wahren Mann seines Volkes erzogen, lastete die Bürde nun zentnerschwer auf seinen Schultern.

Manchmal, wenn er an den heimlichen Schwitzhüttenritualen im Reservat teilnahm, flehte er den Schöpfer um Stärke an, denn er wollte seinem Sohn ein guter und weiser Vater sein.

Julia beobachtete ihn, ihr Mund wurde schmal. »Er braucht Spielkameraden und Freunde seines Alters. Außerdem möchte ich, dass er eine gute Ausbildung erhält. Darauf hat er ein Recht, und als Mutter ist es mein Anliegen, ihm den besten Weg für seine Zukunft zu ebnen.«

Chesmu betrachtete ihre zuckenden Lippen, die er am liebsten so lange geküsst hätte, bis ihre Züge wieder weich würden und der alte Glanz in ihre Augen zurückkehrte. »Ich weiß, meine Sonne. Aber der beste Weg für ihn wäre, ein vollwertiges Mitglied der Núu-ci zu werden, das seinem Stamm alle Ehre macht.«

»Natürlich wünschst du dir das.« Julia hielt seinen Blick fest. »Aber wir haben keine Wahl! Ganz davon abgesehen geht es nicht um dich oder mich, oder ob er als Núu-ci oder als Weißer erzogen wird, sondern darum, wie Sam leben will. Ich möchte, dass er dies eines Tages selbst entscheiden kann. Das ist aber nur möglich, wenn er beide Lebensweisen kennt.« Sie umfasste zärtlich sein Gesicht. »Ich habe geschworen, mich euren Traditionen unterzuordnen, damit ich deine Frau werden durfte. Das gilt jedoch nicht für Sam. Er soll frei sein, verstehst du?«

Chesmu fuhr hoch. »Ob ich verstehe? Ich will doch dasselbe! Aber selbst wenn der Chief zustimmen würde – die Siedlerkinder werden mit dem Finger auf ihn zeigen und ihn hänseln.«

»Wir machen Sam stark, damit er sich Respekt verschaffen kann.«

Er schnaubte. »Man wird ihn immer daran erinnern, dass sein Vater ein ›Wilder‹ ist!«

Julia hielt seinem Blick stand. »Bestenfalls bewundern ihn die Kinder auch, weil er Fährten lesen kann und einiges mehr.«

Chesmu rüttelte sie an der Schulter. »Weißt du noch, welche Lektion uns Chief Ignacio mit auf den Weg gegeben hat? Er sagte, Halbblutkinder verlieren den Bezug zu ihren Wurzeln, wenn sie sich zwischen zwei Welten bewegen. Halbblutkinder entwickeln sich zu orientierungslosen jungen Menschen.«

»Liebling, wir werden Sams Seele beschützen«, erwiderte seine Frau ruhig, »und ihm deutlich machen, dass er etwas Besonderes ist, weil er die besten Eigenschaften beider Völker in sich vereint.«

»Sam wird zerbrechen.« Chesmu war verzweifelt. Wie konnte er ihr nur begreiflich machen, was das für den Kleinen bedeuten würde? Er grübelte, doch seine Gedanken drehten sich beständig im Kreis. Er wägte ab und verwarf wieder. Aber so ungern er es auch zugab – musste ihnen nicht jedes Mittel recht sein, Sam vor der Boarding School zu bewahren? Ob der Chief bereit war, ihn anzuhören?

Sie trat zu ihm. »Sam ist nicht allein. Wir helfen ihm, seinen eigenen Weg zu finden.«

Chesmu zog sie an sich. Als sie sich ihm entziehen wollte, hielt er sie sanft fest.

»Es genügt, wenn sich unsere Völker bekriegen. Ich will keinen Streit, du etwa?«

Julias Augen wurden feucht. »Nein, natürlich nicht. Ich wünsche mir, dass unser Sohn glücklich wird. Sei dir sicher, ich werde um seine Rechte kämpfen.«

Chesmu küsste sie innig. »Ich weiß. Wir brauchen nichts zu überstürzen. Er ist noch keine vier, meine Sonne.«

Er konnte in ihrem geliebten Gesicht lesen wie in einem offenen Buch, und die Furcht in ihren Augen, aber auch der trotzige Zug um ihren Mund ließen ihn erahnen, dass dies nur eine der Fragen war, die einen tiefen Graben zwischen ihnen entstehen lassen konnte, wenn sie nicht achtsam blieben.

»Ja, wir haben zum Glück noch Zeit. Ich muss jetzt die Kühe melken.« Mit zusammengepressten Lippen band sich Julia eine Schürze um die Hüften, hauchte ihm einen Kuss auf den Mund und eilte mit einem Eimer in der Hand zu den Ställen. Nachdenklich blickte Chesmu ihr hinterher.

KAPITEL 5

Felix

Prenzlauer Berg, Pfingstsamstag, 14. Mai 1910

Sein letztes Zusammentreffen mit Emilie Münzer lag über zwei Monate zurück, dennoch verging kein Tag, an dem er nicht an sie dachte oder sie unvermittelt vor sich sah. Anfangs hatte er sich eingeredet, dass verbotene Früchte stets die süßesten seien und er rasch das Interesse an ihr verlieren werde, sobald der Alltag ihn erst wieder im Griff hatte. Doch er täuschte sich, weshalb er begann, sich unauffällig nach Emilie zu erkundigen. Ihr Vater war Oberst beim Kaiserlichen Militär und hatte es begrüßt, dass seine einzige Tochter als Krankenschwester ihren Beitrag für das Heimatland leistete. Sie arbeitete in den Beelitz-Heilstätten, einer Klinik für Tuberkulosekranke. Kürzlich hatte sie sich vom Chefarzt der Pathologie in der Charité, Julius Münzer, scheiden lassen. Über den Grund hatte man in gesellschaftlichen Kreisen viel spekuliert, und Münzer hatte es vermutlich Emilies Diskretion zu verdanken, dass ein Skandal ausgeblieben war, der ihn seinen Posten hätte kosten können. Felix bewunderte ihren Mut, ihren Weg gegangen zu sein, trotz des Makels, den eine Scheidung für eine Frau mit sich brachte. Wenn er sie nur bald wiedersehen könnte, doch gesellschaftliche Ereignisse, bei denen sich ihre Wege hätten kreuzen können, waren zu seinem Bedauern nicht in Sicht. Und ihr bei den Heilstätten nachzustellen, verbot der Anstand.

Doch Isas Unfall hatte alles verändert und jeden anderen Gedanken in den Hintergrund gerückt. Ihr Allgemeinzustand stabilisierte sich allmählich, auch schien sie inzwischen eingesehen zu haben, dass ihre eigenmächtigen Versuche, das Bett zu verlassen, ihr mehr schadeten als nutzten.

Felix zwang sich, seine Aufmerksamkeit auf die Arbeit zu richten, unterzeichnete die Korrespondenz des Tages sowie einige Aufträge, die in einem Stapel auf seinem Schreibtisch lagen, und verabschiedete sich von den beiden Sekretärinnen.

Seit Isa im Krankenhaus lag, war das Leben der Familie aus den Fugen geraten. Vanda und sein Vater lösten einander in der Besuchszeit ab. Onkel Georg hatte vorerst Isas Posten übernommen, außerdem drängten die Aufträge fürs Kaiserliche Militär, und Felix tat sein Bestes, den Familienbetrieb am Laufen zu halten. Wenn er nachts am Fenster seiner Wohnung stand, weil er vor Sorge um seine Schwester keinen Schlaf fand, sah er, dass hinter den Fenstern der Stadtvilla ebenfalls Licht brannte.

Als Felix eine Stunde später sein Elternhaus betrat, eilte ihm Caroline entgegen, stellte sich auf die Zehenspitzen und küsste ihn auf die Wange. Bei ihrer Ankunft am vergangenen Abend hatten sie einander nur kurz begrüßt.

»Schön, dass du hier bist.« Er drückte sie an sich. »Wenngleich ich mir glücklichere Umstände für unser Wiedersehen gewünscht hätte.«

»Ich habe Vater gesagt, er soll zu Hause bleiben und sich ein wenig Ruhe gönnen. Begleitest du mich zu Isa?«

»Liebend gern.« Felix blickte sich um. »Wo ist Vanda?«

Die Antwort erübrigte sich, denn seine Stiefmutter näherte sich in einem bunten Sommerkleid und einer dünnen Strickjacke. Sie wirkte durchscheinend bleich, darüber konnte auch ihr Lächeln nicht hinwegtäuschen.

»Du kommst spät«, sagte sie zu Felix und legte den Arm um Carolines Taille. »Möchtest du ein Glas Tee? Magda hat uns gerade welchen gebracht.« Vanda hielt eine Hand an seine Wange. »Du siehst erschöpft aus.«

Felix winkte ab. »Mir fehlt nichts. Warst du heute schon bei Isa? Wie geht es ihr?«

Seine Stiefmutter hob die Schultern. »Ja, ich durfte heute Morgen kurz zu ihr. Ehrlich gesagt kann ich deine Frage gar nicht beantworten, denn sie hat die meiste Zeit geschlafen, immerhin hat sie ein wenig gegessen. Morgen erwartet sie Besuch von ihrem Bernhard.«

Caroline legte den Kopf schief. »Er ist sicher jeden Tag bei ihr, oder, Mama?«

»Auf jeden Fall so oft es seine Zeit erlaubt.« Vanda blickte von einem zum anderen. »Isas Stimmung ist momentan unberechenbar. Habt bitte ein wenig Geduld mit ihr.«

»Das versteht sich von selbst.« Felix küsste Vandas Stirn. »Wir sehen uns später.«

Die Geschwister nahmen eine Droschke und erreichten bald darauf die Charité.

Beim Betreten des Sechsbettzimmers schlug ihnen der penetrante Geruch von Desinfektionsmitteln entgegen. Besucher saßen bei den Patientinnen, das Gewirr aus Stimmen machte Felix schier verrückt. Ihm war es unerklärlich, wie ein Kranker bei dieser Unruhe genesen sollte. Er öffnete ein Fenster, um die abgestandene Luft im Raum zu vertreiben.

Isa lag nahe dem Fenster, auf einem Tischchen neben ihrem Bett stand eine Vase mit frischen Blumen. In der weißen Anstaltswäsche wirkte sie fremd und durchscheinend.

»Caroline, Felix!« Ein Lächeln erhellte ihr Gesicht.

Die Freude der Schwestern war herzerwärmend.

»Wie fühlst du dich?«, fragte Felix.

Isa verzog das Gesicht. »Sieh dich um. Die eine Frau schnarcht zum Gotterbarmen, die nächste jammert Tag und Nacht.« Sie senkte die Stimme. »Ich möchte nach Hause, und dann werde ich euch allen beweisen, dass ich sehr wohl wieder laufen kann.«

Caroline drückte ihre Hand und wies mit dem Kopf zu dem unberührten Teller auf dem Tischchen. »Solange du das Essen kaum anrührst, kommst du nicht zu Kräften und wirst auch nicht entlassen.« Sie kramte in ihrer Handtasche, brachte ein Päckchen zutage und legte es ihrer Schwester in den Schoß. »Simon hat dir deine Lieblingspasteten zubereitet.«

Isa weitete die Augen. »Sag ihm meinen lieben Dank. Auf ihn ist Verlass.« Gleich darauf schob sie sich ein Stück Pastete in den Mund.

»Die Blumen sind sicher von Bernhard, oder?«, fragte Felix vorsichtig.

Isa nickte. »Er wollte mich heute besuchen, aber sein Vater gibt einen Empfang anlässlich seines sechzigsten Geburtstages und erwartet von ihm, dass er zugegen ist.«

»Vater hat den besten Rollstuhl bestellt, den es zu kaufen gibt.« Caroline reichte ihrer Schwester eine Serviette. »Hat er dir das schon erzählt?«

Isas Miene verfinsterte sich. »Ja, und bis das Ungetüm eintrifft, muss ich hierbleiben.« Sie umklammerte das Handgelenk ihres Bruders. »Kannst du mit Mama und Papa sprechen? Bitte, Felix, sie hören auf dich. Sag ihnen, dass ich morgen heimwill. Ich kann doch auch zu Hause auf den schrecklichen Rollstuhl warten.«

»Die Ärzte werden ihre Gründe haben, warum sie dich noch einige Tage im Krankenhaus behalten wollen. Hab ein wenig Geduld.« Er tätschelte sie. »Es handelt sich bestimmt nur um ein paar Tage.«

Isa kniff die Augen zusammen. »Aha, der Herr Schlaumeier hat wieder kluge Ratschläge parat!« Ihr Tonfall tat Felix weh, doch das schien sie nicht zu bemerken. »Du weißt offenbar genau, wie man sich in meiner Situation fühlt, besonders, wenn man in einem Raum wie diesem liegt und nicht in der Lage ist, ihn zu verlassen, nicht wahr?« Ihre Züge wurden hart. »Du kannst dir wahrscheinlich auch lebhaft vorstellen, wie es ist, die Kontrolle über deinen Körper zu verlieren und deswegen bei jeder Kleinigkeit Hilfe zu benötigen.« Ihre Stimme schwoll an. »Und jetzt sagst du mir, ich soll geduldig sein?!«

Unangenehm berührt bemerkte Felix, wie sich die Patientinnen und Besucher zu ihnen umdrehten. »Schon gut, Kleines. Ich glaube dir, dass es nicht einfach ist.«

Isas Blick blieb an ihrer Schwester haften. Ihre Lippen bebten. »Bitte lass mich nicht im Stich, Caroline. Ich verliere hier den Verstand. Du wickelst Vater doch sonst auch immer um den Finger. Bestimmt kannst du ihn davon überzeugen, mich hier rauszuholen. Bitte!«

»Ich werde mein Möglichstes tun.«

Felix bewunderte, wie ruhig Caroline trotz des heiklen Gesprächs blieb. »Aber es geht nicht allein um den Rollstuhl, Schwesterchen. Wir müssen eine Krankenschwester finden, die sich um deine Befindlichkeiten kümmert. Außerdem hat Vater Handwerker beauftragt, alle Unebenheiten mit Rampen zu überbrücken, damit du ungehindert durchs Haus fahren kannst. Das hat er mir gestern erzählt.« Caroline küsste Isas Handinnenfläche. »Weil du nicht in dein Zimmer im ersten Stock gelangen kannst, machen wir dir gerade Großvaters Räume im Erdgeschoss zurecht. Dazu brauchen wir etwas Zeit.« Caroline wies auf ihren Bruder. »Ich werde unseren Hausarzt zurate ziehen und ihn bitten, sich für eine baldige Entlassung einzusetzen. Aber ich stimme auch Felix zu. Das alles lässt sich nicht über Nacht arrangieren. Bitte habe dafür Verständnis.«

Zwischen ihnen wurde es still, und Felix sah, wie es hinter Isas Stirn arbeitete.

»Gut, das verstehe ich.« Sie wandte sich ab. Als sie sich ihnen wieder zudrehte, verriet nur eine feuchte Spur auf ihrer Wange, dass sie geweint hatte. »Ich werde euch nicht lange zur Last fallen. Ich verspreche, eisern zu trainieren. Felix, du bist ein kräftiger Mann. Kannst du mir bitte bei meinen Übungen zur Seite stehen?«

»Aber gern, Kleines.« Dann versagte seine Stimme, und er empfand Dankbarkeit, als Caroline für ihn das Wort ergriff.

»Schwesterchen, grüble nicht so viel, du kannst dich auf uns verlassen.«

Isa nickte, ihr Gesicht glich einer undurchdringlichen Maske. »Ich habe noch ein Anliegen.«

»Spuck es aus«, sagte Felix rasch.

»Bringt unseren Eltern irgendwie bei, dass sie mich nur jeden zweiten Tag besuchen. Ich kann sie weder unglücklich sehen, noch ihr Mitleid ertragen.«

Felix wechselte einen raschen Blick mit Caroline. »Wir werden es versuchen.«

»Danke.« Isa hatte sichtlich Schwierigkeiten, ihre Augen offen zu halten, weshalb sich die Geschwister bald darauf verabschiedeten.

Als sie die Charité verließen, schien Carolines ausgeglichene Fassade zu bröckeln. Felix legte den Arm um sie. »Du siehst mitgenommen aus.«

»Es ist erschütternd. Isa ist kaum wiederzuerkennen«, sagte sie leise und wich einer Gruppe Männer in weißen Kitteln aus, die auf das Hauptgebäude zustrebten. »Sie kommt mir vor wie ein brodelnder Vulkan. Was, wenn sie sich irrt und sie ihr Leben im Rollstuhl fristen muss?«

Eine Gänsehaut breitete sich auf seinem Nacken aus. »Isa braucht uns, deshalb dürfen wir diesen Gedanken gar nicht erst zulassen.« Er hörte selbst, wie matt seine Worte klangen.

Caroline schüttelte entschieden den Kopf. »Das sehe ich anders. Sich an Wünschen und Träumereien festzuhalten, hilft weder ihr noch uns weiter. Wir müssen uns mit der Möglichkeit auseinandersetzen und überlegen, wie wir Isa im ungünstigsten Fall am besten unterstützen können.«

Felix stutzte. War das noch seine wilde und unbedarfte Schwester, die lachend von einem Unglück zum nächsten gestolpert war? Er knuffte sie in die Seite. »Woher nimmst du diese Weisheit?«

Ein Lächeln zuckte um ihre Mundwinkel. »Ich bin zwanzig und kein kleines Mädchen mehr.«

Felix winkte einen Droschkenfahrer herbei und dieser hielt.

»Das scheint mir auch so, Wildfang. Kommst du mit nach Hause?«

Angesichts ihres Kosenamens verzog sie das Gesicht, nahm jedoch neben ihm Platz. »Nein, ich kann unseren Eltern jetzt noch nicht gegenübertreten. Walther ist umgezogen und hat heute Abend ein paar Freunde zu einem Umtrunk eingeladen. Wir sehen uns viel zu selten. Sei nicht böse.«

Der Buchhalter Walther Singer war nur wenig älter als Caroline und seit Jahren ihr engster Freund. Eine ganz und gar unauffällige Erscheinung, doch sowie der gesellige Mann lachte, nahm er jeden sofort für sich ein. Sie hatten sich auf einer Sommerfrische an der Ostsee kennengelernt und waren seither unzertrennlich. Felix mochte ihn sehr und hatte immer gehofft, dass aus den beiden irgendwann ein Paar würde, doch offenbar hatten sie keinerlei Ambitionen, ihre Beziehung in diese Richtung zu vertiefen.

Liebevoll betrachtete Felix seine Schwester. »Warum sollte ich böse sein? Wo sollen wir dich absetzen?«

»An der Bernauer Straße, wenn es dir nichts ausmacht. Von dort aus sind es nur wenige Gehminuten bis zu Walthers neuer Wohnung.«

»Kein Problem. Das liegt ohnehin auf unserem Weg.« Felix gab dem Droschkenfahrer Anweisungen.

Dann hielten sie in der Bernauer Straße und Felix winkte seiner Schwester nach, die in ihrem so typischen wiegenden Gang in eine Nebenstraße einbog.

Caroline versetzte ihn stets aufs Neue in Erstaunen. Aus dem ungebändigten Fohlen von früher war eine hübsche Frau geworden, die mit einer Engelsgeduld zu überzeugen verstand. *Erstaunlich*, dachte Felix. Die Zeit im Internat hatte Caroline sichtlich gutgetan, auch ihren Eltern war die Wandlung positiv aufgefallen.

So in Gedanken versunken ließ er die Geräusche der lärmenden Großstadt an sich vorüberrauschen und nahm seine Umwelt erst wieder wahr, als der Droschkenfahrer vor dem Eingang des Firmengeländes, über dessen Portal der Name des Familienunternehmens in geschwungener Schrift stand, die Pferde anhielt. *Schuherzeugung Breitenbach & Sohn.* Nachdenklich drehte er den Siegelring mit dem Symbol des weißen Ahorns an seiner linken Hand.

Felix streckte sich, die langen Arbeitstage steckten ihm ebenso in den Gliedern wie die durchwachten Nächte. Doch es half nichts, er wollte seinen Eltern beweisen, dass sie sich auch in schweren Zeiten auf seinen Einsatz verlassen konnten.

Vor dem firmeneigenen Schuhsalon gleich hinter dem Eingangsportal hatte sich eine beachtliche Schlange Wartender gebildet. Ein Phänomen, das er neuerdings regelmäßig beobachtete. Es freute ihn besonders und machte ihn auch ein wenig stolz, da er bei seinem Vater und Onkel Georg den Anstoß für den Schuhsalon gegeben hatte.

Mit einem zufriedenen Lächeln schlenderte er an den Kunden und jenen, die es werden wollten, vorbei, und lüftete zum Gruß seinen Zylinder. Damen, nach der neuesten Mode gekleidet, drehten ihre spitzenbesetzten Schirme, und die Herren klopften ungeduldig mit ihren Gehstöcken aufs Pflaster.

Da drehte sich eine junge Frau mit kastanienbraunem Haar um, die einen grünen Sommermantel samt einem passenden Hut trug, und ihre Blicke fanden sich.

Ihr Lächeln traf Felix mitten ins Herz. Er verharrte in der Bewegung, als sie auf ihn zutrat und ihm ihre Hand entgegenhielt.

»Herr Breitenbach, wie nett!«

Emilie. Zwischen den in unauffälligen Farben gekleideten Wartenden wirkte sie wie eine frische Frühlingsbrise, und auf ihrer Nase entdeckte er einige Sommersprossen.

Felix erwachte aus seiner Erstarrung und küsste ihre Hand. Keinen Moment zu früh, sie musste ja glauben, er sei nicht bei Sinnen.

»Frau Münzer, wie schön! Sie sind also meiner Empfehlung gefolgt, sich unsere Eigenkreationen anzusehen.«

»Dem Angebot konnte ich doch nicht widerstehen.« In ihren braunen Augen blitzte der Humor.

Einen Moment gleich einer Ewigkeit sahen sie einander an, unschlüssig, fragend.

Felix räusperte sich, denn seine Kehle wurde plötzlich eng.

»Bitte erlauben Sie mir, Sie zu begleiten.«

»Mit dem größten Vergnügen.«

Er reichte ihr den Arm, lotste sie an den Kunden, die den Schuhsalon verließen, vorbei und führte sie zum Hintereingang.

Ungefähr ein Dutzend Männer und Frauen begutachteten die Modelle auf den langen Tischen. Zwei Verkäuferinnen huschten eilfertig durch den Raum, um der Kundschaft ihre Wünsche möglichst von den Augen abzulesen.

Felix legte den Kopf schief. »Wie kann ich Ihnen mit Rat und Tat behilflich sein, Frau Münzer?«

Emilie strich über ein Paar Schuhe mit kleinem Absatz und hübschen Seidenbändern. Dann blickte sie auf. »Ich bin am kommenden Samstag zu einer Gartengesellschaft eingeladen und werde ein Sommerkleid aus cremefarbener Gaze mit blauer Stickerei und einem apricotfarbenen Seidengürtel tragen. Als ich es in der Auslage einer Schneiderei entdeckte, war mir gar nicht bewusst, wie schwierig es würde, passende Schuhe zu finden.«

Felix widerstand nur schwer der Versuchung, die kastanienbraune Haarsträhne zu berühren, die sich aus ihrer Hochsteckfrisur gelöst hatte und ihr ins Gesicht fiel. »Ich verstehe, aber Sie werden ganz sicher bezaubernd aussehen. Kommen Sie, ich zeige Ihnen ein paar Modelle, die zu Ihrem Kleid passen könnten.«

Im Laufe der folgenden Minuten zeigte er ihr mehrere Kreationen des Hauses. Während er ihr erläuterte, dass sie Modellen aus Philadelphia nachempfunden waren, arbeiteten seine Gedanken fieberhaft. Hätte er sie doch ganz ungezwungen auf einen Kaffee um die Ecke einladen können, er wünschte sich nichts weiter, als sie einfach nur zu betrachten und dabei ihrer leicht rauen Stimme zu lauschen, die ihm so gefiel. Doch er befand sich im Geschäft, umringt von Kunden und Mitarbeitern, die sich vermutlich ohnehin bereits wunderten, wieso der Firmenchef höchstpersönlich eine Kundin beriet.

»Die Schuhe sind mir etwas zu farbenfroh für das Kleid«, erklärte Emilie bedauernd. »Ich suche ein Paar, das mit dem Kleid harmoniert, ohne von ihm abzulenken.«

»Verstehe.« Er blickte sich um und steuerte zielsicher auf ein Paar hellblaue Riemchenschuhe zu. »Wie wäre es mit diesem Modell?«

Bewundernd strich sie über das zarte Muster. »Sie sind wunderhübsch und für den Anlass perfekt.«

»Wunderbar, dann wird Ihnen unsere Frau Sommer gleich ein Paar in Ihrer Größe bringen.« Felix befeuchtete die Lippen. *Diese Gelegenheit darf ich nicht verstreichen lassen.* »Sagen Sie, ich wollte jetzt ohnehin ins Café um die Ecke gehen«, schwindelte er. »Wenn Sie noch etwas Zeit erübrigen können, lade ich Sie zur Feier des Tages auf einen Kaffee ein. Bitte machen Sie mir die Freude.«

Emilie wippte von den Fersen auf die Ballen und wieder zurück, als würde sie eine Antwort abwägen. Dann nickte sie. »Eine Tasse Kaffee wäre famos.«

Felix' Puls raste. »Fabelhaft. Dann sehen wir uns gleich dort.« Er winkte der Verkäuferin, bat sie zunächst, die Schuhe für Emilie aus dem Lager zu holen, und trug ihr dann auf, seiner Sekretärin Bescheid zu geben, dass er etwas später käme. Anschließend verließ er gesenkten Hauptes das Geschäft, ansonsten hätte jedermann die überschäumende Freude auf seinem Gesicht bemerkt, was vermutlich für reichlich Spekulationen gesorgt hätte.

Kaum hatte er das Café betreten, schalt er sich einen Narren. Welcher Teufel hatte ihn geritten, seinem Impuls nachzugeben? Es war für ihn ganz und gar nicht üblich, sich an einem öffentlichen Ort mit einer Dame zu treffen, und mochte sie noch so bezaubernd sein. Es sei denn, es handelte sich um eine rein geschäftliche Angelegenheit. Das traf jedoch nicht zu, und Felix war ehrlich genug, sich einzugestehen, dass er für eine Stunde mit Emilie jeden Termin über den Haufen geworfen hätte.

Der Kellner wies ihm einen Tisch am Ende des Cafés zu. Felix gelang es nicht, seine Finger stillzuhalten oder den Blick von der Eingangstür zu wenden. *Ich benehme mich wie ein liebeskranker Idiot.* Was fiel ihm eigentlich ein, sie derart unverfroren anzusprechen? Gleichzeitig meldete sich eine trotzige

Stimme in ihm, die flüsterte, dass die Einladung harmlos und aus lauteren Motiven entstanden war.

Umständlich entzündete Felix eine Pfeife, irgendwie musste er seine Finger beschäftigen und rasch zur Besinnung kommen.

Kurz darauf bimmelte die Türglocke, und Emilie, ein Paket in der Hand, blickte sich suchend um.

Wenig später saß sie ihm gegenüber.

Felix bestellte Kaffee und Windbeutel und fühlte ihren Blick auf sich ruhen, als sie auf den Schuhkarton wies.

»Ich danke Ihnen sehr für Ihre Hilfe und die Einladung, Herr Breitenbach.«

»Das Vergnügen ist ganz auf meiner Seite.« Felix war froh, dass die Bestellung gebracht wurde, das gab ihm Gelegenheit, sich zu sammeln.

»Ich nehme nicht an, dass Sie Ihre Kunden öfter einladen?«, fragte sie unverblümt, nachdem sie einen Happen vom Windbeutel gegessen hatte.

»Nur die besonders charmanten«, entgegnete Felix freimütig.

Emilie lachte herzhaft.

»Bitte vergessen Sie rasch, was ich gesagt habe, liebe Frau Münzer.« Himmel, er begab sich auf millimeterdünnes Eis. Er lächelte entschuldigend. »Die Wahrheit ist, ich habe mich einfach sehr gefreut, Sie zu sehen.«

»Danke, wie nett von Ihnen. Wissen Sie, ich hatte ein etwas schlechtes Gewissen, weil ich mich auf dem Offiziersball nicht von Ihnen verabschieden konnte. Leider wurde ich zu einer dringenden Familienangelegenheit gerufen.« Ihr reizvolles Gesicht hätte er den ganzen Tag betrachten können. »Wir hatten ja kaum Gelegenheit, miteinander zu plaudern, lieber Herr Breitenbach.«

In ihren Augen entdeckte Felix so etwas wie eine stumme Bitte, oder bildete er sich das nur ein? Er trank einen Schluck

Kaffee, um seinen Mund zu befeuchten. »Das lässt sich jederzeit nachholen.«

»Ja, es findet sich gewiss eine passende Gelegenheit.« Sie beobachtete, wie sich das Café allmählich füllte, und Felix konnte förmlich spüren, dass sie sich zunehmend unbehaglich fühlte. Als ein älteres Paar neugierig den Hals nach ihnen reckte und danach zu tuscheln begann, leerte sie kopfschüttelnd ihre Tasse. »Ich sollte besser gehen, bevor ich für weiteres Gerede sorge. Ich habe diese Neugierde so satt. Dabei bin ich bei Weitem nicht die erste geschiedene Berlinerin. Aber aus einem mir unerfindlichen Grund benutzt man mich noch immer als Zielscheibe.«

Felix betrachtete sie mitfühlend. »Das hat ein Ende, sobald es eine neue Sensation zu vermelden gibt.«

»Na hoffentlich.« Emilie erhob sich. »Verzeihen Sie, wenn ich mich trotzdem jetzt verabschiede.«

»Selbstverständlich.« Felix deutete eine Verbeugung an. »Kennen Sie eigentlich den ›Dicken Hermann‹?«

So nannten die Berliner den Park am Wasserturmplatz. Woher er den Spitznamen hatte, wusste Felix allerdings nicht.

Emilie schürzte die Lippen. »Als Kind habe ich öfter in den Anlagen gespielt. Wieso?«

»Bei schönem Wetter gehe ich abends gegen acht dort gern spazieren. Ihnen würde ein kleiner Ausflug zum Park gewiss ebenfalls gefallen. Er ist idyllisch angelegt und zu der genannten Zeit trifft man höchstens auf ein paar Hundebesitzer.«

»Danke für die Anregung.« Emilie wich seinem Blick aus und reichte ihm die Hand. »Es hat mich sehr gefreut. Auf Wiedersehen.«

Wie vom Donner gerührt verfolgte er, wie sie das Café eilig verließ. Ob sie seiner Bitte um ein Rendezvous im »Dicken Hermann« nachkommen würde?

KAPITEL 6

Isa

Prenzlauer Berg, 20. Mai 1910

»Kann ich sonst noch etwas für Sie tun, Fräulein Breitenbach?«

Die rundliche Krankenschwester, die Isas Vater eingestellt hatte, klopfte das Kopfkissen aus und legte es ihr unter den Nacken. Maria Frey war in den Vierzigern, der Hausarzt der Breitenbachs hatte sie wegen ihrer langjährigen Erfahrung als Pflegerin empfohlen. Im Laufe der letzten Woche hatte sie ein untrügliches Gespür für die Stimmungen ihrer Patientin entwickelt und wusste inzwischen genau, wann Isa Gesellschaft benötigte oder lieber allein war.

»Danke, nein, Maria«, erwiderte Isa kaum hörbar. »Ich werde versuchen, ein wenig zu schlafen.«

»Tun Sie das, Ihr Körper braucht Ruhe. Klingeln Sie, wenn Sie etwas benötigen, ich bin gleich nebenan.«

Isa hörte, wie die Schwester die Tür leise ins Schloss zog und ihre Schritte verhallten. Sie war heilfroh, dass ihre Familie die Arbeit im Unternehmen wieder aufgenommen hatte und ihr mehr Zeit zum Nachdenken blieb. Durch das einen Spalt geöffnete Fenster ihres Zimmers im Erdgeschoss der Stadtvilla konnte sie direkt in den Garten sehen. Die Apfelbäume begannen zu blühen, in einem saß eine Amsel in ihrem Nest und fütterte ihre Jungen. Der milde Frühlingsregen machte ihnen offenbar nichts aus. Die seidenen Vorhänge bewegten sich leise im Wind. Eine Fliege surrte über ihrem Kopf, und so oft Isa sie auch verjagte, das Insekt wurde nicht müde, sich immer wieder auf ihr Gesicht zu setzen, sobald sie die Augen schloss. Mit einem gemurmelten Fluch auf den Lippen schlug sie nach ihr.

Früher hatte Isas Großvater Hermann in diesen Räumen gelebt, später hatte Onkel Georg nach seiner Rückkehr aus Amerika eine Weile hier gewohnt, bis er mit Tante Mathilde ins Nebengebäude der Villa gezogen war.

Obwohl man ihre Möbel heruntergebracht und alles getan hatte, damit sie sich in ihrem Pflegezimmer heimisch fühlte, hasste es Isa, hier gefangen zu sein. Mit Beinen, die ihr nicht gehorchten, die sie nicht mal spürte, wenn der Arzt mit einer Nadel in ihre Zehen und Oberschenkel pikte. Auf ihre Fragen, ob sie Fortschritte mache, reagierte er stets ausweichend. Es sei zu früh für eine Prognose. Dabei versäumte sie keine ihrer täglichen Übungen, tat alles, um ihre Muskulatur im Oberkörper zu stärken, und Maria massierte jeden Morgen nach dem Frühstück ihre Beine. Nach den Prozeduren war Isa stets schweißnass.

Nichts fürchtete sie mehr, als noch weitere Wochen zur Untätigkeit verdammt zu sein. Wie sehr sehnte sie sich danach, das Spiel ihrer Muskeln spüren, wenn sie einen Fuß vor den anderen setzte, und sei es vorerst für einen Gang ins Badezimmer. Sie flehte im Stillen um einen Lichtschimmer, einen begründeten Funken Hoffnung, ein Zeichen, dass ihr eiserner Wille, der sie rund um die Uhr kämpfen ließ, eines Tages Früchte tragen würde. Isa wollte ihr altes Leben zurück, schließlich wurde sie auch in der Firma gebraucht. Und dann waren da noch ihre Familie und Bernhard, dessen Kummer in dunklen Ringen unter seinen Augen zum Ausdruck kam, und das alles nur ihretwegen.

Während sie beobachtete, wie sich die Äste der Obstbäume im stärker gewordenen Wind bewegten, stellte sie sich vor, Arm in Arm mit Bernhard an der Spree spazieren zu gehen. Bei seinen Besuchen unterhielt er sie mit Anekdoten aus seinem Arbeitsalltag, bemühte sich, sie aufzumuntern, doch hinter seiner hoffnungsvollen Miene entdeckte sie immer öfter auch Angst, die er mit einem Lächeln zu verstecken versuchte.

Bernhard hatte das Gespräch mit ihren Eltern verschoben und wollte warten, bis sie wieder bei Kräften war.

Isa seufzte. Hätte sie sich nur auf die andere Seite drehen können, ihre Schultern schmerzten. Doch sie wollte Maria nicht in ihrer wohlverdienten Pause stören.

Ihre Mutter war auf dem Weg zu ihr, sie konnte ihre Schritte aus Hunderten heraushören. Isa schloss rasch die Augen und tat, als ob sie schliefe. Mutters Kleid raschelte, als sie ihr einen Kuss aufs Haar hauchte und nach kurzem Zögern den Raum wieder verließ. Der Duft ihres Parfüms jedoch blieb. *Wie kindisch von mir. Als ob sie nicht wüsste, dass ich mich nur schlafend stelle!* Dennoch war Isa der Gedanke an Gesellschaft schier unerträglich, sogar für Bernhards Besuch am Nachmittag musste sie sich wappnen und die übrig gebliebenen Teile ihres alten Ichs gleich einem Puzzle zusammensetzen, damit sie wenigstens für diese eine Stunde einen Hauch von Kraft und Zuversicht verbreitete. Niemand ahnte, was dieser Zustand sie kostete, und das sollte auch so bleiben.

Als sie die Lider öffnete, entdeckte sie ein großes Kuvert auf dem Tisch neben ihrem Bett, das ihre Mutter offenbar dort hingelegt hatte, und riss es auf.

Liebste Isa,

Mama hat mir die Nachricht von Deinem Unfall überbracht. In diesem Moment verfluche ich, dass Du am anderen Ende der Welt zu Hause bist. Wäre es nicht wunderbar, wir könnten einander hin und wieder besuchen? Ich würde Dich jetzt so gern in den Arm nehmen. Du allein weißt, wozu Dein Körper imstande ist. Die Ernsthaftigkeit, mit der Du allen versicherst, dass Du bald wieder laufen kannst, macht uns froh. Chesmu sagte neulich, ein Körper sei so stark wie sein Geist, und ich glaube ihm aufs Wort. Du musst meinen Mann unbedingt kennenlernen. Ich habe viel Hochachtung vor ihm und dem Wissen seines Volkes.

Isa schloss die Augen. *Sie glauben mir,* dachte sie nur und fuhr mit dem Lesen fort.

Habe ich Dir von Nicaagat erzählt, dem Medizinmann der Weeminuche? Ich habe keine Ahnung von diesen Dingen, aber in seiner Gegenwart spürt man etwas Unerklärliches. Er hat schon viele Menschen geheilt, niemand weiß genau, wie ihm das gelingt. Dennoch fühlt jeder, der ihn bei seinen Zeremonien beobachtet, den Zauber. Da habe ich mir überlegt, wenn ich an etwas glaube, was man mit unseren Sinnen nicht erfassen kann, ist das, was Du gerade durchmachst, vielleicht eine himmlische Prüfung. Traue Deinem Gefühl, meine liebe Isa, dann wird sich alles zum Besseren wenden.

Isa rang sich ein Lächeln ab. Julia und Chesmu gehörten zu dem kleinen Teil der Familie, die wie sie daran festhielt, dass sie ganz gesund werden würde. Julias Worte legten sich wie Balsam um ihre angespannten Nerven, als sie das in kleiner, akkurater Schrift beschriebene Briefpapier wendete.

Anbei lege ich Dir eine neue Fotografie, die erst vor zwei Wochen aufgenommen wurde. Stell Dir vor, Chesmus Stamm bekam eine Genehmigung, das Reservat zu verlassen, denn ein berühmter Fotograf wollte sie alle in ihren traditionellen Kleidern ablichten und die Schönheit der Indianer festhalten, meinte er. Ist das nicht widersinnig? Immerhin haben die Weißen ihnen Kleider und Schmuck vor Jahren abgenommen. Zumindest diejenigen Dinge, die sie gefunden haben. Du kannst Dir nicht vorstellen, wie eigensinnig Chesmus Stamm ist, viele haben ihre Kleider so gut versteckt, dass man sie bis heute nicht entdeckt hat.

Isa betrachtete die Aufnahme und weitete die Augen. Julia hätte in dem schlichten und zu groß geratenen Kleid, den Mokassins und dem langen Zopf wie eine waschechte Indianerfrau ausgesehen, hätte ihr Haar nicht die Farbe von reifem Weizen besessen. Trotz ihrer Bräune wirkte sie blass neben ihrem Mann mit dem olivfarbenen Teint, den scharf gezeichneten Wangenknochen und der langen Nase. Die beiden standen vor einem Bachlauf, eingerahmt von Wacholderbüschen. Julia hielt den kleinen Sam auf dem Arm und lächelte in die Kamera. Das Gatter vor ihrem Grundstück bedeutete für die drei dasselbe wie Gitter einer Gefängniszelle. Isa fühlte Bedauern. Sosehr sie ihre Cousine auch liebte, sie hätte ein derart eingeschränktes

Leben niemals ertragen können, selbst mit Bernhard nicht, und um mit ihm zusammen sein zu können, hätte sie beinahe alles getan. Isa legte die Fotografie beiseite und las weiter.

Aber ich schweife ab. Mein Schwiegervater Akule konnte den Fotografen davon überzeugen, dass er uns ebenfalls ablichtet. Es war ein wunderbares Gefühl, unser Land verlassen zu dürfen. Sams Aufregung, als wir über die weite Landschaft bis nach Dolores geritten sind, kannst Du Dir gewiss ausmalen – der Indian Agent hat uns natürlich begleitet. Dennoch zählt der Ausflug zu den glücklichsten Stunden unseres letzten Jahres. Ich hoffe, Du kannst auch bald wieder Glück empfinden.

Ich denke oft an Euch, bitte umarme die Familie von mir.

Mama, Papa, Sam und Chesmu lassen Dir herzliche Grüße ausrichten.

In Liebe, Deine Julia

Isa biss sich auf die Unterlippe, sie wollte nicht schon wieder weinen. Die vergangene Zeit, in der sie den größten Teil des Tages ans Bett gefesselt gewesen war, sollte bald der Vergangenheit angehören. Später würde sie mit Felix ihre Muskeln trainieren, denn sie hatte sich fest vorgenommen, sich so bald wie möglich ohne fremde Hilfe im Bett aufsetzen zu können. Ihr nächstes großes Ziel war, ihre Beine so weit zu kontrollieren, dass sie aufrecht stehen konnte. Nur wie sollte sie das bewerkstelligen, wenn ihre Beine so unbeweglich wie totes Fleisch waren?

Caroline amüsierte sich vermutlich gerade mit ihren Freundinnen im Internat. Sie fehlte ihr jetzt schon. Diesmal war Isa der Abschied besonders schwergefallen. Sie wusste es sich selbst nicht zu erklären, warum sie sich in Gegenwart ihrer Schwester am wohlsten fühlte. Vielleicht, weil sich Caroline ganz natürlich verhielt, so als wäre Isa noch dieselbe wie vor dem Unglück. Der Rest der Familie verbarg hingegen seine wahren Gedanken und Gefühle vor ihr und behandelte sie – gewiss unbeabsichtigt – wie ein kleines Kind, das man besser nicht aus den Augen ließ. Isa machte ihnen allen keine Vorwürfe, sie fühlten sich offenbar mit der Situation überfordert.

Als es Zeit zum Mittagessen wurde, half ihr Maria mit geübtem Griff in den Rollstuhl und fuhr sie ins Speisezimmer.

»Danke, Maria.« Ihr Vater schob Isa an ihren Platz, und Schwester Maria verließ den Raum. »Du siehst gut aus. Felix lässt sich übrigens entschuldigen. Er hat eine Verabredung mit einem unserer Lederlieferanten.«

Zum ersten Mal seit dem Unglück beneidete Isa ihren Bruder. Sie wäre jetzt auch am liebsten weit fort gewesen, an einem Ort, wo niemand sie kannte.

»Du hast hoffentlich Hunger mitgebracht. Ich habe dir nämlich deine Lieblingsspeise zubereitet«, sagte Simon, der sich seit jeher auch um das leibliche Wohl der Familie kümmerte. Er winkte Magda zu sich, die eine Platte mit gefülltem Schweinebraten auf den Tisch stellte.

Isa wandte sich Simon zu. »Das riecht himmlisch, aber ich brauche keine Sonderbehandlung.«

Tante Mathilde, die ihr gegenüber neben Onkel Georg am Esstisch saß, schien zu spüren, was in ihr vorging, und zwinkerte ihr aufmunternd zu.

Vanda strich ihrer Tochter über die Wange. »Wenn uns der Duft schon in die Nase steigt, lasst uns zugreifen. Was meinst du?«

»Sicher.« Isas Stimme klang hohl, doch dann griff sie nach der silbernen Platte, die ihre Mutter ihr reichte.

»Hast du Julias Brief gefunden, den ich dir auf den Tisch gelegt habe?«

»Ja, danke.« Isa füllte sich Gemüse auf den Teller. »Sie hat eine Fotografie mitgeschickt. Ich zeige sie euch später.«

Die Familie aß schweigend, nur das Klappern von Geschirr in der Küche unterbrach die Stille.

Als sie mit dem Hauptgang fertig waren, suchte Theodor die Aufmerksamkeit seiner Tochter. »Übrigens haben dein Onkel Georg und ich ein paar Zimmerer beauftragt.«

Isa sah auf. »Wieso denn? Wollt ihr die Villa renovieren?«

Vanda und Mathilde lächelten. »Nein«, wehrte Isas Mutter ab. »Wir lassen für dich einige Türen verbreitern und ein paar Stufen entfernen.«

Ihr Onkel, der bisher geschwiegen hatte, beugte sich über den Tisch. Sein Blick wurde eindringlich. »Hör mal, Mädchen. Du wirst dringend in der Firma gebraucht. Genau deshalb haben wir uns zu dem Umbau entschieden.«

Isa schnappte nach Luft. »Das müsst ihr nicht! Lasst mir noch etwas Zeit, dann …«

Onkel Georg unterbrach sie mit erhobenem Zeigefinger. »Komme mir nicht mit Einwänden, das wäre nicht nötig, oder einem ähnlichen Blödsinn!«

»Ich werde bald ohne fremde Hilfe durch diese Tür gehen! Wieso glaubt ihr mir denn nicht?«, presste Isa mühsam beherrscht hervor.

»Das wünschen wir dir von ganzem Herzen.« In Onkel Georgs Stimme schwang Zärtlichkeit mit. »Aber deine Rekonvaleszenz wird voraussichtlich noch Monate dauern. Vielleicht kehrt das Gefühl nie in deine Beine zurück. Auf diese Möglichkeit müssen wir vorbereitet sein, Kleines. Dein Vater und ich wünschen uns, dass du deine Arbeit wieder aufnimmst, sobald die Handwerker fertig sind. Wir können und wollen nicht viel länger auf dich verzichten.«

Isa starrte ihn fassungslos an. »Du denkst, das wäre so einfach und ich brauche nur mit den Fingern schnipsen, und es ist alles wie zuvor?«

Allein daran zu denken, beschwor vor ihrem inneren Auge Bilder herauf, wie ihr die mal neugierigen und mal mitfühlenden Blicke der Angestellten und Arbeiter folgten, während sie sich abmühte, das Ungetüm von Rollstuhl am Empfangsbereich der Fabrik bis zu ihrem Schreibtisch zu lenken. Ihre Kehle wurde eng.

Ihr Vater ergriff das Wort. »Nein, einfach ist es ganz sicher nicht. Aber du bist stark, mein Schatz, und bis der Umbau fertig ist, bleibt dir genügend Zeit, dich auf das neue Kapitel in deinem Leben vorzubereiten.« Er sah sich um. »Wir helfen dir dabei.«

Die anderen stimmten zu.

Isa schossen Tränen in die Augen. »Kann ich … nicht hier arbeiten? In meinem Zimmer ist … Platz genug für den großen Schreibtisch.« Sie senkte den Kopf. »Ich kann mich den Blicken der anderen noch nicht aussetzen.«

»Ich bin sicher, du schaffst das.« Ihr Vater ließ sie nicht aus den Augen. »Ich ahne, was unsere Bitte für dich bedeutet. Aber auch wenn deine Beine dir nicht mehr gehorchen sollten«, er tippte sich gegen die Stirn, »dein Verstand arbeitet genauso ausgezeichnet wie zuvor.«

Isa erstarrte, unfähig, etwas zu entgegnen.

»Keiner unserer Grafiker kann sich auch nur annähernd mit dir messen, wenn es um Ideenreichtum und ein Gespür für Mode geht«, fügte Onkel Georg hinzu. »Nur Mut. Bitte lass uns nicht im Stich.«

Isa glaubte auf einmal, im Speiseraum keine Luft mehr zu bekommen.

»Ich denke darüber nach. Entschuldigt mich. Simon, bring mich bitte in mein Zimmer.«

Als Maria wenig später Anstalten machte, sie aus dem Rollstuhl zu heben, wehrte Isa ab. »Ich möchte nicht zurück ins Bett. Bitte helfen Sie mir in das geblümte Kleid.«

Die Schwester lächelte verständnisvoll. »Dann kommt der Herr Wedekind heute Nachmittag zu Besuch?«

»So ist es, und ich möchte ihn gebührend empfangen.«

Maria wiegte den Kopf. »Ich verstehe, aber ist das stundenlange Sitzen im Rollstuhl nicht noch etwas zu anstrengend, Fräulein Breitenbach?«

»Lassen Sie das meine Sorge sein und tun Sie, worum ich Sie bitte.«

Maria zuckte unter ihrem scharfen Tonfall zusammen und hatte es eilig, der Aufforderung ihres Schützlings nachzukommen. Danach flocht sie Isa einen komplizierten Zopf, der ihre sanften Gesichtszüge zur Geltung brachte, und zog ihr die roten Schuhe mit den kleinen Absätzen an, die so gut zu ihrem Kleid passten.

Zum Schluss betrachtete sich Isa in einem Handspiegel, legte einen Hauch Rouge auf ihre Wangen und nickte zufrieden.

»Danke, Sie können gehen. Wenn Herr Wedekind eintrifft, führen Sie ihn bitte herein.«

»Selbstverständlich.« Damit verließ die Schwester den Raum.

Isa konnte den Moment, wenn Bernhard durch die Tür kam, kaum erwarten. Sie schielte zu der Standuhr in der gegenüberliegenden Zimmerecke. Wieso verging die Zeit so unerträglich langsam? Dennoch, je mehr sich der Zeiger auf drei Uhr bewegte, umso stärker wurde ihre Anspannung.

Von den vielen Unannehmlichkeiten wie dem Katheter aus Kautschuk zum Beispiel, der ihre Blase entleerte, weil sie nicht einmal dazu in der Lage war, oder dem dunklen Fleck am unteren Rücken, der sich durch das lange Liegen gebildet hatte, brauchte er nicht zu erfahren. Von den Phasen, in denen ihr das Leben wie eine nicht enden wollende Hölle erschien, schon gar nicht. Für Bernhard wollte sie gefasst und voller Tatendrang sein. Für ihn wollte sie jene Isa sein, in die er sich verliebt hatte.

Doch an diesem Nachmittag ließ er auf sich warten.

Als die Türglocke beinahe eine Stunde später klingelte, streckte Isa den Rücken.

Dann stürmte Bernhard lächelnd in den Raum, einen Strauß Margeriten in der Hand.

»Verzeih meine Verspätung, Liebling. Ich wurde leider aufgehalten. Wie geht es dir?« Er klang ein wenig atemlos, als er sie zart küsste und ihr danach die Blumen in den Schoß legte.

Isa sog den leichten Duft ihrer Lieblingsblumen ein und klingelte nach Maria.

»Bitte suchen Sie eine schöne Vase für den Strauß und stellen Sie ihn auf den Tisch neben meinem Bett.«

Maria tat, worum man sie gebeten hatte, und verließ lautlos den Raum.

Isa lächelte. »Es geht mir jeden Tag etwas besser. Ich bin so schrecklich ungeduldig. Wenn es nach mir ginge, würde ich härter üben. Aber Doktor Schubert meint, es brauche seine Zeit, bis sich mein Körper erholt. Erst dann darf ich versuchen, aufzustehen.«

»Das ist nur natürlich, immerhin hast du schwere Verletzungen davongetragen. Wir haben Zeit, Liebste.« Er wies auf ein kleines Paket, das er seiner Ledertasche entnommen hatte. »Sieh mal, ich habe uns Zimtschnecken mitgebracht, die magst du doch besonders gern.«

Doch Isa hörte Bernhard kaum zu, seine Worte rauschten gleich einem monotonen Strom an ihr vorüber. Irgendetwas stimmte nicht, denn obgleich seine Mimik unverändert blieb, standen trotz des kühlen und regnerischen Tages Schweißperlen auf seiner Stirn, außerdem hatte er seine Krawatte nachlässig gebunden, als wäre er eilig aufgebrochen.

Isa umfasste sein Handgelenk. »Du bist nervös. Was verheimlichst du mir?«

Er strich ihr übers Haar. »Ich hatte vorhin eine kleine Auseinandersetzung mit meinen Eltern. Nichts, was dich sorgen müsste.«

Isa dachte nicht daran, sich mit einer Andeutung zufriedenzugeben. »Wieso hattet ihr Streit?«

Er ging vor ihr in die Hocke. »Ach, sie richten es immer so ein, dass ich möglichst wenig Zeit mit dir verbringe. Mal ist es eine gesellschaftliche Verpflichtung, auf die ich sie begleiten muss. Dann wieder muss ich mir Leute ansehen, die sich bei uns um Anstellung bewerben, um nur ein paar Beispiele zu nennen.« Zärtlich umschloss er ihr Gesicht. »Aber damit ist jetzt endgültig Schluss. Ich bin auf der Suche nach einem Haus für uns. Ich liebe dich, ob mit oder ohne Rollstuhl.«

Isa lehnte sich gegen seine Brust und weinte.

KAPITEL 7

Caroline

Lyzeum Haus Falkenburg, Wusterwitz in Brandenburg, zur selben Zeit

Es war Samstag, und seit dem vergangenen Abend hatte es unaufhörlich geregnet. Dicke Tropfen, in denen sich das Morgenlicht spiegelte, perlten von den Bäumen vor dem Haus und versickerten im Gras. Das Internat wirkte wie ausgestorben, ein Großteil der Schülerinnen lebte im Umkreis und fuhr an den Wochenenden heim. Caroline war darüber nicht sonderlich unglücklich, schließlich hatten Luise, Annegret und sie den Schlafraum nun für sich und konnten des Nachts ungestört plaudern – zumindest, solange sie sich nicht erwischen ließen.

Caroline lag auf ihrem Bett und starrte, die Arme hinter dem Kopf verschränkt, missmutig an die Decke. Luise und Annegret hatten den Putzdienst in der Bibliothek übernommen, für den es einmal pro Monat drei Stunden Ausgang gab. Für Caroline ein sinnloses Unterfangen. In dieser gottverlassenen Gegend konnte man ohnehin nichts erleben, zumal es ihnen nur in Begleitung einer Aufsichtsperson gestattet war, zum Plauer See zu fahren, wo es zumindest eine Eisbude gab. An schönen Tagen konnte man mit einem Ausflugsdampfer auf die andere Seite des Sees gelangen, doch keins der Mädchen hatte Lust, eine der Erzieherinnen mitzunehmen, die aufpasste, dass sie sich auch ja gesittet benahmen. Und einen Ausflug verbotenerweise allein zu unternehmen, erforderte mehr Kaltschnäuzigkeit und Fantasie, als Caroline besaß. Annegret war es letzten Monat tatsächlich gelungen, sich für ein paar Stunden davonzustehlen. Sie hatte seit Kurzem einen Liebsten, der in der Nähe des Sees wohnte und sich bei der Internatsleitung, ohne mit der Wimper zu zucken, als Annegrets Cousin ausgegeben hatte.

Caroline hätte nicht die Nerven gehabt, Frau Falkenburg ins Gesicht zu lügen, viel zu groß war ihre Angst, man könnte den Schwindel aufdecken. Trotz ihrer Bedenken hatte sie Mitgefühl mit Annegret. Nicht mehr lange, und sie alle würden mit Bestehen der Reifeprüfung ins Elternhaus zurückkehren. Dann war es mit den heimlichen Vergnügungen vorbei, auf die meisten von ihnen wartete der Hafen einer ungewollten Ehe.

Einmal mehr empfand Caroline Dankbarkeit, denn ihre Eltern dachten in jeder Hinsicht weit fortschrittlicher als die ihrer Freundinnen. Nie hatten sie auch nur eine Andeutung über eine baldige Eheschließung fallen lassen. Was sie angesichts der Tatsache, dass sie nicht nur das Nesthäkchen, sondern auch diejenige unter den drei Kindern war, die sich im Unternehmen als durchaus entbehrlich empfand, mit Erleichterung erfüllte. Ihr fehlten Isas grafisches Talent und Felix' seriöses Auftreten.

Ganz davon abgesehen verstand sie nicht, wieso sie noch bis Ende des Monats im Internat bleiben musste, nur weil man die Noten der Reifeprüfung erst dann bekannt geben wollte. Caroline waren die Zensuren gleich, solange sie bestand und sich nicht schämen musste, ihren Eltern gegenüberzutreten.

Da flog die Tür auf und Luise und Annegret stürmten herein.

Caroline sah auf die schlichte Wanduhr. »Ihr seid aber spät dran. Hat Frau Falkenburg euch etwa in der Bibliothek festgehalten?«

Luise schnaubte. »Die Hälfte der Zeit hatte sie uns ständig im Blick. Wenn sie nicht gut auf jemanden zu sprechen ist, kann sie eine richtige Hexe sein.«

Caroline runzelte die Stirn. »Was sollte sie gegen euch einzuwenden haben?«

Die Pastorentochter biss sich auf die Unterlippe, und Luise kam ihr zur Hilfe.

»Gegen mich hat sie nichts, wohl aber gegen Annegret.«

Diese verzog gequält das Gesicht. »Frau Falkenburg fragte überaus freundlich, ob mein Cousin mich bald wieder besuchen käme. Meine Eltern hätten es so reizend gefunden, dass sich Ludwig um mich kümmere.«

»Ich kann dir nicht folgen, Annegret«, warf Caroline verwirrt ein. »Du hast doch wirklich einen Cousin in der Gegend.«

»Das ist richtig, aber den richtigen Ludwig habe ich zuletzt gesehen, als wir noch im Sandkasten gespielt haben.« Annegrets Augen wurden feucht. »Was, wenn meine Eltern ihn anrufen? Ich wette, Frau Falkenburg ahnt etwas!«

Caroline strich ihr übers Haar. »Wie heißt dein Liebster wirklich?«

»Willi«, erwiderte Annegret verträumt. »Er ist der liebste und lustigste Mann, dem ich je begegnet bin.«

So oder so ähnlich schwärmte die Pastorentochter von jedem Verehrer. Sie verliebte sich eben schnell. Ganz anders als Caroline, die dieses Flattern im Bauch, von dem Annegret gern sprach, noch nie empfunden hatte. »Das freut mich für euch. Trotzdem seid bitte vorsichtig.«

Mehr fiel Caroline nicht ein. Im Gegenteil, sie musste sich auf die Zunge beißen, damit ihr nicht ein Kommentar wie »Eure Probleme hätte meine Schwester gern« oder Ähnliches entschlüpfte. Isa tauchte vor ihrem geistigen Auge auf, wie sie ihr mit entschlossener Miene versicherte, ihre Beine würden ihren Dienst bald wieder aufnehmen. Gegen Isas Probleme erschienen ihr Annegrets geradezu banal. Sie hatte eine Dummheit begangen, für die sie möglicherweise Abbitte leisten musste, und die sie eines Tages vielleicht sogar bereuen würde. Doch der Vorfall würde ihr Lebensgefüge nicht ins Wanken bringen.

Caroline wollte sich abwenden, da reichte Luise ihr ein Schreiben. »Fast hätte ich es vergessen! Frau Falkenburg bat mich, es dir zu geben.«

Der Brief trug die unverkennbare Handschrift ihres Bruders.

»Danke, Luise«, entgegnete sie rasch. »Bitte entschuldigt mich, ich gehe in den Wintergarten.«

»Geh nur«, sagte Annegret. »Hoffentlich gibt es gute Neuigkeiten.«

Der Wintergarten befand sich in einem Seitentrakt des Gebäudes, wurde jedoch selten von den Mädchen aufgesucht, da sich dort unter der Woche gern die Lehrer des Internats aufhielten. Vom Wintergarten aus genoss man einen freien Blick auf die Reitanlage und den schmalen Pfad, der in den Wald führte und den sie an den Wochenenden regelmäßig nutzte. Doch heute lag die Landschaft ebenso verlassen vor ihr wie der Wintergarten.

Carolines Herzschlag beschleunigte sich, als sie in einem Korbsessel Platz nahm und das Kuvert aufriss.

Liebster Wildfang,
hoffentlich habe ich Dich nicht erschreckt. Es ist
eigentlich nicht meine Art, Briefe zu schreiben,
nur bist Du so schwer allein anzutreffen, dass
Du heute mit meiner furchtbaren Handschrift
vorliebnehmen musst.

Schnell vorweg: Dich erwartet keine Katastrophe, ich möchte nur meine Gedanken mit Dir teilen.

Isa geht es weiterhin den Umständen entsprechend.

Erleichtert stieß Caroline die Luft aus.

In Maria hat sie eine geduldige Pflegerin an ihrer Seite. Ich weiß nicht, ob ihr bewusst ist, wie rasch ihre Stimmung umschlägt. Maria tut mir zuweilen ein wenig leid, aber sie trägt Isas Launen mit Fassung. Ihr Gemüt hätte ich manchmal gern! Unsere Schwester ist nach unseren abendlichen Übungen stets sehr niedergeschlagen, weil es kaum vorangeht. Das kann ihr wirklich niemand verdenken. Sie ist wütend auf sich, weil es ihr noch immer nicht gelingt, sich selbstständig an den Bettrand zu setzen.

Das war typisch Isa, wenn sie sich etwas in den Kopf setzte, gab sie nicht auf, bevor sie ihr Ziel erreicht hatte. Schon als Schulmädchen hatte sie stundenlang mathematische Formeln auswendig gelernt, die sie sich schwer merken konnte.

Sosehr uns ihr Zustand auch schmerzt, wir müssen an die Zukunft denken. Der Umbau ist voraussichtlich Ende des Monats fertig. Wir werden sehen, ob Isa dem Arbeitsalltag bereits gewachsen ist.

Damit komme ich zu Dir. Hast Du bereits Pläne, welchen Posten in unserem Unternehmen

Du nach Deiner Rückkehr einnehmen willst?
Oder möchtest Du Dich in einer anderen
Firma um eine Stellung bewerben? Das sind
Themen, die sich schlecht am Telefon besprechen
lassen, nicht wahr? Leider wird sich unser
Vermarktungsfachmann Rudolf Tillmann
zum Monatsende von uns verabschieden, da
er im Badischen eine gute Stellung angeboten
bekommen hat. Was für uns natürlich ein
herber Verlust ist, Rudolfs Talent hat unserer
Firma eine ganze Anzahl guter Geschäfte
eingebracht. Kannst Du Dir vorstellen, seinen
Posten einzunehmen? Ich weiß, Du hast keine
Erfahrung in der Vermarktung, aber meine
Mitarbeiter in der Abteilung und ich stünden
Dir hilfreich zur Seite. Um ehrlich zu sein, kann
ich mir Dich gut bei dieser Aufgabe vorstellen.
Du bist gewitzt und besitzt Überzeugungskraft.
Insofern wärst Du meine perfekte Wahl!
Was sagst Du zu meinem Vorschlag?

Caroline ließ den Brief sinken. Vermarktung? Natürlich kannte sie Rudolf Tillmann, doch sie hatte sich nie näher mit diesem Bereich des Unternehmens befasst. Je länger sie jedoch darüber nachdachte, desto mehr gesellte sich zu ihrer Skepsis stille Freude, dass Felix ihr eine derart verantwortungsvolle Tätigkeit tatsächlich zutraute.

Für den Fall, dass ich Dich überzeugen konnte,
findest Du anbei ein formelles Anschreiben an
die Internatsleitung mit der Bitte um vorzeitige
Entlassung aus dem Internat und Lyzeum. Ich

würde es gern sehen, wenn Rudolf Dich noch in
die Grundregeln Deiner Tätigkeit einarbeitet.
Bitte rufe mich kurz an, wenn Du Dich
entschieden hast.
Ansonsten gibt es wenig Neues zu berichten.
Ich umarme Dich,
Dein Bruder Felix

Mit wachsender Erregung begutachtete sie das für Frau Falkenburg beigelegte Schreiben. Dann steckte sie es hastig zurück in den Umschlag, legte diesen auf den Schreibtisch des Sekretariats und eilte in den Schlafsaal.

»Und?«, fragten Luise und Annegret wie aus einem Mund. Sie saßen auf Luises Bett und blätterten in einer Modezeitschrift.

Caroline gab so gleichmütig wie möglich den Inhalt des Briefes wieder und bemerkte, wie Luise enttäuscht einen Flunsch zog.

»Ich gönne dir die ganze Welt, aber da wäre ich schon ein wenig neidisch, wenn wir hier noch bis Ende des Monats ausharren müssten, du aber vorzeitig zu deiner Familie zurückkehren dürftest.«

»Allerdings!« Finster verschränkte Annegret die Arme vor der Brust, doch schon im nächsten Moment zog sie Luise in die Arme. »Unsinn, wenn die Falkenburg ihr das erlaubt, sollten wir uns für sie freuen.«

Caroline setzte sich zu ihren Freundinnen. »Warten wir es ab, ich rechne mir ohnehin keine großen Chancen aus.«

Den Rest des Wochenendes verbrachte Caroline hauptsächlich in den Stallungen. Um das schöne Wetter zu nutzen, unternahmen die drei am Sonntag einen Ausritt, mussten jedoch dem Stallburschen versprechen, gesittet zu reiten. Trotz der Vergnügungen begleitete Caroline die nagende Frage, ob sie vorzeitig nach Hause durfte, auf Schritt und Tritt.

Am Montagvormittag, die Schülerinnen verließen gerade die Nähstube, in der sie die Tischwäsche des Internats ausgebessert hatten, wurde Caroline zu Frau Falkenburg gerufen.

»Viel Glück«, wisperte Luise.

Caroline nickte und schlängelte sich an den Mitschülerinnen vorbei auf eine Tür im Eingangsbereich zu. Sie wischte sich die klammen Finger an einem Taschentuch ab und betätigte den Türklopfer.

Dann stand sie vor der Internatsleiterin, die ihre Schülerin durch einen Nasenzwicker musterte.

»Treten Sie näher.«

Caroline nahm in einem Ohrensessel Platz, legte die Hände in den Schoss und wartete, bis ihr Gegenüber das Gespräch eröffnete.

Frau Falkenburg deutete auf das Schreiben, das Felix mitgeschickt hatte.

»Ihr Herr Bruder hat mich um Ihre vorzeitige Entlassung aus dem Lyzeum und Internat gebeten.« Sie legte das Schreiben auf den Tisch. »Zugegebenermaßen habe ich mich mit einer Entscheidung schwergetan. Mögen die Beweggründe von Herrn Breitenbach auch mehr als verständlich sein, kann ich bei Ihnen nicht immerzu Ausnahmen machen. Ihnen ist hoffentlich bewusst, dass alle Schülerinnen verpflichtet sind, bis zum Schluss am Unterricht teilzunehmen, oder?«

»Selbstverständlich«, sagte Caroline leise.

»Ihre Abschlussnoten, das kann ich Ihnen heute bereits verraten, sind höchstens mittelmäßig zu nennen.«

Also habe ich offenbar bestanden, erkannte Caroline aufatmend.

Frau Falkenburg faltete die Hände auf dem Tisch. »Es besteht somit kein Anlass, Sie mit einer Sondergenehmigung zu belohnen, zumal ich Ihnen eine solche aufgrund der traurigen Vorkommnisse in Ihrem Elternhaus schon einmal erteilt habe.« Sie legte eine bedeutungsvolle Pause ein. »Um mir eine abschließende Meinung zu bilden, habe ich mich heute Morgen mit Ihren Lehrkräften beraten, die mir zu meiner Freude versicherten, dass es keinen Grund zur Klage gebe. Sieht man davon ab, dass Sie sich zu leicht ablenken lassen, haben Sie sich in den letzten beiden Jahren zu einer wohlerzogenen jungen Frau gemausert.«

Carolines Herz machte einen Satz.

»Darum habe ich vorhin mit Ihrem Herrn Vater telefoniert. Sie werden nächsten Montag abgeholt.«

»Das ist furchtbar nett von Ihnen, Frau Falkenburg«, stieß Caroline erfreut aus.

Die Leiterin hob eine Hand. »Ich gestatte die Sonderregelung nur aufgrund der schwierigen Situation in Ihrer Familie und verstehe die Dringlichkeit, die Ihr Herr Vater mir deutlich machen konnte. Dennoch erwarte ich Ihre Anwesenheit am letzten Schultag. Ich will, dass meine Schülerinnen vollzählig erscheinen.«

»Natürlich, Frau Falkenburg. Ich danke Ihnen von Herzen.«

Die Ältere stand auf und zog Caroline zu ihrer Überraschung in die Arme. »Ihre Zukunft liegt mir am Herzen. Alles Gute für Sie und Ihre Familie.«

KAPITEL 8

Isa

Prenzlauer Berg, 2. August 1910

Eine drückende Schwüle hing seit einer Woche wie eine Dunstglocke über der Stadt, es wehte kein Lüftchen, das Abkühlung verschafft hätte, und die stöhnenden Einwohner hielten sich nur im Freien auf, wenn es sich nicht vermeiden ließ.

Beim Mittagessen hatte Isa ihre Familie gebeten, gegen zwei Uhr in ihr Zimmer zu kommen. Bernhard würde sie das, was sie verkünden wollte, später berichten, er gab noch Unterricht. Maria hatte ihr einige Kissen in den Rücken geschoben, denn Isa wollte die Familie und den ebenfalls geladenen Hausarzt nicht wie ein Fisch auf dem Trockenen empfangen.

Ihre Eltern und Felix hatten sich um ihr Bett versammelt und begrüßten den Arzt, als er sich zu ihnen gesellte. Onkel Georg und Tante Mathilde befanden sich auf dem Weg nach Frankfurt, wo sie ein Kammerkonzert besuchen wollten.

Der fragende Blick ihrer Mutter traf sie. »Ich bin schon sehr gespannt, was du uns mitteilen möchtest, mein Schatz.«

»Das werdet ihr gleich erfahren«, war alles, was Isa erwiderte.

Doktor Schubert betrachtete seine Patientin nachdenklich durch dicke Brillengläser, die das angenehme Gesicht des knapp Vierzigjährigen grotesk entstellten, und reichte ihr die Hand. »Guten Tag, Fräulein Breitenbach. Wie mir eben berichtet wurde, gibt es gute Neuigkeiten zu vermelden?«

Sie reckte das Kinn. »So ist es. Darf ich es Ihnen und meiner Familie demonstrieren?«

Der Arzt lockerte trotz der drückenden Luft im Raum weder seine Krawatte, noch legte er sein Jackett ab. »Ich bitte darum.«

Ungerührt ließ Isa zu, dass Schubert ihren Puls kontrollierte und das Herz abhörte. Dann stützte sie sich unter den wachsamen Augen aller auf ihre Ellenbogen und stemmte sich langsam und mit aufeinandergepressten Lippen in eine sitzende Position.

»Isa, vorsichtig!« Ihr Vater wurde blass um die Nase, an seiner Miene war abzulesen, dass er sich nur schwer zurückhalten konnte, einzugreifen.

Isa konzentrierte sich jedoch ganz auf die Messingtafel mit dem Symbol des weißen Ahorns auf der Anrichte, die einst ihrem Großvater Hermann Breitenbach gehört hatte. Bei seinem Tod war sie noch zu klein gewesen, um sich an ihn zu erinnern, und sie kannte ihn nur von den Erzählungen ihrer Familie. Dennoch fühlte sie sich auf unerklärliche Weise mit dem Gründer des Familienunternehmens verbunden, und suchte sie Kraft oder Halt wie in diesem Moment, wurde die Messingtafel zu ihrem Anker auf rauer See.

Isa holte tief Luft, spannte ihre Muskeln an – und dann gelang es ihr tatsächlich, aufrecht zu sitzen. Zwar hielt sie sich noch ein wenig wackelig, aber das trübte ihr Hochgefühl nicht im Mindesten. *Jetzt nur nicht nachlassen.* Woche um Woche hatte sie täglich ihre Oberkörpermuskulatur trainiert, wenn ihre Familie bereits schlief, zuweilen bis zur völligen Erschöpfung. Es musste heimlich geschehen, der Arzt hatte ihr strikt verboten, ohne Aufsicht zu üben.

Schweißperlen sammelten sich zwischen ihren Schulterblättern. Sich aufrecht zu halten erschien ihr weitaus schwerer als sich hochzustemmen.

Isas Mutter presste eine Hand vor die Lippen, ihre Augen füllten sich mit Tränen.

Doktor Schubert klatschte. »Fräulein Breitenbach, ich gratuliere! Sie machen das ganz fabelhaft.«

Wie Samt legte sich seine Begeisterung um ihre bis zum Zerreißen gespannten Nerven. »Bitte warten Sie … ich bin noch nicht fertig.« Mit geschlossenen Augen bündelte sie ihre verbliebene Kraft. Noch in der vergangenen Nacht hatte sie das Folgende heimlich versucht, bis ihre Muskeln so stark zitterten, dass sie aufgeben musste.

Sie öffnete die Lider. Heute würde sie nicht scheitern.

Gestützt auf den linken Arm, schob sie mit der rechten Hand erst das eine und danach das zweite Bein so in Position, dass nur noch wenige Zentimeter fehlten, um sie über den Bettrand baumeln zu lassen.

Ein Raunen ging durch die Familie.

»Liebling, das ist unfassbar!« Die Stimme ihrer Mutter klang tränenerstickt.

»Nein, das ist das Resultat von harter Arbeit«, erwiderte Isa lakonisch.

»Ich bin wirklich beeindruckt, Fräulein Breitenbach«, sagte Doktor Schubert. »Aber jetzt sollten Sie ausruhen. Sie dürfen sich nicht überanstrengen.« Ohne auf ihren Protest zu achten, polsterte er das Kopfende ihres Bettes mit Kissen aus und half ihr, sich niederzulegen.

Als sich Isa für das gewappnet fühlte, was ihr seit geraumer Zeit auf der Seele lag, ließ sie ihren Blick über die kleine

Versammlung schweifen und heftete ihn schließlich auf den Mediziner.

»Doktor Schubert, erst vor wenigen Wochen haben Sie meiner Familie mitgeteilt, dass die Überlebenschancen von Querschnittsgelähmten verschwindend gering seien. Ist das richtig?«

»Das entspricht der Wahrheit«, warf dieser irritiert ein. »Unsere Studien belegen ... Aber woher wissen Sie das?«

»Sie besitzen eine durchdringende Stimme«, antwortete Isa ruhig, »und wenn es im Haus still ist, höre ich mehr, als Sie vermutlich angenommen haben.«

Betretene Stille folgte.

»Sie haben wörtlich gesagt, Leute wie ich leben nach derartigen Verletzungen ›in neunzig Prozent aller Fälle höchstens noch drei Monate‹«, fuhr sie ungeduldig fort. »Diese Zeit ist inzwischen um, und ich bin immer noch am Leben.«

»Was uns auch über alle Maßen freut«, warf der Arzt beschwichtigend ein. Seinen roten Ohren nach zu urteilen, war ihm die Situation äußerst unangenehm.

Ihr Vater räusperte sich. »Liebling, ich glaube, du bringst unseren Herrn Doktor gerade ein wenig in Verlegenheit.«

»Und mir tut es leid, dass du das mit anhören musstest«, kam es stockend von ihrer Mutter. »Was muss dir alles durch den Kopf gegangen sein? Warum hast du nichts gesagt?«

Isa schüttelte den Kopf. »Das hätte an der Situation auch nichts mehr geändert.«

Doktor Schubert verschaffte sich mit einer Handbewegung Gehör. »Ich möchte mich in aller Form bei Ihnen und der ganzen Familie entschuldigen. Derlei Taktlosigkeiten werden mir sicher kein zweites Mal passieren.«

Isa nahm seine Worte schweigend zur Kenntnis.

Felix trat näher an ihr Bett. »Bitte beruhige dich, du bist weiß wie das Laken. Ich schlage vor, du ruhst dich erst etwas aus, und wir reden später weiter.«

»Ich bin gleich fertig«, antwortete sie und suchte Doktor Schuberts Aufmerksamkeit.

Im Raum waren nur ihre heftigen Atemzüge zu vernehmen.

»Sie teilten meiner Familie ferner mit, dass ich voraussichtlich nie ohne fremde Hilfe in der Lage sein werde, mich zu bewegen.« Isa blickte von einem zum anderen. »Seht mich an! Ich habe euch eines Besseren belehrt! Meint ihr nicht, ich hätte jetzt einen Wunsch bei euch frei?«

»Jeden, mein Liebling, was ist es?« Im Gesicht ihres Vaters spiegelten sich Verwirrung und Betroffenheit wider.

»Versucht nie wieder, mir weiszumachen, dass ich zu etwas nicht in der Lage bin. Dazu habt ihr kein Recht!« Isa sprach langsam und betont, nur so gelang es ihr, ihren aufflammenden Zorn im Zaum zu halten. »Ich allein weiß, was ich erreichen kann und was nicht!« Sie sah den Arzt an. »Übrigens schließe ich Sie in meine Bitte ein, Doktor Schubert. Sie sind ein guter und verlässlicher Mediziner, doch fehlt Ihnen zuweilen das nötige Feingefühl. Ein schwächeres Gemüt als ich wäre nach Ihren Prognosen womöglich bereits verzweifelt.« Isas Kräfte ließen nach. »Lasst mich bitte allein.«

Vanda küsste ihre Stirn. Sie schien etwas einwenden zu wollen, doch Isa wehrte ab. »Nicht jetzt. Ich bin müde.«

»Natürlich, mein Kind.« Die Miene ihrer Mutter blieb unverändert, dennoch hatte sie sie mit der Zurückweisung gekränkt, das spürte Isa überdeutlich.

Einer nach dem anderen verließ den Raum. Nie zuvor hatte sie das Geräusch der sich schließenden Tür lauter wahrgenommen.

Sie hatte ihre Familie hinausgeschickt, und nun, da sie allein war, wünschte sie, zumindest ihre Mutter hätte sich von ihrer Bitte nicht beirren lassen.

Isas Empfindungen waren ebenso verwirrend wie kindisch. Auch wenn sie von klein auf ihren Mitmenschen ruhig und bescheiden vorgekommen sein mochte – im Inneren war sie schwer zufriedenzustellen. Die arme Magda. All die Jahre hatte sie eine Engelsgeduld an den Tag gelegt, insbesondere, wenn Isa sie aufforderte, ihre Haare zu komplizierten Zöpfen zu flechten, oder wenn das alte Mädchen ein Kleid nach dem anderen zurückbringen musste, weil es Isa gerade nicht zusagte.

»Mein Äußeres ist mir eben wichtig«, hatte Isa schnippisch erwidert, wenn das Dienstmädchen eine strenge Miene aufsetzte.

»Als Tochter eines bekannten Unternehmers sollte es das auch«, antwortete Magda, die schon ihrem Großvater treu gedient hatte, in solchen Momenten resolut. »Aber sowie du Komplimente bekommst oder dir ein junger Mann Avancen macht, nimmst du sofort Reißaus. Mädchen, du willst immer karierte Maiglöckchen.«

Von Magda und Simon ließ sich Isa derartig kritische Bemerkungen gefallen, doch niemand sonst hätte sich etwas Ähnliches erlauben dürfen.

Isas Gedanken kehrten zu Magdas Worten zurück.

Wollte sie auch jetzt karierte Maiglöckchen?

Im Kreis der Familie war sie jetzt das erklärte Sorgenkind. War Bernhard bei ihr, sog ein Teil von ihr seine liebevollen Blicke und die kleinen Gesten der Verbundenheit glücklich in sich auf. Ein anderer Teil jedoch fühlte sich in seiner Gegenwart neuerdings unbehaglich. Mehr noch, in seiner Nähe wurde Isa ihre Unzulänglichkeit bewusst. Bei ihm fühlte sie sich wie ein Krüppel, ganz abgesehen davon, dass sie Bernhards Traum von einer heilen kleinen Familie gründlich über den Haufen warf.

Vorgestern hatte er von einem Haus in seiner Nachbarschaft geschwärmt, das er zu kaufen beabsichtigte. Nach ihrer Hochzeit wollte er das Erdgeschoss mit ihr bewohnen. Ein Umbau sollte Isa freien Zugang zu dem hübsch angelegten Garten ermöglichen, den ersten Stock würde er zur Vermietung freigeben. Die Begeisterung, mit der er ihr das Haus und den Wintergarten geschildert hatte, stand ihr noch immer vor Augen. Seine freudestrahlende Miene wurde Teil ihrer Albträume, und wenn sie morgens erwachte, wünschte sie, sie könnte fortlaufen, irgendwohin, wo seine Hoffnung sie nicht mehr verfolgte.

Doch war Bernhard nicht in ihrer Nähe, fühlte sie eine große Leere.

Karierte Maiglöckchen schienen ihre Lebensdevise zu sein.

Isa starrte auf eine Spinne vor dem Fenster, in deren Netz sich eine Fliege verfangen hatte. Ihr Kopf fühlte sich plötzlich watteweich an. Hitze schoss durch ihren Körper, und sie warf die Decke von sich und klingelte nach Maria.

»Ich bin furchtbar durstig«, sagte sie, als die Schwester wenige Momente später eintrat und sich nach ihren Wünschen erkundigte.

Ihre Kehle war wie ausgetrocknet, und warum klang ihre Stimme so fremd und wie aus weiter Ferne?

Maria reichte ihr ein Glas frisch gepressten Saft, doch Isa fühlte sich zu schwach, es zu halten. Die Schwester hielt es Isa an die Lippen und sie trank hastig. Schwindel erfasste sie jäh, und sie stöhnte leise auf.

»Ist Ihnen nicht wohl, Fräulein Breitenbach?« Maria befühlte ihre Stirn und schlug beide Hände über dem Kopf zusammen. »Grundgütiger! Sie haben ja hohes Fieber!« Ihre Miene wurde ernst. »Ich bin gleich zurück.«

Wie durch einen undurchdringlichen Nebel nahm Isa hektische Schritte und aufgeregte Stimmen im Flur wahr. Kurz darauf umwickelte jemand ihre Stirn und die Waden mit kalten Wickeln.

»Ich bleibe bei ihr, Maria.« Das musste ihre Mutter sein. »Ist Doktor Schubert verständigt?«

»Ja, er macht jedoch ein paar Hausbesuche. Seine Frau bittet um etwas Geduld.«

»Das gefällt mir nicht«, meinte ihre Mutter heiser, den Rest verstand Isa nicht mehr, denn Vandas Stimme schien immer leiser zu werden, bis sie schließlich nichts mehr zu hören vermochte.

Isa wollte die Augen öffnen, doch ihre Lider waren bleischwer.

Sie wollte etwas sagen, aber aus ihrer Kehle drang kein Laut.

Ihr kam es vor, als würde sie aus großer Höhe fallen, tiefer und tiefer, eingehüllt in ein schwarzes Nichts.

Als Isa die Augen wieder öffnete, war es finstere Nacht, und sie wusste zunächst nicht, wo sie sich befand. Doch dann fiel ihr Blick auf die von einer Tischlampe beleuchtete Messingtafel auf der Anrichte an der gegenüberliegenden Wand. Sie war zu Hause.

Auf einem Lehnstuhl unweit ihres Bettes erkannte sie im schwachen Lichtschein die halb zusammengesunkene Gestalt ihres Vaters. Die Brille war ihm auf die Nase gerutscht.

»Vater.«

Ihre Stimme war nicht mehr als ein Flüstern, dennoch genügte es, ihn aus dem Schlaf zu holen. Im nächsten Moment stand er an ihrem Bett, die Haare zerzaust, das Hemd offen. »Isa, mein Herz. Dem Himmel sei Dank, du bist wach!«

Verwirrt sah sie auf die Straßenlaterne vor ihrem Fenster. »Wie spät ist es?«

»Viertel nach drei in der Nacht, mein Schatz.« Er legte ihr ein kaltes Tuch auf die Stirn. »Du hast im Fieber fantasiert. Wie fühlst du dich?«

Das Letzte, woran sich Isa erinnerte, war, dass Mutter ihre Waden mit kalten Tüchern umwickelt hatte. Zu dem Zeitpunkt hatte die Sonne geschienen.

»Mein Kopf tut weh.«

»Das dachte ich mir. Für den Fall hat dir Doktor Schubert Tropfen dagelassen.« Er half ihr, den Kopf zu heben, und flößte ihr die bittere Medizin ein. Sein Blick war ernst. »Versprich mir, dass du dich in Zukunft nicht mehr überanstrengst. Du willst doch nicht gefährden, wofür du so hart gearbeitet hast, nicht wahr?«

Isa sah ihn reglos an. »Ich wollte euch beweisen, dass ihr im Unrecht seid.«

»Das hast du getan.« Die Miene ihres Vaters wirkte zerknirscht. »Mir tut es unendlich leid, ich habe Schubert mehr geglaubt als dir. Bitte trag mir meinen Fehler nicht nach.«

Isa strich über seinen Handrücken. »Natürlich nicht.«

»Schlaf jetzt«, sagte ihr Vater zärtlich. »Umso schneller wirst du wieder gesund.«

KAPITEL 9

Chesmu

Julias Farm, Grundstück des Reservats der Weeminuche, 3. Januar 1911

Chesmu schaufelte Mist in eine Schubkarre. Sein Atem hinterließ feine Dampfwolken in der klirrend kalten Morgenluft, als er den Stall verließ und das Gefährt auf den Misthaufen leerte. Chesmu wusste selbst nicht zu sagen, warum seine Gedanken an diesem Tag in der Vergangenheit verweilten. Damals, nur wenig älter als Sam heute, hatte er seinen Vater ebenso mit Fragen überhäuft, wie sein Sohn es nun tat. Was es für seinen Vater Akule bedeutet hatte, ihn die Lebensweise seiner Vorfahren zu lehren, konnte er heute erst ermessen. Chesmu erinnerte sich deutlich an jene Zeit, da sein Vater mit seinem weißen Freund Richard zusammen auf die Jagd gegangen war. Das Bild des Ranchers stieg vor ihm auf. Doch von einem Tag auf den anderen hatte sein Vater von dem Mann nichts mehr wissen wollen. Auf Chesmus Frage hin hatte er lediglich geantwortet, er solle sich vor den Weißen in Acht nehmen, sie seien hinterhältige Lügner und nur auf den eigenen Profit aus. Danach hatte sein Vater ihn nie mehr erwähnt. Bis Chesmu letzten Sommer in der Zeitung gelesen hatte, Richard Wetherill sei auf offener Straße erschossen worden und der Täter laufe immer noch frei herum. Als er seinem Vater den Artikel vorgelesen hatte, waren seine Augen feucht geworden, doch Chesmu hatte ihm keinen Kommentar dazu entlocken können.

Ein Geräusch ließ ihn aufhorchen. Nur einen Wimpernschlag später kam Sam mit seinem Hund Barney im Schlepptau auf ihn zugelaufen. Sams langer brauner Zopf wippte bei jedem Schritt, seine Füße steckten in den robusten Fellstiefeln, wie sie ihr Stamm in den Wintermonaten trug.

Chesmu umarmte seinen Fünfjährigen und kraulte den Hund hinterm Ohr. »Was suchst du hier? Wo ist deine Mutter?«

Mit einem treuherzigen Augenaufschlag hob Sam die Schultern. »Sie ist eben wieder eingeschlafen. Kommt mein Bruder jetzt endlich auf die Welt?«

»Es kann auch eine Schwester sein«, erklärte Chesmu geduldig. »Aber bis dahin müssen wir warten, bis der letzte Schnee geschmolzen ist.«

Der Kleine zog einen Flunsch.

Anders als bei ihrer ersten Schwangerschaft litt Julia unter Schlaflosigkeit, weshalb sie oft erst am frühen Morgen zur Ruhe kam.

»Lassen wir sie noch ein wenig schlafen, mein Sohn. Hilf mir, die Tiere zu füttern.«

Sam nickte ernsthaft und machte sich mit seinem Vater an die Arbeit. Während sie die Tröge füllten und Chesmu ein Tier nach dem anderen begutachtete, hatte der Himmel eine trübe Farbe angenommen.

»Es wird gleich schneien«, sagte er zu seinem Sohn, als sie fertig waren, und zog ihn aus dem Stall ins Freie. »Sieh nur, der Sleeping Ute trägt bereits eine weiße Haube.«

Der Junge klatschte strahlend in die Hände. »Oh fein, dann darf Großvater mir endlich eine alte Geschichte erzählen.«

»Richtig.« Chesmu lächelte. Als er etwa in Sams Alter gewesen war, hatte auch er seinen Vater gefragt, warum die Alten ihre Geschichten erst nach dem ersten Schneefall erzählen durften.

»In all den Monden vorher müssen wir uns um Mutter Erde kümmern, für unsere Ahnen singen, das Land bestellen, Felle gerben und vieles mehr«, wiederholte Chesmu den Wortlaut seines Vaters. »Erst wenn sich Mutter Erde in einen weißen Mantel hüllt, kann sie schlafen. Dann beginnt für uns Núu-ci die Zeit, am Feuer Geschichten zu erzählen.«

Die Antwort schien seinen Sohn nicht zufriedenzustellen, er schwieg jedoch. Chesmu wies gen Himmel. »Sieh nur!«

Der Junge fing einige dicke Schneeflocken auf und jauchzte.

Die Freude seines Sohnes tat ihm gut. Sie waren gerade im Begriff, sich die Schuhe vor der Tür auszuziehen, als sich in der Ferne die Silhouette eines Reiters abzeichnete, der sich mit einem Packpferd am Zügel ohne Hast näherte. Die kerzengerade Haltung des Mannes sowie die Art, wie er die Hand zum Gruß hob, ließen keinen Zweifel zu, dass es sich bei ihm um Chief Ignacio handelte.

Chesmus Herz schlug höher. Julia und er hatten bereits im letzten Herbst um ein Gespräch mit dem Chief gebeten, doch bisher hatte dieser ihn nicht zu sich gerufen.

»Geh zu deiner Mutter«, sagte Chesmu heiser. »Vielleicht braucht sie deine Hilfe.«

Der Junge trottete wortlos in die Hütte.

Am Zaun zügelte der Anführer der Weeminuche die Pferde.

Chesmu begrüßte ihn respektvoll. »Wir haben uns lange nicht gesehen.«

»Das ist wahr.« Der über achtzigjährige Chief wischte den Schnee von seinem Hut. »Ich reise von Ort zu Ort, rede und verhandle mit Menschen, die unsere Mutter Erde weder schätzen, noch verstehen und keine Gelegenheit auslassen, sie auszubeuten. Der Kampf um Frieden ist schwieriger als jeder Kriegspfad, den ich beschritten habe.« Chief Ignacios wettergegerbtes Gesicht war von Erschöpfung gezeichnet, doch trotz seines Alters saß er noch immer aufrecht im Sattel. »Carrington wird dich später in mein Zelt begleiten. Möge der Große Geist deinen Weg lenken.« Damit nickte er und lenkte die Pferde auf das Reservat zu.

Erregung erfasste Chesmu, als die Silhouette des Chiefs vom Schneegestöber allmählich verschluckt wurde, und plötzlich hatte er es eilig, Julia die Nachricht zu überbringen.

Sie saß auf einem Hocker, Sam bürstete ihr etwas unbeholfen die Haare, und sie sah zu ihrem Mann auf. »Guten Morgen, Liebling. Es tut mir leid, dass ich vorhin eingeschlafen bin.«

Chesmu winkte ab. »Ist schon gut. Wie geht es dir?«

»Danke, alles bestens.« Julia lächelte dünn.

Sam hielt in der Bewegung inne und legte die Bürste auf den Tisch. »Papa, wir müssen noch die Hunde füttern. Darf ich das machen?«

Sein Vater musterte ihn. »Ja, geh nur. Aber gib ihnen nicht zu viel, sonst werden sie dick und träge. Ich kann mich auf dich verlassen, nicht wahr?«

»Ja, ich bin doch schon groß!«, erwiderte der Junge im Brustton der Überzeugung und war im nächsten Moment zur Tür hinaus.

Chesmu setzte sich zu seiner Frau und strich zärtlich über ihren gewölbten Bauch. »Der Chief ist angekommen. Carrington bringt mich heute noch zu ihm.«

»Dann kannst du endlich mit ihm reden.« Julias Wangen schimmerten auf einmal rosig. »Das ist eine gute Nachricht.«

»Finde ich auch. Aber bis dahin musst du dich ausruhen. *Ich* melke heute die Kühe.«

Auf ihrer Stirn erschien eine Sorgenfalte. »Nein, du hast genug zu tun. Ich werde hier nicht tatenlos herumliegen.« Sie wich ihm aus. »Ich brauche etwas, was mich von deinem Gespräch mit dem Chief ablenkt. Sonst ertrage ich die Spannung nicht.«

»Du bleibst hier, meine Sonne.« Er küsste ihren trotzig verzogenen Mund. »Du wolltest deiner Familie doch einen Brief schreiben. Sei vernünftig.«

Chesmu wusste, wie leicht daher gesagt seine Worte klangen. Dabei fiel es ihm in den folgenden Stunden, in denen er die Kühe molk, den Stall ausmistete, ein paar morsche Bretter in der Tür ersetzte und eine verletzte Kralle ihres Wachhundes Blackbeard versorgte, ebenso schwer wie Julia, das bevorstehende Gespräch zu verdrängen. Als er alle Aufgaben bewältigt hatte, brachte er seiner Frau etwas Trockenfleisch aus dem Vorratsraum, damit sie eine Suppe zubereiten konnte.

Nach dem Essen wurde der Schneefall zusehends dichter. Sollten die eisigen Temperaturen anhalten, war es nur eine Frage der Zeit, bis sich hungrige Wölfe aus den Wäldern in die Siedlung vorwagten. Er musste Vorkehrungen treffen und ihre Lebensmittel vor ihnen sichern.

Es wurde Nachmittag, und Chesmu füllte gerade die Futtertröge, da sah er, wie sich Carrington auf seinem Braunen näherte. Er wusch sich rasch Hände und Gesicht, schlüpfte in saubere Kleider und gab Julia Bescheid.

Alles in Chesmu war in Aufruhr, als die kleine Familie wenig später in Begleitung des Indian Agents auf dem gewundenen Sandweg zum Reservat unterwegs war. Die Sonne stand bereits tief und tauchte das weite Land in rotes Licht. Sam hatte sichtlich Freude an dem wadentiefen Schnee und den Fußspuren, die sie im glitzernden Weiß hinterließen. Das Schweigen der Erwachsenen schien den Jungen jedoch bald zu verunsichern, denn er blickte ängstlich zwischen ihnen hin und her.

Für die Dauer der Unterredung mit Chief Ignacio würden Sam und Julia bei Chesmus Eltern bleiben. Frauen hatten bei Besprechungen und Verhandlungen nichts zu suchen, und bis zu diesem Zeitpunkt hatte Chesmu diese unumstößliche Regel seines Stammes nie infrage gestellt. Julia hingegen litt unter den Beschränkungen, zuweilen fürchtete er, dass sie an ihrer Rolle als Núu-ci-Frau eines Tages zerbrechen könnte.

Andererseits erleichterte ihn der Umstand, schließlich konnte niemand voraussagen, wie Chief Ignacio auf ihr Anliegen reagiert hätte, und Julia gehörte zu der Sorte Frau, die ihre Meinung im Zweifelsfall klar und unnachgiebig zu formulieren wusste. Eine Eigenart, die er zwar an ihr schätzte, die aber bei einem Gespräch vernichtend und gefährlich wie ein Sommergewitter sein konnte.

Julia presste eine Hand gegen ihren Rücken. Ihre Blässe und auffallende Schwäche gefielen ihm gar nicht. Er hatte ja keine Vorstellung gehabt, was er seiner Frau mit der zweiten Schwangerschaft abverlangte. Als Sam in ihr herangewachsen war, hatte sie blühend wie nie ausgesehen. Diesmal schien alles ganz anders zu sein.

Er betrachtete ihre unbewegte Miene. »Geht es, meine Sonne?«

»Sicher.« Sie tat, als sei es ein Kinderspiel, sich durch den Schnee zu kämpfen.

Um die Stimmung aufzulockern, versuchte Carrington, Chesmu in ein belangloses Gespräch zu verwickeln. Doch nichts war dem Weeminuche mehr zuwider als leere und dahingeworfene Worte. Natürlich verstand er, dass eine Konversation wie diese beim weißen Mann als Zeichen von Höflichkeit galt. Nur was nützten all die Floskeln, wenn sie sich wie Rauch in der Luft verloren? Schon als kleiner Junge hatte er von seinem Vater und Großvater gelernt, nur zu sprechen, wenn er wirklich etwas zu sagen hatte.

Als dem Engländer die Vergeblichkeit seiner Bemühung deutlich wurde, schwieg er für den Rest des Weges.

Vor Akules Tipi angekommen, nahm Chesmu Julias Hand. »Bist du dir ganz sicher, dass ich deine Bitte weitergeben soll? Damit bringst du vielleicht einen Stein ins Rollen, der dann nicht mehr aufzuhalten ist.«

»Es muss sein«, gestand Julia leise, damit Sam ihre Worte nicht verstand. »Wir tun es für unseren Sohn.« Sie strich dem Kleinen über den Kopf. »Deine Großeltern warten bestimmt schon auf uns. Lass uns gehen.« Sie drückte Chesmus Hand. »Viel Erfolg.«

»Danke.« Seine Anspannung wuchs, während er festen Schrittes auf die Versammlungshütte zusteuerte, vor der sich noch einige andere Núu-ci eingefunden hatten.

Als der Indian Agent ihn nach einer gefühlten Ewigkeit hineinbat, atmete er tief durch und folgte ihm.

Im Halbdunkel des Raumes erkannte Chesmu neben der kräftigen Gestalt des Chiefs auch die von Nicaagat und Elsu, die zum Ältestenrat gehörten und neben ihm im Schneidersitz Platz genommen hatten. Der Anführer entzündete gemächlich eine mit Kräutern gefüllte Pfeife und reichte sie schweigend herum. Erst als alle Anwesenden den Rauch inhaliert hatten, forderte Chief Ignacio Chesmu auf, näherzutreten.

»Wie geht es deiner Frau? Sie kommt bald nieder, habe ich gehört.«

»Ja, zur Zeit der Schneeschmelze.«

Der Chief betrachtete ihn eingehend, aber freundlich. »So verdoppelt sich also deine Verantwortung, eure Kinder zu vollwertigen Mitgliedern unseres Stammes zu erziehen.«

»Ich gebe mein Bestes. Doch ohne eure Unterstützung wird es immer schwieriger.« Chesmu sprach aus, was ihn bereits seit geraumer Zeit bewegte. »Bitte erlaube meinen Eltern, Sam zu lehren, ein guter Núu-ci zu werden.«

Auf Chief Ignacios Zügen zeichnete sich Erstaunen ab. »Dafür brauchen Nituna und Akule die Einwilligung des Bureau of Indian Affairs, das Reservat verlassen zu dürfen, und nicht meine. Das wird nicht funktionieren, zumal die weißen Männer bei Julia und dir bereits eine Ausnahme gemacht haben, als sie euch euer Stück Land außerhalb des Reservats genehmigten.«

Elsu verengte die Augen. »Ich stimme zu. Je mehr du versuchst, Sondervergünstigungen zu bekommen, umso schneller fällst du bei denen in Ungnade. Und wenn sie dich erst als Quertreiber einstufen, stehen dir und deiner Familie schwere Zeiten bevor, mein Junge.«

»Sie haben dich in der Hand«, gab Nicaagat ernst zu bedenken, »und sind imstande, euch das Land von heute auf morgen zu entziehen. Sei vorsichtig!«

Chief Ignacio nickte nachdenklich. »Wir können dir in dieser Angelegenheit leider nicht helfen. Die Last der Verantwortung für Sams Erziehung ruht allein auf deinen Schultern.«

Chesmu gab sein Bestes, sich seine Enttäuschung nicht anmerken zu lassen.

Der Anführer streckte die Beine von sich. »Das ist aber nicht der wahre Grund, warum du mich sprechen willst, oder?«

»Richtig.« Chesmu hielt dem aufmerksamen Blick des Anführers stand. »Ich bin hier, weil meine Frau dich von Herzen bittet, unserem Sohn den Schulbesuch in Cortez zu erlauben.«

Elsus und Nicaagats Mienen gefroren.

»Habe ich mich vor eurer Hochzeit etwa nicht klar ausgedrückt?« Der Chief hatte seine Stimme drohend erhoben. »Ihr habt geschworen, als Núu-ci zu leben!«

»Daran halten wir uns natürlich«, warf Chesmu fest ein. »Aber in Sams Adern fließt auch das Blut seiner Mutter, und somit verdient er die gleichen Chancen wie jeder weiße Junge.«

Ein eisiger Hauch schien auf einmal durch die Versammlungshütte zu wehen.

Der Chief fuhr hoch. »Ihr wusstet, was euch erwartet! Ihr hattet die Wahl. Haltet ihr euch nicht an unsere Abmachung, muss deine Frau zurück zu ihresgleichen. Hast du mich verstanden?«

Chesmus Herz krampfte sich zusammen. »Bitte denke in Ruhe darüber nach, bevor du eine Entscheidung triffst.«

»Kein Wort mehr. Wir werden uns beraten. Geh jetzt!« Chief Ignacio wies zum Ausgang, und Chesmu verließ niedergeschlagen den Raum.

KAPITEL 10

Felix

Prenzlauer Berg, 1. März 1911

Es war ein stürmischer Spätnachmittag und draußen war es bereits stockfinster, was aber Felix' glänzender Laune keinen Abbruch tat. Vor Aufregung gelang es ihm erst beim zweiten Versuch, seine Krawatte akkurat zu binden. Wobei nicht etwa die Einweihungsfeier, die sie heute zum Start der Maschinenproduktion bei *Schuherzeugung Breitenbach & Sohn* gaben, für seine gute Stimmung verantwortlich war. Auch die Tatsache, dass sie jedermann mit Rang und Namen eingeladen hatten, ließ ihn unberührt. Vielmehr lag es an der glücklichen Fügung, dass Emilie seine Einladung angenommen hatte. Nach all den Monaten, in denen er ihr das eine oder andere Mal stets nur von Weitem und dann meist in Begleitung begegnet war, würden sie sich nun endlich gegenüberstehen. Felix wollte sich damit begnügen, ihr schönes Gesicht vor sich zu sehen, ihr helles Lachen wieder zu hören und ein paar Worte mit ihr zu wechseln.

Er biss sich auf die Unterlippe. Mit anderen jungen Frauen hatte er so manche Nacht durchgetanzt, sich am Morgen darauf jedoch kaum noch an ihre Namen oder Gesichter erinnert. In den letzten Wochen hatte er viel Zeit mit seinem alten Freund Levy, dessen Frau Irma und den vier Söhnen verbracht, von denen die beiden älteren in absehbarer Zeit auf eigenen Füßen stehen würden. Levy hatte in Rico für Onkel Georg gearbeitet und war schließlich mit ihm nach Berlin zurückgekehrt, wo er eine Lehre als Schuhmacher im Familienbetrieb der Breitenbachs absolviert hatte. Damals hatten sich Felix und der sechs Jahre ältere jüdische Emigrant angefreundet. Inzwischen war Levy als Schuhmachermeister bei den Breitenbachs tätig und auch heute noch der Einzige, dem er sich rückhaltlos anvertraute.

Levys Schläfen wurden allmählich grau, und aus dem feingliedrigen jungen Mann von früher war ein stattlicher Kerl in den besten Jahren geworden. Er lebte mit seiner Familie noch in derselben Wohnung am Prenzlauer Berg, die er damals mit seiner jungen Frau bezogen hatte. Sein Traum von einer eigenen Werkstatt hatte sich bislang nicht erfüllt, und nun, in Zeiten der politischen Unruhen, hatte er Felix gestanden, dass er ganz froh darüber war, nicht dieselbe Verantwortung wie sein Freund tragen zu müssen.

»In all den Jahren hast du höchst selten über deine Bekanntschaften gesprochen«, sagte Levy in seiner ruhigen Art, als Felix ihn eines Abends aufsuchte. »Wenn du mir jetzt von deiner Emilie erzählst, muss sie dir viel bedeuten.«

»Ich verstehe es ja selbst kaum, wie man für einen Menschen, den man kaum kennt, so viel empfinden kann. Aber ich weiß ganz sicher, dass sie die Frau ist, mit der ich den Rest meines Lebens verbringen möchte.«

»Ich verstehe dich, mein Freund.« Levy wiegte den Kopf. »Aber du weißt, dass man mit Fingern auf sie zeigen wird, wenn man euch zusammen sieht. Bringt euch nicht weiter in

Schwierigkeiten.« Er forschte im Gesicht seines Freundes. »Als Älterer könnte ich dir jetzt kluge Ratschläge geben, aber ich sehe schon, sie wären zwecklos. Gegen die Liebe ist eben kein Kraut gewachsen.«

»Das ist wahr. Ich werde sie beschützen, Levy. Keine ist wie Emilie.«

Seit ihrem Treffen im Café hatte er beinahe jeden verflixten Abend im Park am Wasserturmplatz nach Emilie Ausschau gehalten. Wie hatte er sich auch der Illusion hingeben können, sie dort zu treffen? Felix straffte die Schultern und zwang sich in die Realität zurück.

»Kannst du dich bitte von deinem Anblick lösen? Unsere Gäste warten«, erklang plötzlich eine helle Stimme hinter ihm.

Felix fuhr herum und blickte geradewegs in Carolines amüsierte Miene. »Beobachtest du mich etwa, Schwesterherz?«

Sie kreuzte die Arme vor der Brust. »Oh ja, ich finde es urkomisch, wie du dich minutenlang im Spiegel anstarrst. Was ist, kommst du jetzt?«

»Ab einem gewissen Alter wirst auch du das tun.« Peinlich berührt blickte er an ihr hinab. »Du siehst übrigens reizend aus.«

Sie drehte sich, und ihr langer geblümter Chiffonrock bauschte sich und gab den Blick auf ihre schlanken Fesseln frei. »Isa hat mich zu dem Kleid überredet. Es gefällt mir.«

Schmunzelnd reichte Felix ihr den Arm. »Dass ich diesen Tag noch erlebe.«

Caroline arbeitete inzwischen seit ungefähr einem Dreivierteljahr in der Abteilung für Vermarktung und es machte ihn stolz, wie ernsthaft sie sich trotz ihrer Unerfahrenheit in die Materie einarbeitete. Mit ihren Freundinnen aus dem Internat pflegte sie einen regelmäßigen Briefwechsel, eine von ihnen war mittlerweile verheiratet, hatte Caroline ihm erzählt.

Seine Familie hatte sich fast vollzählig im Versammlungssaal eingefunden. Als Isa im Rollstuhl durch die Flügeltür fuhr,

111

ging ein Raunen durch die Anwesenden. Sie wirkte schmal in dem Gefährt, die Spuren ihrer Krankheit hatte sie dezent mit Schminke kaschiert und sie lächelte schüchtern. Seine Schwester scheute noch vor Auftritten wie diesem zurück, aber er fand, sie machte ihre Sache fantastisch. Es war nur eine Frage der Zeit, bis sich jedermann an den Anblick des Rollstuhls gewöhnt haben würde. Zu aller Freude hatte sie ihren Posten in der Kreativabteilung wieder aufgenommen.

Auf Felix' Frage, ob die Familie nicht zu hart darauf gedrungen hatte, dass Isa rasch an ihren Arbeitsplatz zurückkehren sollte, hatte Onkel Georg ernst erwidert:

»Isa muss unter Menschen, bevor sie im Krankenzimmer versauert. Der kleine Schubs in die richtige Richtung wird ihr gewiss nicht schaden.«

Er hatte recht behalten. Isa blühte allmählich auf, trainierte verbissen und beeindruckte die Familie ebenso wie Doktor Schubert. Ihr Etappenziel, sich selbstständig in den Rollstuhl setzen zu können, hatte sie inzwischen erreicht, und so zweifelte Felix nicht daran, dass ihr noch einiges mehr gelingen würde, wodurch sie jedes Mal ein Stück Unabhängigkeit zurückgewann.

Im Laufe der nächsten Stunde hießen sein Onkel Georg und er im Versammlungssaal langjährige Stammkunden und Geschäftspartner willkommen, die zum Teil noch mit Felix' Großvater zusammengearbeitet hatten. Felix bedauerte allerdings, dass er Levy nicht hatte überreden können, ebenfalls dabei zu sein. Der Freund meinte, seine Tage gehörten uneingeschränkt dem Unternehmen, aber die Abende seien allein seiner Familie vorbehalten, was Felix nur respektieren konnte.

Wenig später hielten Onkel Georg und er eine kurze Eröffnungsrede und nahmen Glückwünsche entgegen. Schuhmachermeister Otto Staub, einer ihrer älteren und besonders geschätzten Mitarbeiter, hatte sich zudem bereit erklärt, interessierten Gästen die Maschinenfertigung für die Sportabteilung zu demonstrieren.

Während Felix Fragen von Geschäftspartnern beantwortete, flog sein Blick suchend über die Köpfe der Gäste.

Unterdessen mischten sich seine Schwestern unter die Anwesenden, und ihnen folgte so manch anerkennender Blick.

Dann entdeckte er Emilie nahe der Tür, mit einem Glas Champagner in der Hand, offenbar in ein Gespräch mit seiner Tante Mathilde vertieft.

Sie trug ein schlichtes bernsteinfarbenes Kleid mit einer hoch gesetzten Taille, das gut mit ihrem kastanienbraunen Haar harmonierte, und einen Federhut.

Als sich sein Gesprächspartner schließlich an den Kanapees bediente, die herumgereicht wurden, und Emilie allein war, wünschte Felix ihm viel Vergnügen, steuerte auf sie zu und küsste ihre Hand.

»Verehrte Frau Münzer, herzlich willkommen. Es ist mir eine Freude, Sie wiederzusehen.«

Sie lächelte zart. »Ganz meinerseits. Aber warum so förmlich? Bitte nennen Sie mich Emilie.«

»Sehr gern. Felix.«

»Viel besser.« Sie lächelte leicht. »Bitte entschuldige mein spätes Erscheinen. Ich wurde aufgehalten und fürchte, ich habe den offiziellen Teil versäumt.«

Felix wehrte ab. »Jetzt bist du ja hier.«

Ihre Blicke begegneten sich.

»Ich hatte so sehr gehofft, dich im Park am Wasserturmplatz anzutreffen, Emilie.«

Sie nippte an ihrem Glas. Als sie zu ihm aufblickte, grub sich ein bitterer Zug um ihren schönen Mund, den er so gern geküsst hätte. »Wie kannst du es wagen?« Sie senkte ihre Stimme zu einem Flüstern. »So solltest du nicht mit mir reden.«

Ihre Worte schmerzten Felix wie Dolchstiche. »Entschuldige, falls ich dir zu nahe getreten bin. Ich verstehe mich ja selbst kaum. Sieh mich an.« Felix meinte, einen Hauch Feuchtigkeit in ihren Augen zu erkennen. »Ich spüre, dass ich dir ebenfalls etwas bedeute.«

Sie erbleichte und reichte ihm ihr Champagnerglas. »Ich hätte nicht kommen dürfen. Vielen Dank für die Einladung, aber für uns beide ist es besser, wenn ich mich jetzt verabschiede. Einen schönen Abend noch.«

Felix umklammerte ihr Handgelenk und wünschte jäh, er könnte seine Worte zurücknehmen. »Bitte geh nicht.«

Sie schüttelte ihn entschieden ab, und Felix musste hilflos mit ansehen, wie sie kurz darauf den Versammlungssaal verließ.

Wenig später kam sein Vater zu ihm.

»Was hatte denn das zu bedeuten? Frau Münzer ist doch erst vor einer halben Stunde gekommen.«

»Sie hatte wenig Zeit, wollte jedoch nicht versäumen, uns wenigstens kurz zu gratulieren.«

Zwischen die buschigen Brauen seines Vaters grub sich eine tiefe Falte. »Ach so verhält es sich.« Er reichte seinem Sohn ein Glas mit Hochprozentigem. »Frau Münzer ist eine sehr charmante Person.«

»Das ist sie.«

Felix hustete, der Cognac brannte wie Feuer in seiner Kehle.

Sein Vater wies auf zwei jüngere Herren, die vor wenigen Augenblicken angekommen waren und durch ihre orientalisch anmutenden Kaftane in dezentem Grau sowie ihre penibel gezwirbelten Bärte Aufsehen erregten. Arturo und Enzo De Luca waren langjährige Kunden der Breitenbachs, die in Mailand eine exklusive Herrenschneiderei betrieben. Von den Brüdern wusste Felix, dass sie vor etwa zehn Jahren in einer alten Scheune klein angefangen und sich im Laufe der Jahre einen exzellenten Ruf erworben hatten. Die beiden hatten sich zu Caroline und Isa gesellt und schienen sich prächtig zu amüsieren, denn Felix hörte sie herzhaft lachen.

Theodor Breitenbach zwinkerte seinem Sohn zu. »Es wird Zeit, die beiden zu begrüßen. Wir sollten herausfinden, was die Brüder ins ferne Berlin zieht. Ich bezweifle, dass sie die weite Reise nur wegen unserer Einweihungsfeier auf sich genommen haben.«

»Das sehe ich ebenso.« Wäre es nach Felix gegangen, hätte er sich mit einer Flasche Cognac zurückgezogen, um den brennenden Schmerz, den Emilies Worte in ihm ausgelöst hatten, zu betäuben. Aber als Geschäftsführer von *Schuherzeugung Breitenbach & Sohn* konnte er sich eine derartige Schwäche nicht leisten. Also ordnete er den Sitz seines feinen Sakkos, klopfte einen Fussel vom Ärmel und begleitete seinen Vater zu den Männern mit dem südländischen Aussehen. Isa gestikulierte lebhaft, während sie eine Anekdote zum Besten gab. Caroline und die beiden Italiener lachten.

Felix suchte mit einem verbindlichen Lächeln die Aufmerksamkeit der Herrenschneider. »Signori De Luca! Es tut mir leid, wenn ich Ihre Unterhaltung unterbreche. Wie ich sehe, haben Sie bezaubernde Gesprächspartnerinnen gefunden.«

»Das ist richtig. Wir haben uns sehr angeregt mit Ihren Schwestern unterhalten«, antwortete Arturo De Luca in lupenreinem Deutsch und verbeugte sich leicht vor Caroline und Isa.

»Das freut mich zu hören«, erwiderte Felix liebenswürdig. »Dann bleibt mir nur, Sie in unseren heiligen Hallen willkommen zu heißen. Wie schön, dass Sie den weiten Weg nicht gescheut haben, um mit uns zu feiern. Bitte fühlen Sie sich wohl bei uns.«

Auch sein Vater begrüßte die Brüder formvollendet. »Sie sprechen ein ausgezeichnetes Deutsch. Darf ich fragen, wo Sie unsere Sprache erlernt haben?«

»Unsere Mutter entstammt einer Kaufmannsfamilie aus Hannover«, erläuterte Enzo, dessen buschige Brauen aussahen, als hätte er jedes einzelne Haar in Form gekämmt. Die blauen Augen waren das Schönste in seinem kantigen Gesicht. Er war der unauffälligere der Brüder, doch nicht weniger sympathisch. »Sie hat mit uns stets Deutsch gesprochen.«

Felix bemühte sich, der Konversation zu folgen, doch er ertappte sich dabei, wie seine Gedanken wieder und wieder zu Emilie schweiften. Als sein Vater den Italienern anbot, ihnen höchstpersönlich die Maschinenfertigung zu erläutern, nutzte er die Gelegenheit und gesellte sich zu Vanda und Tante Mathilde.

Seine Stiefmutter musterte ihn. »Du siehst erschöpft aus.«

Felix verzog das Gesicht. »Ich habe rasende Kopfschmerzen, um ehrlich zu sein.«

»Die haben nicht zufällig mit der schönen Frau Münzer zu tun?«, kam es in leichtem Ton von seiner Tante.

»Liebes, musst du immer so direkt sein?«, rügte Vanda ihre Schwägerin, doch ihre Stimme blieb weich.

Tante Mathilde kicherte hinter vorgehaltener Hand. »Ist doch wahr, liebe Vanda! Erzähl mir nicht, du hättest nicht bemerkt, was sich zwischen den beiden vorhin abgespielt hat.«

Felix runzelte die Stirn. »Ich weiß nicht, worauf du anspielst. Wir sind locker miteinander bekannt, das ist alles.«

Seine Tante bedachte ihn mit einem nachdenklichen Blick. »Das mag sein, aber du wolltest nicht, dass sie geht. Versteh mich nicht falsch, mein Lieber. Du bist ein gestandener Mann und es steht mir nicht zu, neugierige Fragen zu stellen. Dass du aber im Begriff bist, dich in eine geschiedene Frau zu verlieben, kannst du nicht leugnen.«

Felix wollte etwas erwidern, entschied sich jedoch dagegen. Nach seinem unangemessenen Auftreten würden sie einander voraussichtlich ohnehin nicht wiedersehen. Er wusste selbst nicht, warum er in Emilies Gegenwart seine guten Manieren vergaß – noch dazu unter den Augen Fremder.

Vanda strich über seine Wange. »Du musst darauf nicht antworten.« Sie sah sich unauffällig um. »Die Gesellschaft wird sich im Laufe der nächsten Stunde auflösen. Niemand wird sich mokieren, wenn du dich zurückziehst.«

Felix schüttelte den Kopf und betrachtete sie voller Zuneigung. »Danke. Es geht schon. Darf ich euch ein Glas Champagner kredenzen?«

Die beiden Frauen sagten zu, und Felix hielt nach dem Ober Ausschau.

Die Zeit schien sich endlos in die Länge zu ziehen, während er sich von einem Gast zum nächsten bewegte, mit jedem ein paar nette Worte wechselte, schließlich den Anwesenden für ihr Erscheinen dankte und die kleine Feier für beendet erklärte.

Als er endlich seine Wohnungstür hinter sich schloss, atmete er auf. Wenn Tante Mathilde und Vanda seine Auseinandersetzung mit Emilie beobachtet hatten, musste er davon ausgehen, dass sie nicht die Einzigen waren. Seine Kehle war plötzlich staubtrocken. Hastig trank er ein Glas Wasser und starrte auf die hell erleuchteten Fenster der Stadtvilla. Er hatte sein Herz an Emilie verloren. Wie hatte ihm dies nur geschehen können?

Kapitel 11

Caroline

Prenzlauer Berg, 3. März 1911

Frustriert klopfte Caroline auf ihre Schreibtischplatte. Bei näherem Betrachten gefiel ihr der erste Entwurf für die Anzeige der geplanten Sommeraktion, die in allen regionalen und überregionalen Zeitungen erscheinen sollte, überhaupt nicht mehr.

Unsere exklusiven Sommermodelle für die Dame 40 Prozent reduziert! Das klang mehr als langweilig. Ihren betuchten Kunden genügte ein derartiger Werbespruch unter Umständen. Aber Caroline wollte mehr. Sie wollte die Neugier der gutbürgerlichen Frauen wecken.

Nach dem Fortgang von Rudolf Tillmann, der sie in ihren neuen Wirkungsbereich eingeführt hatte, teilte sie sich in der Kreativabteilung die Stube mit Johannes Stroth, einem untersetzten Grafiker und Familienvater in den Dreißigern. Dann gab es noch die Vermarktungsfachfrau Henny Schwarz, deren Akzent ihre pommersche Herkunft verriet und die wegen ihrer jungen und frechen Ideen geschätzt wurde. Ihr Schreibtisch befand sich neben dem von Caroline.

Mit der aufgeschlossenen Blondine verstand sie sich blendend, die beiden Frauen teilten ihre Liebe zum Reitsport und verbrachten seit einiger Zeit des Öfteren gemeinsam die Samstage.

Caroline erklärte den beiden Kollegen ihren Plan.

»Wir brauchen etwas Neues. Mit den alten Kamellen von Werbesprüchen können wir keinen Blumentopf mehr gewinnen.« Sie wandte sich Herrn Stroth zu. »Nennen Sie mir einen Grund, warum sich Frauen der Mittelklasse für hochwertige, aber kostspielige Schuhmode interessieren sollten.«

Der Grafiker lockerte seine Krawatte. »Unsere handgefertigten Eigenkreationen sind doppelt so teuer. Mit Verlaub, Ihre Idee scheint mir recht ambitioniert zu sein, Fräulein Breitenbach. Um Ihre Frage zu beantworten: Ich denke, Frauen schmücken sich gern mit Schuhen und wollen ihren Ehemännern gefallen.«

Caroline warf ihrer Kollegin einen vielsagenden Blick zu. Welche andere Antwort hätte sie von einem Mann auch erwarten können? »Frauen haben weit mehr Gründe, unsere Eigenkreationen tragen zu wollen«, protestierte sie sanft. »Manche wollen Konkurrentinnen ausstechen, oder sie kaufen Schuhe mit höheren Absätzen, damit sie gleich groß wie ihre Männer sind und obendrein ihre schönen Beine zeigen können. Davon abgesehen ist längst nicht jede Frau aus dem Mittelstand verheiratet.«

Ihre Kollegen stimmten zu und beugten die Köpfe wieder über ihre Arbeit.

Als Henny eine Weile später aufblickte, wirkte sie ähnlich verzweifelt wie Caroline zuvor. »Mir fällt nichts ein. Vielleicht hilft es, wenn wir unsere Zielgruppe näher eingrenzen. Was die Frage aufwirft: Welche Art von Frauen würde einen Haufen Geld für Schuhe ausgeben, die in der Regel nur zu besonderen Anlässen getragen werden?«

»Unabhängige junge Frauen«, erwiderte Caroline wie aus der Pistole geschossen. »Frauen, die ihr eigenes Geld verdienen und sich keinem Mann unterordnen.«

»Ja, genau!«, ereiferte sich Henny. »Frauen, die nicht dem üblichen Rollenbild entsprechen und sich nicht scheuen, das auch in der Öffentlichkeit zur Schau zu tragen.«

»Ah ja, jetzt kommen wir der Sache schon näher.« Herr Stroth putzte seinen Zwicker. »Was halten Sie von: ›Für die moderne Frau von heute! Exklusive Sommermode reduziert‹ und so weiter?«

»Zu banal.« Caroline dachte angestrengt nach, dann schlug sie mit der flachen Hand auf den Tisch. »Ich hab's! Wie wäre es mit: ›Für die Frau, die weiß, was sie will‹?«

Henny und ihr Kollege starrten sie entgeistert an.

»Was ist? Hat es euch etwa die Sprache verschlagen?«, fragte Caroline.

Herr Stroth kratzte sich das glatt rasierte Kinn. »Ich weiß nicht recht.«

Über Hennys Gesicht huschte ein Lächeln. »Also ich finde den Spruch kraftvoll und ein bisschen frech. Ganz nach meinem Geschmack!« Sie sprang auf und stemmte die Hände in die Hüften. »Es wird Zeit, mal ein Wagnis einzugehen. Meinen Sie nicht auch?«

»Ja, warum nicht?«, erwiderte Herr Stroth lahm.

Sein Einverständnis wirkte halbherzig. Carolines Fingerspitzen kribbelten, und zum ersten Mal, seit sie bei *Schuherzeugung Breitenbach & Sohn* tätig war, hatte sie das Gefühl, mit dem Werbespruch etwas Bahnbrechendes gefunden zu haben. So einfach würde sie sich von ihrem Einfall gewiss nicht abbringen lassen. »Haben Sie vielleicht einen besseren Vorschlag?«

»Leider nicht, Fräulein Breitenbach.«

»Gut.« Carolines Laune verbesserte sich schlagartig. »Fertigen wir also einen Entwurf an, ich möchte ihn am liebsten gleich morgen unserem Juniorchef vorlegen. Einverstanden?« Sie vermied es bewusst, diesen als ihren Bruder zu betiteln.

Jetzt muss ich Felix und Vater nur noch überzeugen, fügte sie in Gedanken vergnügt hinzu.

Als es auf vier Uhr zuging, beratschlagten die drei über eine ansprechende Skizze, die Herr Stroth für die Zeitungsannonce angefertigt hatte. Danach verabschiedete sich der Kollege in den Feierabend.

Henny und Caroline hingegen besprachen noch ein paar Details, da begann Caroline, im Raum auf und ab zu gehen.

Henny betrachtete sie kopfschüttelnd. »Du machst mich ganz nervös. Was ist los?«

»Ich bin schrecklich aufgeregt. Ich will, dass die Werbung einschlägt wie eine Bombe.« Caroline zwinkerte der Kollegin zu. »Im Café nebenan gibt es himmlische Belgische Waffeln. Hast du Lust? Ich lade dich ein.«

»Da sage ich nicht Nein.«

Die beiden jungen Frauen waren im Begriff, zu gehen, da klopfte es, und Frau Herbart steckte ihren Kopf durch die Tür.

»Wie gut, dass ich Sie noch antreffe, Fräulein Breitenbach. Dies wurde gerade für Sie abgegeben.« Die Sekretärin stellte eine bauchige Vase mit einem opulenten Blumenstrauß, der kaum in Carolines Arme gepasst hätte, auf die Fensterbank.

»Grundgütiger! Wem habe ich denn dieses Präsent zu verdanken?«, entschlüpfte es ihr.

»Ein Kuvert liegt anbei. Einen schönen Feierabend.« Damit huschte Frau Herbart hinaus und ließ Caroline verwundert zurück.

Sie öffnete rasch den Umschlag und weitete die Augen.

Verehrtes Fräulein Breitenbach,
mein Bruder und ich bedanken uns für das
vergnügliche Gespräch, das wir gern mit Ihnen,
Fräulein Isa und Ihrem Herrn Bruder fortsetzen
möchten. Morgen um 18 Uhr im »Borchardt« in

der Französischen Straße am Gendarmenmarkt?
Wir würden uns freuen, Sie dort begrüßen zu
dürfen.
Mit ergebensten Grüßen, Ihre Arturo und
Enzo De Luca

»Was ist?« Henny platzte fast vor Neugier, das konnte Caroline
ihr unschwer von der Nasenspitze ablesen.

»Ich habe eine sehr interessante Einladung erhalten.« Mehr
brauchte ihre Kollegin nicht zu wissen. Für den morgigen
Abend war sie eigentlich mit Walther und ein paar Bekannten
in einem Lokal verabredet. Schade, sie hatte sich auf ein paar
unbeschwerte Stunden gefreut. Über eine Absage würde
Walther garantiert alles andere als begeistert sein, zumal sie
nicht die erste in den letzten Monaten war. Aber sie durfte die
Einladung nicht ablehnen, immerhin gehörten die Italiener seit
Jahren zu ihren Stammkunden, und sie taten gut daran, sich um
die beiden Paradiesvögel zu bemühen.

Caroline hakte sich bei Henny unter. »Kommst du jetzt
oder muss ich die Belgischen Waffeln allein essen?«

Sie verbrachten eine angenehme Stunde im Café, danach
kehrte Caroline in die Stadtvilla zurück.

Nach dem Abendessen suchte sie ihren Bruder auf, der mit
Isa im Salon eine Partie Schach spielte. Da sie die beiden nicht
stören wollte, verfolgte sie still, wie ihre Schwester Felix nach
einigen klugen Zügen schachmatt setzte.

Magda reichte ihnen Erfrischungsgetränke. Als sie sich wieder zurückgezogen hatte, knuffte Felix Caroline in die Seite.

»Du bist nachdenklich heute Abend. Hat das einen
speziellen Grund?«

»Den hat es.« Ihr fiel es schwer, still zu sitzen. Fast eine
Stunde hatte sie sich in Geduld geübt, doch jetzt hielt sie es
kaum noch aus. Sie reichte ihm das Kuvert.

»Wir haben für morgen Abend eine Einladung erhalten, Bruderherz.« Wie nebenbei erwähnte sie auch den Blumengruß.

»Ich habe auch einen Strauß von ihnen bekommen«, warf Isa mit großen Augen ein.

Felix schmunzelte und überflog die Zeilen. »Wenn das keine gute Nachricht ist! Mir scheint, ihr habt zwei Verehrer mehr.«

»Du siehst Gespenster«, wehrte Caroline ab.

»Mich haben sie nur aus Höflichkeit eingeladen«, wandte Isa ein. »Im Übrigen könnte ich euch sowieso nicht begleiten, die Gänge sind für Rollstühle zu eng.«

Caroline kam der fünfzigste Geburtstag ihres Vaters wieder in den Sinn, den sie im »Borchardt« gefeiert hatten, und sie musste Isa leider zustimmen.

Felix stupste ihre Nase.

Isa lächelte dünn. »Sieh mich nicht so betreten an. Mir macht das nichts aus. Ich wünsche euch viel Vergnügen. Danke den beiden bitte herzlich für die Blumen und entschuldige mich bei ihnen.«

Offenbar hatte auch Felix den Schatten bemerkt, der über ihr Gesicht huschte. »Es tut mir so leid, Liebes, aber der Anstand erfordert es, ihre Einladung anzunehmen.«

»Auf jeden Fall.« Isa tippte gegen ihre Stirn. »Aber glaubst du im Ernst, dass Caroline der einzige Grund für die Einladung ist? Ich halte Arturo und Enzo für kluge Geschäftsleute, die nichts ohne einen triftigen Grund tun.«

Felix nickte. »Das entspricht auch meiner Einschätzung.«

»Außerdem kann es nur von Vorteil sein, unsere geschäftlichen Beziehungen zu vertiefen«, warf Caroline vergnügt ein. »Für ihr aufstrebendes Unternehmen dürfte es von Bedeutung sein, Freundschaften im Ausland zu knüpfen.«

Felix trank einen Schluck Limonade. »Was für kluge Schwestern ich doch habe. Also werde ich Simon bitten, sich morgen gegen halb sechs Uhr zu unserer Verfügung zu halten. Der Abend verspricht interessant zu werden.« Er klopfte sich auf die Oberschenkel. »War das alles, meine Lieben? Dann würde ich gern noch ein wenig frische Luft schnappen. Möchtet ihr mich begleiten?«

Caroline hielt ihn fest. »Gern, aber vorher möchte ich noch etwas mit dir besprechen.«

Felix seufzte. »Kann das nicht bis morgen warten?«

»Leider nicht. Ich habe eine Idee bezüglich der Werbekampagne für den Sommer.« Als ihr Bruder protestieren wollte, wehrte sie ab. »Ich weiß, solche Gespräche gehören nicht in den Feierabend. Aber mir ist es wichtig, zunächst mit dir zu sprechen, bevor ich mich an Onkel Georg wende.«

Felix musterte sie aus umschatteten Augen. Er schien die letzte Nacht wenig geschlafen zu haben. »Weil du hoffst, dass ich bei ihm ein gutes Wort für dich einlege?«

»So in etwa«, räumte Caroline ein.

»Ich lasse euch allein.« Isa machte Anstalten, den Rollstuhl zu wenden.

»Nein, bleib«, bat Felix. »Vielleicht brauchen wir noch deinen Rat.«

Isa lächelte. »Wie du willst.«

Ohne Umschweife berichtete Caroline, was sie mit ihren Kollegen erarbeitet hatte.

»Für die Frau, die weiß, was sie will«, wiederholte Felix betont langsam.

»Ja, warum nicht?«, eilte Isa ihrer Schwester zur Hilfe. »Das Zeitalter, in dem wir Frauen nur ein untertäniges Anhängsel unserer Ehemänner waren, ist inzwischen Geschichte. Das sollten wir für uns zu nutzen wissen, meinst du nicht? Ich bin sicher, wir erreichen auf diese Weise eine Menge neuer Kundinnen, die sich von der Werbung angesprochen fühlen.«

Felix hatte ihnen aufmerksam zugehört.

Caroline wurde allmählich unruhig, da er sich für ihren Geschmack mit einer Antwort zu viel Zeit ließ. »Kannst du dich bitte mal äußern?«

Seine Miene verriet nichts über seine Gedanken. Er lehnte sich lässig im Sessel zurück und schlug die Beine übereinander. »Ich finde deinen Plan gewagt, aber brillant! Und ja, ich teile eure Meinung, was die Rolle der Frau im Deutschen Reich betrifft. Du musst mir allerdings versprechen, die Gestaltung der Annonce schlicht und sachlich zu halten.«

Caroline sprang auf und umarmte ihren Bruder stürmisch. »Versprochen!« Sie küsste seine Wange. »Vermutlich werden Onkel Georg und Vater weniger begeistert sein. Habe ich deine Unterstützung?«

»Die hast du«, sagte er lächelnd.

Isa griff nach ihrer Hand. »Zeig es ihnen, Liebes!«

Doch am folgenden Tag ergab sich für Caroline keine Gelegenheit zu einem Gespräch mit den beiden Senioren, obgleich ihr der Entwurf, der vor ihr auf dem Schreibtisch lag, unter den Nägeln brannte. Sie schielte immer wieder zu der Mappe hinüber. Es war bereits nach drei, als sie ihrem Onkel auf dem Flur über den Weg lief.

»Gut, dass wir uns sehen, Onkel Georg. Hast du einen Moment Zeit?«

»Für dich immer. Ich habe sowieso noch …«

Ohne ihre Antwort abzuwarten, schob er sie in die kleine Küche neben seiner Schreibstube und schloss leise die Tür. »Unser Fräulein Nehlsen geht zum ersten April in den wohlverdienten Ruhestand.«

»Ja, ich weiß.« Ihre Ungeduld wuchs. »Habt ihr euch etwas für ihren Ausstand überlegt?«

In der folgenden halben Stunde planten sie eine Abschiedsfeier für die langjährige Sekretärin. »Gut, ich werde das heute noch mit deinem Vater besprechen. Danke für deine Vorschläge.« Onkel Georg warf einen Blick auf seine Taschenuhr. »Himmel, Mathilde wartet bestimmt schon auf mich. Zwei ihrer Schüler spielen bei einer Geburtstagsfeier, und ich habe versprochen, sie zu begleiten. Wir sehen uns.«

Bevor sie noch etwas entgegnen konnte, eilte er hinaus und ließ Caroline frustriert zurück. Der Ahornbaum im Hinterhof trug seine ersten Knospen und erinnerte sie daran, dass der Winter fast vorbei war. Der Setzling, vor ungefähr vierzig Jahren von ihren Großeltern gepflanzt, war zu einem stolzen Baum herangewachsen, unter dem sie schon als kleines Mädchen gespielt hatte und auch heute noch gern saß, wenn sie nach neuen Ideen suchte. Mit Tante Rosa, Julia und Onkel Wendelin hatte sie dort ebenfalls Zeit verbracht und über ihren Schwur auf den Ahorn und seine Bedeutung für die Familie gesprochen. Wie sehr sie die drei vermisste! Manchmal wünschte sie sich, sie könnte ihren Koffer packen und Colorado, das Land der leuchtenden Berge, mit eigenen Augen sehen. Dort war bestimmt alles viel aufregender als in Berlin.

Überhaupt sehnte sie sich in letzter Zeit zunehmend danach, ihr Leben selbst zu gestalten und eigene Entscheidungen zu treffen. Caroline empfand es als Privileg, im Familienunternehmen berufliche Erfahrungen sammeln zu dürfen. Ihre Tätigkeit in der Vermarktung bereitete ihr Freude, aber inzwischen bekam sie eine Ahnung, dass sich ihre Möglichkeiten, Neues auszuprobieren, in engem Rahmen halten würden. Vor einigen Tagen hatte sie an einer Litfaßsäule beim Arnimplatz ein Werbeplakat entdeckt:

Schönes Schuhwerk schmückt jeden Fuß. Qualitätsschuhe von Schuherzeugung Breitenbach & Sohn

Caroline schnaubte. Klang das nicht furchtbar altbacken? Glücklicherweise hatte sie in Henny eine verwandte Seele gefunden, gemeinsam war es ihnen vielleicht möglich, frischen Wind in die Vermarktungsabteilung zu bringen. Doch was auch immer sie sich einfallen ließen – sie benötigten stets Felix' Einverständnis. Anfangs hatte sie diese Tatsache als beruhigend empfunden. Inzwischen meldete sich zuweilen eine leise Stimme in ihrem Inneren, die sie daran erinnerte, dass sie schon immer mehr hatte sein wollen als die Angestellte ihres Bruders. Ganz gleich, was die nächsten Jahre für sie bereithielten, sie hatte sich geschworen, an ihrem Traum festzuhalten, eines Tages als Frau selbst Karriere zu machen, auch wenn bis dahin noch viele Jahre ins Land gehen sollten. Tante Rosa war ihr großes Vorbild, und die Rolle der ehemaligen Näherin im Familienbetrieb war weitaus schwieriger zu sprengen gewesen. Dennoch hatte sich Rosa ihren Lebenstraum erfüllt. Dieses Ziel würde auch Caroline nicht aus den Augen verlieren.

Überhaupt gab es Momente, in denen sie ihre Tante glühend beneidete. Natürlich nicht um die harte körperliche Arbeit und die widrigen klimatischen Bedingungen, unter denen sie mit ihrer Familie lebte. Jedoch um die Tatsache, dass die Frauen im unerforschten Wilden Westen als vollwertiges Mitglied ihrer Gesellschaft anerkannt wurden. Wer bereit war, für seinen Lebensunterhalt zu arbeiten, wurde dort willkommen geheißen. Davon konnten die Frauen im Deutschen Reich nur träumen. Am Morgen hatte Caroline in der Tageszeitung eine interessante Annonce gefunden:

Öffentliche politische Volksversammlung, Sonntag, 19. März, nachmittags, zwei Uhr

Tagesordnung: Her mit dem Frauenwahlrecht! Freie Diskussion!

Darunter befand sich eine Liste der Veranstaltungsorte, und Caroline hatte beschlossen, dem Aufruf zu folgen und sich am Sonntag im Volkshaus in der Rosinenstraße in Charlottenburg einzufinden.

Da sie ohnehin seit Längerem genug davon hatte, die Ungerechtigkeiten weiter mit in den Schoß gelegten Händen hinzunehmen, war sie unlängst in den Weltbund für Frauenstimmrecht und in die Sozialdemokratische Partei eingetreten. In einem Gespräch unter vier Augen hatte Vater ihr Engagement begrüßt, sie jedoch gebeten, ihre politischen Ansichten in der Öffentlichkeit bedeckt zu halten, schließlich gehörte das Kaiserliche Militär zu ihren wichtigsten Auftraggebern, da galt es, sich politisch neutral zu verhalten. Sie konnten es sich nicht leisten, den Kaiser gegen ihr Unternehmen aufzubringen.

Caroline erhob sich frustriert, es wurde Zeit, die Verabredung mit Walther für morgen abzusagen.

Kapitel 12

Caroline

Prenzlauer Berg, am folgenden Tag

»Gehen wir, Wildfang«, raunte Felix ihr vor dem Eingang des Restaurants zu. »Die Farbe deines Kleides passt gut zu deinem Teint. Ich wette, jede Dame dort drinnen wird dich um das ausgefallene Stück beneiden.«

Caroline sah an sich hinunter. Ihr orientalisches Hosenkleid in zartem Lindgrün endete in einer Art Pluderhose, deren Beine über den Knöcheln zusammengehalten wurden. Dazu trug sie cremeweiße Schuhe mit Goldstickerei. Sie hatte vor einem Monat etwas Ähnliches in einer Modezeitschrift entdeckt und das Hosenkleid anfertigen lassen. Zu dem Zeitpunkt hatte sie ja nicht geahnt, dass sie so bald Gelegenheit finden sollte, es zu tragen.

»Das hoffe ich sehr. In Paris ist es der letzte Schrei.«

Caroline und ihr Bruder betraten das Restaurant, zahlreiche bewundernde Blicke folgten ihnen. Der schwere Teppich verschluckte ihre Schritte, als sie ein Ober in Livree, der sie am Empfang begrüßt hatte, zu einem Tisch im Separee geleitete.

Arturo und Enzo De Luca, heute in Anzügen aus englischer Wolle, eilten ihnen mit ausgestreckten Armen entgegen.

»Wunderbar, dass Sie unserer Einladung gefolgt sind und uns beim Essen Gesellschaft leisten.«

Die Italiener äußerten ihr Bedauern, dass Isa verhindert war, dann lächelte Arturo warm und rückte Caroline einen Stuhl zurecht. »Sie sehen hinreißend aus, Fräulein Breitenbach. Etwas Derartiges habe ich noch nirgends gesehen.«

Sie begegnete seinem intensiven Blick. »Danke. Besonders für uns arbeitende Frauen, die sich nicht mehr in enge Kleider pressen mögen, sind diese Modelle ein wahrer Segen.«

»Das kann ich mir lebhaft vorstellen«, erwiderte er liebenswürdig.

Caroline fand Arturo durchaus sympathisch. Sollte er sich jedoch Hoffnungen auf eine Liebschaft machen, musste sie ihn enttäuschen. Sie gehörte nicht zu der Sorte Frau, die sich durch Reichtum beeindrucken ließ. Männer, die sie mit zuckersüßen Worten umgarnten, nahm sie ohnehin nicht ernst, und solche, die sich für etwas Besseres hielten, nur weil sie dem starken Geschlecht angehörten, verstand sie, geflissentlich zu ignorieren. Zu der Sorte Mann schien Arturo De Luca glücklicherweise nicht zu gehören. »Vielen herzlichen Dank für das Präsent. Das war eine wirklich nette Überraschung.«

Als ihre Gastgeber aus Italien einen Aperitif bestellten, verwickelte ihr Bruder die Herrenschneider in ein lockeres Gespräch über die Qualität englischer Wolle.

Die Brüder orderten ein fürstliches viergängiges Menü. Offenbar war das Bestreben, einander zu beeindrucken, auf beiden Seiten gleichermaßen ausgeprägt.

Der Ober hatte gerade die Dessertschalen abgeräumt, da stieß Enzo De Luca, der Caroline gegenübersaß, mit einem Löffel gegen sein Glas. »Vielleicht haben Sie sich gefragt, warum wir uns hier eingefunden haben, abgesehen natürlich von der

Tatsache, dass wir gern die Bekanntschaft mit Ihnen vertiefen möchten.« Er wechselte einen Blick mit seinem Bruder.

Arturo neben ihr ergriff das Wort. »So ist es. Um es kurz zu machen: Wir überlegen seit geraumer Zeit, im Ausland eine Zweigstelle zu eröffnen und haben uns aus diesem Grund in den vergangenen Wochen bei unseren ausländischen Nachbarn nach geeigneten Standorten umgesehen.« Er legte eine bedeutungsvolle Pause ein. »Wir haben uns für Berlin entschieden. Unsere Filiale wird im nächsten Jahr am Kurfürstendamm gleich neben dem Café des Westens eröffnet.«

Felix hob sein Glas. »Sie haben eine exquisite Lage gewählt. Ich gratuliere!«

Caroline tat es ihm gleich. »Fabelhaft! Ich wünsche Ihnen beiden viel Erfolg in unserer schönen Hauptstadt!«

»Das können wir gebrauchen, haben Sie Dank.« Auch Enzo hob sein Glas. »Mein Bruder wird im Laufe der nächsten Monate ein Haus in der Nähe beziehen und im Frühling den Umbau beaufsichtigen.«

»Unsere Herrenschneiderei eröffnet voraussichtlich im September oder Oktober«, ergänzte Arturo. »Bis dahin wartet allerdings noch eine Menge Arbeit auf uns.«

Caroline musterte Enzo. »Wenn ich das richtig verstehe, bleiben Sie in Mailand?«

»Ja, ich werde mich weiterhin um unser Hauptgeschäft kümmern. Wir waren uns einig, es nicht in fremde Hände zu geben.«

»Wir vertreten denselben Standpunkt«, meinte Felix. »Es ist riskant, die Kontrolle abzugeben. Das hat schon so manchem Betrieb geschadet.«

Felix und Enzo tauschten ein verständnisinniges Lächeln.

Nachdem sie auf die Neuigkeiten angestoßen hatten, wandte sich Caroline an ihren Sitznachbarn Arturo. »In Zukunft werden wir also sicher häufiger miteinander zu tun haben, nicht wahr?«

»Das will ich hoffen, Fräulein Breitenbach.«

»Dann kann es keinen günstigeren Zeitpunkt geben, über gemeinsame Geschäfte nachzudenken«, fuhr sie mit schmeichelnder Stimme fort und fing einen verwunderten Blick ihres Bruders auf, der offenbar keine Ahnung hatte, was sie mit ihrer Bemerkung bezweckte.

»Oh, tatsächlich?«, kam es von Enzo. »Bitte lassen Sie uns an Ihren Gedanken teilhaben.«

»Mit Vergnügen.« Caroline genoss das Gefühl, für einen Moment die Fäden in der Hand zu halten. Felix' Miene gefror. Ihm schien die Situation nicht zu behagen, doch darauf war Caroline vorbereitet, weshalb sie seinem Blick beharrlich auswich. »Ich gehe doch davon aus, meine Herren, dass Sie unserem Unternehmen auch weiterhin eng verbunden sind?«

»Aber natürlich«, entgegnete Arturo betont entrüstet. »Wir kaufen nirgends sonst unser Schuhwerk. Worauf wollen Sie hinaus, liebes Fräulein Breitenbach?«

»Nun.« Sie musterte die aufmerksamen Gesichter der Männer. »Beispielsweise könnte ich mir vorstellen, dass *Schuherzeugung Breitenbach & Sohn* nach Ihren Wünschen die passenden Schuhe für Ihre erste Berliner Kollektion anfertigt.« Sie meinte zu hören, wie Felix scharf die Luft einsog. »Im Gegenzug wäre uns sehr geholfen, wenn Sie bei Gelegenheit mal darüber nachdenken, ob Sie unter Umständen bereit wären, für eine gewisse Schuhkollektion in unserem Haus die passende Damenmode zu entwerfen.«

Enzo schüttelte den Kopf. »Unser Metier ist die Herrenschneiderei.«

»Ich schlage vor, wir hören uns zunächst an, was Fräulein Breitenbach zu sagen hat. Bitte fahren Sie fort«, erklärte Arturo ruhig.

Aus den Augenwinkeln bemerkte sie, dass Felix sein Glas in einem Zug leerte. Sie fühlte mit ihm und hatte ein wenig Gewissensbisse, weil sie ihn nicht vorher in ihren Plan hatte einweihen können. Es half nichts – wenn sie ihr Vorhaben jetzt nicht wagte, wann dann? Entschlossen, die Gelegenheit zu ihrem Vorteil zu nutzen, suchte sie den Blick der Italiener.

»Das wissen und respektieren wir natürlich«, nahm Caroline einen neuen Anlauf. »Meiner Schwester und mir ist des Öfteren aufgefallen, dass es anspruchsvolle Damen mit einem Faible für unkonventionelle Mode in unserer Stadt schwer haben, obwohl es hier eine ganze Reihe Textilunternehmen gibt. Doch leider wird bisher hauptsächlich für die Mittelschicht produziert.«

»Sprechen Sie von Kleidern wie Ihrem?«, warf Enzo mit unbewegter Miene ein.

»Ganz recht«, mischte sich Felix ins Gespräch. »Ich bin davon überzeugt, dass die neue Mode aus Frankreich alsbald zu uns herüberschwappt. Was, wenn Sie in naher Zukunft selbst extravagante Mode für die Dame herstellen? In kleinem Rahmen zunächst, so haben Sie die Möglichkeit, herauszufinden, was den Berlinerinnen gefällt. Ich kann Ihnen versichern, der Markt dafür ist hier in jedem Fall vorhanden.«

Caroline zeigte ihr strahlendstes Lächeln. »Sehen Sie, mir schweben für nächstes Jahr Modenschauen vor, in denen wir unsere Exklusivmodelle einem ausgesuchten Kreis präsentieren wollen.« Sie setzte ein betrübtes Gesicht auf. »Nur leider fehlt uns die passende Kleidung für unsere Schuhe. Selbstverständlich könnten wir dieses Geschäft anderen Schneidereien, beispielsweise aus München oder Frankfurt, vorschlagen. Aber uns würde es wesentlich mehr zusagen, wenn wir Sie, da Ihr Unternehmen selbst für ausgefallene Mode steht, für das Geschäft gewinnen könnten.«

»Ein Geschäft, von dem beide Firmen profitieren«, warf Felix ein.

Die Herrenschneider wechselten einen Blick.

Caroline lehnte dankend ab, als der Ober ihr Champagnerglas erneut füllen wollte. Als er sich entfernt hatte, faltete sie die Hände auf dem Tisch, sich ihrer Wirkung vollends bewusst. »Abschließend möchte ich erwähnen, dass *Schuherzeugung Breitenbach & Sohn* Ihrer Schneiderei mit unseren Aktionen zu einer gewissen Bekanntheit in Berlin verhelfen kann.«

Vermutlich hätte es Felix gar nicht gefallen, hätte er gewusst, dass Caroline sein feines Lächeln bemerkt hatte. Leise Freude erfüllte sie. Wie es aussah, hatte sie das Thema klug eingefädelt, denn ihre Gastgeber machten einen sehr nachdenklichen Eindruck.

Enzo zwirbelte ausgiebig seinen Bart. »Das ist nicht von der Hand zu weisen. Für welche Gesellschaftsschicht veranstalten Sie denn die Modenschauen?«, fragte er Caroline.

Sie sah ihren Bruder fragend an. Als er jedoch nicht reagierte, fuhr sie fort. »Ich denke an junge Frauen wie meine Schwester und mich. Frauen, die ihr Leben selbst bestimmen und sich bequeme Kleidung wünschen, die es nicht an jeder Ecke zu kaufen gibt. Für Frauen, die wissen, was sie wollen.«

Einige Herzschläge lang wurde es still im Separee. Carolines Nerven flatterten.

»Das ist natürlich ein interessanter Ansatz.« Enzo drehte versonnen sein Glas.

»Wir werden uns beraten, mehr kann ich Ihnen zu diesem Zeitpunkt noch nicht sagen«, ergänzte Arturo. »Zunächst danken wir aber für Ihren Vorschlag.« Mit einem freundlichen Lächeln schnitt er ein unverfänglicheres Thema an, Caroline war dennoch hochzufrieden.

Die vier plauderten eine weitere Stunde über gesellschaftliche Entwicklungen, die Italiener stellten sich als gebildete Gastgeber mit Humor heraus und verstanden es, zu unterhalten.

Als Felix und Caroline sich zu später Stunde verabschiedeten, versprachen die vier einander, den angenehmen Abend bald zu wiederholen.

Mit verkniffener Miene, den Arm um ihre Taille gelegt, führte Felix sie hinaus zu Simon, der in einer Seitenstraße in der Kutsche wartete.

Ihr Hausangestellter lüftete seinen Hut. »Hattet ihr einen angenehmen Abend?«

»Ja, danke, Simon, aber jetzt wollen wir gern heim.«

»Aber gern, Herr Breitenbach.«

Als Simon die Kutschpferde antrieb, wandte sich Felix seiner Schwester mit mahlenden Kieferknochen zu.

»Du bist offenbar nicht klar bei Verstand, den Männern ein Geschäft vorzuschlagen, das nicht von uns genehmigt ist! Das war ziemlich unverschämt!«

Caroline konnte ihm nicht böse sein, immerhin hatte sie ihn mit ihrem Vorschlag vor vollendete Tatsachen gestellt. »Das tut mir wirklich aufrichtig leid«, antwortete sie zerknirscht. »Ich habe ja gestern versucht, mit dir zu sprechen, aber du wolltest nach unserem Gespräch wegen der Werbesache nach Hause, und Onkel Georg hatte es eilig und ließ mir keine Gelegenheit, wenigstens ihn in meinen Plan einzuweihen.« Entschuldigend strich sie über seinen Handrücken, doch er zog seine Hand zurück. »Gib schon zu, Brüderchen, mein Plan gefällt dir. Das sehe ich dir an.« Sie betrachtete den harten Zug um seinen Mund. »Es ist nichts dabei, das einzugestehen.«

»Dein Vorschlag klingt gut.«

»Aber?«, hakte sie nach.

Felix senkte die Stimme, damit Simon ihren Disput nicht hörte. »Von einer Modenschau hast du nie ein Wort verloren. Was für eine verrückte Idee!«

Caroline hob ihr Kinn. »Also ich finde sie großartig. Eine Modenschau für Schuhe gibt es meines Wissens nach nicht bei unserer Konkurrenz. Außerdem kannst du davon auch gar nichts wissen«, entgegnete sie wahrheitsgemäß. »Die Idee kam mir erst heute Abend beim dritten Gang.«

Er sah sie kopfschüttelnd an. »Na wunderbar. Aber mal nebenbei: Denkst du etwa, mir wäre nicht schon Ähnliches durch den Kopf gegangen? Nur gehört es zu unserer Vereinbarung, das vorher mit euch zu besprechen.«

Er hielt kurz inne, und Caroline konnte deutlich erkennen, wie angestrengt er versuchte, seine Wut im Zaum zu halten.

»Noch etwas.« Er fixierte sie streng. »Im Gegensatz zu dir habe ich ein Gespür dafür, wann der Zeitpunkt für derartige Geschäftsanbahnungen günstig ist und wann nicht. Was hast du dir nur dabei gedacht, sie gleich nach Ankündigung ihrer Filiale mit Vorschlägen zu bombardieren?«

Caroline presste die Lippen aufeinander, denn wenn er auf diese Weise mit ihr sprach, war es klüger, zu schweigen.

»Du hast uns in eine prekäre Situation gebracht, Wildfang! Hast du auch nur einen Moment darüber nachgedacht, was passieren würde, wenn Vater oder Onkel Georg davon Wind bekommen?«

»Wirst du mich etwa bei ihnen anschwärzen?«

Felix ließ sie nicht aus den Augen. »Nein. Du hast dir die Suppe eingebrockt, nun löffle sie auch aus. Ich gebe dir zwei Tage, den beiden reinen Wein einzuschenken. Ansonsten rede ich mit ihnen.«

Caroline biss sich auf die Unterlippe. »Du bist gemein.«

Ihr Bruder schnaubte. »Enzo und Arturo vorzuschlagen, auch für Damen zu schneidern, war nicht nur gewagt, sondern auch kindisch.«

»Bitte was?«, stieß sie fassungslos aus.

»Du hast mich schon verstanden. Die beiden haben keinerlei Erfahrung mit Damenmode. Sie werden den Ratschlag von

Leuten wie uns wohl kaum beherzigen, zumal wir von ihrem Gewerbe rein gar nichts verstehen.«

Caroline stupste ihn an. »Warum denn nicht? Im Gegensatz zu ihnen kennen wir den Markt und wissen, was sich die Berlinerinnen wünschen. Ich hatte sogar den Eindruck, dass sie die Information geschätzt und sehr genau zugehört haben. Außerdem, wer das Schneiderhandwerk beherrscht, ist in der Lage, für jedermann zu fertigen, Mann, Frau oder Kind.«

Felix rollte mit den Augen. »Du bist unverbesserlich. Als ob das so einfach wäre! Aber belassen wir es dabei, ich habe keine Lust, zu streiten. Wir müssen jetzt abwarten, wie die Herren reagieren. Ich hoffe allerdings, dass sie nicht so bald antworten.«

Der Trotzkopf in Caroline weigerte sich, seine Kritik kommentarlos hinzunehmen. Doch in den vergangenen Jahren im Internat hatte sie gelernt, sich zu zügeln. Ob es ihr gefiel oder nicht, sie musste gleich morgen mit Onkel Georg und Vater sprechen und auf ihre Milde hoffen.

Sie warf Felix einen aufmerksamen Seitenblick zu. Ihr sonst so ausgeglichener Bruder war in den letzten Tagen recht übellaunig und verbrachte seinen Feierabend zumeist allein. Sie vermutete, dass ihm Isas Leiden mehr zu schaffen machte, als er zu erkennen gab. *Aber vielleicht mache ich mir einfach zu viele Gedanken*, dachte Caroline, während die Kutsche den Prenzlauer Berg erreichte und der Stadtvilla zustrebte.

Wie nicht anders erwartet, fiel Felix' Gutenachtgruß knapp aus. Sein Anblick, wie er sich entfernte, die Hände in den Hosentaschen vergraben, tat ihr weh. Obwohl sie es sich ungern eingestand, hatte sie mit ihrer spontanen Geschäftsidee zu seiner schlechten Laune erheblich beigesteuert. Mit widerstrebenden Gefühlen ging sie ins Haus, dankbar, dass der Rest der Familie offenbar bereits schlafen gegangen war. So hatte sie Muße, ihren Freundinnen Annegret und Luise ausführlich von den Brüdern aus Mailand und ihren Plänen zu erzählen.

Kapitel 13

Chesmu

Chesmu stand vor dem Stall, stemmte die Hände in die Hüften und sah sich um. Seit einigen Tagen waren die Nachtfröste ausgeblieben, und in der Luft hing ein Hauch von Frühling. Die Rinder gaben aufgeregte Laute von sich, sie konnten es kaum erwarten, ihr winterliches Gefängnis zu verlassen.

Chesmu hielt das Gesicht in den Wind. Mutter Erdes Ruf nach Erneuerung war für alle Kreaturen deutlich zu vernehmen. Jedes Jahr zu dieser Zeit fühlte er Dankbarkeit und neue Zuversicht in sich aufsteigen. Julias schöne, im Schlaf entspannte Züge, als er das Schlafzimmer verlassen hatte, tauchten wieder vor ihm auf. Hätte er seiner Frau nur etwas von seinen Glücksmomenten abgeben können!

Seit dem Gespräch mit Chief Ignacio waren einige Wochen vergangen. Tage, in denen sich Chesmu mehr und mehr um Julia sorgte. Ihre Bitte, Sam in die Breitenbach School geben zu dürfen, hatte man ohne Begründung abgelehnt, und Chesmu betrachtete das Funkeln in den Augen seiner Frau mit Argwohn. Von ihrem sonst so sanftmütigen Naturell schien nichts mehr übrig zu sein, wie ein aufgescheuchtes Tier lief sie herum, und ihre Stimmung wechselte zwischen Verzweiflung und mühsam unterdrücktem Zorn.

Ähnliche Gemütszustände kannte Chesmu auch von seiner Mutter Nituna. Normalerweise fand Julia schnell wieder zu der ihr eigenen Heiterkeit zurück, doch diesmal verschloss sie sich vor ihm. Sie kannte ihn und wusste, dass es seine Achtung vor Chief Ignacio verbot, gegen dessen Entscheidung zu protestieren. Manchmal, wenn er mit ihr sprach und diesen besonderen Ausdruck an ihr bemerkte, fragte er sich besorgt, ob ihr Zorn sich mehr gegen den Chief oder ihn richtete.

Er begutachtete gerade die Fesseln einer tragenden Kuh, als sich Sam in den Stall stahl und ihn fragend musterte.

»Alles in Ordnung, mein Junge?«

»Ich weiß nicht.« Sein Sohn blickte sichtlich aufgewühlt zu Boden. »Ich wollte Mutter zeigen, was ich geschnitzt habe. Sie sitzt auf der Bank vor der Hütte und weint. Mutter hat sich die Speerspitze gar nicht richtig angesehen und gesagt, ich soll dir helfen. Wieso schickt sie mich weg, ich will sie doch nur trösten? Ich war auch bestimmt nicht frech zu ihr, Vater.«

Chesmu fuhr ihm übers Haar. »Du kannst nichts dafür. Das kommt schon wieder in Ordnung. Sieh nur, wie aufgeregt die Tiere sind, sie wollen nach dem langen Winter endlich auf die Weide. Hast du Lust, mir zu helfen?«

Der Junge strahlte. »Au ja!«

Zu späterer Stunde hielt Chesmu nach seiner Frau Ausschau. Sie hockte hinter der Hütte, ein Tuch um ihr langes Haar geschlungen, und wusch Sams ehemalige Säuglingskleidung.

Julia blickte kaum auf.

»Du arbeitest zu hart, meine Sonne.« Er wies auf den enormen Stapel Schmutzwäsche, der in einem Korb neben ihr stand. »Morgen ist auch noch ein Tag.«

Sie fuhr ungerührt fort, ein Wäschestück mit Seife zu bearbeiten.

Sanft, aber bestimmt nahm er es ihr aus der Hand und zog sie hoch. Dabei presste sie gequält die Lippen aufeinander.

Er strich über ihren Rücken. »Du hast Schmerzen, mach ein wenig Pause.«

Widerspruchslos nahm sie neben ihm Platz und strich sich eine verschwitzte Haarsträhne zurück, die unter ihrem Kopftuch hervorlugte.

»Vielleicht ändert der Chief noch seine Meinung, wenn er erst sieht, wie gut sich Sam entwickelt«, wagte er sich vorsichtig vor. »Wir müssen versuchen, ihn und die Ältesten zu verstehen. Sie können für uns nicht immer Ausnahmen machen.« Er umschloss ihr in stummem Schmerz zuckendes Gesicht. »Sieh dich um, Mutter Erde erwacht zu neuem Leben, unser Kind kommt bald auf die Welt. Es gibt viele Gründe, zuversichtlich in die Zukunft zu blicken.«

»Ach ja? Weißt du was? Ich halte das alles nicht mehr aus!« Julia wies hinter ihn. »Dreh dich um, Liebling, und sag mir, was du siehst!«

Es war nicht nötig, sich umzudrehen, denn dort befand sich ihr Zaun, der sie vom Rest der Welt trennte und für sie zu einer unüberbrückbaren Hürde geworden war.

»Was ist das für ein Leben?«, fuhr Julia mit bebender Stimme fort. »Ich will, dass unsere Kinder frei und unbeschwert durch unsere Heimat streifen.« Sie presste eine Hand auf ihren gewölbten Bauch. »Ich habe es satt, mich immer zu fügen und den Mund halten zu müssen. Meine Meinung als Frau ist bei euch doch keinen Penny wert!«

Chesmu erschrak bis ins Mark. »Das betrifft nur unsere Versammlungen. Für dich würde ich alles tun, das weißt du, aber die Regeln der Núu-ci kann ich nicht ändern. Außerdem ...«, er rang um Worte, die sie besänftigen konnten. »Auf unserem Land bist du die Sonne und die Sterne, um die sich alles dreht.« Er zog sie an sich, bettete ihren Kopf an seine Brust und ignorierte das ängstliche Flattern in seinem Inneren, als er sie wie ein Kind in seinen Armen wiegte. »Gemeinsam werden wir einen Weg finden, vertraue mir.«

»Sicher.« Julia löste sich von ihm und fuhr mit ihrer Arbeit fort.

Betroffen starrte Chesmu auf ihren schmalen Rücken.

»Geh schon, Chesmu«, warf sie ihm nach. »Das ist Frauenarbeit. Du willst doch nicht etwa die Gesetze der Núu-ci missachten?«

Er setzte zu einer Antwort an, schwieg jedoch. Mit Julia war heute nicht zu reden, und jedes unüberlegte Wort hätte sie nur unnötig aufgeregt.

Von irgendwoher hörte er, wie sich ein Fuhrwerk näherte.

Kurz darauf schrie Sam: »Großvater und Großmutter kommen!«

Die Freude des Kindes besänftigte für einen Moment Chesmus düstere Gedanken, und die drei eilten ihrem Besuch entgegen.

Rosa hatte ihnen ein Päckchen Tee und einen Kuchen mitgebracht, und während die beiden Frauen mit Sam spielten, winkte sein Schwiegervater ihn hinter die Hütte, wo sie für einen Moment ungestört waren. Im Lichtschein entdeckte Chesmu auf Wendelins Wangen ein paar neue Runzeln. Manchmal vergaßen Julia und er, dass die beiden bereits sechsundsechzig und zweiundfünfzig Jahre alt waren. Vielleicht, weil Kinder nie wahrhaben wollten, dass ihre Eltern alterten, vielleicht aber auch, weil Rosa und Wendelin ihre Obstplantage zum großen Teil noch selbst bewirtschafteten, abgesehen von zwei Feldarbeitern, die ihnen die schwerste körperliche Arbeit abnahmen.

Wendelin zückte ein ledernes Etui aus der Manteltasche und senkte die Stimme.

»Mein geliebtes Weib hat Julias Umhänge und Plaids unter die Leute gebracht und sogar einen guten Preis ausgehandelt.«

Chesmu zählte das Geld. »So viel? Wie hat sie das gemacht?«

»Bei unserem letzten Besuch in Denver im Herbst hat Rosa einen Umhang von Julia getragen. Weil die Frauen der beiden Geschäftsführer sehr angetan von ihrer Webarbeit waren, hat Rosa den Preis höher angesetzt. Die Leute haben Geld genug, meinte sie. Du kennst sie ja.« Er grinste wie ein Schuljunge, der dem Lehrer einen Streich gespielt hat. »Sie haben den Preis anstandslos bezahlt und sogar drei Pferdedecken in Auftrag gegeben.«

Chesmu umfasste die Schultern des Älteren. »Danke. Ich weiß, wie ich mich bei euch bedanken kann.«

»Gern geschehen. Aber du brauchst dich nicht zu revanchieren.«

Chesmu zog seinen Schwiegervater entschieden in den Vorratsraum, und schob den Vorhang vor einer Nische beiseite, in der allerlei mit Wasser gefüllte Kanister in Reih und Glied bis zur Decke gestapelt waren.

Wendelin erbleichte, als er ihm die Hälfte der Behälter vor die Füße stellte. »Grundgütiger.«

»Lass dich mit dem Wasser bloß nicht erwischen«, sagte Chesmu eindringlich.

»Ich passe schon auf. Danke, mein Junge.« Wendelin hielt ihn fest. »Ist mit Julia alles in Ordnung? Sie gefällt mir heute gar nicht. Sie ist ungewöhnlich still.«

»Sie trägt schwer an dem Kind, das ist alles«, erwiderte Chesmu lahm. »Wollen wir Julia die guten Nachrichten überbringen?«

Erleichtert, dass sein Schwiegervater keine weiteren Fragen stellte, kehrten sie zum Rest der Familie zurück. Sam spielte inzwischen mit Barney im Garten. Julia entwich ein kleiner spitzer Schrei, als sie hörte, welche Summe sich im Etui befand. Ihre Augen füllten sich mit Tränen. »Wenn wir euch nicht hätten!«

»Papperlapapp«, wischte Wendelin ihre Worte beiseite. »Der Kleine hat Rosa und mich übrigens zu einem Fußballspiel herausgefordert.« In gespielter Verzweiflung fächelte er sich mit der Hand Luft zu. »Ihr wisst also, wo ihr uns findet.«

Rosa, die neuerdings eine Brille trug, knuffte ihn in die Seite. »Das hast du nun davon, versprochen ist versprochen, mein lieber Mann.«

Chesmu lachte über Wendelins gequälte Miene. »Nur zu.«

Er zog seine Frau an sich und beobachtete, wie seine Schwiegereltern dem Ball hinterherliefen. Sams Jauchzen wärmte sein Herz.

Er würde Rosa bitten, von einem Teil der Einnahmen Stoff für eine neue Hose und Ziegenleder für eine Jacke für Sam zu kaufen. Der Junge schien buchstäblich über Nacht aus seinen Kleidern herauszuwachsen.

Am späten Vormittag machten sich seine Schwiegereltern wieder auf den Heimweg. Rosa musterte beim Abschied ihre Tochter. »Pass auf dich auf, mein Schatz. Gib mir Bescheid, wenn ich etwas tun kann. Christine hat uns übrigens ihre Hilfe zugesagt, falls ihr sie benötigen solltet.«

»Danke, Mutter, aber Onawa hat schon ein paar Dutzend Kinder auf die Welt gebracht und hat es näher zu unserer Farm.« Onawa war die erste und seine Mutter Nituna die zweite Frau ihres Schwiegervaters Akule. Wie bei den Núu-ci seit Anbeginn der Zeit üblich, hatte er wie die meisten Männer mehrere Ehefrauen.

Rosa suchte Julias Blick. »Das stimmt natürlich.«

Ihre Tochter nickte lediglich. »Sorge dich nicht. Bis bald.«

Als die beiden auf ihrem Maultierkarren nicht mehr zu sehen waren, wandte sich Julia still wieder ihrer Arbeit zu. Mit dem Wissen um die überaus glücklich verlaufenen Verkäufe kehrte der Glanz allmählich in ihre Augen zurück.

Es wurde Zeit, dass Sam Kontakt zum Geist seines Ponys aufnahm. Er hatte bisher lediglich vor seinem Vater auf dem Pony gesessen und wirkte – anders als Chesmu in seinem Alter – in Kenais Gegenwart noch etwas scheu. Auf dem Weg zur Weide sangen Vater und Sohn einen Segen für den Tag. Diese Stunden gehörten für Chesmu immer zu den besonders glücklichen. Die Sonne stahl sich durch die Wolken, und der Wind strich sanft über das Büffelgras, das bei der kleinsten Berührung zu tanzen schien.

Kenai ließ sich beim Grasen nicht stören, und die beiden setzten sich aufs Holzgatter und ließen den friedlichen Moment auf sich wirken.

Chesmu beobachtete seinen Sohn von der Seite. »Ich zeig dir mal was. Rühr dich nicht vom Fleck und sei aufmerksam.«

Der Junge nickte eifrig.

Lautlos sprang der Weeminuche ins Gras, ging etwa vier Meter vor dem Pony in die Hocke und verharrte dort. Kenai trottete auf ihn zu und stupste ihn an. Chesmu stand auf, umschloss zärtlich den Kopf des Ponys, hauchte ihm in die Nüstern und drehte sich um. »Komm zu mir, Sam.«

Zögernd trat der Junge zu seinem Vater.

»Warum habe ich Kenai wohl in die Nüstern gepustet?« Chesmu strich dem Pony über den weichen Hals.

Sam hob die Schultern. »Weiß nicht.«

»Auf diese Weise nimmt er deinen Geruch auf und erkennt dich immer wieder. Er soll wissen, dass er jetzt einen zweiten Partner bekommt.«

In die Augen seines Sohnes trat ein neues Leuchten. Es rührte Chesmu, wie behutsam der Junge vorging, und noch viel mehr, wie still sich das Pony verhielt.

Als die erste Reitstunde beendet war, setzten sich die beiden ins Gras.

»Pferde sind unsere Freunde, oder?«, wollte Sam irgendwann wissen.

»Sie sind viel mehr als das. Als sich unser Volk und die Pferde zum ersten Mal begegneten, fühlten sie hier sofort eine starke Verbindung.« Chesmu tippte auf seine Herzgegend. »Wir hüten beide unsere Familie und das Land, wir kümmern uns um einander und kämpfen sogar zusammen. Die Geister der Pferde geben uns gute Medizin. Wenn du traurig oder verzweifelt bist, wirst du auf ihrem Rücken wieder glücklich sein, und mit den Tieren verhält es sich genauso. Sie haben Gefühle wie wir.« Chesmu betrachtete das Mienenspiel auf dem Gesicht seines Sohnes, und Freude erfüllte seine Brust. »Wir sind wie zwei Teile des großen Puzzles, die perfekt ineinanderpassen.«

»Ich habe verstanden, Vater. Dann ist Kenai jetzt also auch mein Freund?«

»Ja, er wird dir treu folgen und dich weit tragen, wenn du gut zu ihm bist.«

»Das werde ich, versprochen.«

Chesmu klopfte sich auf den Oberschenkel. »Gut, mein Sohn. Wir müssen zurück. Deine Mutter wundert sich bestimmt, wo wir bleiben.«

Einträchtig verließen sie die Weide. Bereits von Weitem erkannte Chesmu, dass die Tür der Hütte weit geöffnet war, und er ließ alarmiert seinen Blick schweifen.

Der Webstuhl stand verwaist neben dem Eingang, das Herdfeuer glühte nur noch schwach. Er umfasste seinen Sohn. »Wir sind alle hungrig. Hol uns ein paar Scheite Holz. Ich sehe nach deiner Mutter, verstanden?«

Sam huschte davon.

Die saubere Wäsche flatterte lustig an einer Leine, die Julia zwischen zwei Kiefern gespannt hatte, doch von ihr selbst fehlte jede Spur.

Sein Puls schnellte in die Höhe, als er mit den Händen einen Trichter formte. »Julia, wo steckst du?«

Der Wind trug einen kläglichen Laut zu ihm, und Chesmu wurde eiskalt.

Er fand seine Frau schließlich vor dem Abtritt, am Boden kauernd.

Mit einem Satz war er bei ihr und umfasste ihr Gesicht.

»Das Kind ... kommt.« Julia stöhnte auf. Ihr langer Rock wies einen großen feuchten Fleck auf.

»Hol Hilfe. Es geht ... so schnell.«

Er verschloss ihren Mund mit einem Kuss. »Komm, hier ist es viel zu kalt.« Er half ihr auf und brachte sie in die Hütte.

Sams Augen weiteten sich ängstlich. »Kommt jetzt das Kind, Mutter?«

»Ja, mein Schatz.« Julia presste eine Hand in den Rücken, tätschelte Sams Wange und versuchte ein aufmunterndes Lächeln, das jedoch schief geriet. »Onawa soll kommen, und du bleibst heute bei deiner Großmutter Nituna.«

Wenig später trieb Chesmu sein Pony im Galopp auf das Reservat zu, Sam saß vor ihm.

Julia trotz ihrer Wehen zurücklassen zu müssen, ließ ihn schaudern. Was, wenn das Kind in der Zwischenzeit auf die Welt wollte und es zu Komplikationen kam? In dieser Phase der Geburt sollte sie Trost und Ablenkung bekommen. Den Kleinen bei ihr zurückzulassen, wäre allerdings genauso undenkbar gewesen. In seinem Stamm hielten sich in den Stunden der Niederkunft üblicherweise mehrere Frauen bei der Gebärenden auf, einschließlich der weisen Frau natürlich, die das Neugeborene mit einer Zeremonie segnete und es damit bei den Núu-ci willkommen hieß.

Es dauerte viel zu lange. Was, wenn … Chesmu schluckte. Es tat nicht gut, sich seinen Ängsten hinzugeben, er sollte seine schlechten Gedanken schleunigst verdrängen.

»Halt! Bleib gefälligst stehen!« Aus einer Reihe Pinien löste sich ein Indianerpolizist, der nur eine Meile vom Reservat entfernt patrouillierte, und wollte sich ihnen entgegenstellen.

Trotz dessen zornigen Gesichts trieb Chesmu das Pony noch stärker an und galoppierte schnell wie ein Blitz an ihm vorbei. Nur Wimpernschläge später öffnete jemand die Pforte und sie preschten ins Reservat. Eine Frau sprang erschrocken zur Seite, und Chesmu wich ein paar Männern aus, die locker beieinandergestanden hatten.

»Ich brauche Onawa, wo ist sie?«, schrie er einem von ihnen zu.

Eine Antwort erübrigte sich, denn er konnte eine kleine, untersetzte Gestalt mit einem weißen Zopf ausmachen, die aus dem Tipi seines Vaters trat.

»Ist es so weit?«, rief sie, als sie Chesmu und Sam bemerkte, die auf sie zugeritten kamen.

Er saß ab und umarmte sie. »Ja, Julia sagt, es dauert nicht mehr lange. Sie ist allein.«

Onawa küsste Sam auf den Scheitel, huschte ins Tipi und kehrte mit einem fest verschnürten Bündel zurück. »Geh nur rein«, sagte sie zu dem Jungen in der Sprache seiner Väter. »Großmutter Nituna will Maisfladen zubereiten. Über deine Gesellschaft freut sie sich bestimmt.«

Sam nickte mit bleichem Gesicht und trollte sich ins Innere des Tipis.

Onawa und Chesmu verloren keine Zeit.

Als Chesmu eine Weile später Anstalten machte, zu seiner Frau in die Hütte zu stürmen, weil gequälte Laute nach außen drangen, hielt die ältere Frau mit dem alterslosen Gesicht ihn mit strenger Miene auf.

»Trau dich keinen Schritt weiter, mein Junge. Das ist und bleibt Frauensache.« Dann nannte sie ihm die Utensilien, die sie benötigte. »Geh schon, beeile dich.«

Chesmus Knie zitterten, als er saubere Tücher, eine Schüssel mit frischem Wasser, eine Decke und das Fläschchen Alkohol herbeiholte, das Julia für Notfälle in einem Korb im Vorratsraum aufbewahrte.

Kurz darauf streckte Onawa den Kopf aus der Tür und griff nach dem Verlangten. »Das Kind hat es eilig, alles ist, wie es sein soll.« Dann drückte sie vor seiner Nase die Tür ins Schloss.

Sie schien nicht zu wissen, was sie da sagte! Sosehr sich Chesmu auch zusammennahm, er konnte weder stillstehen, noch fand er beim Herumlaufen ein wenig Erleichterung. Bei jedem Laut, der zu ihm herausdrang, wuchs seine Furcht.

Er durfte sich nicht ausmalen, welche Schmerzen sie gerade ertrug.

Es wurde Nachmittag, und seine überspannten Nerven malten Chesmu dramatische Bilder vor die Augen. *Großer Geist, bitte behüte, was ich liebe*, betete er unentwegt.

Als die Schatten länger wurden und Onawa endlich in der Tür erschien, war er ein einziges Nervenbündel.

»Es ist ein Mädchen. Den beiden geht es gut.«

Chesmu zog sie stürmisch in die Arme und wirbelte sie im Kreis herum. »Dem Großen Geist sei Dank!«

KAPITEL 14

Isa

Prenzlauer Berg, 6. März 1911

Isa blinzelte zu der Uhr auf ihrem Nachttischchen. Sie zeigte auf elf Uhr an diesem Montagabend und alle Lichter in der Stadtvilla waren erloschen. Leise, um niemanden zu stören, fuhr sie mit ihrem Rollstuhl in die Küche. Auf dem Tisch stand eine Kanne Tee auf einem Stövchen. Sie wollte sich gerade bedienen, da klingelte der Fernsprecher. Wer in Herrgottsnamen rief um diese Zeit noch an?

In Amerika ... war es erst Nachmittag. Der Gedanke alarmierte sie, und sie eilte, so schnell sie es mit ihrem Gefährt vermochte, zum Fernsprecher im Flur.

Die tiefe Männerstimme sprach gebrochenes Englisch mit starkem Akzent, und Isa lauschte fasziniert.

»Hier ist Chesmu.«

»Chesmu, Himmel!«, entfuhr es Isa. »Wie schön, dich zu hören! Wie geht es Julia und Sam? Ist alles in Ordnung?«

»Ja, darum rufe ich an. Gestern Abend wurde unsere Tochter geboren. Sie ist genauso schön wie ihre Mutter.« In seiner Stimme schwang Stolz mit.

»Oh, wie ich mich freue! Die wunderbare Nachricht muss ich sofort den anderen mitteilen. Herzlichen Glückwunsch!« In Isas Kehle steckte auf einmal ein Kloß. »Ich wünschte, ich könnte euch persönlich gratulieren. Aber wie kommt es, dass du uns anrufst? Bitte verzeih meine Direktheit.«

Chesmu lachte leise. »Der weiße Agent hat eine Besprechung im Bureau of Indian Affairs und unser Indianerpolizist schuldete mir noch einen Gefallen. Wie Wendelin den Postbeamten überredet hat, dass ich euch anrufen kann, frag besser nicht.« Isa hörte ihn tief durchatmen. »Niemand wird mir verbieten, unseren Familien von meiner Tochter zu erzählen!« Er verstummte, als wäre er über seine harschen Worte erschrocken. »Julia wartet auf deine Hochzeit. Gibt es schon einen Termin?«

»Nein, Bernhards Eltern wollen keinen Krüppel in der Familie. Sie drohen, ihn zu enterben.«

»Könnt ihr euch mit ganzem Herzen ansehen und lieben durch alle Zeiten?«

»Ja, sicher. Aber …«

»Dann findet ihr einen Weg. Julia lässt euch herzlich grüßen. Ich muss los, der weiße Postmann wird ungeduldig. Er fürchtet wohl, dass man ihn mit einem Wilden beobachtet.«

»Schon gut, Chesmu. Umarme deine Liebsten von mir, auch Tante Rosa und Onkel Wendelin.« Isa bemerkte ihre Mutter, die nur in einen Bademantel gehüllt auf sie zueilte und sie fragend ansah.

»Mach ich. Möge der Große Geist über euch wachen. Bis bald.«

»Bis bald, Chesmu.« Freude erfüllte Isa, als sie den Hörer auf die Gabel legte.

Vanda fasste ihre Tochter an den Schultern. »Geht es Julia gut? Ist das Kind da? Red endlich und spann mich nicht auf die Folter.«

Isa lachte und erzählte ihr, was sie soeben erfahren hatte.

Ihre Mutter rang die Hände. »Ein Mädchen, wie schön! Was bin ich froh! Bei dieser gottverlassenen Gegend muss man ja Angst um unsere Lieben haben. Bleibt nur zu hoffen, dass unsere Julia eine versierte Hebamme an ihrer Seite hat, die für die nötige Hygiene sorgt.«

»Das glaube ich kaum«, erwiderte Isa vorsichtig. »Tante Rosa und Julia haben bisher lediglich von einer Hilfsschwester und einem Arzt gesprochen, auf den man im Zweifelsfall stundenlang warten muss. Doch Mutter und Kind sind wohlauf, zerbrechen wir uns also am besten nicht den Kopf über Details.«

»Du hast recht.« Vanda senkte ihre Stimme zu einem Flüstern. »Komm, wir gehen in die Küche, bevor wir den Rest aufwecken.«

Einträchtig tranken die beiden eine Tasse Tee und freuten sich über den Neuankömmling in der Familie, dann deutete Vanda auf die Wanduhr. »Es ist spät, wir sollten schlafen gehen. Wir erzählen unseren Lieben morgen früh von der Kleinen.«

»Sicher. Gute Nacht.« Isa küsste ihre Mutter und kehrte in ihr Zimmer zurück.

Doch sie war viel zu aufgewühlt, um einschlafen zu können. Wobei sie nicht wusste, ob es an der aufregenden Neuigkeit oder an Chesmus Worten lag.

Nach einer unruhigen Nacht berichtete Isa der Familie am nächsten Morgen von Chesmus Anruf, und alle waren froh und erleichtert, dass es Mutter und Kind gut ging.

Den gesamten Vormittag kam Isa kaum zum Luftholen, immerhin gelang es ihr kurz vor Feierabend, mit Caroline wegen ihrer Geschäftsanbahnung mit den De-Luca-Brüdern zu sprechen.

»Arturo hat heute Morgen angerufen«, sagte Isa ernst, »zum Glück war außer unserer Sekretärin niemand in der Nähe. Ich konnte ihn bis nächste Woche vertrösten. Aber du musst mit Vater und Onkel Georg reden. Nicht auszudenken, wenn ...«

»Keine Sorge, Schwesterherz«, hatte Caroline ihre Bedenken zerstreut. »Ich bin morgen mit den beiden zu einer internen Besprechung verabredet.«

Isa rang die Hände. »Gut. Ich habe Felix gebeten, sich für dich einzusetzen. Aber vergeblich.«

»Warum muss er nur so stur sein?«, zischte Caroline. »Er tut geradezu, als ob er nie einen Fehler begangen hätte.«

Aufmunternd strich Isa ihr über den Arm. »Du schaffst das schon.«

An diesem Nachmittag kehrte sie pünktlich heim, denn nach dem Abendessen würde Bernhard sie besuchen kommen. Seit Längerem schob sie ein klärendes Gespräch mit ihm hinaus, das sie heute endlich führen wollte.

Bernhard war ein wunderbarer Mann, der sich nicht einmal von der ablehnenden Haltung seiner Eltern beirren ließ. Er sei auf deren Erbe nicht angewiesen, versicherte er stets, auch ohne ihre Unterstützung würden sie ein gutes Leben führen, wenn auch etwas bescheidener. Leider hatten sich sämtliche Häuser, die er bislang für sie beide ins Auge gefasst hatte, als ungeeignet für Isas Bedürfnisse herausgestellt, ein Umbau wäre bei allen zu kostspielig gewesen.

Isa hatte gerade Zeit genug, sich mit Marias Hilfe frisch zu machen und umzuziehen, da klingelte es schon an der Haustür. Bernhard trat ein und küsste sie zart.

»Liebling, du siehst gut aus.«

Sie murmelte einen Dank. Er schien ahnungslos zu sein, welche Mühe es ihr bereitete, ihre hager gewordene Gestalt unter weiten Kleidern zu verstecken und sich jedes Mal in die Isa von vor dem Unfall zu verwandeln. Ihr war es auch ganz lieb, dass er nichts von den unangenehmen Details ihrer Lähmung mitbekam, also hörte sie wie immer lächelnd zu, als er eine Anekdote über seine Schüler zum Besten gab. Danach erzählte sie ihm von Julias und Chesmus kleiner Tochter und er teilte ihre Freude. Schließlich berichtete Bernhard mit leuchtenden Augen von dem Haus im Grünen, das er neulich in einer Seitenstraße nahe der Brauerei Königstadt in der Schönhauser Allee entdeckt hatte.

»Bisher konnte ich nur einen kurzen Blick ins Innere werfen, aber es sieht so aus, als ob lediglich ein paar winzige Korrekturen notwendig wären. Außerdem ist der Preis mehr als angemessen. Nächste Woche habe ich ein Gespräch mit dem Verkäufer.« Er hielt inne und sah sie an wie ein Kind, das aufs Christkind wartete.

Doch in Isa wollte keine Freude aufkommen, und sie unterdrückte ein Seufzen. »Du bist ein Träumer, Bernhard.« Ihre Gedanken kehrten zu dem kurzen Gespräch mit Chesmu zurück.

Könnt ihr euch mit ganzem Herzen ansehen und lieben durch alle Zeiten?

Diese Frage ging ihr nicht mehr aus dem Sinn, und die Hoffnung in Bernhards Augen schnürte ihre Kehle zu. Isa nahm seine Hände und hielt seinem Blick stand. Sie durfte jetzt nicht zaudern. »Hast du dir unser Leben mal ganz nüchtern ausgemalt? Ich weiß, du liebst mich und glaubst noch immer, dass ich eines Tages wieder völlig gesund werde, wenn wir nur geduldig sind.«

Seine Kieferknochen mahlten. »Natürlich! Du bist stark und hast eine Menge Fortschritte gemacht. Vielleicht dauert es noch ein Jahr, aber eines Tages wirst du geheilt sein.«

»Halt ein!« Ihre Augen füllten sich mit Tränen. »Du klammerst dich an meine Worte von damals.« Sie umfasste seine Handgelenke. »Ich wollte mit aller Macht daran glauben. Ich dachte, wenn ich hart genug trainiere, kehrt das Gefühl in meine Beine mit der Zeit zurück.« Sie schüttelte den Kopf. »Heute weiß ich, dass ich … dass wir uns etwas vorgemacht haben.«

»Du darfst nicht aufgeben, Liebling!« Er trocknete ihr tränennasses Gesicht mit dem Handrücken.

»Das tue ich nicht, Bernhard. Aber mein Körper zeigt mir täglich meine Grenzen auf, und für mich ist es wichtig, der Wahrheit ins Auge zu blicken. Ich werde kämpfen und mit der Zeit die eine oder andere Hürde nehmen, so wahr mir Gott helfe.« Ihre Stimme drohte zu versagen. »Doch ich werde immer ein Krüppel bleiben.«

Seine Lippen wurden schmal, und den Schmerz, den ihre Worte in ihm auslösten, spürte Isa fast körperlich. Wie sie war auch Bernhard in den vergangenen Monaten ein anderer geworden. Zuweilen wirkten seine Bewegungen fahrig und gehetzt, und Isa fragte sich immer öfter, wo seine ehemals so stark ausgeprägte Gelassenheit und Zuversicht geblieben waren.

»Selbst wenn«, entfuhr es ihm leidenschaftlich. »Du bist und bleibst die Frau, die ich liebe. Ich baue uns ein schönes Nest, und nach der Hochzeit werden wir dort glücklich sein, ob mit oder ohne Rollstuhl.«

Isa betrachtete sein liebes Gesicht. »Aber ich will dich nicht heiraten«, sprudelte es aus ihr heraus. Einmal ausgesprochen fühlte Isa, dass ihre Worte exakt ausdrückten, was sie seit geraumer Zeit empfand. »Bernhard, ich bin auf die ständige Hilfe einer Krankenschwester und die eines Masseurs angewiesen. Unser Hausarzt gibt sich mit anderen Vertretern seiner Branche die Klinke in die Hand. Von Tag zu Tag würde es dich mehr belasten, mich auf diese Weise zu erleben.«

»Niemals! Isa, du wirst nie eine Belastung für mich sein. Gemeinsam können wir alles schaffen«, bekräftigte Bernhard, dessen fahle Hautfarbe verriet, was ihr Bekenntnis in ihm ausgelöst hatte.

»Du hast mal gesagt, es mache dir nichts aus, dass ich dir keine Kinder schenken kann«, fuhr sie leise fort. »Aber irgendwann würdest du zweifeln und deine Entscheidung womöglich bereuen.« Sie lehnte sich gegen seine Brust. »Und all dies und noch viel mehr würde mir meine Unzulänglichkeit täglich vor Augen führen. Ich könnte es nicht ertragen, uns so unglücklich zu erleben.« Sie hob den Kopf. »Such dir eine andere Frau, die dir deinen Traum von einer Familie erfüllt und dich glücklich macht.« Isa holte tief Luft und kam sich vor wie ein Jäger, kurz bevor er dem verletzten Tier den Todesstoß versetzt. Sie starrte zu Boden. »Bitte lass es uns beenden. Wir bleiben Freunde, daran wird sich nie etwas ändern.«

Bernhard saß wie eine Statue da, nur seine bebenden Nasenflügel verrieten, dass er nicht zu Stein erstarrt war. Als er sich ihr zuwandte, schien jedes Licht in seinem Gesicht erloschen zu sein. »Das kannst du nicht wollen!« Er schüttelte sie leicht. »Du bist verunsichert, das verstehe ich. Bitte denk nach, lass dir Zeit. Wir sind morgen mit deinen Eltern verabredet, dann will ich um deine Hand anhalten.«

»Ich werde mit ihnen sprechen. Bitte respektiere meine Entscheidung. Es tut mir leid, aber ich kann und will nicht deine Frau werden. Ich hoffe, du kannst mir eines Tages verzeihen. Bitte geh jetzt.«

Bernhard erbleichte und fuhr hoch. »Das soll es gewesen sein? Wir haben von einer gemeinsamen Zukunft geträumt und nun machst du unser gemeinsames Leben mit ein paar Worten zunichte. Das kann ich nicht glauben!«

Als sie etwas einwenden wollte, hob er eine Hand. »Keine Sorge, ich lasse dich allein. Falls du deine Meinung änderst, weißt du, wo du mich findest.«

Das Geräusch der zuschlagenden Zimmertür hallte wie ein Kanonenschlag in Isa nach. Ein betäubender Schmerz nahm von ihr Besitz, doch gleichzeitig war ihr, als hätte man eine Last von ihren Schultern genommen. Mit geschlossenen Lidern lauschte sie Bernhards Stimme auf dem Flur, bis sie verhallte, und überließ sich dann ihren Empfindungen.

Unerträglich langsam liefen die Bilder ihrer Liebe vor ihrem geistigen Auge ab. Der Augenblick war gekommen, in dem sie sich von ihren Träumen endgültig verabschieden musste.

Irgendwann spürte Isa eine Hand an ihrer Wange, und der liebevolle Blick ihrer Mutter füllte ihre Augen erneut mit Nässe.

»Bernhard war außer sich und wäre an mir vorübergelaufen, wenn ich ihn nicht angesprochen hätte. Habt ihr gestritten?«

Isa rang um Fassung. »Ich habe es beendet, Mutter. Wir werden nicht heiraten.«

Vanda forschte ernst in ihrem Gesicht. Sie wartete, bis Isas Tränenstrom versiegt war, und reichte ihr ein Taschentuch. »Wieso, mein Liebling? Was ist passiert?«

Isa blickte durch das Fenster hinaus in den Garten, ohne ihn wahrzunehmen, und weil ihr die Kraft für langatmige Erklärungen fehlte, suchte sie nach geeigneten Worten, die kurz und knapp beschrieben, was in ihr vorging. »Die Kraft, die mir geblieben ist, reicht nur für mich allein. Es ist nicht recht, dass wir uns aneinanderklammern. Bernhard verdient eine gesunde Frau und eine glückliche Familie.«

Im nächsten Moment fand sie sich in einer warmen Umarmung wieder. So verharrten sie eine Weile, bis sich ihre Mutter schließlich von ihr löste.

»Ich verstehe dich, mein Schatz.« Vanda lächelte müde. »Er kommt darüber hinweg, und eines Tages wird er dir vielleicht sogar dankbar sein. Für ihn muss es schwer gewesen sein, ständig gegen seine Eltern aufzubegehren. Mag ihr Verhalten auch hart sein, letztlich sorgen sie sich wahrscheinlich nicht anders um seine Zukunft, als alle Eltern.«

»Ihr hättet nie gedroht, mich zu enterben, oder mir Vorschriften gemacht«, hielt Isa dagegen.

»Nein, das gewiss nicht. Aber hättest du deinen Großvater Hermann zu der Zeit erlebt, als dein Vater und ich uns ineinander verliebt haben, wärst du überrascht, dass der treu sorgende und liebende Familienvater und jener sture Zausel ein und dieselbe Person waren.« Der Blick ihrer Mutter schweifte in die Ferne. »Ich erinnere mich noch gut, wie er sich weigerte, mich, die ungarische Hupfdohle, kennenzulernen und zu akzeptieren. Erst im Laufe der Zeit hat er erkannt, wie sehr dein Vater und ich uns liebten und dass wir zueinander gehörten. Ich glaube, er hatte Achtung vor mir, weil ich für deinen Vater meine Karriere aufgegeben habe. Dein Großvater hatte ganz einfach Angst, dass sein Sohn ins Unglück läuft, und das hatte ich begriffen. Später standen wir uns dann sehr nahe.«

»Bernhards Eltern hätten mich Tag für Tag spüren lassen, was sie von einer gelähmten Schwiegertochter halten.« Unter Tränen blickte Isa zu ihrer Mutter auf. »Auch das möchte ich ihm ersparen.«

Vanda zog sie erneut in die Arme. »Ich weiß, mein Liebling, und ich bewundere dich für deinen Entschluss. Aber jetzt ist es wichtig, dass du lernst, ein Leben zu führen, das dich glücklich macht.«

Isa nickte und trocknete sich das Gesicht. »Genau das werde ich tun.«

KAPITEL 15

Felix

Prenzlauer Berg, 26. Mai 1911

Tief in Gedanken versunken schlenderte Felix durch den Park am Wasserturmplatz. Als ihm ein älteres Ehepaar begegnete, das unweit des Familienunternehmens einen Eisenhandel führte, lüftete er seinen Zylinder und grüßte mit einer leichten Verbeugung. Auf einer Bank unter einer Reihe Pappeln nahm er schließlich Platz und stopfte sich eine Pfeife. Längst war es ihm zur Angewohnheit geworden, nach dem Abendessen und so oft es seine Zeit erlaubte, hier den Tag Revue passieren zu lassen und seine Gedanken zu klären. Wenn seine verzweifelte Hoffnung, Emilie im Park zu treffen, etwas Gutes mit sich brachte, dann dass er diesen Ort der Ruhe für sich entdeckt hatte.

Er hatte allen Grund, mit sich zufrieden zu sein. Das Unternehmen wuchs kontinuierlich und stand durch Maschinenfertigung im Sportbereich besser da denn je. Die Verkaufszahlen des letzten Jahres waren beeindruckend und hatten selbst die älteren Herren der Familie in Erstaunen versetzt.

Obendrein hatten die beiden Carolines brisanten Vorschlägen nach dem anfänglichen Donnerwetter und einem langen Gespräch schließlich zugestimmt. Und – womit tatsächlich niemand hatte rechnen können – die Brüder De Luca erklärten sich bereit, zumindest für die erste Schuhmodenschau im September eine kleine Auswahl an Damen- und Herrenkleidung zu entwerfen.

Felix sympathisierte bereits seit Jahren mit der Sozialdemokratischen Partei Deutschlands, deren Mitgliederzahl stetig wuchs, und hatte sich ihr vor einiger Zeit angeschlossen. Wie viele seiner Mitstreiter fand auch er, dass die Zeit reif war, sich endlich aktiv für mehr Gleichheit und Gerechtigkeit in der Heimat einzusetzen, statt die politische, wirtschaftliche und militärische Macht im Ausland auszudehnen. Für die Reichstagswahl im folgenden Jahr rechnete er sich für die Partei große Chancen aus.

In politischer Hinsicht hatte er in seinen Schwestern Verbündete gefunden. Caroline hatte sich im März am ersten Internationalen Frauentag für mehr Gleichberechtigung sowie für das Frauenwahlrecht eingesetzt.

Isa engagierte sich seit der Trennung von Bernhard als jüngstes Mitglied im Lyceum-Club in der Potsdamer Straße, der es sich zur Aufgabe gemacht hatte, Künstlerinnen und Wissenschaftlerinnen ein Forum zu bieten. Sie arbeitete dort außerdem an der künstlerischen Gestaltung der Vereinszeitung mit. Felix fragte sich zuweilen, wie es seiner gewitzten Schwester wohl gelungen war, in den exklusiven Kreis von adligen Damen und Politikerinnen aufgenommen zu werden. Vermutlich imponierte den Vereinsmitgliedern die Art und Weise, wie Isa ihr Leben meisterte, ebenso wie ihm.

Die drei Geschwister fanden, als Teil einer alteingesessenen Unternehmerfamilie lag es auch in ihrer Verantwortung,

Stellung für ihre Arbeiter und Arbeiterinnen zu beziehen, die neben der wachsenden Furcht vor einem deutsch-französischen Krieg auch unter den enormen Preissteigerungen von Lebensmitteln zu leiden hatten.

Felix inhalierte tief den Rauch und verfolgte, wie eine Schar Kinder fröhlich lärmend Ball spielte.

»Verzeihung.«

Felix fuhr herum und blickte geradewegs in das freundliche Gesicht eines jungen Mannes in Arbeitskleidung und Schiebermütze. »Ja, bitte?«

»Sind Sie …« Der Fremde beäugte einen Zettel in seiner Hand. »Herr Felix Breitenbach?«

»Der bin ich. Was gibt es denn?«

Der junge Mann kramte ein Kuvert aus der Tasche. »Das soll ich Ihnen geben.«

Felix starrte verwirrt auf den weißen, nicht adressierten Umschlag. »Danke, darf ich fragen, woher Sie ihn haben?«

Doch der Überbringer hatte sich bereits entfernt.

Kopfschüttelnd riss Felix das Kuvert auf.

Am Wasserlauf beim Turm, Emilie

Sein Puls erreichte neue Höhen. Emilie?

Hektisch klopfte er die Pfeife aus, verstaute sie in seiner Jackentasche und blickte sich um, doch von ihr war weit und breit nichts zu sehen. Seine Gedanken schwirrten umher wie verirrte Insekten in einem Glas. Wieso hatte sie ihn nicht selbst angesprochen?

Mit gestrafften Schultern strebte er dem nur wenige Minuten entfernt gelegenen Wasserturm entgegen.

Schon von Weitem konnte er ihre schmale Gestalt ausmachen. Sie lehnte am Stamm einer Birke und trug einen Hut mit einem kleinen, halb transparenten Schleier, der ihr bis über die Stirn fiel.

»Emilie!« Erfreut küsste er ihre Hand.

»Ich hoffe, ich habe dich mit dem Boten nicht zu sehr verwirrt«, eröffnete sie mit Bedauern in der Stimme. »Ich hatte keine andere Wahl. Umso mehr danke ich dir, dass du gekommen bist.« Sie wartete, bis ein Spaziergänger mit Stock und Zylinder sie passiert hatte.

Eine Windbö bewegte den Schleier, der ihr geliebtes Gesicht und ihr wundervolles kastanienbraunes Haar verbarg. Wie sie so dastand und ihre Hände mit einer kleinen Tasche spielten, fiel es ihm schwer, sie nicht in seine Arme zu ziehen.

Emilie sah zu ihm auf. »Zunächst möchte ich mich für meine Unhöflichkeit entschuldigen. Ich wurde von deinem Bekenntnis sehr überrascht und wusste nicht anders zu reagieren.«

»Ich bin es, der sich zu entschuldigen hat. Mein Verhalten war inakzeptabel.«

Emilie trat näher. »Schon gut, Felix. Ich schulde dir eine Erklärung, leider hatte ich vorher keine Gelegenheit, dich unter vier Augen zu sprechen.« Sie zog ihn zu einer Bank auf die rückwärtige, vom Spazierweg aus verborgene Seite des Wasserturms.

»Ich bin in einer schwierigen Situation. Versprich mir, dass das Gespräch unter uns bleibt.«

Er musterte sie beunruhigt. »Natürlich.«

Emilie seufzte. »Mein geschiedener Mann sucht seit Langem nach einer Gelegenheit, mich in der Öffentlichkeit zu kompromittieren.«

Felix schüttelte den Kopf. »Wieso?«

»Vielleicht will er sich an mir rächen, weil ich ihn verlassen habe. Ich weiß es nicht. Für mich war unsere Scheidung jedenfalls die Erlösung nach einigen unglücklichen Jahren.«

»Darf ich fragen, wieso eure Ehe gescheitert ist?« Felix verschränkte seine Arme im Rücken, damit er nicht Gefahr lief, sie zu küssen.

Ihr Blick verlor sich im Nichts.

Felix holte tief Luft. Etwas entfernt erklang das ausgelassene Lachen einer jungen Frau, die sich bei einem Mann in Uniform eingehakt hatte.

»Wir waren einmal richtig gute Freunde«, begann sie schließlich zu erzählen. »Leider hat er sich in den letzten Jahren erschreckend verändert und ist mir geradezu unheimlich geworden.« Sie verstummte, suchte offenbar nach Worten.

Felix wartete geduldig, bis sie fortfuhr.

»Julius ist Pathologe und besessen von seiner Forschung nach den Ursachen von Aborten und Totgeburten. Er sucht fieberhaft nach Gründen, warum die abgegangenen Föten und tot geborenen Kinder nicht lebensfähig waren. Zuletzt arbeitete er beinahe rund um die Uhr, gönnte sich kaum Schlaf und wurde immer unberechenbarer. Wenn er überhaupt noch zu Hause war, ging ich ihm aus dem Weg, und irgendwann wurden wir uns fremd. Eines Morgens, als er in der Charité war, stieß ich in unserem Keller auf Föten in Gläsern.«

»Föten in Gläsern?« Die Haare auf Felix' Armen stellten sich auf.

Emilie rieb sich die Schultern, als würde sie im lauen Abendwind frösteln. »Ja, er hat sich ein häusliches Laboratorium eingerichtet, und ich vermute, er führt dort Versuche an ihnen durch. Noch am selben Tag habe ich das Haus verlassen und mich in einer kleinen Pension auf dem Land eingemietet, wo mich niemand kannte. Kurz darauf reichte ich die Scheidung ein. Offiziell hielt ich mich bei einer kranken Verwandten auf. Ich wollte keinen unnötigen Skandal heraufbeschwören.«

Felix schwieg entsetzt.

»Zu jener Zeit begann er, mich überwachen zu lassen. Er rief sogar in den Beelitz- Heilstätten an und erkundigte sich nach meinem Dienstplan. Da er aber nichts fand, was er mir anlasten konnte, ließ er davon ab. Vor einem halben Jahr wurden wir wegen ›Wahnsinns des Ehemannes‹ geschieden. Das darf allerdings niemand erfahren.«

»Ich schweige wie ein Grab, Emilie. Aber wieso hältst du den Scheidungsgrund geheim, du trägst doch keine Schuld an eurem Zerwürfnis?«

»Natürlich nicht, aber sollte die Wahrheit nach außen dringen, würde das weit über die Mauern der Charité hinaus ein schlechtes Licht auf den frischgebackenen Chefarzt der Pathologie werfen. Ich will weder seine Karriere noch ihn zerstören.« Sie suchte seinen Blick. »Deshalb muss ich hier und jetzt wissen: Bist du auf Zerstreuung aus oder willst du meine Freundschaft oder gar eine Liebschaft? Ich werde nämlich nicht zulassen, dass eine sentimentale Dummheit mein ohnehin angekratztes Ansehen ruiniert.«

Felix versank in ihren ausdrucksvollen Augen. »Ich will viel mehr als deine Freundschaft oder eine Romanze, die keinen Bestand hat. Ich will dich, mit Haut und Haaren – und für immer.«

Sie sahen einander reglos an.

»Hast du deinen Mann geliebt?«, fragte Felix, als sie nichts entgegnete.

Emilie ergriff seine Hand. »Das dachte ich zumindest. Aber seit ich dich kenne, geisterst du ständig durch meine Gedanken.«

Mit einem unterdrückten Laut zog er sie ganz nah an sich heran und küsste sie. »Ich liebe dich, Emilie«, raunte er, als er sich widerwillig von ihr löste. »Glaub mir, diese Worte habe ich nie zuvor ausgesprochen.«

Sie schmiegte sich an ihn. »Ich glaube dir. Aber ich sollte jetzt gehen.«

»Sehen wir uns morgen um diese Zeit hier?«, fragte er an ihrem Ohr. »Bitte sag Ja.«

»Ich versuche es.« Damit drehte sie sich auf dem Absatz um und eilte davon.

»Ich warte auf dich«, rief er ihr leise hinterher, doch sie hörte ihn nicht mehr. Felix sah ihr nach, bis sie seinem Blick entschwunden war. Er stand da und hätte nicht sagen können, ob gerade das Glück oder die Verzweiflung in ihm überwog.

KAPITEL 16

Caroline

Prenzlauer Berg, 7. Juli 1911

Eine Hitzewelle hielt Berlin fest in ihren Klauen. Munteres Vogelgezwitscher hatte Caroline in aller Frühe aus einem Traum gerissen. Da es bereits zu dieser Stunde zu warm war, um wieder einschlafen zu können, schlüpfte sie in ihren Bademantel, setzte sich an den Schreibtisch und nutzte die Gelegenheit, ihren Verwandten in Colorado einen Brief zu schreiben.

> *Meine Lieben,*
> *ich hoffe, Ihr seid wohlauf, Onkel Wendelins Rücken macht keine Scherereien und die Kleine entwickelt sich ebenso prächtig wie ihr großer Bruder. Liebste Julia, hast Du Dich von der anstrengenden Geburt erholt? Ich bin in Gedanken so oft bei Dir und bedaure die Entscheidung des Chiefs, verstehe jedoch beide Seiten. Ebenso sehr bedaure ich, dass die Weeminuche Euch bisher keine Hilfe bei Sams Erziehung angeboten haben*

und seine Ausbildung unter den verhärteten Fronten der Siedler und Indianer zu leiden hat. Ist das nicht verrückt? Was gedenkt Ihr jetzt zu tun?

Heutzutage scheint es keine Gerechtigkeit mehr zu geben, und wenn doch, müssen wir sie uns hartnäckig erkämpfen. Ich gebe ehrlich zu, dass mich Eure letzten Nachrichten beschämen. Wie oft beklage ich mich, wenn auch meist im Stillen, über kleine Widrigkeiten, obgleich ich ein Leben in Wohlstand und Freiheit führe und ich sogar in meinem Arbeitsfeld mehr Einfluss nehmen kann, als es den meisten Frauen vergönnt ist. Als einfache Arbeiterin hätte ich ein weitaus schwierigeres Leben.

Ich habe Euch bei unserem letzten Telefongespräch von dem Weltbund für Frauenstimmrecht erzählt, nicht wahr? In einer gut besuchten Frauenversammlung in Köpenick hörte ich eine aufrüttelnde Rede zum Thema »Die Frau im Wahlkampf«, in der Woche darauf hat eine Vertrauensperson in Oberschöneweide über das Thema »Warum müssen Frauen Sozialdemokratinnen sein?« referiert. Es tut sich was hierzulande, allerdings quälend langsam. Aber wir Frauen lassen uns nicht mehr den Mund verbieten! Ihr könnt Euch sicher denken, mit welcher Miene Vater auf das politische Engagement jedes seiner Kinder reagiert. Unsere Mutter unterstützt uns aus vollstem Herzen, hält sich aber von Kundgebungen fern.

Seit der Trennung von ihrem Bernhard ist Isa recht still geworden und stürzt sich in ihre Aufgaben im Lyceum-Club. Ihr Kummer bestärkt mich darin, mich von Männern mit ernsten Absichten fernzuhalten. Haben sie uns erst eingewickelt, sind wir geliefert. Euch natürlich ausgenommen.

Darf ich Euch ein Geheimnis anvertrauen? Nach unserem Geschäftsessen mit den De-Luca-Brüdern habe ich mich bereits zweimal mit Arturo getroffen. Er hat inzwischen ein Haus bezogen, in der Nähe des Geschäfts, das die Brüder schon im September eröffnen werden. Falls Ihr es vermuten solltet – nein, ich hege keine romantischen Gefühle für ihn, schätze ihn aber als geistreichen und ehrgeizigen Bekannten. Wir sind uns in vielen Punkten ähnlich, was seine Gesellschaft für mich besonders wertvoll macht. Felix würde mich sicher aufziehen, wüsste er davon, und Isa hat mit sich selbst genug zu tun. Also halte ich unsere nette Verbindung noch eine Weile geheim. Seid so lieb und behaltet auch Ihr mein Geheimnis für Euch.

Seit vergangener Woche ist es unerträglich heiß, an einen erholsamen Schlaf ist nicht zu denken. Dennoch scheine ich die Einzige in der Familie zu sein, der die hohen Temperaturen etwas ausmachen. Wie steht es bei Euch um Niederschläge und Eure Ernte? Ich bedaure es sehr, Euer Nesthäkchen nicht im Arm halten und herzen und willkommen heißen zu können. Ich hoffe, wir sehen uns ganz bald wieder.

Passt auf Euch auf, wir sind in Gedanken immer bei Euch.

In Liebe, Eure Caroline

Nachdenklich ließ sie den Füllfederhalter sinken. Von ihrem heimlichen Plan, die Zukunft des Unternehmens in sicheres Fahrwasser zu lenken, wusste bisher niemand, schon gar nicht Julia oder Tante Rosa, die die angespannte Lage im Deutschen Reich ohnehin besorgt beobachteten.

Doch nun war die Zeit reif. Seit sie der Sozialdemokratischen Partei angehörte und viele Gespräche mit Genossen geführt hatte, war ihr einiges deutlich geworden. Der Kaiser musste sich jetzt mit der Partei auseinandersetzen, ob es ihm gefiel oder nicht. Die rebellierende Bevölkerung konnte auch er nicht ignorieren. Erst vor ein paar Tagen hatte die sozialdemokratische Zeitung *Vorwärts* die Genossen aufgefordert, »Zeugnis für Freiheit, Frieden und Solidarität abzulegen und sich gegen Völkerverhetzung und Raubpolitik zu erheben«. Und die Organisation »Die Zweite Internationale« mobilisierte die Leser ihrer Zeitschrift sogar zu Massenprotesten.

Auch die außenpolitische Situation bereitete dem Kaiser gewiss Sorge, und seit den letzten Auseinandersetzungen mit Frankreich mehrten sich die Stimmen, dass ein Krieg unvermeidbar sei. Ein Krieg, den sich doch niemand ernsthaft wünschen konnte!

Eins war für Caroline jedenfalls klar: Dem Deutschen Reich standen unruhige Zeiten bevor.

Was, wenn die deutschen Soldaten tatsächlich bald zur Waffe greifen mussten? Wie sollte sich ihre Familie für den Ernstfall wappnen?

Sie musste mit der Familie sprechen. Bereits bei der Vorstellung kribbelte es in ihrem Magen, dennoch durfte sie das Thema nicht länger aufschieben.

Caroline kleidete sich an und bat Magda, den Brief gleich zum Postamt zu bringen. Da Felix heute beim Frühstück fehlte, musste sie ihr Vorhaben notgedrungen auf den Abend verlegen. Während sie mit der Familie plauderte, fiel ihr auf, dass Onkel

Georg auf seinem Stuhl herumrutschte, mit einem Lächeln im Gesicht, das nicht weichen wollte.

»Ihr Lieben, ich habe gestern eine wundervolle Nachricht aus Colorado erhalten«, platzte er schließlich heraus und wedelte mit einem Umschlag. »Isa, Caroline, ihr erinnert euch bestimmt, dass ich das Haus in Rico von eurer Großtante Funny geerbt habe, nicht wahr?«

Isa kicherte. »Aber sicher, so oft wie du uns von dem Haus mit den Putten an den Fenstern erzählst, könnten wir es gar nicht vergessen.«

Caroline nickte. »Schade, dass es schon so lange leer steht. Der Zahn der Zeit wird an ihm nagen.« Sie legte den Kopf schief. »Du hast es geliebt und deine Zeit in Amerika ebenso, nicht wahr?«

Der Blick ihres Onkels flog in die Ferne. »Ja, das habe ich. Das Haus lag mir immer besonders am Herzen. Ich verbinde sehr interessante und lieb gewonnene Erinnerungen mit ihm.« Um seinen Mund zuckte ein Lächeln. »Außerdem habe ich in Colorado treue Freundinnen gefunden, mit denen ich auch heute noch regelmäßig korrespondiere.« Er wechselte einen liebevollen Blick mit seiner Frau Mathilde. »Aber jetzt bin ich hier zu Hause.« Er räusperte sich. »Der Brief ist von Johannes Simeon, meinem damaligen Notar in Rico. Er war ein enger Freund unserer Tante Funny.« Onkel Georg setzte seine Lesebrille auf und entfaltete das Schreiben.

Verehrter Herr Breitenbach,
zunächst bedanke ich mich für unser sehr anregendes Telefongespräch und freue mich, dass Sie ebenfalls wohlauf sind und dem Leben seine schönsten Seiten abzuringen verstehen. Wie Sie wissen, habe ich mich in all den Jahren stets bemüht, für Funnys Haus geeignete Mieter zu

finden. Seit der Holzhandel einen neuen Boom erfährt, wächst unsere Gemeinde stetig und damit meine Hoffnung, dass das Haus bald wieder mit Leben erfüllt sein wird. Zu meiner großen Freude darf ich Ihnen heute mitteilen, dass Funnys Stiftung für junge Waisen ein Naherholungsheim errichten will und mir ein sehr anständiges Mietangebot für Ihr Haus und Grundstück überreicht hat. Sie will es instand setzen und umbauen, damit sich dort jeweils acht Kinder erholen und neue Kraft sammeln können. Eine Abschrift des Angebotes liegt anbei. Ich erbitte Ihre baldige Antwort und verbleibe mit erfreuten Grüßen,

Ihr Johannes Simeon

»Das ist großartig!«, entgegnete sein Bruder erfreut. »Tante Funny wäre bestimmt sehr glücklich darüber. Dass ausgerechnet ihre Stiftung Interesse angemeldet hat, ist ein absoluter Glücksfall. Nun wird letztlich doch noch alles gut.«

So nahm der Tag einen vielversprechenden Anfang. Caroline bezweifelte allerdings, dass ihr Plan ähnliche Begeisterungsstürme auslösen würde, und so begann sie ihr Tagewerk mit einem flauen Gefühl in der Magengegend. Doch der Tag hielt eine weitere Überraschung bereit, denn Arturo tauchte unverhofft am Nachmittag im Betrieb auf und zog in seinem grauen Anzug, zu dem er einen Turban und schnabelähnliche Schuhe trug, alle Blicke auf sich, und Caroline bewunderte, mit welcher Selbstverständlichkeit er seine Mode präsentierte.

Als die Sekretärin den Mailänder meldete, besprachen Felix, Isa und Caroline gerade den Text für die Handzettel und die Annonce, die die erste Schuhmodenschau am ersten Samstag im September ankündigen sollten. Arturo wollte der Familie die Kleiderentwürfe präsentieren, und sie verabredeten sich für den kommenden Montag.

Caroline begleitete ihn noch hinaus und erkundigte sich nach dem Stand des Geschäftsumbaus.

Sein Blick ruhte warm auf ihr. »Die Arbeiten sind fast abgeschlossen. Ich würde Ihnen das Geschäft gern zeigen, wenn es Sie interessiert. Wie wäre es nächsten Freitag gegen sieben Uhr?«

Sie hob eine Braue. »Mit Vergnügen. Ich hätte mich nicht zu fragen getraut.«

Er lachte, wobei sein gezwirbelter Bart vibrierte. »Derlei Schüchternheit habe ich Ihnen gar nicht zugetraut. Wir sehen uns am Montag und ich hoffe, unsere Entwürfe finden bei Ihrer Familie Gefallen.«

»Daran zweifle ich nicht. Einen schönen Tag, Arturo.«

Beschwingt kehrte Caroline an die Arbeit zurück und bald darauf verließen die drei Geschwister in gelöster Stimmung das Firmengebäude.

Beim Abendessen war Caroline zu aufgeregt, um zu essen, und plötzlich fiel ihr ein, dass einst ihre Tante Rosa ebenso im Speiseraum ihre Wünsche und Pläne verkündet hatte. Ob sie ähnlich nervös gewesen war? In diesem Moment fühlte sich Caroline enger denn je mit ihr verbunden.

Händeringend wartete sie auf eine passende Gelegenheit. Den Umständen geschuldet kamen die politischen Ereignisse stets bei den Mahlzeiten zur Sprache, doch ausgerechnet heute blieben die Gespräche seicht.

Magda und Simon räumten bereits den Tisch ab, da befeuchtete Caroline die Lippen und bat um Aufmerksamkeit.

»Du bist so ernst heute Abend«, sagte ihre Mutter. »Ist alles in Ordnung, Mädchen?«

»Ja, ich möchte nur etwas mit euch besprechen.« Caroline faltete die Hände auf dem Tisch. »Ich möchte auf den Konflikt

171

mit Frankreich zu sprechen kommen. Die Lage spitzt sich zu. Das Thema beschäftigt mich schon eine ganze Weile. Ich frage mich ...«, sie sah in die Gesichter ihrer Familie. »Wie wollen wir unser Unternehmen schützen, wenn es tatsächlich zum Krieg kommen sollte? Bitte sagt mir nicht, ihr hättet darüber bislang nicht nachgedacht. Ihr habt nie etwas dem Zufall überlassen.«

Ihr Vater strich sich über den Bart. »Wir haben bisher keine Lösung gefunden. Wir hatten kurz Denver als Standort für eine Zweigstelle in Erwägung gezogen und dachten, deine Tante könnte ihr geschäftliches Talent unter Beweis stellen und mit Wendelin eine Tochterfabrik eröffnen. Doch erstens ist Wendelin zu alt für ein derart ehrgeiziges Vorhaben, zweitens würden die beiden Julia, Chesmu und ihre Enkel nicht verlassen.«

»Da gebe ich euch recht, es würde für sie nie infrage kommen, und ich verstehe das.« Isa tauschte Blicke mit ihrer Schwester. »Hast du denn einen Vorschlag?«

»Den habe ich.« Caroline umklammerte ihr Saftglas, damit die anderen ihr Zittern nicht bemerkten. Als sich alle Augenpaare auf sie richteten, sagte sie geradeaus: »Was muss ich tun, damit ihr mir gestattet, in Mailand ein Geschäft mit einer angeschlossenen Fertigungsabteilung zu eröffnen?«

»Mailand. Du?«, kam es gedehnt von ihrem Vater.

»Ja, warum nicht?« Caroline beugte sich über den Tisch und wies auf ihren Bruder. »Wir müssen damit rechnen, dass man Felix im Ernstfall eine Einberufung schickt. Du und Onkel Georg scheidet aus. Isa wird hier gebraucht und wäre auch fähig, den Betrieb mit eurer Hilfe fortzuführen, bis Felix wieder zu Hause wäre.«

»Lebt unsere Familie etwa nicht verstreut genug?«, meldete sich Vanda zu Wort. »Ich mag mir keine weitere Trennung vorstellen, mein Schatz.«

»Genau deshalb habe ich nach einer anderen Möglichkeit gesucht, Mutter. Diese scheint mir wirklich die beste zu sein. Außerdem können wir uns bei dieser Entfernung durchaus regelmäßig besuchen.«

Betretene Stille erfüllte den Speiseraum.

»Wieso ausgerechnet Mailand?«, fragte ihre Mutter so leise, dass Caroline Mühe hatte, sie zu verstehen.

Felix schnaubte. »Wenn das nicht mit den De-Luca-Brüdern zu tun hat, fresse ich einen Besen!«

Caroline ignorierte seinen Einwand. »Arturo hat vor Kurzem beiläufig erwähnt, dass sie überlegen, eine Fremdfirma zu beauftragen, die ihr Angebot um Accessoires für ihre Kollektionen erweitert.« Sie ließ sich von Magda Saft nachschenken, dann fuhr sie fort. »Ich könnte mir jedenfalls vorstellen, diese Aufgabe zu übernehmen, sowie exklusive Kreationen für ihre Mode anzubieten. Wer Schuhe herstellt, dem gelingt es auch, Taschen, Gürtel und Ähnliches zu fertigen.«

»Wissen die Brüder von deiner Idee?«, fragte Onkel Georg.

»Bisher nicht, aber wenn ihr einverstanden seid, würde ich die beiden bei Gelegenheit darauf ansprechen.« Da ihre Familie sie nur fassungslos anstarrte, setzte sie erneut mit eindringlicher Stimme an. »Ihr Lieben, wir müssen handeln, wenn wir in einem sinnlosen Krieg nicht alles verlieren wollen, was Großvater uns hinterlassen hat! Eine Kooperation mit den De-Luca-Brüdern könnte unser Rettungsanker sein!« Caroline senkte den Blick auf den Siegelring mit dem Symbol des weißen Ahorns an ihrer linken Hand, aber aus den Augenwinkeln beobachtete sie sehr wohl die Blicke, die zwischen ihren Familienmitgliedern hin- und herflogen.

Schließlich schob ihr Vater den Teller von sich. »Dein Vorschlag hat durchaus seinen Reiz, bevor wir jedoch spekulieren, fragst du die beiden Herren am besten, ob in der Nähe ihres Mailänder Geschäfts geeignete Räumlichkeiten vorhanden sind. Dann werden dein Onkel und ich unter Umständen darüber nachdenken, dort etwas auf die Beine zu stellen.«

»Moment mal! Haben Vanda und ich nicht auch noch ein Wörtchen mitzureden?«, empörte sich Tante Mathilde, die das Gespräch bislang stumm verfolgt hatte. »Was soll dann aus meiner Musikschule werden, mein lieber Mann?«

Onkel Georg tätschelte seine Frau. »Beruhige dich, wir sammeln nur Ideen.«

In Caroline begann es zu brodeln. »Ihr? Was soll das heißen?«

Ihr Vater hielt ihren Blick eisern fest. »Das soll heißen, dass du nicht nach Mailand gehst. Du hast weder eine Begleitung noch bist du verheiratet oder hast sonst jemanden, der auf dich aufpasst!«

»Enzo ist vor Ort«, kam es gepresst von ihr. »Außerdem bin ich fast einundzwanzig und auf einen Aufpasser nicht angewiesen.«

»Für ein derartiges Unterfangen bist du zu jung und unerfahren«, wandte nun auch ihre Mutter ein. »Wir werden deinen Plan daher nicht unterstützen. Tut mir leid, Liebling.«

»Soweit ich informiert bin, ist Enzo ein erklärter Einzelgänger«, sagte Onkel Georg. »Er wird gewiss keine Lust haben, für dich den großen Bruder zu spielen.«

»Schade, ich dachte, ihr vertraut mir«, entgegnete Caroline gepresst. »Wenn ihr also nichts dagegen habt, ziehe ich mich jetzt zurück.« Sie fuhr hoch und eilte hinaus.

KAPITEL 17

Caroline

Prenzlauer Berg, 14. Juli 1911

Rückblickend erschien Caroline die vergangene Woche als eine der längsten ihres Lebens. Mit besorgten Einwänden ihrer Familie hatte sie gerechnet, auf die konsequente Abfuhr war sie jedoch nicht vorbereitet gewesen. Wie es aussah, erschien allen die Vorstellung, dass ausgerechnet das Nesthäkchen einen größeren Plan verfolgte, als zu abwegig, um ihren Vorschlag ernsthaft in Erwägung zu ziehen. Wobei ihnen offenbar nicht bewusst war, dass auch sie Opfer zu bringen hätte. Immerhin würde sie neben der Familie auch ihre Freunde zurücklassen und ihre politischen Aktivitäten aufgeben müssen, was sie sehr bedauerte. Aber in Zeiten wie diesen galt es, Prioritäten zu setzen.

Caroline ging ihrer Familie aus dem Weg. Der Stachel, nicht ernst genommen zu werden, saß zu tief. Einzig Isa schien zu verstehen, was es ihr bedeutet hätte, ihnen zu beweisen, dass sie ihrem Schwur auf den weißen Ahorn gerecht werden und

sich ihrer Verantwortung für *Schuherzeugung Breitenbach &
Sohn* stellen wollte.

Auch am folgenden Freitag ließ sie sich beim Mittagessen
entschuldigen und verbrachte die Pause in einer Bäckerei eine
Straße weiter. Tief in Gedanken versunken verfolgte sie das mun-
tere Kommen und Gehen und bestellte eine zweite Tasse Tee.

Da betrat Felix die Bäckerei und setzte sich zu ihr.

Caroline verdrehte die Augen. »Kannst du mich bitte allein
lassen? Mir ist nicht nach einer Plauderei zumute.«

»Mir auch nicht, Wildfang.« Er bestellte einen Kakao und
sah zu, wie Caroline die Sahne von einem Stück Obstkuchen
löffelte. »So geht es nicht weiter.«

»An mir hat es nie gelegen.«

»Das weiß ich doch«, warf Felix beschwichtigend ein.
»Hast du vielleicht mal darüber nachgedacht, ob du nicht etwas
vorschnell vorgeprescht bist?«

Caroline erwiderte seinen Blick ungerührt. »Ach, tatsächlich? Sonst liegt ihr mir immer in den Ohren, dass ich meine
Vorschläge zuerst mit euch besprechen soll.«

»Du weißt gar nicht, ob die De-Luca-Brüder überhaupt
mit dir zusammenarbeiten wollen. Unsere erste gemeinsame
Modenschau findet erst in zwei Monaten statt. Wir sollten zumindest die Resonanz abwarten, bevor du mit deinem
Ehrgeiz hohe Wellen schlägst.«

»Zweifelst du etwa an dem Erfolg?«

»Ja, natürlich.« Felix hob die Schultern. »Die Zielgruppe
mag vorhanden sein, aber die Mode der Brüder ist ziemlich
extravagant.«

Carolines Blut geriet in Wallung. »Ihr habt offenbar immer
noch nicht begriffen, dass wir mit einem Krieg rechnen müssen. Aber vielleicht hast du ja eine bessere Idee, wie wir unser
Unternehmen sichern können!«

»Die habe ich leider nicht«, räumte er ein. »Ich hoffe weiterhin auf die Besonnenheit unseres Kaisers. Aber ich stimme dir zu, dass wir nach einer zusätzlichen Einnahmequelle Ausschau halten müssen.«

Caroline betrachtete ihn unter halb gesenkten Lidern. »Und wo, lieber Felix, ist sie beinahe mit Händen greifbar? Wir sollten die guten Kontakte zu den Brüdern zu nutzen wissen.«

Felix schien der Verzweiflung nahe zu sein. »Unsere Eltern wollen dich nicht auch noch verlieren. Eine ledige junge Frau allein im Ausland – das ist schlichtweg unmöglich.«

Caroline beugte sich tiefer über den Tisch. »Aber wir haben keine Alternative! Wer soll denn deiner Meinung nach irgendwo eine zweite Existenz aufbauen?«

»Du jedenfalls nicht«, entgegnete er kategorisch. »Nach der Modenschau setzen wir uns wieder zusammen. Das ist alles, was ich dir zusichern kann.«

»Einverstanden.« Sie beobachtete sein wechselndes Mienenspiel. »Falls ich eine Lösung für unser Problem finden sollte, hilfst du mir dann, die Familie von meinem Plan zu überzeugen?«

Felix strich über ihre Hand. »Ich weiß zwar nicht, wie du das anstellen willst, aber gut. In dem Fall kannst du auf mich zählen.«

Caroline stieß heftig die Luft aus. »Danke. Ich hätte da nämlich vielleicht eine Idee.« Ihre Stimme wurde einschmeichelnd. »Begleite mich nach Mailand. Nur für ein paar Monate, bis wir wissen, ob sich dort eine Fabrik rentieren würde.«

Ihr Bruder schwieg. Hinter seiner Stirn schien es zu arbeiten.

»Bitte sag Ja«, setzte sie nach, da er nicht antwortete.

Sein Blick wanderte ins Nichts. Als er sich ihr wieder zuwandte, lag ein gequälter Zug um seinen Mund. »Tut mir leid, ich kann nicht.«

Caroline sah ihn verständnislos an. »Wieso nicht? Ein Geschäft in Italien aufzubauen, müsste für dich ebenso reizvoll sein wie für mich. Du hast doch nichts zu verlieren und bist zudem ungebunden.«

Felix erhob sich. »Du irrst. Es gibt eine Frau in meinem Leben, die ich ungern allein lasse.«

Caroline blinzelte. »Du Geheimniskrämer!« Er hatte bislang nie einen Hehl aus seinen Bekanntschaften gemacht, diesmal jedoch hatte er jene Frau, mit der er sich offenbar traf, mit keinem Wort erwähnt. Das war ein neuer Zug an ihm. »Wer ist sie?«

»Das ist unwichtig.« Felix legte einen Geldschein auf den Tisch, aber sie wehrte ab.

Seine abweisende Antwort ließ sie verwirrt zurück. »Schon gut, ich verstehe, wenn du nicht darüber reden willst.« Sie versuchte ein Lächeln. »Geh ruhig, ich komme gleich nach.«

Sie tauschten Blicke.

»Danke. Aber bitte zieh dich nicht mehr zurück. Du fehlst uns. Sehen wir uns beim Abendessen?«

»Nein, ich bin verabredet.«

»Na schön. Falls wir uns heute nicht mehr begegnen, wünsche ich dir einen schönen Abend.« Felix küsste ihren Scheitel und ließ sie grübelnd zurück.

Er musste die Frau sehr lieben, wenn er die Möglichkeit, sich im Ausland zu etablieren, ohne mit der Wimper zu zucken ausschlug. Damit sanken ihre Chancen, ihrem Traum einen Schritt näher zu kommen, auf null. Obendrein – und das empfand sie als besonders ärgerlich – waren Felix' Einwände durchaus berechtigt.

Nachdenklich kehrte Caroline zu ihrer Arbeit zurück und verfasste den ersten Entwurf zu einem großen Bericht über die Geschichte und Zukunft von *Schuherzeugung Breitenbach & Sohn*, die eine Woche vor der Modenschau in der *Handels-Zeitung* erscheinen sollte. Wieder und wieder strich sie Passagen, fügte neue ein und legte den Entwurf schließlich frustriert in den Ordner für unerledigte Aufgaben. Ihr wollten die richtigen Formulierungen einfach nicht einfallen.

Henny konnte sie offenbar nichts vormachen, denn kaum hatte sich ihr Kollege verabschiedet, setzte sich die Freundin zu ihr an den Schreibtisch.

»Du weißt hoffentlich, dass du jederzeit mit mir reden kannst, wenn dich irgendwo der Schuh drückt, nicht wahr?«

»Ja, und dafür danke ich dir. Es gibt einiges zu entscheiden, doch das muss dich nicht sorgen.« Sie warf einen Blick auf ihre Armbanduhr. »Den Rest können wir morgen noch erledigen. Lass uns gehen.«

Henny schmunzelte. »Wie Madame befiehlt.« Sie stellte einen Aktenordner ins Regal und nestelte nach ihrem Sommermantel.

Vor dem Portal mit der geschwungenen Aufschrift umarmte Caroline die Freundin. »Bleibt es bei unserem Ausritt morgen Nachmittag?«

»Aber sicher.« Henny zwinkerte. »Bis morgen.«

Anders als sonst schlug Caroline den Rückweg zur Stadtvilla allein ein, doch auf halber Strecke verharrte sie. Sie wollte ihrer Familie noch nicht begegnen. *Walther ist bestimmt schon zu Hause*, dachte sie, und das gute Wetter lud förmlich zu einem Spaziergang ein.

Etwa zwanzig Minuten später klingelte sie an seiner Tür und ordnete ihren Hut.

»Caroline!« Walther zog sie in die Arme, doch sie hielt ihn ein Stück von sich ab. Seit Neuestem trug ihr Freund einen Zwicker. Nicht, weil seine Sehkraft zu wünschen übrig ließ, sondern um seinen klassischen Zügen mehr Stil zu verleihen. Doch dies war nicht die einzige Veränderung, die sich an ihm vollzogen hatte. »Du hast einen neuen Haarschnitt.«

Verlegen strich er über seinen Seitenscheitel. »Gefällt er dir?«

Sie fand, niemand sah attraktiver aus als Walther, wenn er lächelte. »Sehr sogar! Darf ich einen Moment hereinkommen?«

»Aber sicher.«

Er bat sie in seine kleine, aber geschmackvoll eingerichtete Stube. Eine junge Frau in einem modischen Kostüm erhob sich vom Sofa und strich ihren Rock glatt. Unter ihrem Hut lugten ein paar dunkle Haarsträhnen hervor.

»Mable, wie schön, dich zu sehen!« Caroline bemühte sich um ein Lächeln.

Mable Summer stammte aus Brighton und war seit einem Jahr Walthers Arbeitskollegin. Erst vor einigen Wochen hatten die drei im Lunapark einen vergnüglichen Nachmittag verbracht.

Caroline hob die Schultern. »Tut mir leid, dass ich hier unangemeldet aufkreuze.«

»Ach was«, wischte Mable ihre Bedenken beiseite, »ich wollte sowieso gleich gehen.«

»Nimm doch Platz«, bat Walther. »Tee oder Kaffee?«

»Tee wäre fabelhaft«, erwiderte Caroline.

»Im Lichtspieltheater ›Unter den Linden‹ wird nächstes Wochenende ein neuer Film vorgeführt«, warf die junge Engländerin mit dem reizenden Akzent fröhlich ein, während sich der Freund in der Küche zu schaffen machte. »Willst du uns nicht begleiten?«

»Ja, gern. Treffen wir uns wie immer um sieben vor dem Theater?«

Wenig später verabschiedete sich Mable und ließ die beiden zurück.

»Wie läuft es im Betrieb?«, wollte Caroline wissen und griff in die Keksschale auf dem Tisch.

Walther arbeitete als Finanzbuchhalter für eine namhafte Kanzlei.

Er zog eine Grimasse. »Ich werde wohl noch in zehn Jahren am selben Schreibtisch sitzen. Die anspruchsvolleren Aufträge bekommt immer der alte Kampe zugeschoben, und er denkt gar nicht daran, in Pension zu gehen und mir seinen Posten zu überlassen.«

Caroline hatte ihren Freund selten derart niedergeschlagen erlebt und strich ihm über den Arm. »Das ist sehr schade. Du verdienst etwas Besseres.«

»Ja, es ist frustrierend. Gestern nach dem Dienst wurde ich obendrein noch Zeuge, wie sich eine Horde kaisertreue Nationalisten und deren Gegner vor unserem Haus einen Kampf geliefert haben. Die Polizei musste die Kerle trennen, zwei wurden in die Charité gebracht.« Er schob seinen Zwicker höher. »Das nimmt noch ein böses Ende in unserem Land, glaub mir. Aber lassen wir das.« Er musterte sie. »Du siehst unglücklich aus. Willst du mir nicht sagen, was los ist?«

Auf den Moment, in dem sie sich ihm anvertrauen konnte, wartete sie seit Tagen, und jetzt, da er gekommen war, sprudelte es förmlich aus ihr heraus. Sie erzählte ihm von ihren Ängsten, dem Wunsch, das Unternehmen zu sichern, und ihrem verwegenen Plan bis hin zu der Reaktion ihrer Familie.

»Sei mir nicht böse, aber ich würde dich auch nicht allein nach Italien ziehen lassen«, räumte Walther ernst ein, als sie geendet hatte. »In Anbetracht unserer derzeitigen politischen Lage schon gar nicht.«

Caroline fuhr sich übers Gesicht. Da hielt sie plötzlich in der Bewegung inne. Ein Gedankenblitz, ebenso kühn wie wunderbar, jagte durch ihren Körper. *Wieso bin ich nicht früher darauf gekommen?*

»Das ist es!« Jäh zog sie ihn auf die Füße und umfasste ihn. »Begleite mich, Walther. Was willst du noch hier? In Mailand brauche ich dringend einen guten Mann für die Buchhaltung. Ich würde deinen Einsatz zu schätzen wissen und dich gut bezahlen, versprochen.«

Walther stand die Fassungslosigkeit ins Gesicht geschrieben. Energisch drückte er sie auf ihren Sessel zurück. »Nicht so schnell. Wann willst du aufbrechen?«

»Das hängt davon ab, wann ich meine Familie von meinem Plan überzeugt habe«, wandte Caroline zerknirscht ein. »Du weißt, wie hartnäckig ich sein kann. Ich vermute aber, dass es irgendwann im nächsten Jahr so weit sein wird.«

Den Blick abgewandt klopfte er mit den Fingerspitzen auf den Tisch. »Ich soll also allen Ernstes in Berlin alles aufgeben und mit dir auf unbestimmte Zeit und mit ungewissem Ausgang nach Mailand gehen?«

»Ja«, erklärte sie schlicht. »Ist nicht alles besser, als hier auf den Krieg zu warten?« Ihr Puls schnellte in die Höhe. »Denk nach! Dort können wir uns eine neue Existenz aufbauen. Soll Kampe doch an seinem Stuhl kleben, du hast auch ohne ihn eine vielversprechende Zukunft vor dir.«

Walthers Miene nach zu urteilen, schien er an ihrem Verstand zu zweifeln. »Du hast vielleicht Einfälle!«

»Also ich finde den Vorschlag ausgezeichnet«, widersprach sie lachend. »Das ist unsere Chance! Wenn du mich begleitest, haben meine Eltern bestimmt nichts mehr gegen meine Geschäftsgründung einzuwenden.«

»Halt ein!« Walther schüttelte den Kopf und musterte sie betont streng. »Was ist mit meiner Familie, unseren Freunden? Wir sprechen kein Wort Italienisch …«

»Wir besuchen sie so oft wie möglich, und bis es so weit ist, haben wir alle Zeit der Welt, Italienisch zu lernen.«

Er schwieg, doch sein zweifelnder Gesichtsausdruck sprach Bände. »Versteh mich nicht falsch. Ich bewundere deinen Mut; du bist der liebste Mensch, den ich kenne. Aber waghalsige Experimente liegen mir nicht. Ich bin kein blauäugiger Vierzehnjähriger mehr und brauche die Gewissheit einer gesicherten Existenz, vorher werde ich Berlin bestimmt nicht den Rücken kehren.«

»Bitte lehne nicht vorschnell ab, Walther.« Caroline sah flehend zu ihm auf. »Lass es dir in Ruhe durch den Kopf gehen.«

Er betrachtete sie nachdenklich. »Nein, so geht das nicht. Du musst dir eine andere Lösung überlegen. Aber sollte dein Vorhaben gelingen und das Geschäft auf stabilen Füßen stehen, komme ich vielleicht nach. Mehr kann ich dir für den Moment nicht versprechen.«

»Natürlich nicht.« Carolines Laune sank auf einen neuen Tiefpunkt. Ihr Ziel war erneut in unerreichbare Ferne gerückt. Sie erhob sich. »Danke fürs Zuhören. Ich muss jetzt gehen, ich habe später noch eine wichtige Verabredung.«

Sie umarmte ihn. »Wir sehen uns.«

Gleich darauf fand sie sich auf dem Gehweg wieder und fühlte sich plötzlich sehr allein.

In der Stadtvilla kam ihr Vanda im Salon entgegen.

»Da bist du ja.« Carolines Mutter strich über ihre Wange. »Wir bekommen dich kaum noch zu Gesicht. Bist du heute Abend zu Hause?«

»Nein. Bitte entschuldige, ich bin etwas in Eile.« Caroline ignorierte den fassungslosen Blick ihrer Mutter und bat Magda, ihr ein Bad vorzubereiten.

Pünktlich um sieben Uhr betätigte sie die Türglocke der *Herrenschneiderei De Luca* und bewunderte das geschmackvoll mit verschiedenen Lichtquellen gestaltete Schaufenster, dem lediglich die passenden Ausstellungsstücke fehlten.

Arturo begrüßte sie formvollendet. Sein heller Seidenanzug raschelte bei jeder Bewegung, und anders als üblich trug er sein schwarzes, am Hinterkopf zusammengebundenes Haar ohne Hut, als er sie durch die Räumlichkeiten mit den seidenen Vorhängen und prunkvollen Kronleuchtern führte. Ein Brunnen mit einem bronzenen Wasserspeier in der Mitte des Verkaufsraumes zog Carolines Aufmerksamkeit auf sich.

Die Einrichtung musste die Brüder ein kleines Vermögen gekostet haben. Offenbar wollten sie der Berliner Kundschaft gleich am Tag der Eröffnung demonstrieren, wer die Modewelt der betuchten Bürger künftig zu bestimmen gedachte. Dann bat Arturo sie in ein Separee, wo ein Diener – kaum sechzehnjährig – diskret darauf wartete, sie mit kleinen Köstlichkeiten bedienen zu dürfen.

Caroline nickte ihm zu und ließ den Blick schweifen. »Lieber Arturo, Ihr Geschäft ist zauberhaft. Den Kunden und Kundinnen bleiben keine Wünsche offen.«

»Genauso haben wir es uns gedacht.« Der Mailänder schlug ein Bein über das andere und ließ sich ein Glas golden schimmernden Rheinwein kredenzen. Caroline lehnte dankend ab und nahm stattdessen frisch gepressten Saft. Bei ihrem Gegenüber hatte sie stets das Gefühl, besonders aufmerksam sein zu müssen.

»Unsere jüngere Schwester hat die Einrichtung entworfen.«

»Ach, Sie haben eine Schwester? Sie haben sie bislang gar nicht erwähnt«, entfuhr es Caroline. Seine Wimpern waren lang und geschwungen, wie die einer Frau. *Was für ein überaus interessanter Mann*, dachte sie. Er schien ein Meister der Tarnung zu sein, man wusste nie, was hinter seiner hohen Stirn vorging. Gleichzeitig begegnete er ihr jedoch mit einem offenen Blick.

»In ihrem Mann Sergio hat unsere Schwester einen hervorragenden Kaufmann gefunden, der gut mit Finanzen zu jonglieren versteht, und Violetta ist ein charmantes Frauenzimmer mit einer feinen Nase für Mode. Die beiden werden die Herrenschneiderei nach uns erfolgreich fortführen.«

»Haben Sie keine Befürchtungen wegen der schwierigen politischen Situation im Lande?«, sprach Caroline aus, was sie ihn am liebsten bereits bei ihrem ersten Zusammentreffen gefragt hätte.

»Wir leben leider in einer unsicheren Zeit«, entgegnete Arturo. »Man mag von Ihrem Kaiser halten, was man will, doch er ist ein friedliebender Mann und steht für Stabilität. Deshalb haben wir uns auch für den Standort Berlin entschieden. Es wird ihm gelingen, die heikle Situation zu entschärfen.«

Ob es wirklich klug ist, sich auf die Stärke des Kaisers zu verlassen, fragte sich Caroline bange.

»Was die rebellierenden Arbeiter betrifft«, fügte der Mailänder hinzu, »scheint mir das ein allgemeines Problem zu sein. Man hat ihre Nöte viel zu lange ignoriert.«

Auch Arturo schien die Situation mit mehr Optimismus zu betrachten als sie. Ihrem Gefühl nach gab es besonders unter den Geschäftsleuten eine große Zahl jener, die die Gefahr eines Krieges von sich schoben. Womöglich war sie aber auch zu furchtsam.

»Wenden wir uns doch erfreulicheren Themen zu.« Der Herrenschneider gab dem jungen Mann im Hintergrund einen Wink, ihnen den Imbiss zu servieren. Caroline kostete seinetwegen den Kaviar, hatte dieser viel gerühmten Spezialität aber noch nie etwas abgewinnen können.

»Steht schon fest, wer unsere Kollektionen präsentiert?«, wollte er nun wissen.

»Wir haben einige geeignete Kandidatinnen gefunden, die Entscheidung ist aber noch nicht gefallen. Wieso fragen Sie, Arturo?«

»Nun ja, um ehrlich zu sein, habe ich stets *Sie* in unseren Kleidern vor Augen. Sie haben die perfekten Maße – und Stil obendrein.«

»Ich?« Überrascht stellte Caroline ihr Saftglas ab. »Wie schmeichelhaft, aber das überlasse ich dann doch lieber geeigneteren Schönheiten.«

»Wie schade.« Mit einer kleinen Handbewegung bedeutete er dem Diener, sich zurückzuziehen.

»Ich sehe Sie förmlich vor mir, die Farben unserer Entwürfe passen vorzüglich zu Ihnen und Ihrem wundervollen roten Haar.« In seine Augen trat ein besonderer Glanz, als er sich näher zu ihr beugte. »Liebste Caroline, Sie müssen mir einen Gefallen tun.« Die Begeisterung zeichnete seine Züge wie von Zauberhand weicher. »Ich verspreche, Sie werden es nicht bereuen.«

Was versetzte Arturo nur derart in Entzücken? »Worum geht es denn?«

»Im kommenden März stellen wir hier unsere neue Frühjahrskollektion vor, und ich suche verzweifelt nach geeigneten Modellen, die sie präsentieren.« Der Mailänder fächelte sich Luft zu. »Sie ahnen ja nicht, wie viele nichtssagende Damen sich bei mir vorgestellt haben.« Er nahm ihre Hand in seine. »Bitte machen Sie mir die Freude, die Mode unserer Schneiderei vorzuführen.«

Caroline entzog sich ihm sanft. »Sie verwirren mich, lieber Arturo, Sie führen doch eine Herrenschneiderei.«

»Ja, wissen Sie, mein Bruder und ich sind durch unser gemeinsames Geschäft auf den Geschmack gekommen«, erklärte er etwas verlegen. »Natürlich wird es sich lediglich um einige ausgewählte Stücke handeln, die wir zum Verkauf anbieten. Wir möchten zunächst das Interesse der Berlinerinnen an unserem Stil prüfen. Sie würden die Modenschau zu einem strahlenden Ereignis machen. Bitte sagen Sie Ja.«

Caroline hatte Mühe, ihre Fassungslosigkeit hinter einer liebenswürdigen Miene zu verstecken. In ihrem Kopf schwirrten unzählige Gedanken. Einem Mann wie Arturo schlug man besser keine Bitte ab. »Na schön, warum nicht«, gab sie sich schließlich geschlagen. »Wenn ich Ihr Angebot richtig verstehe, hätte ich dann bei Ihnen einen Gefallen gut, nicht wahr?«

Arturo küsste ihre Hand. »Jeden, liebste Caroline.«

Ihr Herz schlug höher. »Wenn das so ist, wird es mir ein Vergnügen sein.«

»Damit machen Sie mir eine große Freude. Ich danke Ihnen.« Er schenkte ihr nach. »Da wir jetzt unter uns sind, darf ich Ihnen eine persönliche Frage stellen?«

Sie stellte ihr Glas ab. »Natürlich. Was möchten Sie wissen?«

»Mich würde interessieren, wie Sie sich Ihre Zukunft vorstellen. Wofür schlägt das Herz von Caroline Breitenbach?«

Sie betupfte ihren Mund mit einer Serviette, so blieb ihr etwas Zeit, sich eine Antwort zurechtzulegen. »Ich möchte eines Tages ein eigenes kleines Unternehmen führen.«

»Tatsächlich?« Er forschte in ihrem Gesicht. »Warum, wo Sie doch bereits im Familienunternehmen tätig sind?«

»Vermutlich aus einem ähnlichen Grund wie Ihre Schwester«, konterte sie. »Uns Frauen von heute ist es zu wenig, sich versorgen zu lassen. Wir wollen eigene Entscheidungen treffen und der Männerwelt zeigen, was in uns steckt.«

»Ähnliches habe ich von Violetta bereits gehört.« Arturo legte die Finger aneinander, ohne sie aus den Augen zu lassen. »Und was sagt Ihre Familie dazu?«

»Ich bin nicht die einzige Frau in der Familie, die nach Unabhängigkeit strebt.« Caroline erwiderte seinen Blick. »Von uns drei Geschwistern hat keiner Ambitionen, sich in absehbarer Zeit zu binden. Das bereitet unseren Eltern buchstäblich Kopfzerbrechen.«

Er klatschte in die Hände. »Enzo und ich denken genauso. Liebste Caroline, wie wunderbar, dass wir einander begegnet sind, nicht wahr? Es ist so erfrischend, frei miteinander sprechen zu können. Und wissen Sie was? Da Violetta und danach hoffentlich ihre Kinder das Unternehmen übernehmen, bin ich in der glücklichen Lage, meine eigenen Träume verwirklichen zu können. Insofern sind wir wirklich privilegiert, finden Sie nicht auch?«

»Absolut«, erklärte sie warm.

Dies wäre der passende Moment gewesen, ihn auf ihre Idee anzusprechen. Doch sie biss sich auf die Zunge, sie hatte Felix versprochen, nichts dergleichen zu erwähnen. »Bitte erzählen Sie mir von Mailand. Gibt es viele renommierte Schneidereien wie Ihre und Schuhfabriken wie die meiner Familie, und wie hoch schätzen Sie den Bedarf an aktueller Schuhmode?«

»Im Prinzip stellt sich die Situation ähnlich dar wie in Berlin. Ein hoher Anteil der Bevölkerung ist arm, doch es gibt natürlich auch einige unermesslich reiche Bürger.« Er musterte sie. »Sie verfolgen doch ein bestimmtes Ziel mit Ihren Fragen, das kann ich Ihnen von der Nasenspitze ablesen.«

Caroline lachte. »Um Himmels willen, nein. Ich frage rein aus Interesse.«

Er faltete die Hände. »Ach ja? Aber da wir gerade darüber sprechen – hat Ihre Familie unter Umständen Erfahrung in der Fertigung von robustem und dennoch ansehnlichem Schuhwerk für Arbeiter?«

Caroline hätte sich beinahe an ihrem Saft verschluckt. »Durchaus, mein Onkel hat in Colorado jahrelang Schuhe für die Minenarbeiter hergestellt.«

»Wie überaus interessant.« Arturo zwinkerte. »Für den Fall, dass Sie eines Tages darüber nachdenken sollten, Ihre Waren auch in Italien zu verkaufen, können Sie jederzeit über mich verfügen.«

Sie dankte ihm fröhlich und schlug gleich darauf ein unverfängliches Gesprächsthema an, anderenfalls hätte sie unter Umständen zu viel verraten.

Als sie eine Stunde später die Herrenschneiderei verließ, hätte sie vor Freude jauchzen können, denn Arturo hatte ihr, ohne es zu ahnen, einen Trumpf zugespielt. Wie Isa wohl auf die Neuigkeiten reagieren würde?

Kapitel 18

Chesmu

Julias Farm, Grundstück des Reservats der Weeminuche, zur selben Zeit

Die Zeremonie, die die Núu-ci am Tag zuvor in der Schwitzhütte abgehalten hatten, erfüllte Chesmu mit neuer Zuversicht. Inmitten der Stammesmitglieder war ihm wieder deutlich geworden, was die Isolation tagtäglich für ihn bedeutete. Die Sprache seiner Väter aus ihren Mündern zu hören, während sie sich mit allen Geistern verbanden und eins mit ihnen wurden, entfachte stets ein Licht in seinem Inneren. *Wenn ich es nur auf Julia übertragen könnte, wäre ich ein glücklicher Mann,* durchzuckte es ihn. In letzter Zeit ertappte er sich des Öfteren bei der Frage, wieso sich nicht auch Julia in der Schwitzhütte reinigen und neue Kraft sammeln durfte. Der Gedanke erschreckte ihn. Die Sitten und Gebräuche seines Stammes galten seit Anbeginn der Zeit und würden unverändert fortbestehen. Zugleich wünschte er, sie könnte die wohltuende Zeremonie am eigenen Leib erfahren, damit ihr Geist endlich zur Ruhe kam. Doch sie musste den Ort in ihrem Inneren, an dem sie Trost und Zuversicht fand, selbst entdecken.

Julias Leid war auch seins, es brachte alles ins Wanken, was sein Vater und Großvater ihn in Kindertagen gelehrt hatten. Hatte sich etwa – lautlos wie der Flügelschlag einer Eule – weißes Gedankengut in seinen Geist geschlichen und ihn verweichlicht? Vielleicht war das aber auch die natürliche Folge einer Verbindung zwischen beiden Völkern, und sie erschufen einen neuen Pfad, unabhängig von Abstammung und Rasse, auf dem sie das Beste voneinander lernten.

Chesmu blickte finster zum Himmel. Dieser Sommer war der regenreichste, an den er sich erinnerte. Die trockenen Phasen reichten nicht aus, um den schlammigen Boden wieder zu festigen, und das Gemüse in ihrem Garten machte einen traurigen Eindruck. Sam hockte vor der Hütte und trocknete Barneys Pfoten, bevor er ihn wegen des scheußlichen Wetters ins Innere ließ, unterdessen hielt Chesmu nach dem Indian Agent Ausschau.

Carrington hatte noch vor Sonnenaufgang eine Rinderhälfte abgeholt, um sie auf dem Markt zu verkaufen. Chesmus Blick flog sehnsüchtig in die Weite. Der monatliche Ausritt auf Kenai hatte ihm weit mehr bedeutet, als der Indian Agent wissen konnte. Es waren die einzigen Momente, an denen er sich wieder mit den Ahnen, die ihre heiligen Plätze bewachten, verbinden konnte. Doch er hatte verbittert feststellen müssen, dass die Einnahmen auf dem Markt deutlich geringer ausfielen, wenn er seine Waren zusammen mit Carrington auf dem Markt verkaufte. Manche Weiße winkten ab, sobald sie sahen, dass der Züchter ein Indianer war. Andere verletzten seinen Stolz, weil sie ihm für das Fleisch einen unverschämt niedrigen Preis anboten. Da sie sich aber keine Einbußen leisten konnten, hatte er vorerst darauf verzichtet, Carrington zu begleiten. Mit wachsender Unruhe betrat Chesmu die Hütte und starrte aus dem

Fenster, von wo aus er eine gute Sicht auf den gewundenen roten Sandweg hatte.

Ein leises Geräusch holte ihn in die Wirklichkeit zurück. Seine Tochter ruderte wild mit den Ärmchen, ihr kleiner Mund verzog sich gequält. Er lugte zu seiner Frau in den Schlafraum hinüber, wo sie gerade in ein leichtes Kleid geschlüpft war und nun ihr langes blondes Haar zu einem Zopf band.

»Nicht weinen«, raunte Chesmu und hob seine Tochter aus dem Weidenkorb. Beim Betrachten ihrer Stupsnase und der rosigen Wangen überfiel ihn Dankbarkeit. Der Große Geist hatte sie mit diesem vollkommenen kleinen Wesen beschenkt.

Das Greinen der Kleinen wurde durchdringender, Julia nahm sie ihm ab und legte sie an die Brust. Gleich darauf vernahm er lautes Schmatzen.

»Ich habe nachgedacht, meine Sonne«, durchbrach Chesmu die friedliche Stille.

Sie hob den Kopf. »Ich weiß, du hast lange wach gelegen. Was beschäftigt dich?«

»Ich will, dass du unseren Sohn unterrichtest, wenn die Siedlerkinder seines Alters zur Schule gehen.«

Ihre fein geschnittenen Züge spiegelten Erstaunen wider. »Bist du sicher? Ich bin keine Lehrerin, mir fehlen zwei Jahre des Studiums.«

»Unwichtig. Du bist klüger als alle Frauen, die ich kenne, deine Mutter ausgenommen.«

»Was werden die Núu-ci dazu sagen?« Julia strich gedankenverloren über die Wange ihrer Tochter.

Chesmu holte tief Luft. »Das muss dich nicht kümmern. Wenn sie uns nicht erlauben, Sam in die Schule zu schicken, werden wir eben selbst für seine Ausbildung sorgen. Das ist schließlich unsere Pflicht, und du wirst sie erfüllen. Bist du einverstanden?«

Julias Gesicht zuckte vor unterdrückten Emotionen. In ihre Augen trat ein feuchter Schimmer. »Nichts würde mich glücklicher machen. Aber wieso hast du deine Meinung geändert? Du hast immer gesagt, ein Núu-ci braucht keine Schule.«

»Das war falsch, das weiß ich jetzt. Ich habe nicht das Recht, unseren Kindern meine Lebensweise aufzudrängen. Sam soll das Beste aus beiden Völkern lernen.«

Julias Blick drang warm in seinen. »Ich liebe dich so sehr.«

Chesmu räusperte sich und küsste seine Frau zärtlich. Er entsann sich nicht, wann er zuletzt dieses Strahlen in ihren Augen gesehen hatte, ihre Reaktion bestätigte ihm, die richtige Entscheidung getroffen zu haben. Doch wie jedem Núu-ci-Mann fielen auch ihm Liebesbekundungen schwer. Sein Vater hatte einmal behauptet, stolze Krieger und Jäger zeigten ihre Gefühle nicht, wie Frauen es taten. Aber Chesmu hielt das für Unfug. Nur die Worte der Liebe wollten ihm nicht über die Lippen kommen.

»Dann ist es beschlossen. Wann würde man unseren Sohn einschulen?«

»Im nächsten Sommer.«

Chesmu nickte ernst. »Dann bleibt genügend Zeit, dich vorzubereiten.« Der Regen hatte nachgelassen und eine fahle Sonne kämpfte sich durch die Wolken.

Er strich über den dunklen Haarflaum seiner winzigen Tochter und entdeckte in einiger Entfernung ein Fuhrwerk, das sich ihnen näherte. »Carrington kommt.«

Sam hatte die Hunde gefüttert und tollte mit Barney herum, während Chesmu am Zaun wartete.

Der Indian Agent lüftete seinen Hut und nestelte nach einem Lederbeutel an seinem Gürtel. »Der Tag hat sich gelohnt. Der Besitzer eines Saloons hat einen Großteil der Ware gekauft.«

Chesmu nahm den Beutel dankend entgegen.

Der Indian Agent machte keine Anstalten, sich zu entfernen, sondern sah ihn nachdenklich an. »Können wir uns kurz unterhalten?« Er wies auf Julia, die vor der Hütte auf einem Mahlstein Teig knetete. Sie hatte sich die Kleine auf den Rücken gebunden und schenkte ihnen keine nähere Beachtung. »Unter vier Augen.«

In Chesmus Nacken prickelte es unangenehm. Die ernste Miene seines Gegenübers verhieß nichts Gutes. »Ich wollte ohnehin nachsehen, ob der Unterstand, den ich für mein Pony gebaut habe, den Sturzregen der letzten Nacht überstanden hat. Die Weide befindet sich ein Stück hinter der Hütte.«

Carrington band sein Pferd an eine Kiefer und folgte ihm.

Julia nickte dem Indian Agent abwesend zu und fuhr mit ihrer Arbeit fort.

Schweigend schritten die ungleichen Männer an ihr vorüber. Bereits von Weitem konnte Chesmu seinen Sohn ausmachen, dem er aufgetragen hatte, Kenai zu striegeln. Die beiden waren in den vergangenen Monaten Freunde geworden, und Chesmu berührte die Zartheit, mit der Sam das Pony behandelte. Barney saß mit gespitzten Ohren neben ihm und verfolgte jede seiner Bewegungen.

Der Junge beäugte den Engländer neugierig. »Guten Tag, Mister.«

Chesmu strich über die Flanke des Ponys und begutachtete seine Fesseln. »Gut gemacht, mein Sohn. Hat Kenai stillgehalten?«

»Ja, er war ganz brav.«

»Gut, du kannst gehen.«

Das ließ sich Sam nicht zweimal sagen, fröhlich liefen er und sein Hund davon.

Kenai stupste seinen Herrn an, er wusste genau, dass Chesmu immer einen Apfel bei sich trug.

»Was gibt es, Carrington?«

Der Indian Agent hob einen scharfkantigen Stein auf und schleuderte ihn fort. Er musste mittlerweile über sechzig sein. Wegen des blendenden Sonnenlichts hatte er die Augen zusammengekniffen, wodurch sich die Falten um die Augen und an den Wangen noch vertieften.

»Ich wollte Ihnen versichern, dass die Kollegen im Bureau of Indian Affairs und ich es befürwortet haben, dass Ihre Stammesangehörigen Sie bei der Erziehung von Sam unterstützen. Die Stammesältesten hingegen blieben unerbittlich und lehnten ab.«

Carringtons Worte lösten ein Brennen in Chesmus Innerem aus. Ohne je Einzelheiten über die Versammlung zwischen den Weißen und den Núu-ci erfahren zu haben, hatte er fest angenommen, die Weißen hätten seine Bitte ebenfalls abgeschlagen. Er umfasste den Hals seines Ponys. »Vielen Dank für die Information. Sie nützt uns jedoch nichts, unser Anliegen wurde abgelehnt. Es ist vorbei.«

Carrington suchte seine Aufmerksamkeit. »Hören Sie. Ich kenne Sie schon Ihr ganzes Leben und weiß, dass Sie ein guter Mann sind.«

Chesmu glaubte, seinen Ohren nicht zu trauen.

»Gerade deshalb hat mich der Streit zwischen beiden Parteien nicht losgelassen. Jedes Kind hat ein Recht auf Bildung, aus dem Grund hat man schließlich die Indian Boarding Schools errichtet, nicht wahr?«

»Sie sind für die Kinder des Volkes gedacht«, warf Chesmu scharf ein. »Sam ist ein Halbblut.« Er trat näher an Carrington heran und seine Stimme wurde gefährlich leise. »Ich schwöre, ihr bekommt meinen Sohn nicht! Niemals! Mehr als die Hälfte unserer Kinder ist durch eure Hände in der Schule jämmerlich eingegangen, schon vergessen?«

»Ganz ruhig, Chesmu. Davon ist momentan nicht die Rede. Bitte haben Sie Verständnis für die brisante Lage. Ihr Sohn ist das erste Halbblut in Cortez, und wir werden zu besprechen haben, wie wir in diesem besonderen Fall verfahren.«

Chesmu wollte etwas entgegnen, aber Carrington brachte ihn mit einer herrischen Geste zum Schweigen. »Nun hören Sie mir doch erst mal zu, verdammt!«

»Na schön. Was haben Sie mir zu sagen?«

»Was den Schulbesuch betrifft, konnte ich leider nichts ausrichten. Aber uns ist sehr wohl bewusst, dass Sie Hilfe von den Stammesmitgliedern benötigen, damit Sam die Lebensweise des Volkes erlernt. Für seine Identitätsbildung erscheint es uns obendrein enorm wichtig zu sein.«

Chesmu unterdrückte ein Schnauben. Die geschwollene Sprechweise des Älteren ging ihm mehr und mehr auf die Nerven. »Ach ja? Woher die plötzliche Einsicht?«

Carrington stieß hastig die Luft aus den Lungen. »Sie sind ein harter Brocken, aber ich werfe es Ihnen nicht vor.« Er legte ihm eine Hand auf die Schulter. »Hören Sie, ich habe gestern ein Gespräch mit den Herren vom Bureau of Indian Affairs geführt.«

Der Weeminuche reckte das Kinn. »Und weiter?«

Der Indian Agent verstärkte seinen Druck. »Wir sind zu einer Einigung gekommen, ich weiß allerdings nicht, ob sie Ihnen zusagen wird.« Er legte eine kurze Pause ein. »Ihr Stamm hat sich einverstanden erklärt, Sam zu unterrichten. Unter einer Bedingung.«

Chesmus Puls jagte. »Was verlangt man von uns?«

Carrington fuhr fort, und der Weeminuche lauschte seinen Worten mit gemischten Gefühlen.

Kenai schnaubte, als könnte er Chesmus Gedanken lesen, und dieser fuhr gedankenversunken über seine weichen Nüstern. »Ich danke Ihnen. Meine Frau ... wird weinen. Wie soll ich ihr die Nachricht beibringen?«

»Es tut mir leid, mehr konnte ich nicht ausrichten.« Carrington klopfte ihm auf die Schulter. »Denken Sie darüber nach. Übermorgen brauche ich Ihre Entscheidung.«

Schweigend begleitete Chesmu den Indian Agent zurück und hob am Zaun eine Hand zum Gruß.

Julia trat zu ihm. »Was wollte er von dir?«

Ihre Tochter war in ihrem Arm eingeschlafen, Chesmu nahm sie ihr vorsichtig ab und legte sie in den Weidenkorb im Schlafzimmer.

Er grübelte, wie er seiner Frau die Neuigkeit schonend beibringen sollte, und küsste sie zart. »Wo ist Sam?«

Julia blickte fragend zu ihm auf. »Auf der Weide und beobachtet die Kälber. Er schnitzt an einem Pfeil.«

»Gut.« Er drückte sie auf einen Stuhl nahe der Kochstelle. »Carrington hat sich im Bureau of Indian Affairs für unseren Sohn eingesetzt.« Behutsam begann er ihr von dem Gespräch mit dem Indian Agent zu erzählen.

Ihre Augen wurden groß und rund. »Das sind wundervolle Neuigkeiten, Liebling! Ich hätte nie erwartet, dass er sich für uns ausspricht und die Núu-ci ihre Meinung ändern.« Sie verstummte jäh, als sie seine ernste Miene bemerkte. »Das ist aber noch nicht das Ende der Geschichte, habe ich recht?«

Chesmu nickte. »Der Ältestenrat will, dass Sam vom ersten Schnee bis zu seiner Schmelze bei ihnen lebt, jedes Jahr, bis er zum Mann herangewachsen ist. Das ist sein letztes Wort. Der Chief muss allerdings noch zustimmen. Er wird erst nächste oder übernächste Woche im Reservat eintreffen.«

Julia starrte ihn mit einem Ausdruck an, der ihn erschaudern ließ.

»Den ganzen Winter.« Ihre Stimme war kaum noch vernehmbar. »Das können sie nicht von uns verlangen.«

»Doch, das können sie, meine Sonne«, erklärte er so ruhig wie möglich und schloss sie in seine Arme. »Wie ein Núu-ci zu denken und zu fühlen und unsere Lebensweise zu begreifen, braucht Zeit. Das weißt du.« Er rang nach Luft, da der Schmerz in seiner Brust übermächtig wurde. »Das ist ein sehr großzügiges Angebot. Wir sollten es gut überdenken, bevor wir es ablehnen.«

Sie schmiegte sich mit einem kaum unterdrückten Laut an ihn.

Hitze wallte in Chesmu auf. Er hatte dem Medizinmann Nicaagat, der ihm Julia zur Frau gegeben hatte, und sich selbst geschworen, sie und ihre Kinder vor Leid zu bewahren, sogar bis in den Tod. Wäre die Feindschaft zu den Weißen ein Krieger gewesen, er hätte sich ihm furchtlos entgegengestellt und bis aufs Blut für das Glück und die Sicherheit seiner Familie gekämpft. Selbst den stärksten Mann hätte er herausgefordert und nicht geruht, bis er ihn besiegt hätte.

Doch für diesen Kampf gab es weder Waffen noch Gegner.

»Es geht nicht um dich oder mich, sondern darum, wie Sam leben will«, fuhr Chesmu fort. »Ich möchte, dass er dies eines Tages selbst entscheiden kann. Das ist aber nur möglich, wenn er beide Lebensweisen kennt.« Er strich ihr über den zuckenden Rücken. »Das waren deine Worte, meine Sonne. Erinnerst du dich?«

»Natürlich erinnere ich mich.« Energisch wischte sie sich die Nässe von den Wangen. »Ich wusste damals leider nicht, wie schwer es ist, nach den eigenen Prinzipien zu handeln.«

Chesmu wollte ihr Trost zusprechen, doch er brachte keinen Ton heraus. Auf einmal fiel ihm wieder ein Gespräch ein, das sein Vater mit ihm über die Frauen und ihre Stellung innerhalb des Stammes geführt hatte, und er wiederholte mit sanfter Stimme die alten Worte, die von Generation zu Generation weitergetragen wurden.

Wir beten für unsere Frauen und Mütter und
bitten den Großen Geist, unseren Schöpfer, sie zu

segnen und ihnen Stärke zu verleihen. In ihnen
wohnt die Kraft der Liebe des Mondes und der
Mutter Erde. Unsere Mütter singen die Lieder
für die Stärke. Höre ihnen aufmerksam zu.

Ihre Blicke trafen sich, und sie fühlten gleichermaßen den bedeutsamen Moment, in dem sie die Weichen für Sams Zukunft stellen würden.

Julia legte den Kopf schief und lauschte. Hinter der Hütte rief der Junge nach seinem Hund. »Grundgütiger, was sollen wir tun?«, kam es schließlich heiser von ihr. »Ist Sam erst mit der Lebensweise der Núu-ci vertraut, wird seine Seele in zwei Teile gerissen, zwischen denen er glaubt, sich entscheiden zu müssen. Deine Familie und andere Mitglieder der Núu-ci nehmen Einfluss auf seine Erziehung und werden ihn für immer verändern.«

»Das ist wahr. Aber tun wir es nicht, ist der Tag nicht fern, an dem er uns vorwirft, dass wir ihm einen Teil seiner Wurzeln vorenthalten haben.«

Sie schwiegen eine quälend lange Zeit.

Julia löste sich von ihm. »Dürfen wir unseren Sohn wenigstens hin und wieder sehen?«

»Ich werde darum bitten«, erwiderte er. »Du bist also einverstanden?«

Julia schloss die Augen. »Wir müssen es tun. Lass uns hoffen, dass wir unsere Entscheidung nie bereuen werden.«

TEIL 2

Prenzlauer Berg und Cortez 1912–1914

Kapitel 1

Isa

Berlin, Potsdamer Straße, und Prenzlauer Berg, 22. Juni 1912

Wie jeden Samstag hatten sich im Klubhaus etwa zwei Dutzend vornehm gekleidete Damen jeden Alters eingefunden, unter ihnen auch Hedwig Heyl, die Präsidentin des Lyceum-Clubs, sowie die rumänische Prinzessin Elisabeth zu Wied.

Zuweilen, wenn sich Isa unter die illustre Gesellschaft mischte, kam sie sich als jüngstes Mitglied wie eine Exotin vor. Doch das nahm sie mit Humor, schließlich wussten die Frauen aus Adel und Politik ihren Einfluss wirksam geltend zu machen. Keiner anderen Organisation war es bisher gelungen, Künstlerinnen und Wissenschaftlerinnen zu Ausstellungen und Veröffentlichungen zu verhelfen, damit sie die Beachtung erhielten, die sie verdienten.

Natürlich war es Isa bewusst, dass man sie nicht nur wegen ihrer politischen Richtung als Mitglied akzeptiert hatte, sondern auch, weil sie als körperlich Versehrte durchaus Aufsehen erregte. Das kam ihr entgegen, denn ihr Engagement schenkte ihr eine Erfüllung, die weit über diejenige hinausging, die sie Tag für Tag im Familienunternehmen empfand. Ihre anfängliche Besorgnis, sich mit verstaubten und hochnäsigen Damen der feinen Gesellschaft umgeben zu müssen, hatte sich rasch verflüchtigt. Sie hatte ihre Mitstreiterinnen allesamt als patente und resolute Persönlichkeiten kennengelernt, die sich die Menschlichkeit bewahrten und ihre Stellung nutzten, um kräftig zuzupacken und Missstände zu beseitigen.

Eine Erfrischung wurde gereicht.

Als sich die Damen gestärkt hatten, erhob sich Frau Heyl. »Willkommen zu unserer heutigen Sitzung. Ich freue mich, dass Sie alle so zahlreich erschienen sind.«

Die vom Lyceum-Club ins Leben gerufene Ausstellung »Die Frau in Haushalt und Beruf«, die bis Ende März im Zoo von Berlin zu sehen gewesen war, hatte eine Menge Aufsehen erregt, denn sie machte deutlich, dass man den Künstlerinnen und Wissenschaftlerinnen längst nicht die Wertschätzung entgegenbrachte, die ihnen zustand. Doch bis die Frau im Beruf dieselbe Akzeptanz wie ihre männlichen Kollegen erhielt, würde vermutlich noch einige Zeit ins Land gehen. Der Klub hatte sich jedoch Gehör verschafft, was seine Mitglieder bestärkte, mit ihrem Einsatz fortzufahren. Isa bedauerte es, zur Zeit der Ausstellung noch kein Mitglied gewesen zu sein, derartige Aktionen waren ganz nach ihrem Herzen.

Eine gute Stunde später steuerte Isa ihren Rollstuhl durch die ausladende Flügeltür. Sie passierte ein Kunstauktionshaus, grüßte eine ältere Stammkundin vor einem Delikatessengeschäft. Schließlich hielt sie vor einer Buchhandlung an und betrachtete wehmütig die Werke deutscher Schriftsteller in der Auslage. Früher hatte sie dort wie selbstverständlich gestöbert, doch heute trennten sie drei Stufen von dem Vergnügen, es sich auf dem alten Sofa mit einem fesselnden Buch in der Hand gemütlich zu machen.

Der korrekt in einen Einreiher gekleidete Inhaber hatte sie bemerkt. Er winkte ihr aus dem Inneren zu und öffnete die Tür.

»Fräulein Breitenbach, willkommen! Wie kann ich Ihnen behilflich sein? Der Roman von Hermann Hesse, nach dem Sie mich letzten Monat gefragt haben, ist frisch eingetroffen. Möchten Sie gleich mal reinlesen?«

»Ich danke Ihnen, Herr Benjamin. Heute habe ich leider wenig Zeit.«

Der Buchhändler trat näher. »Kein Problem. Ich suche Ihnen ein paar Werke heraus und bringe sie Ihnen vorbei. Ich kenne doch Ihren Geschmack. Dann können Sie zu Hause in Ruhe einen Blick darauf werfen.«

»Wenn ich Sie nicht hätte. Haben Sie vielen Dank.« Sie sah ihn lange an. »Wissen Sie, was ich mir von Herzen wünsche?«

Er beugte sich etwas zu ihr hinunter. »Was denn, meine Liebe?«

»Dass ich eines Tages die Stufen zu Ihrer Buchhandlung bewältige.«

Für einen Moment verschlug es Herrn Benjamin die Sprache, er wirkte bestürzt, doch dann erschien wieder der vertraute gutmütige Zug auf seinem Gesicht.

»Das würde ich mir für Sie auch wünschen, Kindchen. Ich schließe Sie immer in meine Gebete ein, wussten Sie das?«

»Nein, aber ich danke Ihnen für alles.« Isa setzte sich wieder in Bewegung und winkte ihm.

»Für Sie jederzeit«, rief er ihr noch nach.

Die Kutsche der Breitenbachs wartete in einiger Entfernung am Straßenrand, und Simon eilte ihr entgegen. »Mädchen, Mädchen.« Er schnalzte mit der Zunge. »Das war vielleicht ein Spießrutenlaufen. Grundgütiger! Dein Vater wollte dich vom Klubhaus abholen. Das wäre fast in die Hose gegangen. Ich will dir ja keine Vorschriften machen, aber wäre es nicht besser, deiner Familie reinen Wein einzuschenken?« Scheinbar mühelos hob Simon sie hoch, trug sie in die Kutsche und legte eine weiche Decke über ihre Beine.

Isa blickte flehend zu ihm auf. »Bitte, halte noch eine kleine Weile dicht. Ich weiß, ich erwarte viel von dir. Aber ich will ihnen keine unnützen Hoffnungen machen.«

Er schüttelte seinen grau melierten Kopf mit der hohen Stirn. »Sie würden sich über jeden kleinen Fortschritt freuen. Das weißt du doch.« Er beugte sich zu ihr. »Seit fast einem Jahr suchst du schon Doktor Ascher auf. Deine Geheimniskrämerei bringt mich noch in Schwierigkeiten.« Er verengte die Augen. »Sei ehrlich, du hast Angst, zu versagen.«

Isa senkte den Blick. »Ja, Simon. Ich habe eine Heidenangst, vielleicht einsehen zu müssen, dass ich mich damit abzufinden habe, viele Dinge, die mir etwas bedeuten, nie mehr selbstständig erledigen zu können.« Ihre Stimme bebte leicht. »Oder damit zu leben, Treppen hochgetragen zu werden.«

Simon tätschelte sie. »Ich verstehe. Aber überfordere dich nicht. Versprochen?«

Isa nickte.

»Gut, fahren wir.«

Doktor Mikail Ascher, Heilgymnast und Spezialist für Querschnittserkrankungen, unterhielt nahe dem Landwehrkanal eine Privatpraxis mit einem separaten Trainingsraum.

Isa betätigte den altmodischen Türklopfer, und kurz darauf stand der junge Arzt mit der Kippa auf dem schwarzen Haar vor ihr. Er musste über dreißig sein, aber mit seinen jugendlichen Zügen wirkte er kaum älter als sie.

»Isa, kommen Sie herein.«

Anders als die meisten Menschen, mit denen sie zu tun hatte, machte er keinerlei Anstalten, ihren Rollstuhl schieben zu wollen.

Im Behandlungsraum nahm er neben ihr an einem Tisch Platz. Seine Mimik war ihr mittlerweile fast ebenso vertraut wie ihr eigenes Spiegelbild. Dachte er nach, legte er den Zeigefinger auf seinen Mund, war er unzufrieden oder ärgerlich, zog er die Nase kraus.

Doktor Aschers Blick ruhte aufmerksam auf ihr. »Wie ist es Ihnen in der vergangenen Woche ergangen?«

Isa berichtete von ihren brennenden Muskeln. Mit den Übungen, die sie zu Hause fortsetzen musste, verlangte der Arzt ihr die letzte Kraft ab.

»Sie sind stark, viel stärker, als Sie selbst vermuten.« Er tippte sich gegen die Schläfe. »Wir beide haben ein gemeinsames Ziel entwickelt, und das werden Sie auch erreichen. Das Wichtigste aber ist, dass Sie an sich glauben. Wenn Ihr Wille ebenso stark ist wie Ihr Körper, werden Sie schaffen, wofür wir trainieren.«

Isa schwieg. Die vielen aufmunternden Worte, die sie seit ihrem Unfall von allen Seiten zu hören bekam, waren ihr zuwider. Gut gemeinte, aber leere Worte. Niemand, der nicht selbst von einer Lähmung betroffen war, sollte sich anmaßen, zu wissen, wie sie sich fühlte. »Und wenn nicht?«

»Ich kenne niemanden, der härter an seinem Ziel arbeitet. Dennoch zweifeln Sie.«

Hitze schoss durch ihren Körper. »Weil meine verfluchten Beine nicht auf mich hören!«

Seine Stimme wurde weich. »Das ist auch nicht zwingend notwendig. Sind Sie bereit?«

Wenige Minuten darauf fand sie sich in seinem Trainingsraum wieder und platzierte den Rollstuhl so, dass er direkt vor zwei waagerecht angebrachten Stangen mit Haltegriffen zum Stehen kam.

»So, konzentrieren Sie sich bitte auf Ihr Endziel. Würden Sie es laut aussprechen?«

Isa befeuchtete ihre Lippen und starrte auf die Stangen. »Ich möchte eines Tages auf zwei Krücken stehen und die drei Stufen zu Herrn Benjamins Buchhandlung bewältigen.«

Der Arzt nickte. »Gut, und wie lautet Ihr erstes Etappenziel?«

Sie holte tief Luft. »Ich will auf beiden Füßen stehen.«

»Wie wollen Sie das erreichen?«

Im Raum war es stickig, und das Sonnenlicht, das durch das große Fenster fiel, erhitzte ihr Gesicht. »Indem ich verstehe, dass ich meinen Körper mittels Willenskraft bewegen kann.«

Doktor Ascher war zweifelsohne jede Träne und jeden Tropfen Schweiß wert. Ließ er sie aber wie auch heute ihre Leitsätze wieder und wieder laut aussprechen, wie ein Kind, das sich die Lektion seines Lehrers nicht einprägen konnte, war sie kurz davor, die Beherrschung zu verlieren. Dann hätte sie ihn gern gefragt, was er mit der ermüdenden Zeremonie bezweckte. Begegnete sie jedoch seinem Blick, schwieg sie.

»Sehen Sie mich an.« Doktor Ascher hob ihr Kinn. »Ich möchte, dass Sie die Bedeutung des Satzes fühlen! Ihn lediglich aufzusagen, hat die Wirkung einer Seifenblase, die im nächsten Luftzug zerplatzt.«

»Herrje, was soll das? Ich bin doch kein Kind in der Schulbank«, entschlüpfte es ihr verzweifelt. Ihre Wangen brannten. »Glauben Sie mir oder lassen Sie es bleiben. Können wir endlich beginnen?«

Doch ihr scharfer Ton schien ihn nicht im Mindesten zu beeindrucken. »Mich müssen Sie nicht überzeugen«, erklärte er ruhig. »Sie allein halten die Fäden Ihrer Zukunft in der Hand.«

In diesem Moment wusste sie nicht, ob sie ihn lieber angefaucht oder sich weinend gegen seine Brust gelehnt hätte. Sie wusste nur, dass sie ihn nicht ansehen wollte.

»Schließen Sie die Augen …«

»Warum setzen Sie mich so unter Druck?«

Er wich ihrem Blick keinen Millimeter aus. »Einer muss es tun, meine Liebe. Ihnen ist offenbar nicht bewusst, welch Glückspilz Sie sind!« Er schüttelte sie leicht. »Sie gehören zu dem verschwindend geringen Teil von Überlebenden einer Querschnittslähmung. Das grenzt bereits an ein Wunder. Darüber hinaus haben Sie in den letzten Monaten Beeindruckendes geleistet, wovon die meisten, die Ihr Schicksal teilen, nicht einmal zu träumen wagen.« Er hielt kurz inne und senkte die Stimme. »Sie können mir glauben, dass ich Ihren Kampfgeist höchst bewundere. Und jetzt, mit Ihrem Etappenziel vor Augen, sträuben Sie sich, Ihrer Kraft zu vertrauen?«

Isa sah ihn reglos an.

Der Arzt nickte aufmunternd. »Ich bleibe direkt vor Ihnen stehen. Sie brauchen keine Angst zu haben, ich halte Sie. Wollen wir fortfahren?«

Sie biss sich auf die Unterlippe. »Na schön. Versuchen wir es.«

KAPITEL 2

Felix

Prenzlauer Berg, 9. Juli 1912

Überall auf der Welt herrschte Unruhe. Felix kam es vor, als fehlte nur ein Funke bis zur Eskalation. Bulgarien, Montenegro, Griechenland und Serbien schlossen auf Initiative von Russland hin den Balkanbund. Sie wollten den europäischen Teil des Osmanischen Reiches unter den Bündnispartnern aufteilen. Das Motiv war eindeutig: Sie sannen auf Krieg mit dem osmanischen Feind. Erst vor wenigen Tagen hatte sich der Kaiser mit Zar Nikolaus II. getroffen und sich vergeblich um eine politische Annäherung bemüht. Die Zeitungen quollen über von neuen Hiobsbotschaften, die niemanden kalt lassen konnten. Besonders die jüngste Meldung hatte Felix und seine Familie tief bestürzt: Der Kaiser setzte einen Großteil des Staatsetats für die Verstärkung seiner Kriegsflotte ein.

Über das drohende Unheil, das wie eine Gewitterwolke über ihnen hing, konnte selbst der größte Optimist nicht mehr hinwegsehen. Was für eine Ironie des Schicksals: Ausgerechnet im erfolgreichsten Jahr ihrer Firmengeschichte vergiftete die Furcht vor einem Krieg die Freude der Breitenbachs und zwang Felix zum Umdenken. Hunderte Arbeitsplätze hingen von seinen Entscheidungen ab. Nie zuvor hatte die Last der Verantwortung schwerer auf seinen Schultern gelegen. Mittlerweile raubte sie ihm zuweilen sogar den Schlaf.

Carolines Gespür für die politischen Entwicklungen hatte sich als realistisch herausgestellt.

»Verkauft das Unternehmen und baut euch in Colorado etwas Neues auf«, hatte Tante Rosa Felix bei ihrem letzten Telefongespräch angefleht. »Dein Großvater hätte nicht gewollt, dass ihr euch in Gefahr bringt. Außerdem siedeln sich in Denver viele Fabrikanten an. Ihr müsst etwas unternehmen. Wir sind sehr in Sorge, mein Junge.«

»Was soll dann aus unseren guten und erfahrenen Mitarbeitern werden, die in schweren Zeiten zu uns gestanden haben?«, widersprach Felix sanft. »Etwa vierzig Prozent sind über fünfzig Jahre alt. Wer stellt sie noch ein?«

So und so ähnlich spielten sich auch die unzähligen Diskussionen in der Villa der Breitenbachs ab. Felix' Vater und Onkel Georg hatten Tante Rosas Vorschlag rigoros vom Tisch gewischt und sie an den Schwur auf den weißen Ahorn erinnert, das Unternehmen nie in fremde Hände zu geben. Carolines Plan behagte ihnen ebenso wenig.

So waren Monate ins Land gegangen, bis sie eine Lösung gefunden hatten, mit der sich jeder arrangieren konnte.

Der Abend dämmerte. Felix lag auf seinem Bett, die Arme hinter dem Kopf verschränkt, und beobachtete den Laternenanzünder, der auf dem Fußweg vor seinem Fenster eine Gaslaterne nach der anderen entzündete. Durch das geöffnete Fenster drang warme Sommerluft herein. Auf der anderen Straßenseite standen zwei Personen mit Hut und Stock, nur schemenhaft auszumachen, und unterhielten sich. Felix atmete auf, als sie einander die Hände schüttelten und ihren Weg in entgegengesetzter Richtung fortsetzten. Emilie und er konnten nicht vorsichtig genug sein.

Der Schein einer dickbauchigen Kerze warf einen hellen Schimmer auf die Frau, die er liebte und die sich wohlig neben ihm rekelte, die Lippen feucht von ihren leidenschaftlichen Küssen. Vor einiger Zeit hatte sie sich eine Wohnung in dem Örtchen Seddin genommen, nur eine halbe Stunde Kutschfahrt von den Beelitz-Heilstätten, aber zwei Stunden vom Prenzlauer Berg entfernt. Bei ihren heimlichen Treffen achteten sie stets darauf, nicht zusammen gesehen zu werden.

Betrachtete Felix jetzt Emilies verführerische Nacktheit, konnte er sich kaum an die Zeit erinnern, als sie noch kein Paar gewesen waren. Doch so sehr er ihre Rendezvous herbeisehnte, so sehr schmerzte es ihn jedes Mal, sich von ihr zu verabschieden. Sie mussten geduldig sein. Ein paar Monate noch, dann war nach Emilies Scheidung genug Zeit ins Land gegangen, und das Versteckspiel hatte endlich ein Ende.

Felix griff nach einer rotbraunen Locke, die Emilie ins Gesicht gefallen war, und schob sie hinter ihr Ohr. Allein die Auswirkungen dessen, was er ihr zu sagen hatte, schnürten ihm die Luft zum Atmen ab. »Wir werden uns einige Zeit nicht sehen können, mein Herz.«

Emilie setzte sich auf und hüllte sich in eine Decke. »Wieso?«

»Ich habe dir ja erzählt, dass Caroline ihren Plan schließlich durchgesetzt hat, denn trotz allen Abwägens sind wir zu keiner besseren Lösung gekommen. Jetzt haben wir geeignete Räumlichkeiten in Mailand gefunden.« Er vergrub seine Hände in ihrem Haar. »Ich werde meine Schwester Anfang August begleiten. Wir haben dort Geschäftspartner, die zugesagt haben, uns hilfreich zur Seite zu stehen. Von ihnen bekamen wir auch den Tipp für das Haus, in dem ein Geschäft und eine kleine Werkstatt untergebracht werden sollen.«

Emilie erstarrte. »Wieso du? Sag, dass das nur ein Scherz ist.«

»Das ist leider mein bitterer Ernst.« Felix zog sie in seine Arme und blickte aus dem Fenster. Im Salon der Stadtvilla brannte noch Licht. Wahrscheinlich saßen die beiden Senioren in der guten Stube und besprachen die Details für das neue Geschäft. »Es gibt keinen anderen Weg. Unsere Eltern haben zur Bedingung gemacht, dass Caroline eine Begleitung findet, die sie beim Aufbau unterstützt. Ich bin der Einzige, der infrage kommt.« Er küsste ihr Haar. »Wir werden in Mailand neben Accessoires vor allem maschinengefertigte Schuhe für Arbeiter herstellen. Ich kümmere mich um versierte Schuhmacher für die Manufaktur und weise sie in ihre Arbeit ein. In ein paar Monaten, wenn das Geschäft in Mailand eingeführt ist, komme ich wieder nach Hause.«

Die Heftigkeit, mit der sie sich an ihn klammerte, schnürte ihm die Kehle zu.

Emilie hob den Kopf. Sie war bleich. »Wie soll ich all die Zeit ohne dich leben?«

»Die Monate werden schneller vorübergehen, als wir denken, ganz bestimmt.« Felix biss sich auf die Unterlippe, er glaubte ja seinen eigenen Worten kaum. »Ich habe keine Wahl, mein Liebes. Als Geschäftsleiter obliegt es meiner Verantwortung, mich um die Zukunft unseres Unternehmens zu kümmern.« Er hörte selbst die Bitterkeit in seiner Stimme. »Ich muss die geschäftlichen Belange über meine persönlichen stellen, das habe ich meinem Vater vor vielen Jahren auf unser Familiensymbol, den weißen Ahorn, geschworen.«

Emilie nickte, ihre Züge wirkten wie gemeißelt. Sie schwang die langen Beine aus dem Bett und huschte ins Badezimmer, während er ihr mit den Blicken folgte.

Wenig später stand sie vor ihm. Sie trug wieder ihr geblümtes Chiffonkleid, warf sich ihren Umhang um die Schultern und schlüpfte in ihre Stiefeletten. Auf ihrer Wange entdeckte er eine feuchte Spur.

Mit einem Satz war er bei ihr. »Ich will die Trennung ebenso wenig wie du. Das weißt du. Ich wünschte, du könntest mich begleiten.«

Sie setzte ihren Hut auf. Um ihren vollen Mund grub sich ein harter Zug. »Es ist, wie es ist. Ich muss gehen.« Sie sah hinaus. »Die Droschke wartet.«

Dann war Felix allein und starrte an die Zimmerdecke. Er hatte geglaubt, wenn er Emilie erst von seinen Plänen berichtet hatte, würde ihm leichter werden. Was für ein Irrglaube! Er musste auf ihre Besonnenheit vertrauen, wie sie seinem Versprechen, dass er so bald wie möglich heimkehren werde.

Ihre Reaktion hatte ihn aufgewühlt, weshalb er sich einen Großteil der Nacht mit den Bilanzen vertrieb, um sich von seinen kreisenden Gedanken abzulenken.

Als Felix am folgenden Morgen frühzeitig im Speiseraum der Familie eintraf, hatten sich dort zu seiner Überraschung bereits Onkel Georg, Caroline und sein Vater eingefunden und gingen die Liste der Waren, Materialien und Werkzeuge durch, die noch am selben Tag Richtung Mailand verschickt werden sollten.

Er gesellte sich zu ihnen, ließ sich von Magda eine Tasse Kaffee bringen, und sie fügten der Aufstellung noch ein paar Kleinigkeiten hinzu. Caroline hatte mit Isas Hilfe die Innenausstattung des Mailänder Geschäftes entworfen, die wichtigsten Einrichtungsgegenstände befanden sich bereits auf dem Weg nach Italien.

»Das war ein ziemlich kluger Schachzug, dem guten Arturo einen Gefallen abzuringen«, sagte Felix zu seiner Schwester. »Ich werde mein Lebtag nicht vergessen, wie du im März auf seiner Modenschau in den orientalischen Gewändern und

Abendkleidern durch seinen Verkaufsraum geschwebt bist, als hättest du nie etwas anderes getan.«

Caroline kicherte hinter vorgehaltener Hand. »Für den Gefallen, dass sich die De-Luca- Brüder für uns um die geeignete Immobilie gekümmert und wertvolle Kontakte zu ihren wichtigsten Kunden hergestellt haben, hätte ich notfalls auch einen Bauchtanz vorgeführt.«

»Was glücklicherweise nicht vonnöten war.« Onkel Georg lachte vergnügt. »Wie sind eigentlich die Verkaufszahlen des letzten Monats bezüglich unserer Kollektion mit den Mailändern?«

In den ersten Monaten hatte der Erfolg tatsächlich auf sich warten lassen. Offenbar waren die Berlinerinnen skeptisch, mittlerweile jedoch entwickelten sich der orientalische Stil sowie die Herrenschneiderei De Luca am Kurfürstendamm zum Geheimtipp.

»Sie haben sich mehr als verdoppelt.« In Carolines Stimme schwang Stolz mit. »Aber auf dem ersten positiven Ergebnis dürfen wir uns nicht ausruhen.«

Felix legte den Arm um ihre Taille. »Nein, das ist erst der Anfang. Sag, bist du enttäuscht, dass ich dich anstelle von Walther begleite?«

Sie wehrte ab. »Nicht mehr. Ich verstehe ihn.« Sie senkte die Stimme. »Ohne dich hätten unsere Eltern mich nie gehen lassen. Danke, Felix.«

Bald darauf fand sich auch der Rest der Familie ein. Isa machte an diesem Morgen einen außergewöhnlich fröhlichen Eindruck und scherzte mit Tante Mathilde. Noch vor wenigen Wochen hatte eine zufällige Begegnung mit Bernhard ihren Kummer erneut an die Oberfläche gespült. Felix und Isa hatten sich nach Feierabend mit einem Grafiker, der ihnen empfohlen worden war, im Teeraum des Kaufhauses Wertheim in der Leipziger Straße getroffen, da das Geschäft einen Fahrstuhl besaß und Isa sich mühelos mit dem Rollstuhl zwischen den Tischen des Teeraumes bewegen konnte. Während sich Felix mit dem Grafiker über dessen Werdegang unterhielt, ließ seine Schwester den Blick schweifen. Ihr Gesicht verlor plötzlich seine Farbe, als sie Bernhard entdeckte, der sich am Eingang nach einem freien Platz umsah. Als er sie dann ebenfalls bemerkte, machte er auf dem Absatz kehrt. In den folgenden Tagen wirkte Isa traurig und in sich gekehrt, weigerte sich aber, über die Begegnung zu sprechen. Doch wie es aussah, begann seine Schwester jetzt offenbar, sich Schritt für Schritt mit der Trennung von Bernhard abzufinden.

Magda und Simon schenkten Getränke nach. Als sie sich zurückgezogen hatten, ergriff Isa das Wort. »Habt ihr heute Nachmittag eigentlich noch Termine?«

Vanda und Theodor warfen einander einen fragenden Blick zu. »Nein, wieso?«, fragten sie wie aus einem Mund.

Isas Blick wanderte weiter. »Onkel Georg, Tante Mathilde?«

»Außer den Feierabend zu genießen, haben wir nichts vor«, sagte ihre Tante. »Du könntest uns höchstens mit Konzertkarten für die heutige Aufführung der Philharmoniker aus dem Haus locken. Dann lassen wir uns nicht lange bitten, nicht wahr, Theodor?«

»Worauf du dich verlassen kannst«, ging Felix' Vater auf ihren leichten Ton ein. »Ich nehme aber an, dass es sich um ein anderes Anliegen handelt.«

»Absolut.« Das Kerzenlicht spiegelte sich in Isas Augen. »Ich möchte euch alle um halb sechs in die Praxis von Doktor Ascher am Landwehrkanal bitten. Es dauert nicht lange.« Sie nannte ihnen die Adresse.

»Von dieser Praxis höre ich zum ersten Mal«, wandte Felix sinnierend ein. »Was hast du noch zu verbergen, Schwesterchen?«

Isa schmunzelte, ging aber anders als üblich nicht auf seine gutmütige Provokation ein, was ihr ganz und gar nicht ähnlich sah. »Ihr werdet sehen«, sagte sie und ließ ihre Familie verwirrt zurück.

Vanda rührte nachdenklich in ihrem Tee. »Ich wüsste wirklich gern, ob ich zur Sicherheit ein Riechsalz mitnehmen soll. Das letzte Mal, als uns Isa zu sich gebeten hat, hatte sie heimlich trainiert, sich im Bett aufzusetzen. In dem Moment ist mir beinahe das Herz stehen geblieben.«

Theodor legte den Arm um sie. »Sie hat inzwischen alles erreicht, was in ihrer Situation möglich ist. Nein, nein, es muss sich um etwas anderes handeln.«

Felix beugte sich tiefer über den Tisch. »Womöglich sind wir völlig auf dem Holzweg. Was, wenn dieser Doktor Ascher ihr neuer Freund ist?«

Onkel Georg winkte Simon zu sich, der eben mit einem Tablett in die Küche eilen wollte. »Sagen Sie, hat Isa Ihnen je aufgetragen, sie zu einem Doktor Ascher zu bringen?«

Der Hausangestellte jonglierte das Tablett mit angestrengter Miene. »Ich … ich weiß von nichts.« Damit verließ er fluchtartig den Raum.

Theodor blickte ihm finster nach. »Die beiden stecken doch unter einer Decke! Oder habt ihr Simon jemals stottern gehört?«

Die Familie stimmte einhellig zu.

Caroline schüttelte den Kopf. »Macht euch nicht zu viele Gedanken. Isa wird ihre Gründe haben.«

»Wie recht du hast.« Onkel Georg schob seinen Stuhl zurück. »Bis später, meine Lieben. Falls ihr mich suchen solltet, ich habe zu proben.«

Ein bekannter Orchesterverein hatte ihn als Gastpianisten für ein Konzert am Sonntag engagiert, und obgleich er versuchte, es sich nicht anmerken zu lassen, spürte doch jeder im Raum seine Aufregung.

Felix sah ihm lächelnd nach. Seit Kindertagen musizierte er gern mit seinem Onkel im Duett. Zwar verfügte er nicht über dieselbe Kunstfertigkeit, das tat seiner Freude an der Hausmusik jedoch keinen Abbruch.

Auch Vanda und Caroline gingen hinaus, und um Felix und seinen Vater wurde es still.

Theodor faltete seine Serviette. »Mailand soll eine wunderbare Stadt sein, mein Junge. Du wirst dort bestimmt eine interessante Zeit verleben.«

»Sicher«, erwiderte Felix lahm.

»Es gibt einen Grund, warum ich kurz mit dir sprechen möchte.«

Die Art und Weise, wie sich sein Vater vorsichtig an das Gespräch herantastete, weckte leise Unruhe in Felix.

»Ich verstehe jetzt, warum du dich lange geweigert hast, Caroline zu begleiten.« Felix wollte etwas entgegnen, aber sein Vater hüstelte und hob eine Hand.

»Gestern Abend habe ich gesehen, wie die schöne Frau Münzer an deine Haustür klopfte. Sie ist geschieden, soweit ich weiß.«

»Ja, das ist richtig. Sei mir nicht böse, wenn ich mich nicht weiter dazu äußere«, antwortete Felix heiser. »Das ist meine Privatangelegenheit.«

»Darin stimme ich mit dir überein.« Im Blick seines Vaters erkannte er nichts als Sorge. »Von mir wird niemand etwas erfahren. Allerdings möchte ich doch gern Näheres über sie hören. Ihrem früheren Mann bin ich auf Gesellschaften öfter begegnet. Ein eigenartiger Mann, den man schwer einschätzen kann. Scheint aber eher ein Griesgram zu sein. Hat deine Emilie eigentlich einen Beruf?«

»Sie ist seit vielen Jahren als Krankenschwester in den Beelitz-Heilstätten tätig. Ihr Beruf bedeutet ihr viel.« Ein leichtes Lächeln stahl sich in Felix' Mundwinkel. »Ich glaube, nicht einmal mir würde es gelingen, ihr die Arbeit auszureden.«

»Die Frauen heutzutage sind aufmüpfig und selbstbewusst geworden«, erwiderte sein Vater, um Ernsthaftigkeit bemüht. »Offenbar neigen wir Breitenbach-Männer dazu, uns genau in diesen Typ Frau zu verlieben.«

Felix schmunzelte. »Das ist wahr. Sie hat mit ihrer Scheidung eine Menge riskiert und trägt das Gerede der Leute mit Fassung.« Er sah seinem Vater direkt ins Gesicht. »Ich bin dir dankbar, dass du bislang kein abfälliges Wort über sie hast fallen lassen.«

»So gut solltest du mich kennen, mein Sohn. Dennoch erwarte ich von euch mehr Diskretion, denn wenn ich eins nicht toleriere, ist es, dass unser Unternehmen wegen einer Liebschaft in Verruf gerät. Wie ernst ist es euch?«

»Wir lieben uns und werden zu gegebener Zeit heiraten.« Felix wandte sich zum Gehen.

Theodor hielt ihn auf. »Das höre ich gern. Ich spreche jetzt aus, was mir auf dem Herzen liegt: Wir brauchen unbedingt einen Erben für das Unternehmen. Da aber unsere Isa, bei der ich die größte Hoffnung auf Enkelkinder hegte, nicht dazu in der Lage ist, und Caroline noch zu viele Flausen im Kopf hat, liegt die Verantwortung zu meinem Bedauern bei dir.«

Felix erstarrte zur Salzsäule. »Vater! Wir sind erst seit Kurzem ein Paar.«

»Ich weiß, reg dich nicht auf, mein Junge. Du hast dir eine Menge Zeit gelassen. In deinem Alter war ich schon seit Jahren Vater. Bitte versteh mich, Vanda und ich werden allmählich alt, und ich will das Unternehmen in guten Händen wissen. Ich hoffe doch, wir lernen sie bald kennen.«

»Sicher.«

Theodor klopfte seinem Sohn auf die Schulter. »Deine Zeit in Mailand ist vielleicht ganz gut, um die Tiefe eurer Gefühle zu prüfen, schließlich ist es eine Entscheidung fürs Leben.«

KAPITEL 3

Felix

Prenzlauer Berg, einige Stunden später

Kurz vor Feierabend sah Felix in der Fertigungsabteilung bei Otto Staub nach dem Rechten. Es gab Schwierigkeiten mit einer neuen Maschine. Seinem hageren Vorarbeiter mit dem üppigen Schnurrbart standen Schweißperlen auf der Stirn. Ihm war es zwar gelungen, die Maschine am Laufen zu halten, doch sie benötigten dringend ein Ersatzteil. Nachdem alles besprochen war, ging Felix nach Hause.

Zur verabredeten Zeit fand sich die Familie vor der Praxis von Doktor Ascher ein und bat Simon, zu warten. Felix begutachtete das zweistöckige, weiß getünchte Haus mit dem von Säulen flankierten Eingangsbereich und pfiff anerkennend durch die Zähne.

»Der Doktor scheint ja prächtig an seinen Patienten zu verdienen.«

Seine Stiefmutter ging nicht auf seinen Kommentar ein und hakte sich bei ihrem Mann unter. »Seid ihr bereit?«

Sie betätigte den Türklopfer in Form des Äskulapstabes.

Felix fühlte sich in seinem Verdacht bestätigt, als ihnen ein ausnehmend gut aussehender Mann öffnete, der vom Alter her fabelhaft zu seiner Schwester gepasst hätte. Auf seinem schwarzen Haar saß eine Kippa.

Der Arzt deutete eine Verbeugung an. »Willkommen, Familie Breitenbach.«

Er geleitete sie in ein Zimmer, das allem Anschein nach als Trainingsraum diente. Isa saß mit roten Wangen vor einer Kletterwand, vor ihr befand sich eine Konstruktion, die mit den stabilen, im Boden verankerten Stangen vermutlich als Haltevorrichtung diente.

Ihre Augen glühten wie im Fieber. »Danke, dass ihr gekommen seid.«

»Wenn ich mich zunächst vorstellen darf?«, bat Doktor Ascher mit einem einnehmenden Lächeln. »Ich habe an der medizinischen Fakultät der Universität Wien studiert, bin Orthopäde, seit zwei Jahren als Heilgymnast in Berlin tätig und habe mich auf die Therapie von Querschnittspatienten spezialisiert. Fräulein Breitenbach und ich arbeiten seit vergangenem Herbst miteinander.« Er blickte in die Runde und wies auf einige Stühle. »Nehmen Sie Platz. Isa möchte Ihnen heute vorführen, welche Fortschritte sie gemacht hat.«

Die Familie tat, worum er sie gebeten hatte. Isa wirkte aufgewühlt und nervös, als der Doktor ihr aufmunternd zunickte. Ascher strahlte Ruhe und Kompetenz aus, und deutete Felix die Blicke zwischen den beiden richtig, verstanden sich Arzt und Patientin prächtig.

»Bevor ihr fragt, meine Lieben«, meinte Isa, »ich habe euch nichts von meinen Besuchen in dieser Praxis erzählt, da ich selbst erst herausfinden musste, wozu mein Körper noch imstande ist.«

Vanda trat näher. »Das verstehen wir. Was möchtest du uns denn heute zeigen?«

Was sich nun vor ihren Augen abspielte, erschien Felix beinahe unwirklich. Ascher sprach leise auf Isa ein. Sie schien sich zu konzentrieren, denn sie schloss die Augen. Felix hätte nicht zu sagen vermocht, wie viel Zeit verging, bis sie mit entrückter Miene ihre Lider hob und sich dann vom Rollstuhl hochstemmte.

»Bleiben Sie so.« Doktor Ascher fasste unter ihre Achseln und wartete, bis sie die Haltegriffe umklammern konnte.

Nur eine kleine ruckartige Bewegung, und sie verliert das Gleichgewicht, sinnierte Felix.

Caroline, die neben ihm saß, tastete nach seiner Hand, die ebenso kalt war wie ihre. *Noch ungefähr einen Meter, dann hat Isa die Haltestangen erreicht.* Felix rieb sich die Augen, doch das Bild vor ihm blieb.

Im Raum waren nur noch Isas heftige Atemzüge zu hören. Sie schwankte leicht und mit verzerrter Miene.

Wie im Traum kam es Felix vor, als sich seine Schwester Zentimeter um Zentimeter in die Höhe zog.

Vanda fuhr hoch und schlug die Hände über dem Kopf zusammen.

»Oh, mein Gott! Isa, sei … um Himmels willen vorsichtig!«

Ihr Mann legte den Arm um sie und gab ihr ein Zeichen, zu schweigen.

Ascher half unterdessen seiner Patientin, den Rücken zu strecken. »Sie machen Ihre Sache wunderbar.« Er sah ihr fest in die Augen. »Sind Sie bereit?«

Isa fixierte die Wand vor ihr, und die Familie starrte wie gebannt auf die schier unglaubliche Szene.

Caroline hielt es kaum an ihrem Platz. Felix drückte warnend ihre Hand.

Die Luft im Trainingsraum schien sich zu verdichten, die Spannung zerrte an Felix' Nerven.

»Schauen Sie, liebe Isa«, drang Doktor Aschers ruhige Stimme zu ihnen herüber. »Ich korrigiere nur den Stand Ihrer Füße. Gut so. Sagen Sie Ihrer Familie, wie Sie stehen wollen, obwohl Sie Ihre Beine gar nicht spüren.«

»Dazu ... brauche ich sie nicht zu spüren.« Isa keuchte auf, und Felix, der vor Erregung ebenfalls nach Luft schnappte, fragte sich mit aufkeimender Panik, wie lange sie sich wohl noch aufrecht halten könne.

»Gleich haben Sie es geschafft«, rief Ascher. »Jetzt!«

Die Lippen zu einer schmalen Linie verkniffen, zog sich Isa in die Höhe.

Felix' Herz zog sich schmerzhaft zusammen, als seine Schwester auf halber Höhe innehielt. Wie stark sie war! Wie viele Trainingsstunden hatte sie wohl absolviert, dass ihr Körper so viel Kraft entwickeln konnte?

»Fabelhaft!« Aschers Stimme vibrierte. »Nur noch ein kleines Stück!«

Vanda, sein Vater, Onkel Georg und Tante Mathilde verfolgten das Geschehen bleich und reglos.

Ein letztes Mal stemmte sich Isa hoch. Dann stand sie plötzlich aufrecht und bebend vor Anstrengung da. Mit geweiteten Augen beobachtete die Familie, wie der Doktor den Stand ihrer Beine korrigierte.

Einige Herzschläge lang herrschte atemlose Stille.

»Das genügt für den Anfang.« Der Arzt half Isa sanft in den Rollstuhl zurück und tupfte ihr den Schweiß von der Stirn. »Ich bin sehr stolz auf Sie! Gratulation!«

Freudestrahlend sank sie gegen seine Brust und weinte.

Vandas Schnäuzen durchbrach Felix' Anspannung, und als sich Isa von dem Arzt löste, umarmte Caroline ihre Schwester stürmisch, die anderen schlossen sich ihr an und drückten ebenfalls ihre Glückwünsche aus.

Dann trat auch Felix zu ihr, betrachtete Isas erhitztes, aber strahlendes Gesicht und rang bewegt nach Worten. »Ich gratuliere von Herzen. In deiner Gegenwart fühle ich mich manchmal klein.«

Sie lachte hell. »Wieso denn das?«

»Weil du mehr Mut und Größe besitzt als die meisten, die ich kenne«, bekannte er freimütig.

Statt einer Antwort knuffte sie ihn verlegen in die Seite. Sie derart glücklich zu erleben, hatte er lange Zeit für unmöglich gehalten.

Doktor Ascher hielt sich derweil diskret im Hintergrund und wirkte äußerst zufrieden. »Liebe Isa«, mischte er sich in einem geeigneten Moment in das Gespräch. »Würden Sie Ihrer Familie schildern, welches Ziel Sie verfolgen?«

Auf ihrer Miene zeichnete sich wilde Entschlossenheit ab. »Eines Tages will ich die Stufen zu Herrn Benjamins Laden bewältigen und auf seinem Sofa wie früher in Büchern stöbern.«

Felix wollte einwenden, wie aberwitzig ihr Plan sei, beschloss aber, zu schweigen. Nach der heutigen Demonstration traute er seiner Schwester auch dies zu.

Vanda küsste Isas Stirn. Als sie sich dem Orthopäden zuwandte, lag Skepsis in ihrem Blick. »Wie ist das möglich, Herr Doktor?«

»Ihre Frage ist berechtigt, liebe Frau Breitenbach«, antwortete Ascher. »Für die Koordination der Bewegung benötigt man eine starke Muskulatur und einen ausgeprägten Willen. Doch vor allem sollte man wissen, dass der Körper dem Geist gehorcht und nicht umgekehrt. Ihre Tochter wird vielleicht nie mehr auf dieselbe Weise laufen können, wie Sie oder ich es tun, es wird ihr jedoch möglich sein, sich in einem gewissen Rahmen fortzubewegen, was für Isa einen nicht zu unterschätzenden Zugewinn an Selbstständigkeit bedeutet.«

»Oh ja, und wie!« Vanda sah ihre Tochter an. »Ich freue mich so sehr, mein Mädchen.«

»Danke, Mutter. An Wunder glaube ich zwar schon lange nicht mehr«, Isa bedachte den Arzt mit einem schelmischen Lächeln. »Aber immerhin kann ich meine Zehen wieder spüren.«

Ein Raunen erfüllte den Raum.

»Seit wann?« Tante Mathildes geweitete Augen ruhten auf Isa.

»Erst seit einigen Tagen.«

Vanda entfuhr ein spitzer Schrei. »Liebling! Das ist die schönste Überraschung, die du uns bereiten konntest!« Die pure Freude auf dem Gesicht seiner Stiefmutter ging Felix durch Mark und Bein.

Isa schüttelte den Kopf. »Ich kann es selbst kaum fassen und habe jeden Abend Angst davor, am nächsten Morgen vollständig gelähmt aufzuwachen.«

Ascher blickte in die Runde. »Ich freue mich wirklich sehr, zumal das Stehen wesentlich leichter ist, wenn sie ihre Zehen spüren kann.«

Ihr Vater trat näher. »Es ist mir ein Rätsel, wie Ihnen Isas Fortschritt gelungen ist, Herr Doktor. Wir sind Ihnen über alle Maßen dankbar.«

»Danken Sie Ihrer Tochter«, wehrte dieser ab. »Sie hat mit bewundernswerter Energie gegen ihre Zweifel gekämpft.«

»Vergessen Sie nicht das harte Training«, fügte Isa fröhlich hinzu.

»Wie ehrgeizig du bist, hast du uns mehrfach bewiesen«, warf Onkel Georg lachend ein.

Auch Felix sah den Arzt dankbar an. »Dürfen wir Sie zur Feier des Tages zum Abendessen einladen, oder haben Sie für heute bereits eine Verabredung?«

Doktor Ascher blinzelte. »Nun, einmal abgesehen von dem Stapel unerledigter Post auf meinem Schreibtisch …«

»Dann machen Sie uns doch bitte die Freude«, antwortete Felix. »Wir möchten den Mann, der unserer Isa so viel mehr Lebensqualität schenkt, sehr gern näher kennenlernen.«

Ascher blickte in die freundlichen Mienen der Familie.

»Oh ja, bitte.« Isa klatschte in die Hände. »Das ist eine feine Idee, Felix.«

Der Arzt schmunzelte. »Na schön, wenn man mich so nett bittet. Aber nur, wenn ich Ihnen keine Umstände bereite.«

Onkel Georg klopfte ihm gut gelaunt auf die Schulter. »Mitnichten. Unser Simon kocht immer für eine halbe Kompanie. Um sieben in der Rykestraße?«

So kam es, dass die Breitenbachs und der Heilgymnast einen angenehmen Abend verbrachten. Den gelösten Mienen seiner Familie nach zu urteilen, so vermutete Felix, würde es nicht bei einem einmaligen Besuch bleiben.

KAPITEL 4

Chesmu

***Julias Farm, Grundstück des Reservats der Weeminuche, 21.
Dezember 1912***

Chesmu wischte sich über den verschwitzten Nacken, nahm
eine Handvoll Stroh aus einer Schubkarre, die im Stall bereit-
stand, und rieb damit das neugeborene Kalb ab. Die komplizierte Geburt hatte seine Zuchtkuh viel Kraft gekostet, und
seine Unterstützung war dringend vonnöten gewesen. Die halbe
Nacht hatte er im Stall ihren Zustand beobachtet. Inzwischen
war die Sonne aufgegangen, und von der Hütte her drangen
die munteren Stimmen von Julia und seiner Tochter. Doch es
dauerte noch eine Weile, bis das Kalb nach dem mütterlichen
Euter suchte. Mit der Hilfe seiner Schwiegereltern hatte er seine
Zucht vor einigen Monaten um zwei Kühe und einen Bullen
vergrößert. Was es für ihn und Julia bedeutete, sich Stück für
Stück mehr Unabhängigkeit zu erkämpfen, konnte er nicht in
Worte fassen. Rosa meinte, sie hätten ein lukratives Geschäft
mit einem Großhandel in Denver gemacht. Jedenfalls befähigte
es Julia und ihn nun, auf einen Teil der Nahrungsmittelrationen

vom Bureau of Indian Affairs zu verzichten. Und Chesmu hatte sich selbst, seinen Ahnen und dem Großen Geist geschworen, eines Tages auch den Rest mit einem lässigen Wink abzulehnen, selbst wenn das hieße, noch bescheidener zu leben. Er wollte seinen Kindern vorleben, dass es galt, sich aus eigener Kraft zu versorgen, sie sollten außerdem wissen, was ihm die Familie und das freie Land seiner Vorfahren bedeuteten. Zufrieden lauschte er dem Schmatzen des Kalbes, rief Barney an seine Seite, der begeistert an ihm hochsprang, und schlug den Weg zur Pferdeweide ein. Der stürmische Wind brachte winzige Eiskristalle mit, die sein Gesicht benetzten. Unter seinen Fellstiefeln knirschte der verharschte Boden.

Kenai lehnte an einer Wand im Unterstand und schnaubte, als er ihn wahrnahm. Seine freudige Begrüßung konnte Chesmu jedoch nicht über den traurigen Ausdruck in den Augen des Ponys hinwegtäuschen. Er flüsterte ihm in der Sprache seiner Väter etwas zu und lehnte die Stirn gegen Kenais Kopf. Die einzige Aufgabe seines Ponys bestand darin, mit ihm in mondlosen Nächten die Kanister, die Chesmu heimlich mit Wasser aus den Flussläufen füllte, auf ihr Land zu transportieren. Als Sam noch zu Hause gewesen war, der auf ihm reiten übte, hatte er einen Freund an der Seite gehabt, der sich liebevoll um ihn gekümmert hatte, wenn Chesmu es wegen der vielen Arbeit nicht vermochte.

Während Barney auf der Weide Präriehunde jagte, die blitzschnell in ihre Bauten flohen, füllte der Núu-ci den Futter- und Wassertrog seines Ponys und striegelte sein Winterfell.

Bis heute hatte Chesmu seine Sorge um Kenai für sich behalten. Der Große Geist lehrte sein Volk, gute Gedanken in die Welt zu schicken. Waren die Herzen seiner Kinder mit Groll oder Hass erfüllt, erhielten sie zurück, was sie gesät hatten. Aber wie sollten seine Gedanken rein bleiben, wenn er beobachten musste, dass man den meisten Núu-ci die Ponys mit der lapidaren Begründung abgenommen hatte, sie würden sie nicht mehr benötigen. Nur die wichtigsten Stammesmitglieder durften ihre Tiere behalten. Für die Weißen waren Ponys lediglich Mittel zum Zweck und sie maßen ihren Wert in Münzen und Geldscheinen, für die sie sich verkaufen ließen. Er hielt es Carrington allerdings zugute, dass er ihm sein Pony bislang gelassen hatte.

Ein letztes Mal strich Chesmu über Kenais Nüstern, dann pfiff er Barney zu sich und kehrte nachdenklich zu seiner Familie zurück.

Wohlige Wärme empfing ihn in der Hütte, wo ihm die knapp zweijährige Repeat Dances Grace, die sie nur Gracie nannten, in die Arme lief. Sie hatte die helle Hautfarbe ihrer Mutter und seine schwarzen Augen geerbt. Chief Ignacio hatte den Namen bei einer Zeremonie für sie gewählt. Der Grund war unschwer zu erraten, denn sobald die Kleine Menschen tanzen sah, ahmte sie ihre Bewegungen nach. Seit Rosa ihrer Enkelin vor einigen Wochen die Tanzschritte eines Kinderreigens gezeigt hatte, wiederholte sie diese, wann immer es ihr in den Sinn kam.

Als er sie hochnahm, schlang sie vergnügt die Ärmchen um seinen Hals und brabbelte etwas, was höchstens Mutter Bär verstanden hätte.

Julia lächelte. »Gracie will dir vermutlich erzählen, dass sie Strohsterne an den Weihnachtsbaum hängen durfte.«

Chesmus Herz krampfte sich noch immer zusammen, wenn er seine Frau betrachtete. Ihr goldblondes Haar glänzte für ihn schöner als die Sonne. An einem Morgen vor etwa zwei Wochen, als der erste Schnee gefallen war, hatten sie Sam zu den Núu-ci gebracht. Wie sehr sie unter der Trennung litt, fühlte er beinahe körperlich. Doch nun war Weihnachten nicht mehr fern, das würde sie aufmuntern. Auch wenn er nie begriffen hatte, wieso es Julia glücklich machte, eine Tanne mit Strohsternen, bunten Kugeln und Kerzen zu schmücken und halbe Nächte an neuen

Strümpfen oder Mützen für die Kinder zu stricken, damit sie sie an Heiligabend unter den Baum legen konnte. Für Chesmu glänzte der Schmuck kalt und nichtssagend, und der Ritus machte ihm jedes Jahr wieder die Unterschiede zwischen ihren Völkern deutlich. Doch das alles verlor für ihn an Bedeutung, solange Julia nur lächelte wie in diesem Moment.

»Vorsichtig, an Gracies Finger klebt Plätzchenteig.«

Er küsste das braune Haar seiner Tochter. »Das macht nichts, meine Sonne. An meinen Händen haben gerade noch ganz andere Sachen geklebt. Das Kalb ist endlich geboren.«

»Dem Himmel sei Dank.« Julia schürte das Feuer an der Herdstelle. »Du musst hungrig sein.«

Chesmu aß eine Schüssel warmen Getreidebrei, da hörten sie ein sich näherndes Fuhrwerk.

»Wir sind's!«, erklang kurz darauf Wendelins vergnügte Stimme. In dicke Mäntel gehüllt, die Nasen rot vom Frost, betraten Julias Eltern die Hütte.

»Wie hübsch ihr die Tanne geschmückt habt.« Rosa umarmte ihre Tochter und herzte danach ihre Enkeltochter.

Wendelin nahm die Mütze vom stahlgrauen Haar, hängte sie an einen Haken und reichte Chesmu ein verschnürtes Bündel. »Mein holdes Weib hat Wachskerzen gegossen.« Er warf Frau und Tochter, die mit Gracie Holztürmchen bauten, einen raschen Blick zu und zog seinen Schwiegersohn zum Vorratsraum.

»Ohne Sam wird das Weihnachtsfest für euch ein wenig traurig werden. Hast du Carrington gefragt, ob der Junge euch wenigstens an den Feiertagen besuchen darf?«

»Sicher.« Chesmu senkte seine Stimme zu einem Flüstern. »Der Ältestenrat hat meine Bitte abgewiesen. Sie sagten, damit würden wir es dem Jungen umso schwerer machen.«

Wendelins Lippen wurden dünn. »Wie hat Julia die Nachricht aufgenommen?«

»Sie sagt, sie hätten recht. Sie hat ein tapferes Herz.«

»Das hat sie«, erklärte sein Schwiegervater weich. »Wir werden alles tun, um Julia an den Feiertagen aufzuheitern. Ich habe einige Neuigkeiten für euch. Komm.«

Als sie sich um den Esstisch versammelt hatten, richteten sich bald alle Augenpaare auf Wendelin, weil er mit einer derart selbstzufriedenen Miene dasaß, dass nur Gracie, die auf dem Schoß ihrer Mutter seelenruhig an einem Plätzchen knabberte, nichts von der Anspannung im Raum bemerkte.

Julia schnaubte. »Was willst du uns sagen, Vater?«

»Gleich zweierlei.« Er kramte einen Umschlag aus seiner Westentasche und legte ihn auf den Tisch.

»Der Brief ist von Isa!« Ein Strahlen huschte über Julias Gesicht.

Doch als sie danach greifen wollte, bedeckte Wendelin ihn mit seiner Hand. »Dazu hast du später noch Gelegenheit, mein Schatz. Kommen wir zur Neuigkeit Nummer zwei.« Er legte eine Pause ein, die Chesmu beinahe um den Verstand brachte. Als ein Mann, der keinen Sinn für umständliche Gespräche hatte, fiel es ihm schwer, sich in Geduld zu üben.

Julia und er tauschten einen verwirrten Blick.

»Dies ist ein denkwürdiger Tag, meine Lieben«, setzte sein Schwiegervater mit brüchiger Stimme an.

»Spuck es aus, mein Herz«, sagte Rosa zärtlich zu ihm.

»Also gut.« Er vergewisserte sich Julias und Chesmus Aufmerksamkeit. »Das Bureau of Indian Affairs genehmigt euch, ab dem morgigen Datum für alle Angelegenheiten, die das tägliche Leben sowie die Selbstversorgung betreffen, euer Land zu verlassen, sofern die Siedler weder beim Kirchgang noch bei ähnlichen Feierlichkeiten gestört werden. Vorausgesetzt allerdings, ihr haltet euch an die Anweisung, euren Sohn für die Dauer seines Aufenthaltes im Reservat nicht zu besuchen.«

Chesmus Herz schlug hart gegen seine Rippen. Er brauchte eine Weile, bevor er wieder imstande war, zu sprechen. »Hast du das schriftlich?«

»Jawohl.« Wendelin schob ihm eine versiegelte Papierrolle zu.

Julia starrte, weiß wie die Wand hinter ihr, auf das Dokument, das ihr Mann entsiegelte. In diesem Moment hätte Chesmu alles dafür gegeben, ebenso schnell und mühelos lesen zu können wie seine Frau.

Einige Atemzüge lang sagte niemand ein Wort.

»Ist das wirklich wahr, Liebling?«, fragte Julia, als er die Schriftrolle wieder auf den Tisch legte, und wies aus dem Fenster zum Zaun. »Wir dürfen ... hier hinausgehen ... zum Markt fahren ...«

»... und uns und nach dem Winter auch Chesmus Familie besuchen.« Rosa zog ihre weinende Tochter an sich, Gracie sah mit großen Augen zu ihrer Mutter und war nahe daran, ebenfalls zu weinen.

»Mama geht es gut. Es ist alles in Ordnung, mein kleiner Schatz«, wirkte Rosa besänftigend auf das Mädchen ein und nahm es auf den Arm.

Chesmu spürte sein Blut in einem neuen und kraftvollen Rhythmus durch die Adern jagen. Seine Frau wirkte, als hätte jemand ein Licht in ihrem Inneren entzündet. Gleichgültig, wie viele Jahre er noch atmen und sie lieben durfte, dieser Moment, in dem Julia wieder zu dem strahlenden Mädchen von früher wurde, so wünschte er sich jäh, sollte einmal sein letztes Bild sein, bevor er die Augen für immer schloss.

»Warum?«, wollte er schließlich von Wendelin wissen. »Wieso auf einmal?«

»Dafür gibt es einige Gründe. Zum einen, weil eure Kinder eine weiße Mutter haben. Zum anderen, weil ihre Großmutter Rosa eine geachtete und respektierte Schulleiterin ist, der das

Montezuma County viel zu verdanken hat und die man nicht verärgern will.« Wendelin schmunzelte.

Julia entfuhr ein überraschter Laut. »Wann sind sie denn zu dieser Erkenntnis gekommen? Ich hatte nie den Eindruck, dass sie sich je um derart sensible Angelegenheiten geschert hätten.«

»Dein Vater und ich haben das Bureau of Indian Affairs aufgesucht.« Rosa legte eine hochmütige Miene auf, die völlig fremd an ihr wirkte und erahnen ließ, welchen Eindruck sie den Beamten wohl von sich vermittelt hatte. »Ich habe sie daran erinnert, dass ich diesem Land seit drei Jahrzehnten treu diene und den Siedlerkindern eine lohnenswerte Zukunft ermögliche. Ich sagte ihnen deutlich, wie beschämend und verletzend ich es finde, meinen eigenen Enkeln den Zugang zu Bildung verweigern zu müssen. Dann habe ich ihnen gedroht, die Schule zu schließen und die Presse über die unsägliche Situation zu benachrichtigen.« Mit dem kämpferischen Blitzen in den Augen ähnelte sie für einen Moment stark ihrer Tochter. »Das hatte ich schon viel länger vor, doch erst jetzt, da man euch gegenüber zu kleineren Zugeständnissen bereit war, hielt ich die Zeit für reif, meinen Trumpf auszuspielen.«

Überwältigt suchte Chesmu Julias Blick. Nie war es ihm schwerer gefallen, nicht zu weinen wie ein kleines Kind.

Wendelin ergriff das Wort. »Außerdem verhandelt Carrington seit Längerem mit den weißen Sturköpfen, das hat er mir gegenüber mal angedeutet.«

Chesmu konnte sich ein Grinsen nicht verkneifen. Zuweilen vergaß sein Schwiegervater, dass er über sein eigenes Volk sprach.

»Den Ausschlag gab aber der Umstand, dass ihr hart an eurer Selbstständigkeit arbeitet«, fuhr Wendelin fort. »Davon abgesehen habt ihr der Indianerpolizei nie einen Anlass gegeben, euch kontrollieren zu müssen. Sie werden euch zukünftig in Ruhe lassen und sich stattdessen auf jene Núu-ci konzentrieren,

die sich in jüngster Vergangenheit an Raubzügen beteiligten.«
Er senkte die Stimme. »Sei in Zukunft bitte noch vorsichtiger,
wenn du nachts auf Wassersuche gehst.«

Chesmu nickte, weil ihm die Worte fehlten, und versank in
Schweigen. Mehr als einmal hatte er seine kleine Tochter trösten müssen, weil andere Kinder vor ihrem Land gespielt hatten
und sie nicht zu ihnen durfte. *Großer Schöpfer, dein Licht scheint
hell,* dachte er. In seiner Vorstellung saß er im Tipi seiner Eltern,
von draußen vernahm er die fröhlichen Stimmen seiner Kinder,
die mit ihresgleichen spielten. Onawa brachte seiner Tochter die
Lieder und Tänze der Núu-ci bei, und sein Vater ging mit Sam
auf die Jagd. In der Szene, die sich vor seinem geistigen Auge
abspielte, sprach Julia Worte in der Sprache seines Volkes nach,
die Nituna ihr vorsagte. Widerwillig riss sich Chesmu von seinen Träumen los.

»Was ist mit meinem Stamm?«, fragte er schließlich. »Der
eine oder andere wird uns die Vergünstigung vielleicht neiden.
Ihnen steht dasselbe Recht zu.«

»Auf jeden Fall«, entgegnete Wendelin warm. »Carrington
hat mir versichert, dass man an neuen Gesetzen arbeite, die den
Stämmen bald mehr Freiheiten erlauben. Es wird allerdings
noch eine Weile dauern, und man weiß derzeit noch nicht, wie
viele ihrer Vorschläge von der Regierung am Ende akzeptiert
werden. Deshalb bittet er euch um Geduld.«

Chesmu nahm Wendelins und Rosas Hand, eine Geste, die
er zuvor noch nie gewagt hatte. »Meine Kinder werden eines
Tages in Freiheit leben. Das ist mehr, als ich je zu hoffen gewagt
habe. Danke.«

»Es war uns ein Vergnügen.« Sein Schwiegervater rieb sich
die Hände. »Um den Sieg gebührend zu feiern, möchten wir
gern am Morgen des Heiligabends eine Spazierfahrt mit euch
unternehmen. Ich nehme an, du möchtest mit Julia auf Kenai
reiten?«

Wärme durchflutete den Núu-ci. »Das würde ich sehr gern.«

»Dann nehmen wir Gracie zwischen uns auf den Karren und zeigen ihr die Berge, die Cottonwood-Bäume auf unserem Grundstück und den McElmo Creek.«

»Das klingt traumhaft. Aber ein Ausflug dieser Art gehört bestimmt nicht zu den alltäglichen Erledigungen, die man uns erlaubt hat, oder?«

»Wir Christen feiern Weihnachten«, antwortete ihr Vater ernst und schlug mit der flachen Hand auf den Tisch. »Sollen die Indianerpolizisten nur versuchen, uns von dem Ausflug abzuhalten. Denen werde ich was erzählen!«

Julia betrachtete strahlend ihre Tochter, die auf dem Arm der Großmutter eingeschlafen war. »Endlich können wir der Kleinen ihre schöne Heimat zeigen.«

Ihr Vater wies auf den Umschlag, der noch immer auf dem Tisch lag. »Mach ihn auf.«

Julia wog den Brief in der Hand und öffnete ihn vorsichtig, wobei eine Fotografie und eine Karte herausfielen. Das Bild zeigte Isa, die lächelnd und auf zwei Krücken vor einem gut aussehenden Mann im weißen Kittel stand.

> *Meine Lieben*, las Julia laut vor.
> *Ich sende Euch glückliche Grüße und wünsche*
> *Euch ein friedliches Weihnachtsfest. Der Mann*
> *neben mir ist übrigens mein Orthopäde und*
> *Heilgymnast Doktor Ascher, dem ich einfach*
> *alles zu verdanken habe. Er hat mir als Lohn für*
> *mein hartes Training diese Gehhilfen geschenkt.*
> *Wir sind gute Freunde geworden.*
> *Fühlt Euch umarmt, Eure Isa.*

Julia ließ die Karte sinken. »Ich weiß nicht, was ich sagen soll.« Sie wischte sich über die Augen. »Ich bin so stolz auf Isa. Was für ein wunderschöner und denkwürdiger Tag heute ist.«

»So ist es«, sagte ihre Mutter. »Wir haben eine Menge Gründe, dankbar zu sein.«

In dieser Nacht lagen Chesmu und seine Frau bis in die Morgenstunden wach und hielten sich an den Händen. Doch diesmal war es die überschäumende Freude auf eine hellere Zukunft, weshalb sie nicht einschlafen wollten, um ja keinen Augenblick zu versäumen.

KAPITEL 5

Caroline

Mailand, 15. Januar 1913

Seit ihrer Ankunft in Mailand war rund ein halbes Jahr vergangen, und Caroline erinnerte sich an den Abschied von der Familie, als wäre er gestern gewesen. Vorfreude hatte sich in den Schmerz gemischt, als sie ihre Mutter umarmte, gleichzeitig hatte sie den Moment herbeigesehnt, in dem sie mit ihrem Bruder endlich die Eisenbahn besteigen konnte. Anders als bei ihren Eltern, die sichtlich gegen Tränen ankämpften, hatte ihr Herz in einem schwungvollen Rhythmus geschlagen. Enzo hatte ihnen eine zauberhafte Wohnung an der Piazza Castello angemietet, mit einem hübschen Blick auf das mittelalterliche Stadtschloss Castello Sforzesco. Caroline verliebte sich sofort in das Erkerzimmer, Felix hingegen wählte das kleinere Zimmer mit den Worten, mehr brauche er nicht. Überhaupt war er still gewesen in den ersten Wochen, und sie hatte sich zuweilen gefragt, ob er auf dem Weg nach Italien seinen Witz und die für ihn typische Schlagfertigkeit eingebüßt hatte. Während er seinen Aufenthalt augenscheinlich als Pflichterfüllung betrachtete – er gönnte sich keine Ruhe und arbeitete bis spätabends –, erwachte Caroline morgens bereits voller Tatendrang und nutzte jede freie Minute, um die mittelalterliche Stadt auf eigene Faust zu erkunden. Sie besuchte eine Aufführung im Teatro alla Scala, besichtigte den imposanten Dom, das Castello mit seinen wunderschön gestalteten Höfen und wurde nicht müde, durch die verwinkelten Gassen der Altstadt zu spazieren.

Caroline lächelte bei der Erinnerung daran, wie sie mit beinahe kindlicher Freude ihre neue Heimat für sich entdeckt hatte. Ein Ober trat an den Tisch und fragte nach ihren Wünschen, und sie bestellte sich einen doppelten Espresso.

Ihre Fabrik befand sich in unmittelbarer Nähe zur *Herrenschneiderei De Luca*. Eine gute Woche nach ihrer Ankunft hatte Felix aus einer ganzen Reihe von Bewerbern fünf Schuhmacher und Näherinnen, einige Feintäschner, Verkäuferinnen, einen Buchhalter sowie zwei Männer für die Fuhrwerke eingestellt.

Enzo empfing sie mit offenen Armen und führte sie in die Mailänder Gesellschaft ein, um ihnen den Einstieg zu erleichtern. Eines Abends lud er die Presse in seine Geschäftsräume ein, und Caroline schwirrte bald der Kopf von den vielen Fragen der Reporter. Im Gegensatz zu seinem Bruder wusste Enzo stets das Geschäftliche vom Privaten zu trennen. Dennoch verband die drei schnell eine vertrauensvolle Geschäftsbeziehung. Allem Anschein nach machte der ältere der Brüder aus seinem Privatleben ein Geheimnis, was der brodelnden Gerüchteküche der Stadt stets neue Nahrung lieferte. Von wechselnden Affären war die Rede, da er jedoch auf jeder Gesellschaft allein auftauchte, erstickte er derartigen Klatsch stets rasch im Keim. Caroline hielt Enzos Geheimniskrämerei für einen geschickten Schachzug, um in der Mailänder Gesellschaft und in der Presse im Gespräch zu bleiben. Auch Arturo, mit dem Caroline in reger Korrespondenz stand, sprach nie über Enzos Privatleben.

Von Anfang an gefiel Caroline das lebhafte Temperament der Italiener, das sich von dem eher stoischen der Deutschen stark unterschied. Überhaupt hatte sie sich schon in den ersten Wochen ausnehmend wohl in ihrer neuen Umgebung gefühlt, immerhin hatte sich Oberitalien zu einem bedeutenden Industriestandort gewandelt. Ganz anders als der Süden Italiens, wie Enzo ihnen versicherte, denn dort hielt der wirtschaftliche Aufschwung offenbar nur langsam Einzug. Außerdem hielten sich König Viktor Emanuel III. und sein Regierungschef aus den internationalen politischen Wirren heraus, was Caroline und ihren Bruder ruhiger schlafen ließ.

Doch die Realität holte Caroline, die sich in Berlin die Zukunft in den schillerndsten Farben ausgemalt hatte, rasch ein. Wie kindisch es gewesen war, zu glauben, dass man in einer Stadt wie Mailand, die selbst über eine ganze Reihe renommierter und traditionsreicher Fabriken verfügte, auf den Sprössling der Breitenbachs und seine aberwitzige Idee wartete, deutsches Schuhwerk in dieser Stadt herzustellen und zu verkaufen, wurde ihr alsbald bewusst. Immerhin würde *Salone di Scarpe Breitenbach* der erste deutsche Schuhsalon der Stadt sein, tröstete sich Caroline, als sie die Verkaufsräume zwei Wochen nach ihrer Ankunft mit den letzten Einrichtungsdetails bestückte, die ihnen neben Behaglichkeit auch einen Hauch von Luxus verliehen. Auch das Bild, das sie sich in Berlin von den Mailänderinnen gemacht hatte, entsprach in einigen Punkten nicht der Wirklichkeit. Auf den Straßen und Gassen der Stadt flanierte lediglich die bessere Gesellschaft. Frauen der Arbeiterschicht begegnete Caroline dagegen selten, die Kirche presste sie nach wie vor in ihre althergebrachte Rolle. Vom Frauenwahlrecht schienen sie weiter entfernt zu sein als die deutschen Frauen. Die Heirat war offenbar höchste Pflicht der Italienerin. Einigen Lektüren konnte sie aber entnehmen, dass es auch hier seit vielen Jahren Frauenvereine gab, die für mehr

Rechte kämpften. Ihre Beobachtungen ließen sie betroffen zurück. Doch da sie als Hinzugezogene, die in Mailand etwas erreichen wollte, ohnehin besser schwieg, konzentrierte sie sich auf ihre Arbeit.

Nach langen und arbeitsreichen Wochen zeigte der Kalender endlich den 1. Oktober an, und Caroline sah der Eröffnungsfeier in ihrem Geschäft in der Via Visconti, die sich gleich am zentralen Hauptplatz Piazza del Duomo befand, erwartungsvoll entgegen. Die Anzahl der Gäste in den Verkaufsräumen übertraf sogar ihre Hoffnungen noch. Doch wie sich bald darauf herausstellte, hatte vor allem Neugier die vielen Besucher in den Schuhsalon gelockt. Offenbar wollten die Mailänder sich einen Eindruck verschaffen, ob sich die neue Geschäftsführerin und Fabrikgründerin mit ihrer Ware gegen die Konkurrenz behaupten konnte.

Felix und sie ließen sich jedoch nicht entmutigen. Die Resonanz auf die erste Kollektion von Accessoires für die De-Luca-Brüder im Dezember erwies sich zum Glück als zufriedenstellend. Dennoch reichte der Gewinn nicht aus, um das Geschäft und die Werkstatt zu finanzieren. Während Isa daheim über den Entwürfen der zweiten Kollektion für die Brüder saß und die Verkäufer im Schuhsalon die Exklusivität der Eigenkreationen aus dem fernen Deutschland anpriesen, fertigten die Schuhmacher in der Via Visconti unermüdlich Arbeitsschuhe.

Rasch wurde den Geschwistern bewusst, dass es mehr bedurfte, um einen ordentlichen Kundenstamm aufzubauen. Sie brauchten neue, frische Ideen.

Die Weihnachtstage, an denen die Läden geschlossen blieben, nutzten sie für eine Reise an den Gardasee, genossen die Sonnenstrahlen an seinem Ufer, unternahmen eine Bootsfahrt und wanderten durch Weinberge.

Eines Morgens saßen sie im Wintergarten ihres Hotels und saugten den Ausblick auf den See mit seiner Promenade in sich auf.

»Für mich wird es bald Zeit, abzureisen«, begann Felix. »Zu Hause werde ich erwartet.«

Caroline sah ihn reglos an.

»Ich habe versprochen, das Geschäft mit dir aufzubauen. Das haben wir erreicht.«

Sie biss sich auf die Unterlippe und nickte. »Ja, ich weiß, und ich bin heilfroh, dass du hier bist. Wann reist du ab?«

»Voraussichtlich im Januar, sofern die Straßen eisfrei bleiben.« Er strich über ihren Handrücken. »Aber ich mache mir um dich keine Sorgen, Wildfang. Du wirst dir in Mailand einen guten Namen machen, davon bin ich überzeugt.« Seine Stimme nahm einen verschwörerischen Klang an. »Sieh mich nicht so traurig an. Bis zur Abreise haben wir noch jede Menge Zeit, einen Plan für eine neue Kollektion zu schmieden.«

Carolines Mund umspielte ein Lächeln. »Ich hätte da vielleicht sogar eine Idee.«

Felix hob eine Braue. »Lass hören. Wir erarbeiten ein neues Konzept und stellen es Enzo vor meiner Abreise vor. Was meinst du?«

»Ich bin dabei«, erklärte Caroline warm.

Es dauerte nicht lange, und die Geschwister waren in ein lebhaftes Gespräch vertieft, tauschten Ideen für die kommenden Monate aus. Die Unterhaltung tat Caroline gut und milderte den leisen Abschiedsschmerz, der sich nach seinen Worten bei ihr eingestellt hatte.

Etwas später nahm Felix sie am Arm. »Was hältst du von einem Spaziergang am See?«

Sie stimmte freudig zu, woraufhin sie noch einen wunderbaren gemeinsamen Tag genossen, erst dann fuhren sie zurück nach Mailand. Hätten sie den Tag hingegen in ihrer Mailänder

Wohnung verbracht, wäre bei der Vorstellung, wie zu Hause die Familie vor dem festlich geschmückten Weihnachtsbaum saß, wohl Wehmut aufgekommen.

An einem kühlen Nachmittag im Januar 1913 nahm Caroline am Fenstertisch eines Cafés direkt an der Piazza del Duomo Platz. Der Augenblick war gekommen, Enzo ihre neue Idee vorzustellen, wie sie neue Kunden gewinnen konnten. Nachdenklich betrachtete Caroline durch das Fenster das geschäftige Treiben draußen. Menschen hasteten mit ihren Einkaufskörben über den Domplatz, Pferdekutschen und einige Automobile drängten sich eng an der Straßenbahn vorbei. Jemand hupte einem Fahrradfahrer, der sich allzu vorwitzig zwischen den Fahrzeugen hindurchschlängeln wollte. In dieser Beziehung unterschied sich Mailand kaum von Berlin. Dessen ungeachtet liebte Caroline die Piazza mit ihren zahlreichen exquisiten Geschäften und bunten Straßencafés. Sowie es die Temperaturen erlaubten, saßen die Leute hier im Freien, ließen sich bei einem Getränk die Sonne auf die Gesichter scheinen und plauderten angeregt miteinander.

Verträumt genoss sie den Anblick des eindrucksvollen Doms, der durch das Licht der Straßenlaternen gekonnt in Szene gesetzt wurde, als Felix und Enzo sich dem Café näherten und ihr zuwinkten.

Nachdem der Ober ihre Bestellung gebracht hatte, eröffnete Felix das Gespräch.

»Meine Schwester und ich hätten vielleicht eine Idee. Wie wäre es, wenn wir eine kleine Themenkollektion entwerfen würden?«

Der Herrenschneider, der heute zu einem samtenen Hemd und passender Hose eine weiße Perücke trug, ließ seine Espressotasse sinken. »Was schwebt Ihnen vor?«

»Hochzeitsmode.« In Felix' Stimme schwang Erregung mit. »Eine Kollektion für die betuchten Kunden und eine für den kleineren Geldbeutel. Wir würden die passenden Accessoires und Schuhe beisteuern.«

»Wir haben lange darüber diskutiert und geben unumwunden zu: Unser Herz schlägt für die Arbeiter, die in ihrer Sonntagsgarderobe heiraten müssen, weil ihnen die Mittel für festliche Brautmode fehlen«, warf Caroline ein. »Vorausgesetzt, Sie wären zu dem Schritt bereit, auch für die weniger Wohlhabenden zu fertigen und hätten Lust auf die Herstellung von Brautkleidern.« Beim Gedanken an die neue Herausforderung bekam sie feuchte Hände. »Schneidereien, die sich auf Hochzeitsgarderobe spezialisiert haben, sind mir bei meinen Spaziergängen nicht aufgefallen.«

Enzo blinzelte. »Das ist richtig, hier handelt es sich stets um Sonderanfertigungen für Brautpaare der oberen Schichten. Die Idee ist in der Tat gewagt.« Er kniff die Augen zusammen. »Es stellt sich allerdings die Frage, ob es überhaupt genügend Eheschließungen gibt, damit sich eine Hochzeitskollektion für die Arbeiter lohnen würde.«

Felix stimmte zu. »Der Gedanke hat uns natürlich ebenfalls beschäftigt. Wir sind aber nach reiflicher Überlegung zu dem Schluss gekommen, dass Liebespaare gerade und besonders wegen der unsicheren Zukunft den Bund fürs Leben schließen möchten, sozusagen als Bekenntnis zueinander und um sich gegenseitig Halt zu geben.«

»So ist es«, fuhr Caroline fort. »Genau diesen Paaren könnten wir mit unseren preisgünstigeren Modellen eine schöne Hochzeit ermöglichen.«

Enzos Mundwinkel hoben sich. »Sie sind wirklich sehr überzeugend, wenn Ihnen etwas am Herzen liegt, liebe Caroline. Ich gebe zu, Ihre Idee klingt reizvoll, und für Neues sind mein Bruder und ich immer offen. Ich glaube, er wird begeistert sein.«

»Ich spreche mit meiner Schwester«, versicherte Caroline. »Wenn ich sie für unseren Plan erwärmen kann, wird es spektakulär.«

Enzo erhob scherzhaft den Zeigefinger. »Übrigens ist mir auf dem Weg hierher Ihr Schuhmacher Massimo begegnet. Er deutete an, Sie hätten eine frohe Nachricht zu überbringen.«

Die Geschwister tauschten ein Lächeln, und Felix ergriff das Wort. »Ganz recht. Ein Autohersteller aus Turin hat Schuhwerk für die Arbeiter seiner Fertigungsabteilung bestellt. Somit sind unsere Modelle nahezu ausverkauft und wir produzieren bereits mit Hochdruck nach.«

Enzo schlug mit der flachen Hand auf den Tisch, dass die Tassen nur so klirrten. Eine Gruppe junger Italiener drehte sich neugierig zu ihm um. »Bravissimo! Das ist ein großer Schritt in die richtige Richtung! Ich gratuliere von Herzen. Wenn sich die hervorragende Qualität Ihrer Arbeitsschuhe erst mal herumgesprochen hat, werden Sie sich vor Aufträgen kaum retten können.«

»Vielen Dank für Ihre warmen Worte. Wir freuen uns ebenfalls.« Felix räusperte sich.

»Ich wäre dafür, die kommenden Tage bis zu meiner Abreise für die Planung der Hochzeitskollektion zu nutzen. Bestimmt haben Sie bereits erste Vorstellungen von der Garderobe. Was meinen Sie?«

»Wie gut Sie mich schon kennen.« Der Herrenschneider schmunzelte. »Sehr gern, lieber Felix. Lassen Sie uns die Tage nutzen. Ich will, dass die Modenschau atemberaubend wird und ganz Mailand darüber spricht!«

Die ganze Zeit über hatten einzelne Gäste des Cafés zu ihnen herübergesehen und getuschelt. Auch jetzt wurden sie wieder verstohlen beobachtet. Anfangs hatte Caroline die Aufmerksamkeit, die Enzo allerorts auf sich zog, unangenehm berührt, inzwischen hatte sie sich daran gewöhnt.

Dieser sah auf seine Armbanduhr. »Es wird Zeit für mich. Ich muss den Postbeamten überreden, mir auf die Schnelle eine Verbindung zu Arturo herzustellen.«

Felix nickte. »Wir haben in einer halben Stunde ohnehin einen Termin mit dem Inhaber einer Fabrik, der sich unsere Arbeitsschuhe ansehen will.«

»Wunderbar.« Enzo warf sich seinen pelzbesetzten Mantel über. »Die Rechnung geht auf mich. Ich wünsche einen angenehmen Abend.« Damit rauschte er hinaus.

Der Fabrikant stellte sich als interessierter, aber hart verhandelnder Mann heraus, der nichts unversucht ließ, den Preis, den die Geschwister für fünfzig Paar Arbeitsschuhe genannt hatten, zu drücken. Doch wenn er dachte, er könne ihre vermeintliche Unerfahrenheit ausnutzen, belehrten sie ihn rasch eines Besseren. Einige Zeit später besiegelten die drei den Auftrag zufrieden per Handschlag.

Zurück in ihrer Dachwohnung machte sich Caroline schweigend an die Zubereitung des Abendessens.

Als sie später bei einem Glas Wein auf dem Sofa saßen, machte ihr Bruder einen abwesenden Eindruck. Was ging nur immer in seinem Kopf vor?

»Du wirst mir fehlen, Felix.«

»Du mir auch. Aber das ist kein Grund zum Trübsalblasen. Auf dich wartet die Chance, für die du so lange gekämpft hast.« Er legte den Arm um sie. »Bis zu meiner Abreise nächsten Mittwoch bleibt uns fast eine Woche. Ich schlage vor, wir fertigen eine Liste der Aufgaben an, die wir vorher noch erledigen können.«

Natürlich wollte er sie damit nur auf andere Gedanken bringen, Felix hatte nie derartige Erinnerungshilfen benötigt. Trotzdem ließ sich Caroline darauf ein, es beschlich sie nämlich das Gefühl, dass er die Ablenkung weit mehr brauchte als sie. Während sie Pläne schmiedeten und Ideen austauschten, leerten sie eine Flasche Rotwein, die sie vom Gardasee mitgebracht hatten. Als Caroline die Zerstreutheit ihres Bruders eine Zeit lang schweigend beobachtet hatte, klappte sie ihr Notizbuch zu.

»Deine Liebste ist bestimmt überglücklich, dich bald wiederzusehen«, wagte sie sich behutsam vor.

Sein Blick verfinsterte sich. »Du schleichst schon seit geraumer Zeit um das Thema herum wie die Katze um den heißen Brei. Wenn du etwas wissen willst, frag mich jetzt.«

»Wer ist sie?«

»Emilie Münzer, du kennst sie von verschiedenen gesellschaftlichen Ereignissen.«

Carolines Miene hellte sich auf. »Oh ja, ich erinnere mich an sie. Eine charmante und sympathische Person.«

»Sie hat eine schwierige Scheidung hinter sich«, fuhr Felix fort. »Dennoch glaube ich nicht, dass Vater uns Steine in den Weg legen wird, schließlich hat er selbst eine ehemalige Boulevardtänzerin geheiratet. Zufrieden?« Er verschränkte die Arme im Nacken und starrte ins Nichts.

»Ich verstehe dich, hätte dir aber einen leichteren Weg gewünscht«, gestand sie. »Aber wenn du sie liebst, muss sie etwas ganz Besonderes sein. Du leidest unter eurer Trennung, das sehe ich dir schon seit geraumer Zeit an.«

»Es ist für uns beide schwer«, räumte Felix ein. »Ich werde sie unseren Eltern als meine zukünftige Braut vorstellen, sobald ich wieder zu Hause bin. Wenn sie Emilie erst näher kennenlernen, werden sie sie lieben und hoffentlich aufhören, uns zu einem Erben zu drängen.«

Caroline schnitt eine Grimasse. »Ich finde diesen Zwang furchtbar antiquiert. Im zwanzigsten Jahrhundert sollte man leben dürfen, wie man will.«

Felix warf ihr einen langen Blick zu. »Vergiss nicht, die Frauen aus einfachen Kreisen haben es um Längen schwerer, sie müssen heiraten, um ihre Existenz zu sichern. Unsereins dagegen braucht keine Angst davor zu haben, hungern oder betteln zu müssen, wir können uns zumindest jemanden aussuchen, den wir gut leiden können. Ob das allerdings ein ausreichender Trost ist, weiß ich nicht. Darum bleibt Emilie und mir nur, zu hoffen, dass Mutter und Vater uns zur Seite stehen.«

»Ich wünsche euch das Beste.« Caroline schob ihre Unterlippe vor. »Ehrlich gesagt bin ich heilfroh, nicht der Erbe unseres Unternehmens zu sein. Mich wird Vater sicher nicht so schnell in eine Ehe drängen.«

Felix kniff die Augen zusammen. »Du verkennst die Lage, Wildfang.«

Caroline hielt in der Bewegung inne. »Ich kann dir nicht folgen.«

»Dann helfe ich dir gern auf die Sprünge.« Er spielte mit ihrer ringlosen rechten Hand. »Du darfst nur hier sein, weil ich dich begleitet habe. Bin ich aber erst zurück in Berlin, brauchst du einen Mann an deiner Seite. Anderenfalls wird Vater Mittel und Wege finden, einen Geschäftsführer einzustellen und dich heimzuholen, oder er legt dir nahe, einen Mann aus der Branche zu heiraten.«

Caroline entzog ihm ihre Hand. »Ach, wenn unsere Eltern erst begreifen, dass ich auf niemanden angewiesen bin, lassen sie bestimmt mit sich reden.« Sie stockte, denn ihr Mund wurde auf einmal staubtrocken.

»Nie und nimmer«, wehrte er entschieden ab. »Du musst dir etwas einfallen lassen.«

»Notfalls suche ich mir eben selbst einen Ehemann«, erwiderte sie nach längerem Schweigen trotzig. »Das kann schließlich nicht so schwer sein.« Sie sank gegen seine Brust. »Manchmal bin ich es so leid, als ledige Frau nicht akzeptiert zu werden.«

Felix strich ihr schweigend übers Haar, er konnte ihr nicht helfen, doch sie wusste, dass er sie verstand.

Einige Tage später war es so weit, und Caroline begleitete ihren Bruder eines frühen Morgens hinaus zu dem Kutscher, der bereits vor dem Haus wartete.

Felix zog sie in die Arme. »Nicht traurig sein. Wir müssen uns alle unseren Aufgaben fügen.«

Sie blickte zu ihm auf. »Du wirst mir trotzdem furchtbar fehlen, Felix. Bitte umarme auch Isa von mir.«

Er küsste ihre Stirn. »Mach ich. Pass auf dich auf. Ich melde mich, sobald ich angekommen bin.«

Dann bestieg Felix die Kutsche, die ihn bis ins Tessin bringen sollte, da der neue Mailänder Hauptbahnhof noch im Bau begriffen war. Dort würde er die Bahn bis Basel nehmen und dann in eine Eisenbahn nach Berlin umsteigen. Caroline winkte ihm nach, bis sich die Kutsche ihrem Blickfeld entzog. Nun ruhte die Verantwortung für das kleine Unternehmen allein auf ihren Schultern. Nachdenklich und mit einem Flattern in der Magengegend begann sie ihr Tagwerk.

KAPITEL 6

Chesmu

Die Stunden, in denen Chesmu und Julia andächtig und im Schritttempo auf den Tafelberg Mesa Verde zuritten, würden sich ihm für immer einprägen. Kenai schnaubte, was in Chesmus Ohren wie ein Jauchzen klang, und er hatte Mühe, sein Pony zu zügeln, da es zum ersten Mal wieder Freiheit verspürte.

Er beugte sich tiefer zu Kenai hinunter und sprach besänftigend auf ihn ein.

Gracie saß zwischen seinen Schwiegereltern auf dem Eselskarren und staunte über die riesigen Cottonwood-Bäume, die schwer am Schnee trugen, und das wechselnde Spiel des Lichts. Entzückt deutete sie auf einen Wapitihirsch mit eindrucksvollem Geweih, der von einer Reihe Büsche die letzten Beeren abknabberte.

Unweit von ihnen patrouillierten zwei Indianerpolizisten mit schwarzen Hüten, und wie Chesmu nicht anders erwartet hatte, stellten sie sich ihnen entgegen. »Was habt ihr hier verloren?« Der Größere zückte in einer unmissverständlichen Geste seine Waffe. »Macht, dass ihr fortkommt, aber schnell!«

Chesmu hegte von jeher eine ausgeprägte Ablehnung gegenüber diesen Kerlen, die ihren eigenen Stamm für ein paar Vergünstigungen verrieten, und jetzt, da sich Gracie vor ihnen ängstigte und sich eng an seine Schwiegermutter schmiegte, fiel es ihm schwer, die Ruhe zu bewahren. »Polizisten sollten informiert sein. Findet ihr nicht auch?« Er zeigte das Genehmigungsschreiben vor und erwiderte ihren Blick ungerührt. »Und wenn ihr uns nicht sofort passieren lasst, werde ich Carrington den Vorfall melden!«

Der zweite Mann verengte seine Augen und winkte sie durch.

Sie passierten die Polizisten, und Rosa hatte zunächst alle Hände voll zu tun, Gracie zu beruhigen, doch die vielen neuen Eindrücke ließen sie ihre Furcht bald vergessen. Während sie der Kleinen ihre Heimat zeigten, von der sie bisher nur wenig hatte kennenlernen dürfen, mieden sie es, sich Cortez zu nähern, wo Glockengeläut die Gläubigen zur Christmette rief.

Am Fuße der Mesa Verde bauten sie mit Gracie einen Schneemann. Ihr kleiner Mund stand keinen Augenblick still, und bevor sie am Nachmittag den Rückweg antraten, weil das Licht schwächer wurde, nahm Chesmu seine Schwiegereltern ergriffen in die Arme.

Der erste Wunsch, den Julia nach den Weihnachtsfeiertagen äußerte, war, bei ihrer Familie in Berlin anzurufen. Der Beamte staunte nicht schlecht, Chesmu und Julia am Schalter anzutreffen, doch nach einem Blick auf die Genehmigung stellte er ohne Weiteres eine Verbindung zur Breitenbach-Villa her.

Hinter ihnen tuschelten ein paar Frauen, die ebenfalls auf ein Telefongespräch warteten, und Chesmu verstärkte wortlos seinen Griff um Julias Taille.

Isa, die das Gespräch entgegennahm, entfuhr ein kleiner spitzer Schrei, als sie die Stimme am anderen Ende erkannte.

»Julia! Wieso … Oh, wie schön. Ich verstehe nur nicht …«

Mit ihrem Gestammel brachte sie Julia zum Lachen. Sie bei dem Gespräch zu beobachten und ihrer vor Aufregung zitternden Stimme zu lauschen, während sie von dem Dokument in ihrer Hand berichtete, jagte ein Glücksgefühl durch Chesmus Körper. Wenn Sam sie an den Feiertagen hätte besuchen dürfen, wäre ihr Weihnachtsfest perfekt gewesen. Zärtlich sah er Gracie an, die sich an seine Hand klammerte und den Trubel im Postamt mit großen Augen verfolgte.

So verbrachten sie die nicht enden wollenden Wintertage bis zur Rückkehr ihres Sohnes mit langen Gesprächen und rangen um Entscheidungen. Entscheidungen, die sein Leben für immer prägen würden. Julia wünschte sich nach wie vor, dass Sam ab dem Sommer die Breitenbach School besuchte, und Chesmu sprach sich erneut dagegen aus.

An einem späten Abend Ende Januar, Gracie schlief tief und fest auf dem Sofa, weil es in der bitterkalten Nacht dort am wärmsten war, standen Chesmu und Julia vor der Hütte, die dicken Mäntel um sich geschlungen. Der Schnee lag kniehoch, und die Fährten der Raubtiere, die von Hunger getrieben in den Siedlungen nach Fressbarem suchten, waren im Mondlicht deutlich auszumachen.

»Wir müssen uns einigen, meine Sonne«, sagte er, ohne den Blick von Sleeping Ute zu wenden, dessen charakteristische Silhouette wegen des dicken Schneebelags nur schemenhaft zu erkennen war.

»Warum fragen wir Sam nicht, was er möchte?«, schlug Julia nach einer Weile des Schweigens vor. »Für sein Alter ist er schon sehr verständig.«

Chesmu zog seine Frau in die Arme und küsste ihren Scheitel. Er war das Ringen leid, und ihr Argument war nicht von der Hand zu weisen. »Gut, fragen wir ihn.«

Im Februar setzte endlich die Schneeschmelze ein, und die kleine Familie machte sich auf den Weg ins Reservat. Julias Wangen röteten sich vor Aufregung, während sie dem gewundenen roten Pfad folgten.

Sam hatte am Zaun bereits auf sie gewartet und flog ihnen in die Arme. Er war gewachsen und etwas in der Art, wie er sie betrachtete, hatte sich verändert.

Chesmus Vater stand hinter dem Jungen. Das Alter hatte es gut mit ihm gemeint, nur die tief liegenden Augen und das dünner werdende Haar verrieten, dass er die sechzig längst überschritten hatte.

»Gut, euch zu sehen.« Akules Lächeln ließ seine scharf gezeichneten Züge weicher wirken. »Onawa und Nituna haben gefüllte Maisfladen vorbereitet. Sie reden seit Tagen von nichts anderem, als dich endlich wiederzusehen, Julia.«

Sie ergriff seine Hände. »Ich freue mich auch und glaube ganz fest daran, dass man eure Gesetze ebenfalls bald lockert.«

Er lächelte müde. »Das wäre ein Segen. Bevor ich die Welt verlasse, möchte ich meinem Enkel die Jagd beibringen.«

Gracie sah fragend zu ihrem indianischen Großvater auf, den sie viel zu selten zu Gesicht bekam, weil er sich immer nur heimlich und im Schutz der Dunkelheit zu Chesmus Familie stehlen konnte.

Vater Akule bemerkte es, nahm sie auf den Arm, und sie schmiegte sich in seine Halsbeuge. Ihre vertrauensvolle Geste berührte Chesmu tief.

Im Tipi verwickelte Nituna ihre Schwiegertochter sogleich in ein Gespräch. Chesmu war beeindruckt, offenbar hatte ihr Sams Aufenthalt gutgetan, ihr Englisch hatte sich erheblich verbessert. Während sein Sohn Onawa aufmerksam zuhörte, als sie von den Lämmern erzählte, die bald auf die Welt kommen sollten, setzte sich Akule zu ihm.

»Wie hat sich der Kleine gemacht, Vater?«

»Er hatte Heimweh, hat nachts manchmal geweint. Ich sag dir, er ist ein kluger und guter Beobachter. Hab immer ein Auge auf ihn, Junge, in ein paar Jahren wird er euch Probleme machen.«

»Weil er weiß, dass er sich irgendwann für eine Lebensweise entscheiden muss?«

Vater Akule nickte grimmig. »Er hat mir gesagt, er möchte auch bei euch Freunde haben und zur Schule gehen.«

»Wenn das der Weg ist, den der Große Geist für ihn gewählt hat, soll er das tun«, erwiderte er ernst, und sein Vater klopfte ihm auf die Schulter.

Es kam, wie Chesmu es befürchtet hatte. Am 1. September reihte sich Sam mit erhobenem Kopf in die Reihe der anderen elf Erstklässler vor der Breitenbach School ein. Das lange schwarze Haar war im Nacken gebändigt, das weiße Hemd, das er zu der neuen Hose trug, schien ihm allerdings wenig zu behagen. Zwischen den weißhäutigen Siedlerkindern wirkte sein Gesicht besonders dunkel.

Julia, die zwischen den anderen Eltern stand und Gracie auf dem Arm hielt, damit sie das Geschehen mitverfolgen konnte, drückte Chesmus Hand. »Haben wir uns richtig entschieden?«

»Wir werden sehen.« Was hätte er auch erwidern sollen? Dass ihn allein beim Anblick seines Sohnes Furcht ergriff, weil er der einzige Dunkle in der weißen Masse war? Dass der Kleine eine Menge Stärke brauchen würde, damit seine Seele keinen Schaden nahm, und er sich dies als Vater nie verzeihen könnte?

Die Nachricht von dem Genehmigungsschreiben hatte sich wie ein Lauffeuer in der Siedlung herumgesprochen. Da war die ehemalige Hilfsschwester Christine, die seit der Einweihung der Schule für das leibliche Wohl der Schüler sorgte und obendrein eine gute Freundin von Rosa war. Ihre ältere Tochter Dorothea arbeitete als Hauswirtschaftslehrerin in der Schule, und deren Schwester Agnes half ihrer Mutter heute beim anschließenden Kaffeeklatsch. Der schwedische Architekt Peter Baxstrom, der soeben mit seinem Fuhrwerk des Wegs kam, winkte seinem alten Freund Wendelin.

Ein paar ältere Siedler musterten Chesmu und Julia von Kopf bis Fuß und ließen keinen Zweifel daran aufkommen, was sie von deren Anwesenheit hielten.

Chesmu beachtete sie nicht, er spürte jedoch, dass die offen zur Schau getragene Feindseligkeit an Julias Fassung nagte.

Dann trat Rosa mit ihren Lehrkräften aus der Schule, legte demonstrativ die Hände auf Sams Schultern, begrüßte die neuen Schüler und bat sie in den Unterrichtsraum.

Indes wurden die Verwandten der Erstklässler zu Kaffee und Kuchen in den Versammlungsraum eingeladen. Julia, Wendelin und Chesmu wählten einen Ecktisch. Der Núu-ci fühlte sich unbehaglich unter den Siedlern, die einander seit vielen Jahren kannten, und lauschte ihren munteren Unterhaltungen. Zuweilen erwiderten sie seinen Blick, wandten sich aber sogleich wieder ihren Gesprächspartnern zu. Ob sie sich bewusst waren, dass ihr eigenes Volk für diese Entfremdung gesorgt hatte?

Gracie saß gelangweilt auf seinem Schoß, doch als sie ein Mädchen in ihrem Alter entdeckte, machte sie sich von ihm los, und bald waren die beiden in ein Spiel mit Holzfigürchen versunken.

Wendelin, der von Christine dankend einen Becher Kaffee entgegennahm, knuffte Chesmu sanft in die Seite. »Mach nicht so ein besorgtes Gesicht. Wenn sie erst erkennen, dass du nichts mit den Indianern gemein hast, die ihre Häuser geplündert und in Brand gesteckt haben, werden sie auch dich in ihre Mitte aufnehmen.« Er wies mit dem Kopf zu den spielenden Kleinkindern. »Schaut nur, meine Lieben. Diese Kinder sind unsere Zukunft. Ihnen ist es gleich, ob ihr Spielkamerad weiß, rot oder schwarz ist, solange sie einander verstehen. Womöglich werden wir es nicht mehr erleben, doch eines Tages wächst eine Generation heran, die nicht mehr nach der Herkunft fragt, weil sich die Völker inzwischen weiter vermischt haben und Mischehen keine Seltenheit mehr sind.«

Was als Aufmunterung gemeint war, bewirkte bei Chesmu genau das Gegenteil, und er fragte sich bitter, wie es den Núu-ci in dem Fall gelingen sollte, ihre Verbindung zu allen Lebewesen, zum Großen Schöpfer und zu Mutter Erde zu bewahren. Doch er schwieg, er wollte die hoffnungsvolle Stimmung nicht zerstören.

Schließlich verließ Sam, seine Schiefertafel freudestrahlend umklammert, mit Rosa und den anderen Kindern das Schulgebäude. Wenn Chesmu und Julia jedoch erwarteten, dass ihr Sohn ihnen aufgeregt von seinen neuen Erlebnissen berichten würde, täuschten sie sich. Ein blonder Knirps stand bei ihm und Sam machte keinerlei Anstalten, sich von ihm zu lösen.

Lächelnd gesellte sich Rosa wenig später zu ihnen. »Wie ihr seht, sind eure Sorgen unbegründet. Es scheint, der etwas schüchterne Johannes hat in unserem Sam einen Seelenverwandten gefunden. Die beiden haben sich gleich zusammengesetzt. Das ist ein guter Anfang, finde ich.« Sie legte den Arm um ihre Tochter. »Ich habe außerdem meine Lehrer gebeten, darauf zu achten, dass keine Hänseleien aufkommen.«

»Das ist gut, Mama«, sagte Julia warm.

Unterdessen versorgte Agnes nun auch ihre Freundin Rosa mit Kaffee und Kuchen und wechselte ein paar Worte mit ihr. Dann sah sie Chesmu offen an und stellte sich ihm vor.

»Nett, Sie endlich kennenzulernen. Ich glaube, wir sind uns schon einmal auf dem Marktplatz begegnet. Sie waren in Begleitung des Indian Agents.«

»Freut mich, ich bin Chesmu.« Plötzlich fühlte er sich linkisch wie ein Schuljunge. Konversationen dieser Art empfand er noch immer als anstrengend. »Ja, das ist möglich. Wird auch eins Ihrer Kinder eingeschult?«

Agnes' Lachen klang echt. »Grundgütiger, nein. Ich bin schon dreifache Großmutter. Darf ich Ihnen auch etwas bringen?«

Chesmu lehnte dankend ab.

Als sich Agnes wieder entfernt hatte, senkte Rosa die Stimme und suchte den Blick ihrer Tochter.

»Vor Sams Einschulung konnte ich mit deinem Onkel Theodor sprechen. Wie ihr wisst, hat mir mein Vater einst die Stadtvilla vermacht, und ich gebe zu, dass mir dies seit geraumer Zeit einiges Kopfzerbrechen bereitet.« Sie wies auf Wendelin. »Obwohl ein Teil von mir immer mit Berlin verbunden sein wird, können wir uns nicht vorstellen, Cortez zu verlassen. Deshalb werde ich die Stadtvilla zu gleichen Teilen deinen Cousinen Isa und Caroline überschreiben.« Sie hob die Schultern. »Die Erinnerungen bleiben mir, aber unser Zuhause ist hier.«

Julia legte den Kopf schief. »Ist dir die Entscheidung schwergefallen?«

»Überraschenderweise nicht«, bekannte ihre Mutter. »Das war kein Entschluss, den ich über Nacht gefällt habe. Außerdem bleibt die Villa auf diese Weise in den Händen derer, zu denen sie gehört.«

Chesmu nickte. »Eine gute Entscheidung.«

Als die Sonne hoch am wolkenlosen Himmel stand, kehrte die kleine Familie zu ihrer Farm zurück, und Sam machte sich mit Feuereifer an seine Hausaufgaben. Alles, was sie ihm im Laufe des Tages entlocken konnten, war, dass die Eltern seines Banknachbarn Johannes eine kleine Farm irgendwo inmitten der Einsamkeit betrieben und er vor Kurzem zu seiner Großmutter nach Cortez gezogen sei, weil die tägliche Fahrt zur Schule sonst zu lang und beschwerlich gewesen wäre.

»Der arme Junge«, sagte Julia abends zu ihrem Mann, der ihr beim Einmachen des frischen Gemüses aus ihrem Garten zusah.

Manchmal bedauerte Chesmu die strikten Regeln innerhalb seines Stammes. Ja, zuweilen hinterfragte er sogar ihren Sinn. Einem Núu-ci-Mann war es ebenso wenig erlaubt, Aufgaben im Haushalt zu verrichten, wie den Frauen, sich im Nahkampf und im Gebrauch ihrer Waffen zu üben. Besonders den zweiten Punkt verstand er nicht, schließlich lebten innerhalb ihres Stammes auch Witwen oder junge und unverheiratete Frauen, die gut daran taten, sich gegen Angreifer zur Wehr setzen zu können. Sein Vater und Großvater hatten ihn gelehrt, Frauen hoch zu achten und sie wegen ihrer körperlichen Schwächen zu beschützen. Doch wer besaß mehr körperliche Stärke als seine Frau zu der Zeit, da sie seine Kinder auf die Welt gebracht hatte? Nichts hatte ihm je mehr Respekt eingeflößt, und die Erinnerung an jene Stunden ließen ihn noch immer schaudern.

»Johannes wird es bei seiner Großmutter bestimmt gut haben«, beruhigte er Julia. »Außerdem hat Sam gleich von Anfang an jemanden an der Seite, der sich unter den anderen Schulkindern genauso verloren fühlt. Das ist ein gutes Zeichen.«

Sie verschloss eine Reihe mit Zwiebeln, Bohnen und Möhren gefüllte Glasbehälter und stellte sie mit nachdenklicher Miene in einen Korb. »Wie auch immer, Liebling. Er wird lernen müssen, sich zu behaupten, und uns bleibt nur zu hoffen, dass er dies bewältigt.«

Die nächsten Tage kamen und gingen ohne besondere Vorkommnisse, weshalb Chesmu und Julia sich allmählich entspannten. Sam schwieg sich jedoch weiter über seine Erlebnisse in der Schule aus. Rosas Beobachtungen zufolge hielten sich die Mitschüler von ihm fern. Dabei machte er aber nicht den Eindruck, als würde ihn das sonderlich stören – was sicher der Freundschaft zu Johannes zuzuschreiben war, der offenbar ebenfalls als Außenseiter galt. Sam verließ morgens ohne Murren mit seiner Schultasche die Hütte. Julia und Chesmu wunderten sich allerdings, dass er seinen Schulfreund nie zum Spielen mit nach Hause brachte oder den Wunsch äußerte, ihn besuchen zu dürfen. Eines Abends vor dem Schlafengehen erfuhr Chesmu jedoch von Sam, dass man in der Klasse darüber munkelte, dass

Johannes' Großmutter bettelarm sei und er deshalb niemanden zu sich nach Hause einlud.

»Wegen Armut braucht sich niemand zu schämen«, erklärte Chesmu seinem Sohn. »Sag Frau Wörle und Johannes, er ist uns jederzeit herzlich willkommen.«

Chesmus Worte schienen Früchte zu tragen, denn bald darauf besuchte sie Sams Freund regelmäßig.

Dann verwandelte der Herbst die Landschaft in ein Gemälde in roten, gelben und braunen Tönen, an dem sich die Familie kaum sattsehen konnte. Aus der Ferne drangen die Brunftrufe der Hirsche bis in ihre Hütte, und der Sleeping Ute hüllte sich jetzt morgens in dicke Nebelschwaden. Saß Sam an seinen Schullektionen, ertappte Julia ihn des Öfteren, wie er sehnsüchtig hinaussah. Auf ihre Frage gab er zu, seine Freunde und Großeltern im Reservat zu vermissen und es kaum erwarten zu können, neue und aufregende Geschichten von Großvater Akule zu hören und sich im Bogenschießen zu üben.

Die Samen für die lebenslange Zerrissenheit ihrer Halbblut-Kinder waren gelegt. Für sie würde es nirgends einen Ort geben, an dem sie vollkommen glücklich waren, da es hier wie dort immer bedeutete, einen Teil ihres Selbst zurückzustellen. Wollte Chesmu ihnen jedoch ein guter Vater sein, der sie in jeder Situation auffangen konnte, brauchte er einen starken Geist, der den Sinn hinter den Aufgaben verstand, die der Große Schöpfer ihm und seiner Familie stellte, um sie zu prüfen.

Als Chesmu, Julia und die beiden Kinder eines Sonntags Großvater Akule und Großmutter Nituna besuchten, bereiteten sich die Núu-ci auf die Ankunft von Chief Ignacio vor, der sie stets vor Einsetzen des ersten Schnees aufsuchte, über Neuigkeiten informierte und ihnen Gelegenheit gab, sich mit Problemen an ihn zu wenden. Während Sam und Gracie mit ein paar Núu-ci-Kindern herumtollten und alle in Atem hielten, nahmen Vater Akule und Chesmu an der offenen Herdstelle Platz, und der Ältere stopfte sich eine Pfeife.

Kurz darauf blies Akule den Rauch in kleinen Wolken in die kühle Luft des Tipis. »Wir brauchen die Erlaubnis des Chiefs, dass Sam in der Winterzeit für den Schulbesuch das Reservat verlassen darf. Ich will keinen Ärger, weder mit Carrington oder den Ältesten noch mit sonst wem.«

Chesmu nahm die Pfeife von seinem Vater entgegen und inhalierte tief. »Der Chief wird sie uns geben.«

Akule zog seine Brauen zu einer Linie zusammen. »Bei schlechter Witterung oder bei hohem Schnee wird es der Junge schwer haben, Rosas Schule zu besuchen.«

Die Liebe und Sorge auf den Zügen seines Vaters wärmte Chesmu besser als das Herdfeuer. »Kenai freut sich über Bewegung. Wir schaffen das.«

Doch die Tage verstrichen, ohne dass jemand etwas von Chief Ignacio hörte. Die Nächte wurden bereits empfindlich kalt, der erste Frost lag in der Luft, und je mehr Zeit verging, umso öfter wurde im Reservat flüsternd darüber spekuliert, welche Umstände den Anführer diesmal aufhielten.

Die Siedler hatten gerade Thanksgiving gefeiert, da entdeckte Chesmu eines trüben und windigen Nachmittags die Silhouetten dreier Männer auf ihren Ponys, die dem Reservat zustrebten. Chief Ignacio war jedoch nicht unter ihnen. Die Hände tief in den Hosentaschen vergraben, eilte Chesmu ihnen entgegen.

Als er den Mann in der Mitte erkannte, hielt er verblüfft in der Bewegung inne, denn er hatte Buckskin Charley, den Nachfolger des berühmten Chief Ouray, viele Jahre nicht mehr gesehen. Er trug einen Mantel aus Ziegenfell und einen breitkrempigen Hut gegen die Kälte. Chesmu hatte ihn als freundlichen Mann mit rundem Gesicht in Erinnerung, der sich wie Chief Ignacio für eine friedliche Verständigung zwischen den

Völkern einsetzte. Inzwischen musste er weit über siebzig sein, dennoch war er noch immer eine würdevolle Erscheinung.

Aber was Chesmu nun erfuhr, verstärkte sein ungutes Gefühl. Chief Ignacio sei krank und zu schwach zum Reisen, weshalb er Buckskin Charley beauftragt habe, ihn zu vertreten.

»Kommt morgen bei Sonnenuntergang in die Versammlungshütte«, sagte der Anführer, tippte an seinen Hut und folgte seinen Begleitern.

Am folgenden Abend hatte sich der Stamm vollzählig versammelt, wobei nur eine Handvoll Núu-ci wegen eines Anliegens tatsächlich darauf wartete, bei Buckskin Charley vorsprechen zu dürfen. Wortlos hielten sie ihre Kinder auf dem Arm und die Alten bei den Händen, und aus ihren Gesichtern las Chesmu die Sorge um ihren verehrten Chief.

Wohl für jeden, der die Versammlungshütte aufsuchte, war es ein beunruhigendes Gefühl, beim Eintritt nicht Chief Ignacios vertraute Gestalt vorzufinden, der sie seit vielen Jahrzehnten anführte. Als Letzter in der Reihe blieb Chesmu genügend Zeit, die Anwesenden zu mustern. Der Ältestenrat, selbst hochbetagt, aber reich an Erfahrungen, saß links und rechts neben Buckskin Charley.

Dann war Chesmu an der Reihe und schilderte sein Anliegen. »Das Bureau of Indian Affairs und der Indian Agent haben dem Schulbesuch meines Sohnes zugestimmt.« Er reichte Buckskin Charley das Dokument. »Wir hatten in der Vergangenheit immer wieder Ärger mit der Indianerpolizei, deshalb bitte ich um ein Dokument, das mein Sohn vorzeigen kann, falls man ihn aufhalten sollte.«

Die schwarzen Augen des Anführers ruhten nachdenklich auf ihm. »Verstehe. Ich wünsche deinem Sohn alles Gute. Er hat einen steinigen Weg vor sich.« Er beratschlagte sich kurz mit den Ältesten, und wenige Minuten später hielt Chesmu dankend ein zweites Dokument in Händen.

Er sah in die fragenden Gesichter der anderen vier Bittsteller und wandte sich noch einmal an Buckskin Charley. »Einen Augenblick noch. Was fehlt unserem Chief? Wir sind in großer Sorge.«

Buckskin Charleys sah ihn wohlwollend an. »Dazu habt ihr jedes Recht. Bitte die Männer zu mir. Wenn wir eng zusammenrücken, passen vielleicht alle herein.«

Chesmu tat, worum ihn der Anführer gebeten hatte, und die Versammlungshütte füllte sich beinahe lautlos.

Buckskin Charley stieß heftig die Luft aus den Lungen. »Ignacios Körper ist alt und müde, und er ist bereit, die Erde zu verlassen. Er trug mir auf, euch Folgendes zu sagen.« Er wartete, bis er sich der Aufmerksamkeit aller gewiss war, und erhob die Stimme, damit auch der Letzte in der Hütte ihn vernehmen konnte. »Er sagte: ›Der Boden, auf dem wir stehen, ist heilig, denn er ist aus dem Staub und Blut unserer Ahnen gemacht. Deshalb vergesst nie, ihn zu ehren. Ich habe für uns und unser Land gekämpft. Jetzt bin ich alt und mein Herz ist kalt. Unser Leben ist wie ein kurzer Funke in einer finsteren Nacht. Dennoch hoffe ich, dass ihr meiner als jemandem gedenkt, der sein Volk geliebt hat. Wenn ich zu Mutter Erde und zum Großen Geist zurückkehre, werden mich die Lieder unserer Frauen auf meiner Reise begleiten.‹«

Buckskin Charleys Züge waren von Kummer gezeichnet. »Lasst uns hoffen, dass sein Übergang ohne Schmerzen und leicht wie eine Feder sein wird.«

In der Versammlungshütte herrschte betretene Stille.

Nur wenige Tage später, am 9. Dezember, schloss Chief Ignacio für immer seine Augen und versetzte seinen Stamm in große Trauer.

KAPITEL 7

Felix

Die Rückfahrt aus Italien war ohne Zwischenfälle verlaufen, und die freudigen Gesichter seiner Familie, als er eines Abends die Stadtvilla betreten hatte, zauberten Felix auch heute noch ein Lächeln ins Gesicht. Gleich am nächsten Morgen machte er sich wieder mit seiner Arbeit vertraut. Sein Vater und Onkel Georg hatten das Unternehmen in seiner Abwesenheit gut geführt, wirkten jedoch mehr als erleichtert, die Verantwortung wieder in seine Hände geben zu können. Am Nachmittag verblüffte ihn Doktor Ascher, der Isa nach Feierabend zu einer Kutschfahrt abholte. Dies hatte eindeutig nichts mehr mit einer therapeutischen Behandlung zu tun und weckte in Felix die Frage, was Isa mit dem Orthopäden wohl tatsächlich verband. Jedenfalls hätte er sich keinen angenehmeren Begleiter für seine Schwester wünschen können. Vanda wusste von verschiedenen Anlässen zu berichten, bei denen Ascher Isa in den letzten Monaten eingeladen hatte, und dass Isa in seiner Gegenwart sichtlich aufblühte.

Felix freute sich über ihre positive Entwicklung, am meisten jedoch sehnte er das Wiedersehen mit Emilie herbei.

Der Abend, als er sie endlich wieder in die Arme schließen konnte, würde ihm unvergesslich bleiben.

»Ich bin es leid, dich spätabends gehen zu lassen«, gestand er Emilie, nachdem sie sich lange und leidenschaftlich geliebt hatten, und strich zart über ihre erhitzten Wangen. »Ich will morgens neben dir aufwachen und abends mit dir schlafen gehen.«

Sie schmiegte ihre Wange an seine. »Das möchte ich ebenso wie du.«

Felix setzte sich im Bett auf und umfasste liebevoll ihr Gesicht. »Sag mir hier und jetzt, willst du immer noch meine Frau werden?«

»Ja, das will ich, Felix. Ich liebe dich.«

Er zeichnete die Linien ihres Gesichts nach. »Lass uns so schnell wie möglich heiraten, mein Herz. Es besteht kein Grund, länger zu warten, deine Scheidung liegt über ein Jahr zurück, die Welt soll sehen, was wir einander bedeuten. Was meinst du?«

Emilie sah ihn mit großen Augen an. »Bist du dir sicher, dass deine Familie mit mir einverstanden sein wird?«

»So sicher, wie man nur sein kann. Sag Ja.«

Statt einer Antwort zog sie ihn zu sich herunter und küsste ihn innig.

Sechs arbeitsreiche Wochen waren seither vergangen, in denen sich die Ereignisse überschlagen hatten. Felix' Familie nahm seine zukünftige Frau herzlich in ihrer Mitte auf und zeigte sich hocherfreut über ihre Heiratspläne. An einem Freitag Anfang Mai würde Emilie endlich seinen Namen tragen. Felix konnte den Moment kaum erwarten. Zudem war es ihm gelungen, einige lukrative Aufträge für *Schuherzeugung Breitenbach & Sohn* an Land zu ziehen, die es notwendig machten, die Belegschaft aufzustocken. Da sich eine Kollegin von Emilie krankgemeldet hatte und sie an manchen Tagen Doppelschichten einlegen musste, hatte sich das junge Paar viel zu selten sehen können.

Doch an diesem Samstag hatte Emilie frei, und der Abend hätte trotz frostiger Temperaturen nicht schöner sein können. Der Himmel war sternenklar und ruhig, kein Laut störte den Frieden. Ein Spaziergänger schlenderte mit seinem Hund die Straße entlang und lüftete den Zylinder, als eine junge Dame an ihm vorüberging.

Zufrieden betrachtete Felix seine Wohnung, die er mit Kerzen und kleinen Blumensträußen geschmückt hatte, und wischte die feuchten Finger an einem Taschentuch trocken. Emilie und er waren zu einem gemütlichen Beisammensein bei seinen Eltern eingeladen, und obwohl er sich gedanklich auf diesen Moment vorbereitet hatte, war er nervös wie ein Kind vor seinem ersten Schultag. Er kontrollierte zum wiederholten Mal den Sitz seiner Krawatte, als endlich das Bimmeln der Türglocke erklang.

Wenig später begrüßte ihn Emilie mit einem langen Kuss. Felix nahm ihr den bodenlangen Mantel ab. Emilie trug ein dunkelrotes Kostüm, dessen Rocksaum ihre schlanken Fesseln umspielte. Zärtlich strich er über den Knoten, der ihr üppiges Haar nur mühsam zusammenhielt, ohne dabei auf ihren Protest zu achten. »Dein Haar ist viel zu schön, um es streng zusammenzubinden.«

»Lass das, Liebster. Ich möchte bei deinen Eltern einen guten Eindruck hinterlassen.«

Felix musterte sie. »Du bist so ernst. Was ist mit dir?«

Verlegen hob Emilie die Schultern. »Es gibt so vieles, was mir derzeit Angst macht, weißt du? Gerade vor ein paar Tagen habe ich einen Kommentar der *Jungdeutschland-Post* gelesen, den sie jetzt nach zwei Jahren erneut verkünden: ›Still und tief im deutschen Herzen muss die Freude am Krieg und ein Sehnen in ihm leben, weil wir der Feinde genug haben.‹« Emilie sprang auf. »Der Kaiser und die europäischen Großmächte bemühen sich offenbar um Frieden auf dem Balkan. Aber was, wenn die Situation außer Kontrolle gerät?«

Er schloss sie in die Arme.

Sie schmiegte sich an ihn. »In dem Fall werden sie dich einberufen, Liebster.«

»Lass uns hoffen, dass es nicht so weit kommt. Wir sollten zuversichtlich in die Zukunft blicken.« Felix lächelte. »Komm, wir wollen meine Eltern nicht warten lassen.«

Obwohl sich Emilie Mühe gab, gelassen zu wirken, spürte er ihre Anspannung doch deutlich, als er ihr in den Mantel half und sie gemeinsam die Wohnung verließen. Dabei hatte sie das gar nicht nötig, seine Familie war von ihr ganz angetan.

Eine frostige Windbö empfing sie. Felix legte den Arm um ihre Taille. Da bemerkte er aus den Augenwinkeln eine Gestalt, die sich aus der Dunkelheit löste, auf sie zusprang und Emilie gegen die Hauswand presste.

Mit angstgeweiteten Augen schrie sie auf.

Ein Mann, kleiner, aber kräftiger gebaut als Felix, umklammerte Emilies Kinn und zwang sie, seinem Blick zu begegnen. Mit der anderen Hand umfasste er ihre Taille mit einer derart besitzergreifenden Geste, dass sich Felix' Erschrecken augenblicklich in blanken Zorn verwandelte. Er versuchte, den Angreifer von Emilie wegzuzerren.

»Hast du etwa geglaubt, ich weiß nicht, was hier vorgeht, mein Liebchen?«, spie der Mann die Worte förmlich aus. »Denkst du, ich komme nicht hinter dein Luderleben? Du solltest mich besser kennen!«

»Lass mich los, Julius«, krächzte Emilie. »Sonst rufe ich die Polizei!«

Julius! Felix wurde eiskalt. Außer sich vor Wut riss er Münzer zurück. »Sie haben gehört, was Emilie gesagt hat. Verschwinden Sie auf der Stelle, sonst mache ich Ihnen Beine!«

Ein Faustschlag traf Felix in den Magen und ließ ihn taumeln, während sich Münzer wieder an Emilie wandte und seinen Körper gegen ihren presste.

»Du gehörst mir! Komm zur Besinnung«, zischte er nun, doch in Felix' Ohren klang es wie ein bedrohliches Grollen. Kein Stück Papier hätte mehr zwischen Emilie und den Pathologen gepasst. »Ich habe lange genug Geduld mit dir gehabt. Aber damit ist jetzt Schluss«, zischte er und seine Hand wanderte ihren Körper hinab.

Felix' Puls raste. Mit einem derben Fluch auf den Lippen stürzte er sich erneut auf Münzer, riss ihn von Emilie zurück und hieb ihm die Faust ins Gesicht. Einen Herzschlag lang schien der Mann orientierungslos zu sein und schüttelte benommen seinen Kopf.

»Lauf! Hol Hilfe!«, rief Felix Emilie zu.

Gerade rechtzeitig, denn Münzer schoss bereits mit irrem Blick auf ihn zu, packte ihn am Schlafittchen und warf ihn grob zu Boden.

»Lass meine Frau zufrieden!«, brüllte er dicht über ihn gebeugt, und etwas Silbriges blitzte im Schein einer Laterne auf.

Dann drückte Münzer den kalten Lauf einer Pistole gegen Felix' Stirn, der meinte, sein Herz müsse aussetzen.

»Sie ist nicht mehr Ihre Frau«, gelang es ihm zu antworten, während er seine Lage abwägte. »Begreifen Sie das endlich!«

Das Gesicht zu einer Fratze verzogen, zog Münzer den Schlitten der Pistole zurück.

Kalter Schweiß brach Felix aus den Poren. »Seien Sie vernünftig, stecken Sie die Waffe ein.«

Münzer verstärkte den Druck gegen Felix' Stirn. Blutdurst verzerrte seine Züge. »Nimm deine dreckigen Finger von meiner Frau, du mieses Schwein!«

Als seine Hand am Abzug zitterte, nahm Felix all seinen Mut zusammen, rammte ihm mit aller Macht das Knie in den Unterleib und rollte sich blitzschnell zur Seite.

Münzer brüllte auf, und Felix versuchte, ihm die Pistole zu entwinden.

Vergebens, der Kerl verfügte über die Kraft eines Verzweifelten. Felix holte erneut aus, verfehlte jedoch Münzers Kinn. Gleich darauf traf ihn der Lauf der Pistole an der Schulter.

Sie rangen miteinander, und Felix verlor kurz die Orientierung. Wie von Sinnen schlug der Kerl um sich. Felix wich seinen Hieben aus und traf ihn schließlich an der Schläfe.

Nur das Keuchen der beiden Männer zerriss die Abendstille. Dann löste sich ein Schuss. Jemand schrie.

Sterne tanzten vor Felix' Augen. Wie aus bunt schillerndem Nebel tauchte plötzlich eine uniformierte Gestalt über ihm auf und befreite ihn von Münzers Gewicht.

Felix blinzelte. Nur wenige Zentimeter neben seinem Kopf lag eine leere Patronenhülse.

Ein zweiter Polizist zwang Münzers Arme nach hinten. »Still gehalten, Bürschchen!« Mit einem dumpfen Ton schlug die Pistole auf dem Boden auf.

Der Uniformierte, der alle Hände voll zu tun hatte, den sich heftig wehrenden Pathologen in Schach zu halten, suchte Felix' Blick. »Brauchen Sie einen Arzt?«

»Ich glaube nicht. Danke.«

Dann war Emilies geliebtes Gesicht über ihm. Mit Tränen in den Augen und unfähig, zu sprechen, betupfte sie seine Unterlippe.

»Geht es, mein Junge?« Auch sein Vater beugte sich über ihn. »Komm, ich helfe dir auf.«

Mit seiner Hilfe kam Felix wieder auf die Füße und verfolgte fassungslos, wie der Polizist Münzer in Handschellen seinem Kollegen übergab und wieder auf ihn zutrat. »Ich möchte Sie bitten, morgen auf die Wache zu kommen, damit wir Ihre Aussage aufnehmen können.«

Felix sagte zu. »Was wird jetzt aus ihm?«

»Wir sperren ihn in eine Zelle, morgen wird er vernommen. Gute Besserung für Sie.« Damit entfernte sich der Uniformierte und verließ zusammen mit seinem Kollegen und Münzer den Tatort.

Emilie und Felix fielen sich erleichtert in die Arme. Als sie ihn jedoch umfasste, zuckte er zusammen. Offenbar hatte ihn der Wahnsinnige unterhalb der Rippen verletzt.

Vanda stand bei Theodor und beide traten nun heran. Felix betrachtete sie reglos, die fahle Gesichtsfarbe ließ das Alter seines Vaters plötzlich deutlicher als gewohnt offenbar werden. »Kannst du laufen, mein Junge?«

»Ja, es wird schon gehen.«

Theodor tätschelte ihn und griff nach Emilies Hand. »Alles in Ordnung, Mädchen?«

»Mir geht es gut, Herr Breitenbach.«

Vanda legte den Arm um ihre Schultern. Auch auf ihren Zügen spiegelte sich der Schock des Erlebten wider. »Wer's glaubt, wird selig, liebe Emilie. Kommt, schnell hinein in die gute Stube. Wir haben uns den Abend gewiss alle anders vorgestellt, nicht wahr?«

Emilie nickte und ließ sich von Vanda zur Stadtvilla begleiten.

»Ich bin heilfroh, dass sich der Kerl in Gewahrsam befindet und Felix nichts Schlimmeres zugestoßen ist«, sagte Theodor mit schiefem Lächeln.

»Ich auch. Haben Sie vielleicht Verbandszeug und Alkohol zur Wunddesinfektion im Haus?«, bat Emilie.

»Natürlich. Ich gebe Simon gleich Bescheid.«

Der Rest der Familie hatte sich vor der Villa versammelt und das Geschehen fassungslos verfolgt.

»Wir lassen euch einen Moment allein«, sagte Theodor, als sie alle im Haus waren, und auf seinen Wink hin zog sich die Familie in die gute Stube zurück.

Simon führte das junge Paar in den Salon. Er reichte Emilie einen kleinen Koffer mit dem Gewünschten für die Wundversorgung und stellte sich ihr vor. »Kann ich Ihnen sonst noch irgendwie behilflich sein?«

»Nicht nötig, Simon«, antwortete sie warm. »Vielen Dank. Ich bin Krankenschwester.«

Der Hausangestellte entfernte sich, und Felix gab sich redlich Mühe, stillzuhalten, während Emilie ihn mit konzentrierter Miene abtastete.

»Du hast Glück gehabt, Liebling«, erklärte sie schließlich. »Keine Brüche, nur ein paar Prellungen. Du wirst einige ordentliche blaue Flecken bekommen. Der Riss in der Lippe ist klein und heilt schnell, aber ich muss ihn mit Alkohol abtupfen.«

Felix ließ die Prozedur über sich ergehen und zog Emilie danach vorsichtig an sich. Sekunden, Minuten verstrichen, wer wusste das schon, denn in diesem Moment verlor alles andere an Bedeutung. Als sich Emilie schließlich von ihm löste, wischte er die Tränenspur von ihren Wangen. »Er ist jetzt in Gewahrsam, mein Herz. Er kann dir nicht mehr gefährlich werden.«

»Das war nicht mehr der Mann, den ich kannte.«

Felix sah, wie sich das Geschehen vor ihrem geistigen Auge noch einmal abspielte. »Münzer war nicht mehr Herr seiner Sinne. Das macht ihn so unberechenbar.« Sein ganzer Körper schmerzte, aber das war nichts verglichen mit der Eiseskälte, die ihn befiel, wenn er daran dachte, was Münzer ihr hätte antun können, wäre er nicht dabei gewesen.

Emilie nickte und räumte Watte und Alkoholfläschchen zurück in den Koffer. »Dieser Abend sollte eigentlich ein fröhliches Beisammensein werden.«

Felix lächelte. »Der Tag ist noch nicht vorüber. Wollen wir in die Stube hinübergehen?«

Das Knistern eines anheimelnden Kaminfeuers begrüßte sie. Die Familie erhob sich.

Onkel Georg musterte sie ernst. »Macht es euch bitte gemütlich. Wir sind schockiert von dem Ereignis, gleichzeitig aber auch dankbar, dass es glimpflich ausgegangen ist.« Er sah zu den anderen. »Ihr müsst jetzt nicht darüber sprechen, wir haben alle Zeit der Welt. Vor allem aber möchte ich euch sagen, wie sehr wir uns freuen, dass du heute bei uns bist, Emilie.«

Simon ging mit einem Tablett herum, und das junge Paar griff nach einem Glas Fruchtsaft.

Bleich und etwas verlegen blickte Emilie in die Runde. »Ich danke euch allen für die freundliche Begrüßung. Wir beide stehen noch unter Schock, und es wird vermutlich eine Weile dauern, bis wir das Erlebnis überwunden haben. Zu Julius Münzer möchte ich nur eins sagen: Wir sind damals aufgrund seiner geistigen Verfassung geschieden worden. Doch was heute passiert ist, hätte ich ihm nie zugetraut. Ich kann nur hoffen, dass die Polizei dies erkennt und man ihn einer Behandlung unterzieht, damit er nie wieder jemandem Schaden zufügen kann.« Sie wechselte einen Blick mit Felix. »Ich wäre euch dankbar, wenn wir die Angelegenheit damit für heute bewenden lassen.«

Felix sah in die Runde. »Das sehe ich ebenso. Bitte tut mir den Gefallen und behaltet die heutigen Vorkommnisse für euch. Wir müssen Rosa, Julia und Caroline nicht unnötig in Angst und Schrecken versetzen. Einverstanden?«

»Das hätten wir ohnehin nicht getan«, warf Mathilde weich ein. »Verlass dich auf uns.«

»Danke«, erwiderte Felix. »Wenden wir uns angenehmeren Themen zu, meine Lieben. Es gibt tatsächlich eine besonders schöne Nachricht zu verkünden.« Er legte den Arm um die Frau, die sein Leben auf den Kopf gestellt hatte, und spürte ein Flattern in seinem Inneren. »Wir werden uns am achten Mai im Standesamt das Jawort geben.«

»So bald schon? Wie aufregend!«, entfuhr es Vanda, und die anderen stimmten ein. »Gratulation! Wir wünschen euch nur das Beste, nicht wahr, Liebling?«

»Allerdings. Diese Neuigkeit muss gebührend gefeiert werden!« Theodor wies Simon an, den besten Tropfen aus dem Keller zu holen.

Unterdessen erzählte das junge Paar von dem Wunsch, in der Nähe der Stadtvilla ein Haus zu kaufen, da Felix' Wohnung für ihre Familienplanung zu klein sei. Emilies Einwurf, dass sie auch nach der Eheschließung weiter als Krankenschwester arbeiten wollte, fand besonders bei den Frauen der Familie Anklang.

Als es einen Moment ruhig in der guten Stube war, hob Isa die Hand. Felix fand, sie sah aus wie eine Katze, die genüsslich aus einem Milchtopf geschleckt hatte. »Es gibt übrigens einen zweiten Grund zum Feiern.« Sie holte tief Luft. »Ihr werdet es nicht glauben, aber ich habe die erste Stufe zu Herrn Benjamins Buchhandlung bewältigt!« Ihre Stimme überschlug sich fast vor Freude.

»Mein Gott, das ist ja fabelhaft!«, stieß ihre Mutter aus und umarmte sie. Auch der Rest der Familie beglückwünschte sie zum Erreichen ihres Etappenziels.

Emilie, die Isa gegenübersaß, tastete über den Tisch hinweg nach ihrer Hand. »Felix hat mich über deine Fortschritte immer auf dem Laufenden gehalten. Darf ich dir sagen, wie sehr ich deinen Kampfgeist bewundere?«

Isas Wangen röteten sich. »Danke, Emilie.«

Theodor wandte sich seiner zukünftigen Schwiegertochter zu. »Du arbeitest mit Tuberkulosepatienten, nicht wahr? Warum hast du dich ausgerechnet für diesen Weg entschieden? Ist die Arbeit in einem städtischen Krankenhaus nicht leichter und weniger gefährlich?«

»Auf jeden Fall ist sie unpersönlicher«, antwortete Emilie. »Mir gefällt es, unsere Patienten über eine längere Zeit zu begleiten. Ja, manchmal ist meine Arbeit schwer zu ertragen, besonders wenn wir Patienten verlieren. Aber sie ist auch um einiges erfüllender, nicht zuletzt, weil die wissenschaftliche Erforschung der Krankheit noch in den Kinderschuhen steckt und ich durch neue Erkenntnisse in der Behandlung viel zu einer schnelleren Genesung der Patienten beitragen kann. Ich liebe meinen Beruf.«

Theodor wechselte einen Blick mit seinem Bruder. »Unser Vater ist ebenfalls an der Tuberkulose gestorben.«

Emilie nickte. »Felix hat es mir erzählt.«

Theodor schüttelte in einer Geste der Verlegenheit den Kopf. »Entschuldige, ich möchte dich nicht ausfragen wie ein Lehrer seine Schülerin. Sieh mir bitte meine Ungeschicktheit nach, falls ich dir zu nahe trete. Ich habe keinerlei Erfahrung mit Schwiegertöchtern.«

Emilie lachte auf, und der herzliche Klang sowie Theodors entwaffnende Offenheit lockerten die Atmosphäre im Raum schlagartig. Der Rest der Familie fiel in ihr Lachen ein.

Vanda und Isa nahmen Emilie in ihre Mitte und verwickelten sie in eine Diskussion über die mangelhafte Akzeptanz von arbeitenden Frauen. Damit trafen sie offenbar genau ihren Nerv, denn Emilies Gestik wurde allmählich lebhafter, und ein Hauch von Farbe kehrte in ihre Wangen zurück.

Sein Vater wechselte einen bedeutsamen Blick mit Felix. »Ich habe den Eindruck, unser Kleeblatt bekommt Verstärkung. Deine Emilie ist eine sehr interessante Person.«

270

»Freut mich, das aus deinem Mund zu hören, Vater.« Felix unterdrückte ein Stöhnen, als er sich vorsichtig bewegte.

Theodor machte eine wegwerfende Handbewegung. »Mir geht es nicht um Äußerlichkeiten, vielmehr ist mir ihr Selbstbewusstsein als Erstes aufgefallen. Sie ist eine Person, die einem selbst in einer großen Menschenmenge auffällt.« Er beugte sich näher zu seinem Sohn. »Aber hinter ihrem charmanten Lächeln verbirgt sich eine verletzliche Seele.«

»Sie hat ein paar schwierige Jahre hinter sich.«

»Das denke ich mir.« Sein Vater betrachtete Emilie, die mit Isa in ein Gespräch verwickelt war, nachdenklich. »Menschen mit einem sicheren Auftreten werden leider oft für stärker gehalten, als sie in Wahrheit sind.« Er wandte sich wieder seinem Sohn zu. »Pass gut auf deine Emilie auf und mach sie glücklich, mein Junge.«

Wärme schoss durch Felix' Adern. »Das werde ich.«

Kapitel 8

Caroline

Mailand, Via Visconti, 26. Juni 1914

Eineinhalb Jahre waren seit Felix' Abreise vergangen. In den ersten Wochen hatte Caroline nur so viel Zeit wie nötig in der Dachwohnung verbracht, die ohne ihn still und verlassen wirkte. Sie vermisste den Hauch seines Rasierwassers, der immer in der Luft gehangen hatte, und noch viel mehr seinen Beistand.

Letztes Jahr im Mai war sie für ein paar Tage nach Berlin gereist, denn um nichts in der Welt hätte sie versäumen wollen, wie sich Felix und Emilie im kleinen Familien- und Freundeskreis das Jawort gaben. Dachte sie an die feierliche Zeremonie und das glückstrahlende Brautpaar zurück, als es sich Treue schwor, ergriff sie noch immer Rührung. Emilie hatte in ihrem schlichten Seidenkleid zauberhaft ausgesehen, und Felix im eleganten Frack stand die Liebe deutlich ins Gesicht geschrieben. Besonders hatte sie sich jedoch gefreut, Levy und seine Frau bei der anschließenden Feier wiederzusehen. Als sie noch ein Kind gewesen war, hatte sie Felix' besten Freund auf jeder Familienfeier getroffen, doch seit er Vater von vier Kindern und sie selbst erwachsen war, sahen sie einander seltener.

Am Tag nach der Hochzeit hatte sie ihrem Freund Arturo, mit dem sie regelmäßig telefonierte, einen Besuch in der Schneiderei abgestattet.

Das Geschäft am Kurfürstendamm laufe durchaus zufriedenstellend, erwiderte er auf ihre Frage und wiegte den Kopf. »Trotzdem gelingt es mir nicht, mich hier heimisch zu fühlen.« Er machte eine raumgreifende Geste. »Die Berliner der Oberschicht sind mondän und extravagant, unzählige kreative Köpfe bereichern die Stadt. Bedauerlicherweise wissen sie das Leben jedoch nicht zu genießen, sie sind so ernsthaft, zuweilen sogar griesgrämig. Vielleicht weil das Wetter so grausig ist.« Arturo küsste ihre Hand. »Umso schöner, dich nach so langer Zeit wiederzusehen. Du bringst Licht in die Tristesse, meine Liebe.«

Caroline fühlte mit ihm. Als Italiener mit einem Faible für das süße Leben musste er in Berlin die Sonne und Leichtigkeit seiner Heimat vermissen. »Eigentlich sind die Berliner als humorvoll und gesellig bekannt, aber die unsichere Zukunft und die Angst vor einem drohenden Krieg haben vielen das Lachen genommen, Arturo.«

»Ich verstehe, das deckt sich mit meinen Beobachtungen zu Hause in Mailand. Aber lass uns von etwas Erfreulicherem sprechen. Erzähl mir von dir und deinem aufstrebenden Unternehmen.«

»Nun, auch hier gibt es eine Veränderung. Die Atmosphäre im Geschäft und in der Werkstatt hat sich seit Felix' Weggang gewandelt«, gestand sie. »Nicht, dass die Beschäftigten ihre Arbeit nicht mehr vernünftig verrichten, es ist eher die Art, wie sie sich mir gegenüber verhalten. Zuweilen sprechen sie mit mir, als wären wir alte Bekannte. Offenbar sind sie nicht gewillt, einer Frau mit dem gleichen Respekt wie einem Mann zu begegnen, obwohl ich ihre Vorgesetzte bin. Ich habe ihnen mitgeteilt, dass ich ein derartiges Betragen nicht dulde. Dennoch ist und bleibt es ein ermüdender Kampf.«

»Das ist ungehörig«, erboste er sich. »Ich hoffe, sie lernen aus deiner Standpauke. Zeig ihnen, wer das Sagen hat, meine Liebe.«

Die Unterhaltung lag inzwischen einige Wochen zurück, und der Besuch bei Arturo, der nach einem köstlichen Abendessen feuchtfröhlich endete, hatte ihr neue Zuversicht verliehen. Das ernste Gespräch mit ihren Arbeitern hatte sich obendrein als wirksam erwiesen, allerdings hatte sie bemerkt, dass die Leute über sie tuschelten und augenblicklich verstummten, sobald sie den Raum betrat.

Im täglichen Kampf um Akzeptanz vergaß Caroline zuweilen, dass sie allen Grund hatte, dankbar zu sein, schließlich war ihr Auftragsbuch gut gefüllt. Auch in der Familie gab es so manch Erfreuliches: Isa machte weiterhin kleine Fortschritte und ihre Verwandten in Cortez waren wohlauf.

Seit Felix verheiratet war, fragte ihr Vater immer häufiger, ob sie nicht ebenfalls einen geeigneten Heiratskandidaten kennengelernt habe, und sie musste stets verneinen. Zum Glück ließ er sich noch vertrösten, aber seine Geduld schien allmählich zur Neige zu gehen.

Caroline rief sich zur Ordnung und steuerte auf Enzos Schreibstube zu, da sie mit einem Feintäschner und den Schneiderinnen ein paar Details wegen der ersten Hochzeitsmodenschau, die nach eineinhalbjähriger Vorbereitung nun endlich in den Startlöchern stand, zu besprechen hatten. Seit Felix' Fortgang hatten Enzo und sie zusammen mit Isa an der festlichen Kleidung gearbeitet. Isas Entwürfe für die Accessoires hatten es dem italienischen Modemacher angetan, die größte Herausforderung war jedoch, kostengünstige Materialien zu bekommen, ohne an der Qualität zu sparen. Dieser Umstand hatte sie viele Monate gekostet. Rückblickend hatte sich die sorgfältige Auswahl aber bezahlt gemacht, und ihrer Schwester war es gelungen, erschwingliche Hochzeitsmode mit dem gewissen Etwas zu entwerfen. Mit einem Lied auf den Lippen verließ Caroline schließlich zufrieden die Fabrik.

Wie jeden letzten Freitag im Monat rief sie auch an diesem Nachmittag bei Walther in der Kanzlei an, weil es der beste Zeitpunkt für ein Gespräch war, da seine Kollegen dann bereits in den Feierabend gegangen waren.

»Wie lange willst du noch auf deinem Bürostuhl ausharren? Ich brauche dich hier dringend«, kam sie sogleich auf das Thema zu sprechen, das ihr ununterbrochen durch den Kopf ging.

Walther lachte am anderen Ende der Telefonleitung. »Du hast einen Buchhalter, soweit ich informiert bin.«

»Aber nicht dich!«, erwiderte Caroline heftig. »Außerdem erinnert er mich regelmäßig daran, dass er sich eigentlich längst zur Ruhe setzen wollte. Bitte lass mich nicht hängen.« Mit wachsender Verzweiflung sah sie hinaus in den mit Schäfchenwolken bedeckten Himmel. »Außerdem brauche ich einen Freund an meiner Seite, einen, dem ich vertrauen kann. Als Frau in der Mailänder Männerwelt werde ich nicht ausreichend ernst genommen.« *Wenn du wüsstest, was Vater von mir erwartet*, fügte sie in Gedanken hinzu, hütete sich aber, dies auszusprechen.

Als Walther nicht darauf einging, hakte sie nach: »Sag doch was dazu.«

»Na schön.«

Caroline gelang es kaum, still zu stehen. »Was ... meinst du damit?«

»Na schön. Ich komme. Hab ohnehin bereits gekündigt.«

»Was?!«, entfuhr es ihr lauter als beabsichtigt, was ihr ebenso neugierige, wie missbilligende Blicke der Kunden im Postamt einbrachte. »Du kommst wirklich nach Mailand?«

»Wenn ich es dir sage«, erklärte er ungerührt. »In zwei Wochen bin ich bei dir und bereit für ein Abenteuer.«

»Himmel, jetzt hast du mich aber an der Nase herumgeführt! Wart es ab, das zahle ich dir heim, wenn du erst hier bist!« Ihr Puls beschleunigte sich.

Walther lachte nur.

Carolines Gedanken überschlugen sich. »Du brauchst eine Wohnung. Keine Sorge, ich höre mich um. Du wirst deinen Entschluss nicht bereuen!« Sie musste an sich halten, um im Postamt nicht ein paar gewagte Tanzschritte hinzulegen. »Weiß deine Familie Bescheid?«

»Klar, sie kann meine Beweggründe verstehen, glücklich ist sie über meinen Entschluss natürlich nicht.« Er versprach, Caroline auf dem Laufenden zu halten, und da sie es nicht erwarten konnte, ihrer Familie die wunderbare Nachricht zu überbringen, überredete sie den Mann am Postschalter, sie gleich im Anschluss noch mit der Stadtvilla zu verbinden.

Ihre Eltern zeigten sich erfreut über die Entwicklung und gaben anschließend den Hörer an Felix weiter.

»Fabelhaft, dass sich der Gute endlich dazu entschlossen hat, dich in Mailand zu unterstützen. Du hast vielleicht ein Glück, Wildfang!«

»Das stimmt«, räumte sie kichernd ein.

»Ich habe auch noch etwas zu verkünden«, fuhr Felix mit vor Aufregung bebender Stimme fort. »Du bist die erste Person abseits der Villa, die davon erfährt. Emilie ist in anderen Umständen. Unser Kind kommt nächsten Februar auf die Welt. Wir wissen es erst seit gestern.«

Caroline presste eine Hand vor den Mund, damit ihr im Postamt kein Jauchzer entwich. »Herzlichen Glückwunsch!

Oh, wie ich mich für euch freue! Hast du eine weitere gute Neuigkeit auf Lager? Falls ja, gib mir Bescheid, in dem Fall werde ich Riechsalz benötigen.«

Felix lachte. »Nein, das ist alles für heute.«

Caroline trug ihm noch Grüße an Emilie und den Rest der Familie auf, danach verließ sie beschwingt das Postamt und machte sich mit Feuereifer daran, ein gemütliches Apartment für ihren Freund zu finden.

Glücklicherweise stellte Walther keine großen Ansprüche, dennoch hielt sie die Suche nach einer passenden Bleibe das ganze Wochenende in Atem. Vergeblich durchsuchte sie die Tageszeitungen nach freiem Wohnraum in der Stadt, gab am Samstag ein paar Annoncen auf und nutzte den Rest des Tages, sich in allen Geschäften und Restaurants der Umgebung umzuhören. Unterwegs begegnete sie ihrem Vermieter, der sich sogleich bereit erklärte, im Bekanntenkreis nach einer freien Wohnung herumzufragen. Als sie sich abends im Bett ausstreckte, war sie rechtschaffen müde und schlief auf der Stelle ein.

Caroline schlief lange, gönnte sich anschließend ein ausgiebiges Wannenbad und nahm dann die Akte mit der aktuellen Buchführung ihres kleinen Unternehmens zur Hand, die sie in regelmäßigen Abständen mit nach Hause nahm, um sich auf dem Laufenden zu halten. Sie verzog das Gesicht. Ihrem Buchhalter waren offenbar einige kleine Fehler unterlaufen, die sie markierte. Es wurde wirklich Zeit, dass sich Walther der Sache annahm. Die Freude auf ihr Wiedersehen und die guten Nachrichten aus Berlin zauberten ein Lächeln in ihre Mundwinkel, während sie sich ein leichtes Abendessen zubereitete.

Da sie laue Sommerabende liebte, beschloss sie, den Sonntag in den Giardini Pubblici ausklingen zu lassen. Auf deren Bänken unter hohen Bäumen und umgeben von ausgedehnten Wiesen ließ es sich wunderbar entspannen.

Lächelnd sah sie einem Paar zu, das mit seiner kleinen Tochter Fangen spielte. Felix würde seinem Kind ein wunderbarer Vater werden, daran zweifelte sie keine Sekunde. Wie glücklich er am Telefon geklungen hatte. *Nun wird sich alles zum Besseren wenden*, dachte Caroline. Auch für sie, denn sie war überzeugt davon, dass sie mit Walther an ihrer Seite allem Argwohn und Tratsch endlich ein Ende bereiten konnte.

Sie nahm auf einer Bank Platz und beobachtete den trägen Strom der Spaziergänger, die wie sie bei einem Spaziergang ein wenig Abwechslung vom Alltag suchten.

Ohne ersichtlichen Grund bildete sich auf dem sandigen Weg plötzlich eine Traube von Leuten, die sich auf einen barfüßigen Halbwüchsigen mit schmuddeliger Mütze zubewegte. Er zog einen alten Kinderwagen hinter sich her und winkte mit einer Zeitung.

»Österreichisch-ungarisches Thronfolgerpaar in Sarajevo von serbischen Nationalisten ermordet!«, gellte die helle Jungenstimme auf Italienisch durch den Park. »Attentäter gefasst. Die Welt trauert!«

Caroline schnappte nach Luft. Weil sie meinte, seine Worte womöglich missverstanden zu haben, eilte sie auf die Gruppe von Menschen zu, die dem Jungen die Zeitungen förmlich aus der Hand rissen.

»Das ist doch hoffentlich nur ein Gerücht?«, sprach sie einen älteren Herrn an, der den Artikel auf der Titelseite las und dabei seine Stirn sorgenvoll gefurcht hatte.

Er blickte auf. »Ich fürchte, nicht.«

Caroline nahm eine Zeitung und überflog fröstelnd den Artikel. »Grundgütiger, wie wird Österreich-Ungarn darauf reagieren?«

Der ältere Herr nickte. »Das werden sie nicht hinnehmen, junge Frau. Möge Gott über uns alle wachen.«

KAPITEL 9

Isa

Prenzlauer Berg, 5. Juli 1914

Das Attentat auf das österreichisch-ungarische Thronfolgerpaar hatte im Deutschen Reich Bestürzung ausgelöst und war das allgemeine Gesprächsthema in Berlin. Ob beim Bäcker, auf den Marktplätzen oder in der Bank – die Menschen standen beieinander und tauschten ihre Gedanken zu den grausamen Morden und deren mögliche Folgen aus.

Auch Familie Breitenbach studierte die Tageszeitungen bereits vor dem Frühstück. Onkel Georg hatte es vor Kurzem trefflich ausgedrückt: Ihm komme es vor, als schwebe ein Damoklesschwert über ihren Köpfen, das jeden Augenblick auf sie niedersausen könne.

Eines Morgens fanden sich Isa, ihr Vater und Felix früher als sonst im Speiseraum der Stadtvilla ein.

»Habt ihr die *Handels-Zeitung* gelesen?« Theodor ließ sich schwer auf seinen Platz sinken. Seine Miene drückte dieselbe Fassungslosigkeit aus, die auch Isa ergriffen hatte.

»Ja, im *Tageblatt* wird ebenfalls darüber berichtet.« Isa überlief ein kalter Schauer. »Wie kann unser Kaiser Österreich-Ungarn bedingungslose Bündnistreue zusichern?« Dankend nahm sie von Magda eine Tasse dampfenden Tee entgegen. »Ich hatte eigentlich auf seine diplomatischen Fähigkeiten vertraut.«

»Was bleibt ihm denn übrig?«, entgegnete ihr Vater finster. »Sie sind vertraglich aneinander gebunden, und er kann sich keine Schwäche leisten, will er sein Gesicht nicht verlieren.«

»Absolut richtig«, warf Felix ein. »Er hat Österreich-Ungarn geraten, nach dem Doppelmord, den ein Serbe und ein Bosnier begangen haben sollen, energisch gegen Serbien vorzugehen. Niemand kann und darf diese grausige Tat folgenlos tolerieren.«

»Zumal uns das Russische Kaiserreich militärisch überlegen ist«, gab Theodor zu bedenken. »Ich vermute, der Kaiser ist besorgt, weil Großbritannien von ihm abgerückt ist und sich Frankreich zugewendet hat. Österreich-Ungarn ist nunmehr sein einziger Bündnispartner, den er nicht riskieren kann, zu verlieren.«

Aufgebracht rang Isa die Hände. »Papperlapapp! Es gibt immer einen anderen Weg. Seht ihr nicht, was passiert?« Ihre Stimme klang eher nach einem Krächzen. »Erst hatten wir Angst vor einem Krieg mit den Franzosen. Aber jetzt, mit dem Zugeständnis des Kaisers, müssen wir uns vor einem großen europäischen Krieg fürchten!« Grauenvolle Bilder von Soldaten, die vor einer sich nähernden Fliegerbombe flohen, erstanden vor ihrem geistigen Auge, und sie bildete sich ein, ihre Detonation gleich einem Erdbeben zu fühlen. Schreie erfüllten die rauchgeschwängerte Luft, und durch den Schlamm kriechende Soldaten duckten sich mit verzerrten Zügen vor dem Feind. Isa presste die Lippen aufeinander. »Unvorstellbar, wie viel Leid, wie viele Tote ein Krieg von diesem Ausmaß mit sich brächte!«, rief sie erregt.

Felix strich ihr beruhigend über das Haar. »Gott bewahre. Möge ein solcher Krieg niemals ausbrechen.« Er begegnete dem

Blick ihres Vaters. »Heute bin ich froh, dass Caroline uns zum Handeln gedrängt hat.«

»Dem ist nichts hinzuzufügen«, murmelte Theodor.

Kurz darauf fand sich auch der Rest der Familie im Speiseraum ein. An diesem Morgen jedoch nahmen die Breitenbachs das Frühstück ohne die munteren Unterhaltungen ein, mit denen sie sonst den Tag begannen.

Isa war die Erste, die im Firmengebäude eintraf, in der Hoffnung, zwischen ihren Entwürfen und Ideen von ihren Ängsten abgelenkt zu werden. Für den Nachmittag war eine Therapiestunde bei Mikail, wie sie Doktor Ascher seit geraumer Zeit nannte, angesetzt. Isa blickte von ihrem jüngsten Entwurf auf und beobachtete einen Zitronenfalter, der sich offenbar ins Zimmer verirrt und auf einer Topfpflanze niedergelassen hatte. Sie öffnete das Fenster weit und beobachtete, wie er erregt flatternd ins Freie flog. Immer wenn sie bei ihren Übungen glaubte, nicht weitermachen zu können, erinnerte sie sich an den Moment, als das Gefühl in ihre Zehen zurückgekehrt war. Nicht einmal sie selbst hatte an dieses Wunder geglaubt, seither fand sie beinahe täglich neue Gründe, ihre Ziele mit Mikail weiterzuverfolgen.

Von neuer Energie erfüllt wandte sie sich wieder ihrer Arbeit zu. Gleich nach Feierabend ließ sie sich von Simon zur Praxis von Doktor Ascher fahren.

»Willkommen, Isa. Bist du bereit?«, begrüßte Mikail sie mit einem warmen Lächeln.

»Aber sicher«, erwiderte sie aufrichtig.

Der Orthopäde machte eine einladende Handbewegung zum Trainingsraum.

Dort blickte sie sich verwirrt um und deutete auf ein Sofa, das in der Mitte der langen Wand direkt neben der hölzernen Treppe stand. »Was hat das zu bedeuten?«

Der Orthopäde klatschte schmunzelnd in die Hände. »Nun, meine Liebe, du hast dir ein großes Ziel gesetzt, dabei aber offenbar eine Kleinigkeit vergessen.«

»Inwiefern?«

»Angenommen, du bewältigst die drei Stufen zu Herrn Benjamins Buchhandlung. Dann nehme ich doch an, dass du dich mit einem Buch auf sein Sofa setzen und lesen möchtest, nicht wahr?«

Isa biss sich auf die Unterlippe. »Richtig, ich habe dort nur die Krücken zur Hilfe und muss mich selbstständig hinsetzen und wieder aufstehen. Himmel, wieso habe ich das außer Acht gelassen?«

Auf Mikails fein geschnittenem Gesicht meinte sie, einen Hauch Mitgefühl zu entdecken. »Weil du alles außer deinem Ziel ausblendest. Da ist es völlig normal, sich nicht auf Details einzulassen.«

Er bat sie näher zu dem Sitzmöbel mit der hohen Rückenlehne.

»Herr Benjamins Sofa wird vermutlich weit mehr nachgeben als die Polsterung der Stühle, auf denen du sonst sitzt. Demzufolge hast du beim Aufstehen keinen sicheren Halt.« Ernst beugte er sich zu ihr hinunter. »Ich zeige dir heute, wie du das trotzdem bewerkstelligen kannst. Allerdings wirst du einen Arm brauchen, an dem du dich festhalten kannst.«

»Simon oder Herr Benjamin helfen mir.«

»Natürlich machen sie das.« Er stupste ihr Kinn. »Auf geht's.«

Mikail kreuzte die Arme und begutachtete wenig später aufmerksam, wie sich Isa vorsichtig und ein wenig wackelig aufs Sofa setzte.

Sie sah ihn reglos an. »Ich sitze tiefer als im Rollstuhl. Das wird schwierig.« Sie pustete sich Luft zu. »Gut, was soll ich jetzt tun?«

»Falsch«, erwiderte er sanft. »Frag mich nicht, was du sollst, sag mir lieber, was du für *dich* tun kannst. Wie bist du vor deinem Unfall aufgestanden?«

Isa forschte in ihrer Vergangenheit, beschwor Szenen ihres früheren Lebens herauf, aber über der Zeit vor ihrem Unfall schien ein Schleier zu liegen, den sie nicht zu lüften vermochte. »Ich weiß es nicht mehr. Wieso erinnere ich mich nicht?«

Er ging vor ihr in die Hocke. »Weil solche Bewegungsabläufe automatisch geschehen«, erwiderte er geduldig. »Nachdem wir als Kleinkinder das Laufen erlernt haben, denken wir nicht mehr darüber nach. Aber jetzt möchte ich, dass du dich darauf besinnst, wie du früher aufgestanden bist.«

Isa blickte an sich hinunter. »Ich habe die Füße aufgestellt und mich hochgezogen.«

Mikail schüttelte den Kopf. »Ganz recht, aber das funktioniert nur, wenn du dich vom Rollstuhl aus an Stangen hochziehen kannst. Doch bei Herrn Benjamins Sofa steht dir nichts dergleichen zur Verfügung. Du musst dir also etwas anderes einfallen lassen.«

Doch so sehr sie auch grübelte, sie wusste nicht, was er meinte.

»Du musst dein Gewicht nach vorn verlagern«, kam er ihr schließlich zu Hilfe, da sie mit wachsender Verzweiflung geschwiegen hatte. »Du brauchst auf jeden Fall deine Rückenmuskulatur. Und wenn du auf halbem Wege zum Stehen kommst, verlagerst du dein Gewicht auf die Füße, um dich aufzurichten. Das ist dann der Moment, wo du jemanden brauchst, bei dem du dich abstützen kannst.«

Isa schnippte mit dem Finger. »Oh ja, jetzt weiß ich es wieder!« Sie lächelte verlegen. »Wie konnte ich das nur vergessen.« Als er sie nur ruhig musterte, fasste sie sich ein Herz und fragte, was ihr schon länger durch den Kopf ging.

»Du bist nicht nur Heilgymnast, sondern auch Orthopäde. Trotzdem habe ich in deiner Praxis keine der üblichen Apparaturen und Behandlungsräume gesehen, die Orthopäden normalerweise nutzen.«

»Das ist richtig. Ich habe mich entschlossen, mich auf die Heilgymnastik zu konzentrieren.«

»Dafür bin ich auch mehr als dankbar«, sagte Isa. »Aber wieso bist du Facharzt, ohne deinen Beruf auszuüben?« Sie legte den Kopf schief. »Verzeih meine neugierigen Fragen, aber ist das nicht ungewöhnlich?«

Mikail hatte ihr aufmerksam zugehört, ohne eine Gefühlsregung erkennen zu lassen. »Ich glaube daran, dass jeder von uns vom Höchsten eine Bestimmung für sein Leben mitbekommt. Meine ist die Heilgymnastik, und deshalb nehme ich mir das Recht heraus, zu tun, was mir wichtig ist.«

»Was ich über alle Maßen bewundere«, erwiderte sie weich. »Versteh mich nicht falsch, deine Aufgabe ist es, die Beweglichkeit der Patienten zu fördern. Die vielen praktischen Ratschläge gehören aber bestimmt nicht zu deinem üblichen Repertoire«, setzte sie nach. »Warum tust du das alles?«

Mikail blinzelte. Die Gelassenheit auf seiner Miene hatte sich verflüchtigt. Er zog sich einen Hocker heran und setzte sich ihr gegenüber. »Ich mache das, damit meine gelähmten Patienten ein Stück ihrer Eigenständigkeit zurückgewinnen.« Seine dunklen Augen wirkten auf einmal noch dunkler, als ob ein Schatten über ihnen läge. »Es hat eine Zeit gegeben, in der ich schmerzhaft lernen musste, was Hilflosigkeit bedeutet. Das will ich niemals wieder erleben.«

Isa spürte, wie schwer ihm das Sprechen fiel. »Ich kann mir dich nicht hilflos vorstellen. Was war denn passiert?«

Gedankenversunken öffnete er einen Hemdknopf und hielt einen Moment inne. »Zehn Jahre ist es inzwischen her. Damals studierte ich an der Ludwig-Maximilians-Universität in

München und war einer zauberhaften jungen Frau versprochen. Wenige Wochen vor unserer Hochzeit stürzte sie bei einem Ausritt und zog sich ähnliche Verletzungen zu wie du.«

Isa stieß heftig die Luft aus. »Um Himmels willen, sie war gelähmt?«

Er nickte. »Ein Professor erzählte mir damals von der Anstalt für Heilgymnastik, Orthopädie mit Massage in Kiel, die von einem Herrn Johann Lubinus geführt wurde. Dort habe ich händeringend nach einem ambitionierten Heilgymnasten oder einem anderen Fachmann gesucht, der meiner Verlobten helfen konnte.«

Er starrte an ihr vorbei, und Isa bemerkte, wie die Schatten der Vergangenheit in ihm wieder lebendig wurden.

»Leider habe ich niemanden gefunden, der auf die Schnelle in der Lage gewesen wäre, sie in München zu behandeln. Also war sie ans Bett gefesselt, und ich haderte mit mir selbst, weil ich nicht selbst über das nötige Wissen verfügte. Die Hilflosigkeit hat mich beinahe um den Verstand gebracht. Sie starb einige Wochen später an den Folgen des Unfalls«, fuhr er fort und holte tief Luft. »Damals habe ich den Entschluss gefasst, mich nach dem Studium im Institut von Herrn Lubinus zum Heilgymnasten ausbilden zu lassen und später eine Praxis zu eröffnen.«

»Das tut mir sehr leid zu hören, Mikail«, brachte sie leise hervor. Ihr Kopf schwirrte, und als sich ihre Blicke trafen, verschwamm ihre Sicht.

»Nicht weinen.« Er strich ihr sanft über den Handrücken. »Wir haben alle unser Schicksal, das wir annehmen müssen.«

»Das ist es nicht.« Sie wischte sich übers Gesicht. »Die Geschichte macht mich betroffen und erinnert mich daran, was für ein Glückspilz ich bin.«

Seine Augen weiteten sich verblüfft. »Wieso denn das?«

»Mein Unfall passierte zu einer Zeit, in der die Forschung schon weiter fortgeschritten war. Ich wurde von gut ausgebildeten Ärzten behandelt, meine Familie war in der Lage, mir die beste Versorgung zu ermöglichen, und ich hatte dank dir keinerlei Schwierigkeit, einen Heilgymnasten zu finden. Das alles hätte ich deiner Verlobten und dir ebenfalls gewünscht.«

»Danke, Isa.« Ein wehmütiges Lächeln umspielte seinen Mund. »Aber wer weiß, ob ich ohne den Verlust und die bittere Erkenntnis, dass es zu wenig Heilgymnasten gibt, zu meiner Berufung gefunden hätte.«

Nachdenklich wies sie auf seine Kippa. »Das stimmt. Aber soweit ich es verstehe, ist die Ehe für Juden ein heiliges Gut, und die traurigen Ereignisse liegen viele Jahre zurück. Wieso hast du nie geheiratet?« Isa biss sich auf die Zunge. Es hätte nicht viel gefehlt und sie hätte Mikail gefragt, warum ein gebildeter und attraktiver Mann wie er allein lebte. Zum Glück hatte sie sich rechtzeitig eines Besseren besonnen.

Auf ihre Direktheit reagierte er, ohne mit der Wimper zu zucken. »Gute Frage. Obwohl ich meinen Glauben nicht in dem Maße ausübe wie andere, hat es für mich eine enorme Bedeutung, nur eine jüdische Frau zu heiraten.« Er hob die Schultern. »Nun, ich habe einfach noch nicht die Richtige gefunden. Doch genug geplaudert, nimm die Krücken an dich und versuche einmal, dich aufzurichten.«

Sie bedachte ihre Beine mit einem finsteren Blick, beugte sich so weit vor, wie es ihr möglich war, und stemmte sich mithilfe ihrer Krücken hoch.

»Gut. Bleib so.« Mikail korrigierte ihre Fußstellung und hielt ihr seinen Arm entgegen. »Weiter!«

Sie umklammerte seinen Arm und zog sich in die Höhe. Auf halbem Wege wurde ihr auf einmal heiß und kalt. »Ich weiß … weiß nicht, wie ich das Gewicht auf die Füße verlagern soll.«

»Atme langsam ein und aus, Isa«, vernahm sie Mikails Stimme von weit her. »Sieh mich an!«

Sie gehorchte.

»Spürst du deine Zehen?«

»Im Moment nicht«, kam es stockend von ihr.

»Ich halte dich«, sagte er ruhig. »Versuche, deine Füße nach vorn abzurollen.« Er führte es ihr vor, und sie probierte es erneut.

Da stöhnte sie auf. »Mein Gott, das … das tut furchtbar weh, wie Tausende Nadelstiche …« Der Schmerz nahm ihr die Stimme, und die Anstrengung ließ ihre Muskeln unkontrolliert zucken. »Aber solange ich meine Zehen spüre, ertrage ich alles.«

»Du machst das fabelhaft. Richte dich auf! Du schaffst das.«

Isa stützte sich schwer auf ihre Krücken und fixierte die Kletterwand und die Konstruktion mit den Haltestangen auf der gegenüberliegenden Seite. Sie brauchte einen festen Punkt, der ihr Halt gab. Dann streckte sie sich langsam und versuchte, den Schmerz in ihren Zehen zu ignorieren.

Doch schon beim nächsten Herzschlag verlor sie das Gleichgewicht und fiel aufs Sofa zurück.

Anders als erwartet klatschte er Beifall. »Das war ein sehr guter erster Versuch.«

Isa wartete, bis sich ihr Puls normalisiert hatte, und sah zu ihm auf. »Ich habe es fast geschafft.«

»Das hast du. Nur noch ein paar Zentimeter.« Er umfasste ihre Schultern. »Habe ich dir eigentlich schon mal gesagt, dass du meine Meisterschülerin bist?«

»Nein, das hast du nicht.« Für einen Moment vergaß sie alle Sorgen und Ängste, die sie den ganzen Tag über wie Schatten verfolgt hatten. »Aber wenn es so ist, probiere ich es doch gleich noch mal.«

Kapitel 10

Caroline

Durch die Vermittlung ihres Vermieters war es Caroline wenige Tage vor Walthers Ankunft doch noch geglückt, ein schlichtes, aber zentral gelegenes Apartment mit einem hübschen Balkon in der Via Olona für ihn anzumieten. Leider war es erst ab dem nächsten Monat bezugsfertig, weshalb sie Walther ein Zimmer in einer netten Pension ganz in der Nähe reserviert hatte.

Er traf an einem Samstagnachmittag ein, und als sie in sein lächelndes Gesicht blickte, fiel die Anspannung, die sie seit Felix' Fortgang nicht verlassen hatte, allmählich von ihr ab.

Caroline legte ihre Wange an seine. »Ich freue mich so sehr, dass du endlich hier bist.« Sie hielt ihn ein Stück von sich ab. »Gut siehst du aus.« Dann wandte sie sich um und teilte dem Kutscher eine Adresse mit.

»Komm, ich zeige dir dein Zimmer. Es war das komfortabelste, das ich auf die Schnelle auftreiben konnte. Ich hoffe, es gefällt dir.«

Walther lächelte. »Da bin ich mir sicher. Danke für deine Mühe.«

Nachdem sie sein Gepäck aufs Pensionszimmer gebracht hatten, führte ihn Caroline durch ihre neue Heimat, und Mailand zeigte sich von seiner schönsten Seite.

Zur Feier des Tages lud sie ihn anschließend zum Abendessen ein.

»Ich verstehe nicht, wieso man dich als Frau nicht ernst nimmt«, griff er nach dem Essen den Gesprächsfaden ihres letzten Telefongespräches vor seiner Abreise auf. »Liegt das einzig daran, dass du unverheiratet bist?«

»Zumindest bin ich die einzige ledige Geschäftsfrau weit und breit.«

»Das lässt sich rasch ändern.« Er zwinkerte.

Caroline erhob ihren Zeigefinger. »Du willst mich hoffentlich nicht an einen dahergelaufenen Kerl verschachern? Das würde ich dir nämlich sehr übel nehmen.«

Er lachte. »Nein, nichts dergleichen. Ich habe einen viel besseren Vorschlag. Als meine Verlobte wärst du das leidige Problem mit den verstaubten Ansichten der Mailänder nämlich auf einen Schlag los.«

Wie versteinert starrte sie in seine vergnügte Miene und fragte sich jäh, ob er den Verstand verloren hatte. »Wie bitte? Wir beide waren nie ein Paar.«

»Das weiß hier aber niemand außer uns. Ich kaufe dir einfach am Montag einen Ring. Betrachte ihn als Zeichen unserer Verbundenheit und stell mich als deinen Verlobten vor.«

Ihr verwirrtes Hirn brauchte einige Schrecksekunden, um zu begreifen. »Das kann nicht dein Ernst sein! Man wird erwarten, dass wir irgendwann heiraten.«

»Ja, und?« Er betrachtete sie nachdenklich. »Für mich ist es eine angenehme Vorstellung, meine beste Freundin zu heiraten.« Er beugte sich über den Tisch. »Felix hat mir erzählt, was deine Eltern von dir erwarten. Wir haben uns kurz vor meiner Abreise getroffen und den ganzen Abend geplaudert.« Er nippte an seinem Portwein. »Ich könnte wetten, wärst du mit einem anständigen und geschäftstüchtigen Mann verheiratet, würde man dich auch ohne deinen Bruder zu gesellschaftlichen Ereignissen einladen. Und ehe du dich versiehst, steigt dein Ansehen und somit auch der Umsatz deines kleinen Unternehmens.«

Seine Unschuldsmiene reizte ihre Lachmuskeln. »Ach, und du meinst also, du wärst dieser anständige und geschäftstüchtige Mann, der mich aus dem Dilemma befreien könnte?«

»Ja, etwa nicht?« Er tippte sich gegen die Stirn. »Sei ehrlich, bist du nie auf den Gedanken gekommen? Genau genommen wollte ich dich schon in Berlin fragen, aber mit deinem Bekenntnis, dass du nach Mailand gehen wolltest, hast du meine Pläne durchkreuzt. In Wahrheit habe ich es genauso satt wie du, allein zu sein. Warum also nicht?«

Caroline beobachtete den Kellner, der von einem Tisch zum nächsten eilte und Bestellungen entgegennahm, um sich zu sammeln. Als sie sich Walther wieder zuwandte, fühlte sie sich stark genug, seinem Blick zu begegnen. »Du bist verrückt. Was, wenn du eines Tages die eine Frau triffst, die für dich bestimmt ist? Ich will deinem Glück nicht im Weg stehen.«

»Darüber mach dir mal keine Gedanken.« Sein Grinsen wirkte jungenhaft. »Das Ganze hat für uns beide enorme Vorteile, oder denkst du, meine Eltern würden mir nicht in den Ohren liegen, eine Familie zu gründen, wie es sich gehört? Außerdem können wir hier endlich das freie Leben führen, das wir uns immer erträumt haben.«

Caroline wollte ihm widersprechen, aber ihr fehlte ein zündendes Argument. Sie forschte in seinem Gesicht, das gereifter und kantiger erschien, als sie es in Erinnerung hatte. Er war der einzige wahre Freund, den sie je gehabt hatte. So bizarr sein Vorschlag auch klang – so sehr konnte er ihr auch vieles erleichtern. Wenn sie schon heiraten musste, dann am ehesten Walther, dem sie blind vertraute und der sie nie hintergehen würde. »Einverstanden«, entgegnete sie schließlich. »Aber nur, wenn du mir versprichst, dass wir unsere Verlobung lösen, sollte sich einer von uns in jemand anderes verlieben.«

»Abgemacht.« Walther zwirbelte seinen Schnurrbart. »Ich bin gespannt, wie deine Familie auf unsere Verlobung reagiert.«

»Sie werden sich alle freuen, besonders aber Felix«, entgegnete Caroline. »Er hat sich immer gewünscht, dass wir ein Paar werden.« Sie betrachtete ihn aufmerksam. Das Kerzenlicht erhellte sein Gesicht und ließ dunkle Schatten unter seinen Augen offenbar werden. »Du musst erschöpft sein von der weiten Reise. Es ist spät geworden, und schon übermorgen holt uns der Alltag wieder ein. Wollen wir gehen?«

Er winkte dem Kellner. »Ja, gern.«

Draußen bot ihr Walther seinen Arm. Es war still geworden in der verschwiegenen Gasse, und Carolines Stiefelabsätze klapperten auf dem Pflaster. Laternen beleuchteten ihren Weg zur Piazza del Duomo.

Vor dem Portal ihres Hauses hauchte er einen Kuss auf ihre Wange. »Sehen wir uns morgen?«

»Aber sicher.« Sie stieß ihn leicht in die Seite. »Ich muss dich schließlich in die Vorgänge in der Firma einweisen.«

Sie verabredeten sich für den kommenden Nachmittag, dann ging sie in ihre stille Wohnung. In dieser Nacht lag sie lange wach, und als der Schlaf sie schließlich übermannte, begleiteten sie verwirrende Träume.

Bevor sie am Montag das Geschäft öffnete, streifte ihr Walther einen schmalen silbernen Ring über den Finger, und sie stellte ihn Enzo vor, mit dem sie in ihrer Werkstatt verabredet war.

»Ich gratuliere von Herzen.« Der Herrenschneider zog eine Braue hoch. »Also, Sie hätten mir ruhig etwas von Ihren Hochzeitsplänen verraten können, meine Liebe.«

Caroline wechselte einen raschen Blick mit ihrem Verlobten. »Walther hat mich mit seinem Antrag ebenfalls überrascht.«

»Wie schön. Dann bleibt mir nur, Ihnen beiden alles Gute zu wünschen.«

Die Belegschaft verfolgte wenig später fassungslos, wie sie ihren Verlobten und neuen Buchhalter vorstellte. Caroline gelang es kaum, ein Schmunzeln zu verbergen, als sie anschließend Arm in Arm mit Walther die Werkstatt und das Geschäft verließ.

Er stupste ihre Nase. »Siehst du, hat doch hervorragend funktioniert. Falls du mich suchst, ich mache mich mit den Finanzen vertraut.« Damit zog er sich in die Schreibstube zurück, und sie sah ihm kopfschüttelnd nach.

Zum Glück blieb ihr keine Zeit zum Grübeln, denn die Modenschau sollte bereits in der kommenden Woche stattfinden, und bis dahin gab es noch allerhand zu tun.

Am späten Vormittag fanden sich drei junge Modelle in Enzos und Arturos Herrenschneiderei zur Anprobe ein, damit die Näherinnen letzte Hand an die maßgeschneiderte Garderobe legen konnten. Isa hatte mit ihren Entwürfen der Schuhkollektion ein kleines Wunder vollbracht. Zu einem im römischen Stil gehaltenen Seidenkleid hatte sie passende Stiefeletten sowie eine Tasche mit Goldstickereien entworfen. Eine Blondine sollte nächste Woche das schlicht gehaltene Brautkleid mit dem eng anliegenden Rock tragen, darüber eine Tunika aus Organza. Dazu hatte Isa einen Hut kreiert, dessen dunkelrote Federn sich im Kleinformat auf den Schnallenschuhen wiederfanden.

So vergingen die Tage in atemloser Hast, und die Abende verbrachte sie mit Walther. Da sie einander lange nicht gesehen hatten, gab es jede Menge zu erzählen. Wenn er ihr von den Neuigkeiten aus der Heimat berichtete, wurde ihr überdeutlich, wie sehr es ihr gefehlt hatte, mit ihm über politische Verwicklungen zu diskutieren. In Mailand kannte sie außer Enzo kaum jemanden näher, sie vermisste die Ausritte mit Henny, den Einsatz für den Weltbund für Frauenstimmrecht, die intensiven Gespräche mit den Genossinnen der Sozialdemokraten und die gemeinsamen Mahlzeiten im Kreis ihrer Familie.

»Hast du nicht behauptet, du kennst kein Heimweh?«, neckte Walther sie eines Abends bei einem Spaziergang durch die Stadt.

»Das ist es nicht«, wehrte sie ab. »Aber in Mailand muss ich mir jedes Wort gut überlegen, und für mich, die das Herz allzu häufig auf der Zunge trägt, ist das eine echte Herausforderung. Als deutsche Zugezogene steht es mir jedoch nicht zu, in politischer oder gesellschaftlicher Hinsicht Stellung zu beziehen. Hier muss ich diplomatisch bleiben, über Missstände vornehm schweigen und gefährlichen Fragen ausweichen.« Caroline öffnete ihren leichten Mantel, denn trotz der späten Stunde hing die Hitze des Tages noch wie eine schwere Wolke in der Luft. »Dabei würde ich mich liebend gern auch hier für die Rechte der Frauen engagieren.« Ihr Blick fiel auf den Siegelring, den sie nun an der rechten Hand trug. »Aber die Umstände muss ich in Kauf nehmen, weil ich mich der Familie und der Zukunft unserer Unternehmen verpflichtet fühle. Du weißt, was mir der Schwur auf den weißen Ahorn bedeutet.«

Walther sah sie voller Zuneigung an. »Und ob, und ich kann mir vorstellen, wie schwer es dir fällt, dich zurückzunehmen.« Er griff nach ihrer Hand. »Jetzt bist du ja nicht mehr allein.«

»Zum Glück«, erklärte sie lächelnd.

Insgeheim hatte sie damit gerechnet, dass er zumindest, wenn sie allein waren, vertraulichere Gesten von ihr erwartete, doch nichts davon geschah, und Caroline begann sich in den folgenden Tagen zu entspannen.

In der Nacht vor der Modenschau lief sie von innerer Unruhe getrieben in ihrem Erkerzimmer auf und ab und wartete sehnsüchtig darauf, dass die Sonne über den Dächern der Stadt aufging.

Was für ein Segen, dass Walther hier ist, dachte sie, als Enzo und sie im restlos überfüllten Vorführraum der *Herrenschneiderei De Luca* ihre Ansprache hielten. Walther gelang es rein durch sein ruhiges Auftreten, ihren Puls auf ein erträgliches Maß zu senken. Ihre Befürchtungen, dass ihre Pläne zu ambitioniert und der Kundenkreis zu klein für Hochzeitsmode wären, lösten sich rasch in Luft auf. Die Gäste zeigten sich von den ungewöhnlichen Kreationen beeindruckt; den größten Anteil der ersten Verkäufe hatten sie aber einfachen Leuten zu verdanken, worüber sich Caroline und Walther besonders freuten.

KAPITEL 11

Isa

Prenzlauer Berg, 1. August 1914

Der wolkenverhangene Nachmittag spiegelte exakt die Stimmung der Familie wider, die sich vollzählig in der guten Stube der Stadtvilla eingefunden hatte und betroffen schwieg. Der eine vielleicht, weil ihm die Worte fehlten zu beschreiben, welche Gefühle ihn schüttelten. Der nächste womöglich, weil die Fassungslosigkeit seine Kehle zuschnürte.

Fünf Tage zuvor hatte Österreich-Ungarn Serbien den Krieg erklärt, und das Russische Kaiserreich mobilisierte sein Kriegsheer, um seine Solidarität mit dem Balkan zu demonstrieren.

Für Isa fühlte es sich an, als hätte die Nachricht den Boden unter ihr gleich einer Explosion erschüttert, und die Gesichter der anderen verrieten, dass es ihrer Familie ebenso erging. Selbst die abendlichen, teils hitzigen Diskussionen blieben aus.

Vanda saß mit gesenkten Lidern neben Theodor, den Kopf gegen seine Schulter gelehnt. Emilie, etwas blasser als sonst, da sie wegen der Schwangerschaft mit morgendlicher Übelkeit zu kämpfen hatte, lief im Raum auf und ab, und Isa hätte schwören können, Tränen auf ihren Wangen entdeckt zu haben. Simon und Magda huschten umher wie Geister, und Onkel Georg und Tante Mathilde hatten dunkle Augenringe, vermutlich hatten sie die vergangenen Nächte schlaflos zugebracht.

Isa ertrug die gespenstische Stille nicht länger, sie musste sich bewegen, irgendetwas tun, das die Kälte aus ihren Gliedern vertrieb. Mit einer gemurmelten Entschuldigung fuhr sie hinaus in den Garten. Ohne die laue Sommerluft und den fröhlichen Gesang der Vögel wahrzunehmen, starrte sie in den Himmel und verfolgte, wie sich ein paar Schönwetterwolken vor die blendend helle Sonne schoben. Es gefiel ihr zwar nicht, dennoch flogen ihre Gedanken in den letzten Tagen immer öfter zu Bernhard; selbst wenn sie versuchte, sein Gesicht vor ihrem geistigen Auge zu vertreiben, wollte es nicht weichen. Ob er ebenso große Furcht vor der Zukunft empfand wie sie?

Sie erschrak, als sich jemand hinter ihr räusperte.

»Ein Ferngespräch. Deine Schwester aus Mailand.«

»Danke, Simon«, sagte sie abwesend. Sie fuhr mit dem Rollstuhl in den Salon und nahm den Hörer auf.

»Caroline, ich bin's.«

»Isa! Wie sehr ich dich vermisse. Was gibt es Neues zu Hause, hast du die Übung bei Doktor Ascher geschafft?«

Die aufgeweckte Stimme ihrer Schwester gellte in ihren Ohren, weshalb sie den Hörer etwas von sich abhielt. »Du fehlst mir auch. Ja, habe ich.« Doch anders als sonst, wenn sie jemandem von ihrem Erfolg in Mikails Praxis berichtete, fehlten ihr heute die Freude und Genugtuung, die sie dabei fast immer begleiteten.

»Entschuldige, wenn ich verstockt klinge, Caroline. Simon hat uns gerade die furchtbare Nachricht überbracht. Er sagte, Offiziere verbreiten sie in der ganzen Stadt. Wir sind über alle Maßen schockiert.«

»Welche furchtbare Nachricht? Liebes, wovon sprichst du?«

Isa schloss die Augen und rang um Fassung. Caroline die Hiobsbotschaft überbringen zu müssen, glich einem Albtraum. »Warte, ich lese vor.« Papier raschelte. »Hör zu. Der Kaiser hat nach Ablauf des Ultimatums an Russland die allgemeine Mobilmachung der gesamten deutschen Wehrmacht zu Lande und zu Wasser angeordnet.«

Caroline entwich ein entsetzter Laut.

»Die Leute jubeln auf den Straßen, als hätten sie in der Landeslotterie gewonnen«, fuhr Isa stockend fort. »Seit heute Nachmittag befindet sich Deutschland im Krieg gegen das Russische Kaiserreich.« Ihr stieg ein Schluchzen in die Kehle. »Wir hatten es uns bei einer Runde Schach und einer Kanne Tee gemütlich gemacht, auch Felix und Emilie leisteten uns Gesellschaft. Jetzt sitzen wir beieinander und können es nicht fassen.«

Eine schier unendliche Zeit schien vergangen zu sein, bis Caroline die Sprache wiederfand. »Ich ... komme so schnell ich kann nach Hause. Ihr werdet meine Hilfe brauchen.«

»Wer ruft an?« Theodor eilte mit langen Schritten zu seiner Tochter und ließ sich von dem Gespräch berichten. Energisch nahm er Isa den Hörer aus der Hand.

»Nichts dergleichen wirst du tun, Caroline! Du bleibst schön, wo du bist. Italien gehört zwar dem Dreibund mit Österreich-Ungarn und dem Deutschen Reich an, weigert sich aber, in den Krieg einzutreten. Du bist in Mailand weitaus sicherer!«

Isa wandte sich ab, das von inneren Kämpfen gezeichnete Gesicht ihres Vaters traf sie bis ins Mark.

Er lauschte. »Was mit Felix ist?«, antwortete er dann. »Wir müssen abwarten, Kleines. In den nächsten Tagen werden die Termine für die Musterungen zugestellt.« Theodor trommelte mit den Fingern auf die Marmorplatte des Tisches, auf dem der

Fernsprecher stand. »Ganz ruhig, Caroline. Wir wissen selbst noch nichts Genaues.«

Isa starrte an ihm vorbei. Auf der Straße stimmte jemand mit einer Trompete ein Lied an und nur Sekunden später fiel die jubelnde Masse ein:

Strömt herbei ihr Deutschlands Söhne

Nehmt die Waffen in die Hand!

Unser Kaiser ruft zur Fahne

In Gefahr ist unser Land!

Darum seid jetzt alle Brüder,

Ob ihr Herren oder Knecht.

Gebt dem deutschen Volke wieder,

was des deutschen Volkes Recht!

Eine Gänsehaut kroch ihr über die Arme. Die grölende Menge kam ihr wie eine Horde Bluthunde vor, die ahnungslos in die Fänge ihrer Häscher liefen, und das Makabre an der Situation war, dass Frauenstimmen die Männer noch anfeuerten.

Isas Brust wurde eng, als sie sich die Konsequenzen ausmalte, die *Schuherzeugung Breitenbach & Sohn* zu erwarten hatte. Auf ihrem Firmengelände in Berlin-Mitte, das ihr Vater damals von einem Konkurrenten übernommen hatte und in dem die Fertigungshallen für die Schuhe fürs Kaiserliche Militär und Sportschuhe untergebracht waren, arbeiteten allein rund vierhundert Arbeiter, am Prenzlauer Berg etwas weniger. Mit aufeinandergepressten Lippen starrte sie auf den Rücken ihres Vaters. Schätzungsweise sechzig Prozent ihrer Mitarbeiter konnten einen Einberufungsbefehl erhalten.

»Wir hören uns nächste Woche wieder«, vernahm sie die Stimme ihres Vaters. »Mach dir keine Sorgen. Dein alter Herr und dein Onkel werden jedenfalls nicht mehr eingezogen. Emilie, die als Krankenschwester verpflichtet ist, im Lazarett zu dienen, steht wegen ihrer Schwangerschaft auch nicht zur Verfügung. Das sollte uns für den Moment trösten. Ja, mach ich. Richte Walther unsere Grüße aus. Bis dann, mein Liebes.«

Theodor drehte sich zu Isa um, und weil sie ihn nicht umarmen konnte wie vor dem Unfall, griff sie nach seinen Händen. Wie müde und erschöpft er auf einmal aussah, in seinen Augen lag ein Ausdruck, der in ihr den verzweifelten Wunsch weckte, ihm seine Sorgen von den Schultern nehmen zu können.

»Sie hat geweint«, kam es heiser von ihm. »Wir müssen sie unbedingt davon abhalten, heimzukommen.«

Neben seinem rechten Mundwinkel entdeckte sie eine neue, harte Linie. Isa nickte. »Auf jeden Fall.«

Ihr Vater sank in einen Lehnsessel. Hinter seiner Stirn schien es zu arbeiten.

Da betrat Magda die Diele, zog geräuschvoll die Tür ins Schloss und steuerte auf den Vorratsraum neben der Küche zu.

Isa deutete auf die zwei bis oben gefüllten Körbe, mit denen sich die untersetzte Dienstbotin abmühte, und lenkte den Rollstuhl zu ihr. »Um Himmels willen, wann warst du einkaufen?«

»Heute Nachmittag«, erklärte Magda finster. »Ich muss das Zeug in den Vorratsraum bringen.«

»Das sieht aus, als hättest du den halben Kolonialwarenhandel aufgekauft. Gib mir mal einen Korb, bevor du unter der Last zusammenbrichst.«

Magda protestierte nicht, als Isa sich einen der beiden Körbe kopfschüttelnd auf den Schoß hob, um ihn zum Küchentisch zu befördern. »Das reicht ja für Wochen!«

Magdas sonst so rosige Wangen waren bleich. »Das denkst du! Nicht mehr lange und die Lebensmittelpreise werden explodieren. Zu allem Unglück können unsere Bauern die Ernte nicht mehr einbringen, weil sie in den Krieg ziehen müssen. Wer soll sich jetzt um die Felder kümmern, die Höfe versorgen und Geld nach Hause bringen, damit die Familien etwas zu essen auf dem Tisch haben?«

»Ich weiß«, sagte Isa leise. »Viele sind obendrein noch euphorisch und freuen sich sogar auf den Krieg.«

»Es ist eine Katastrophe«, erwiderte die Ältere betrübt. »Ich hatte unterwegs Schwierigkeiten, mich durch die Menge der verrückt gewordenen Kerle hindurchzuschlängeln. Ich wollte doch in die Jerusalemer Straße zum Kolonialwarenhändler Antelmann, weil ich dort die beste Vanille und den chinesischen Tee bekomme, den deine Eltern so gernhaben. Stell dir vor, ich musste zwei Stunden anstehen!« Sie wischte sich über die Stirn. »Ich habe gekauft, was ich tragen konnte. Ich sag dir, ich werde unseren Vorratsraum bis unters Dach füllen. Bald werden die Regale in den Läden wie leer gefegt sein. Das ist alles nicht gut, Mädel. Gar nicht gut.«

Magda räumte die Einkäufe fort, ohne ihr weiter Beachtung zu schenken. Isa kannte sie gut genug und sie ließ sie gewähren. Das alte Mädchen, das sie bereits ihr ganzes Leben lang begleitete, wollte keine Schwäche zeigen.

In der guten Stube fasste ihr Vater kurz das Gespräch mit Caroline zusammen.

Vanda lächelte dünn.

»Ich glaube nicht, dass man dich einberuft«, sagte sie an Felix gewandt. »Als Leiter eines renommierten Unternehmens hast du für die Arbeiter und eine reibungslose Produktion zu sorgen.«

Emilie pflichtete ihr bei. »Zumal man kurzen Prozess mit den Franzosen machen will. Es ergibt keinen Sinn, dich deswegen von der Arbeit abzuziehen.«

Tante Mathilde wiegte den Kopf. »Vergessen wir nicht, dass das Kaiserliche Militär ein langjähriger und wichtiger Kunde von uns ist.« Es hielt sie nicht mehr an ihrem Platz, aufgeregt lief sie hin und her. Isa hatte ihre selbstbewusste und energische Tante noch nie derart aufgelöst erlebt. »Stiefel für die Soldaten werden jetzt mehr denn je benötigt!«

»Du sagst es«, warf Vanda hastig ein und blickte auf den noch flachen Bauch ihrer Schwiegertochter. Isa meinte fast, ihre Gedanken zu hören. *In welche Welt wird das Kind geboren, wird es je sicher heranwachsen dürfen?*

Felix schlug die Beine übereinander. »Spekulationen kosten uns nur Nerven. Ich schlage vor, wir treffen ein paar Vorkehrungen, damit uns unliebsame Überraschungen erspart bleiben.« Er goss sich einen Schuss Whisky in den Tee. *Felix trinkt um diese Zeit nie Hochprozentiges*, dachte Isa. Er musste sehr aufgewühlt sein, obgleich er sich bemühte, seine Gefühle hinter einer neutralen Miene zu verbergen.

»Vater, wir haben eine Reihe älterer Mitarbeiter, die uns in den vergangenen Jahren als Krankenvertretungen zur Verfügung gestanden haben«, meinte Felix. »Frag sie bitte, ob sie bereit wären, für einige der Männer einzuspringen, die man in den Kriegsdienst ruft.«

»Wird erledigt.« Theodor strich über seinen Bart. »Es handelt sich aber um höchstens ein Dutzend Männer, die meisten sind inzwischen im Ruhestand. Inwiefern sie überhaupt bereit und in der Lage sind, sich wieder an die Werkbank zu stellen, muss ich erst herausfinden.«

»Jeder Mann zählt.« Felix wandte sich an seine Stiefmutter. »Du kennst viele unserer derzeitigen und ehemaligen Mitarbeiter näher. Wie steht es mit ihren Ehefrauen?«

»Viele von ihnen haben Kinder zu versorgen«, gab Vanda zu bedenken. »Für sie wird es schwer, ohne den Lohn ihrer Männer über die Runden zu kommen. Wieso fragst du, mein Junge?«

»Die Frauen der eingezogenen Männer brauchen unsere Hilfe«, erklärte er. »Vielleicht kann ein Teil von ihnen einige Kräfte in der Kontrolle oder in der Verpackung vertreten.«

»Wer einen Hausstand mit Kind und Kegel allein bewältigt«, meldete sich Isa zu Wort, »ist auch in der Lage, unsere Maschinen zu bedienen.«

Theodor stieß einen anerkennenden Pfiff aus. »Kluges Mädchen.«

Felix pflichtete Isa ebenfalls bei und hielt dann Vandas Blick fest. »Kannst du Kontakt zu den betreffenden Frauen aufnehmen? Wir würden uns über ihre Mitarbeit freuen.«

»Natürlich, ich kümmere mich darum.«

Onkel Georg fuhr sich übers Gesicht und wirkte auf einmal zerbrechlicher, als Isa ihn je erlebt hatte. »Machen wir uns nichts vor. Der Anteil der Frauen, die uns als Arbeiterinnen zur Verfügung stehen würden, wird verschwindend gering sein. Unsere Fachkräfte lassen sich nicht so einfach ersetzen.«

Tante Mathilde, die sich bisher nicht zu dem Thema geäußert hatte, schüttelte den Kopf. »Das kann und darf nicht alles gewesen sein, was wir für unsere Arbeiter und ihre Familien tun können.«

»Das ist es auch nicht«, widersprach Emilie. »Wir können weit mehr tun.« Ihre Stimme nahm einen beschwörenden Klang an. »Ich denke an eine Suppenküche, in der sich die Familien der Soldaten bei Bedarf eine warme Mahlzeit holen können.« Alle Augen richteten sich auf sie. »Seht mich nicht so an. Ich bin zwar keine begnadete Köchin, aber das traue ich mir allemal zu.«

Felix warf einen vielsagenden Blick auf ihren Bauch, der sich bald wölben würde, und Emilie hob eine Hand. »Ich weiß genau, was du sagen willst. Aber ich bin sicher, Mathilde oder Vanda stehen mir mit Rat und Tat zur Seite, wenn die Schwangerschaft beschwerlich werden sollte.«

»Liebend gern«, sagte Mathilde. »An den Vormittagen kann ich beim Vorbereiten der Mahlzeiten helfen. Die Klavierstunden für die Kinder finden immer erst ab halb drei statt.«

»Ich kann nachmittags mit dir die Mahlzeit für den nächsten Tag vorkochen«, ergänzte Vanda.

Wie festgewachsen saßen die Männer da. Theodor fand zuerst seine Sprache wieder. »Das ist eine ziemlich engagierte Idee, meine Liebe. Wie ich sehe, sind Mathilde und meine Frau auf deiner Seite. Aber wie stellst du dir das vor? Wo willst du eine Suppenküche einrichten?«

»Neben dem Versammlungsraum befindet sich eine kleine Küche, die ohnehin selten benutzt wird«, antwortete Emilie ohne Zögern.

»Eine, die höchstens für einen Imbiss ausgelegt ist«, gab Onkel Georg zu bedenken.

»Platz genug zum Zubereiten hätte ich allemal«, hielt Emilie dagegen. »Der Versammlungsraum lässt sich leicht in einen Speisesaal umfunktionieren. Ein paar Bänke und Stühle genügen. Die Mahlzeit kann direkt in der Küche abgeholt werden.«

»Nichts für ungut«, warf Theodor ernst ein. »Deine Initiative freut mich ungemein, aber erstens wäre das ein erheblicher Kostenfaktor, und außerdem halte ich es für unfair, wenn die Bedürftigen am Prenzlauer Berg eine warme Mahlzeit erhalten und jene in Berlin-Mitte nicht. Was bedeuten würde, dass wir auch dort eine Suppenküche einrichten müssten.« Er kräuselte die Stirn. »Versteh mich nicht falsch, Emilie, dein Vorschlag macht mich stolz. Aber gerade jetzt will jede Investition gut überlegt sein.«

Isa hatte so einige Gegenargumente auf der Zunge, hielt sich jedoch zurück.

»Das ist mir bewusst«, erwiderte Emilie ruhig. »Aber es wäre doch nur vorübergehend. Sobald die Männer zurück sind und wieder ihre Lohntüten nach Hause bringen, wird die Suppenküche nicht mehr gebraucht.«

»Die Frage ist nur, wie viele unserer Arbeiter am Ende tatsächlich zurückkehren«, sprudelte es aus Isa heraus. Sie hätte ihren Gedanken wohl besser für sich behalten, denn ihr Vater bedachte sie mit einem strafenden Blick.

Für einen Moment wurde es grabesstill.

Onkel Georg klatschte in die Hände. »Wie auch immer, meine Lieben. Kehren wir zum Ausgangsthema zurück. Auch ich sollte euch jetzt daran erinnern, besonnen mit unseren Rücklagen umzugehen.« Seine Züge wurden weich. »Dennoch muss ich zugeben, dass du mich beeindruckst, liebe Emilie. Durch die Mahlzeiten würden die Familien unserer Soldaten bei Kräften bleiben. Also wenn ihr mich fragt, wären die Suppenküchen die beste Investition, die ich mir vorstellen kann.«

»Ich stimme Emilie zu«, meinte Felix mit konzentrierter Miene. »Meiner Meinung nach sind wir es unseren treuen Mitarbeitern schuldig, uns um ihre Familien zu kümmern, während sie fürs Vaterland in die Schlacht ziehen.«

»Da ist etwas Wahres dran«, murmelte Theodor nach einer kurzen Pause und blickte sich um. »Wie sollen wir eurer Meinung nach mit den älteren Arbeitern verfahren? Mir würde es widerstreben, ihnen das Mittagessen zu verweigern.«

Isa meldete sich zu Wort. »Darüber habe ich mir ebenfalls Gedanken gemacht. Ich halte es für realistisch, auch ihnen die Möglichkeit einer Mittagsmahlzeit einzuräumen, sofern die Mehrheit der Belegschaft damit einverstanden ist, einen Obolus ihres Lohns für die Bedürftigen beizusteuern. Die Einnahmen nutzen wir dann für den Einkauf.«

Emilie strahlte. »Isa, das ist brillant! Hierdurch könnten wir einen Teil der Kosten decken.«

»Beteiligungen stärken zudem den Zusammenhalt der Belegschaft. Das ist ein kluger Vorschlag«, warf Onkel Georg ein.

Isa winkte ab. »Schon gut. Bevor wir uns jedoch in Details verlieren, wäre es hilfreich, zunächst den Bedarf zu prüfen, um die Kosten zu überschlagen.«

Felix nickte, und sein Lächeln legte sich wie ein warmer Umhang um sie.

»Unsere Frau Fuchs soll einen Fragebogen aufsetzen.« Henriette Fuchs war eine ihrer Sekretärinnen. »Danach stimmen die Mitarbeiter in einer Betriebsversammlung über unser Vorhaben ab. Ist das Ergebnis positiv, sollen sie den Fragebogen ausfüllen.«

»Ihr seid verrückt, aber ihr habt mich überzeugt.« Theodor klopfte sich schmunzelnd auf die Oberschenkel. »Was ist mit euch?«

Der Rest der Familie stimmte zu, und Isa meinte, in den Augen ihrer Familie einen Hauch von Hoffnung auszumachen.

KAPITEL 12

Chesmu

Drückende Hitze lag über dem Land. In der sonst so lebendigen Stadt hielten sich wegen der Erntezeit nur jene Bewohner auf, die sich für die schwere Feldarbeit zu alt fühlten. Die Männer lüfteten ihre Hüte, wenn sie dem Weeminuche und seiner weißen Frau begegneten, und ihre Gattinnen nickten zum Gruß. Man gewöhnte sich an die Anwesenheit des ungleichen Paares und begrub die Feindseligkeit. Offenbar hatten die meisten erkannt, dass Chesmu keine Konfrontation suchte und jedem mit demselben Respekt begegnete. Beäugten sie »das Indianerweib«, wie manche Julia genannt hatten, auch lange mit Skepsis, die Zärtlichkeit, mit der sich das Paar ansah, ließ letztlich niemanden kalt.

Chesmu spannte Kenai vor den neuen Karren, den sie sich vor Kurzem angeschafft hatten. Für die Kinder war es immer eine große Freude, sich von dem Pony ziehen zu lassen. Wenig später machten sie sich zu viert auf den Weg nach Cortez.

Während Chesmu und Julia mit der Familie in Berlin telefonierten, würden ihre Eltern Gracie und Sam mit Pfannkuchen verwöhnen. An einer Kiefer band Chesmu das Pony fest und strich über seine weichen Nüstern.

In der stickigen Luft des Postamtes surrte eine Fliege um ihren Korb, in dem sich ein in Papier eingewickelter Honigkuchen befand, den die Kinder so liebten und den Chesmu auf dem Marktplatz erstanden hatte. Ärgerlich schlug er nach dem Insekt, das sich jedoch sofort wieder auf das duftende Gebäck setzte. Die Sonne hatte ihren höchsten Stand erreicht, es wehte kein Lüftchen. Kein besonders günstiger Tag, im Postamt auf eine Verbindung nach Berlin zu warten. Erfahrungsgemäß hielt sich dort zur Mittagszeit jedoch kaum jemand auf. Die Leitungen schienen an diesem Mittwoch überlastet zu sein, der Beamte benötigte eine geschlagene Stunde, bis die Verbindung zur Stadtvilla in Berlin stand.

Chesmu ließ seine Frau, die Felix am anderen Ende aufmerksam lauschte, nicht aus den Augen.

»Was sagst du da?«, schrie Julia ins Telefon, und das ältere Paar hinter ihnen erboste sich, weshalb sie rasch eine Entschuldigung murmelte und leiser fortfuhr.

»Aber wieso? Sie können doch nicht …«

Chesmu trat ungeduldig von einem Fuß auf den anderen. Das Vibrieren ihrer Stimme alarmierte ihn, doch aus den wenigen deutschen Wortfetzen gelang es ihm nicht, Rückschlüsse auf Julias Gespräch zu ziehen.

»Ja, ich verstehe«, sagte sie mit einem nachdenklichen Blick auf den Siegelring an ihrer linken Hand und lehnte ihre Stirn gegen die Holzwand des Postamtes.

Chesmu legte den Arm um ihre Taille, weil sie schwankte. »Es tut mir leid, Felix. Ich bin fassungslos. Ja, ist gut. Bis nächste Woche.«

Julia beendete die Verbindung und dankte dem Postbeamten mechanisch. Draußen führte Chesmu sie zu der Bank vor der Bäckerei, deren Veranda ein wenig Schatten spendete.

Julias Blick schweifte in die Ferne. »Dieser schreckliche Krieg!« Ihre Lippen bebten. »Man erwartet Felix kommenden Montag in der Meldestelle zur Musterung.«

Chesmu erstarrte. »Wer soll dann das Unternehmen führen?«

Damit hatte niemand gerechnet, Felix wahrscheinlich am wenigsten.

»Auf seine Nachfrage hin teilte man ihm mit, dass sich Onkel Georg und Onkel Theodor bester Gesundheit erfreuen und sie durchaus imstande seien, die Leitung des Unternehmens während Felix' Abwesenheit zu übernehmen. Zum Schluss erinnerten sie ihn an seine Bürgerpflicht, tapfer für den Kaiser und das Vaterland zu kämpfen.« Mit feuchten Augen sah Julia zu ihm auf. »Das können sie doch nicht machen! Felix hat doch eine Menge Verantwortung zu tragen.«

Das hat noch nie jemanden gekümmert, dachte Chesmu bitter. Im Gegenteil. In seinem Volk gehörte es zu den ehrenvollsten Aufgaben, auf den Kriegspfad zu gehen. Die Mütter und Ehefrauen waren stolz auf ihre Söhne, die in die Schlacht zogen. Die Núu-ci wollten lieber sterben, als in Feindeshand zu geraten. Genützt hatte ihnen ihr Stolz allerdings nichts.

Chesmu erschrak, als er eine Tränenspur auf Julias Wange entdeckte. »Nicht weinen, meine Sonne«, raunte er an ihrem Ohr und strich über ihr glänzendes Haar. »Du hast mir erzählt, wie stark Felix' Geist ist und wie sehr du ihn bewunderst. Wenn es sein Schicksal ist, als Soldat zu dienen, wird er seine Pflicht erfüllen.«

Doch seine tröstenden Worte rauschten offenbar gleich einem Windzug an ihr vorüber. Was vermutlich an seinem ungeschickten Umgang mit der Sprache lag. Sein Vater Akule hatte ihn einst gelehrt, dass es Situationen gab, in denen ein Mann besser schwieg, und dies schien einer jener Momente zu sein. Chesmu fühlte ihr Zittern. In Kriegszeiten Tausende von Kilometern von seinen Lieben getrennt zu sein, musste unerträglich grausam sein, besonders da sie auf die empfindlichen Telefonleitungen angewiesen waren.

Besorgt musterte er Julias wechselndes Mienenspiel. Sie umklammerte seine Hand derart fest, dass seine Fingerknochen weiß hervortraten.

»Ich habe Angst um Felix«, sagte sie nach einer gefühlten Ewigkeit und lehnte sich leicht gegen ihn. »Die körperlichen Anstrengungen werden ihm keine Schwierigkeiten bereiten, er war schon immer sportlich. Aber die Sorge um seine schwangere Frau, die zu Hause auf ihn wartet ...«

Chesmu legte ihr einen Finger auf den Mund. »Ich weiß, was du meinst.«

Jeder in seine eigenen Gedanken versunken, verharrten sie auf der Bank und beobachteten eine Schar Spatzen, die vor der Bäckerei Brotkrumen aufpickten, welche ihnen ein kleines Mädchen zugeworfen hatte.

»Deine Eltern warten bestimmt schon auf uns. Fühlst du dich stark genug, um ihnen die Neuigkeit zu überbringen?«, fragte er, nachdem sich Julia ein wenig beruhigt hatte.

Sie nickte und setzte sich gleich darauf neben Chesmu auf den Karren. Er schnalzte, was gar nicht nötig war, denn Kenai schlug wie selbstverständlich den Weg zu der ihm vertrauten Obstplantage ein. Sie waren dort noch nicht eingebogen, da drangen schon fröhliche Kinderstimmen zu ihnen.

Chesmu zügelte Kenai. Das idyllische Land seiner Schwiegereltern raubte ihm schier den Atem. Die Apfelbäume trugen schwer an ihren roten Früchten und hoben sich vom klaren Himmel ab. Ein Farmhelfer stand weiter hinten bei den Pfirsichbäumen auf einer Leiter, er erntete bereits zum zweiten

Mal in diesem Jahr. Eingerahmt von den Cottonwood-Bäumen spielten Wendelin und die Kinder auf der Terrasse. Gracie jubelte und hüpfte auf und ab. Wie friedlich der Anblick wirkte! Die Vorstellung, den zauberhaften Moment gleich zerstören zu müssen, widerstrebte Chesmu.

Da stürmte die dreieinhalbjährige Gracie auf Julia zu und umfasste ihre Beine. »Ich habe gewonnen!« Sie blickte zu ihrem Vater auf. »Ich will aber noch hierbleiben, Vater.«

»Spielt ruhig ein wenig weiter mit eurem Großvater«, erwiderte Chesmu mit belegter Stimme.

Indessen näherte sich ihnen Sam, die Hände in den Hosentaschen vergraben. Der Achtjährige besaß die feingliedrige Gestalt seines Vaters, doch seine Schultern wurden bereits breiter, und Chesmu hatte eine klare Vorstellung davon, wie sein Sohn eines Tages aussehen würde. Ein stattlicher junger Mann, weder weiß noch rot. Ein Geist, der zwischen den Kulturen balancieren musste wie ein Blinder auf einem Drahtseil.

Sams Blick hatte stets etwas Melancholisches, selbst wenn er lachte, und er gab selten preis, was in ihm vorging. Eine Eigenart, die er mit den meisten Männern der Núu-ci teilte. Gleichzeitig spürte Chesmu jedoch, dass sich sein Sohn in Gegenwart seiner weißen Freunde wohler fühlte als bei den Núu-ci-Kindern im Reservat. Wobei Chesmu nicht einordnen konnte, ob es an der Lebensweise der Weißen lag oder an den bedrückenden Zäunen, die seinen Stamm von den Siedlern trennten.

Sam legte den Kopf schief. »Ist alles in Ordnung, Vater?«

»Ja, mein Junge.«

»Darf ich noch zu Johannes? Seine Großmutter hat ihm einen Welpen geschenkt. Ich möchte ihn gern sehen.«

Julia und Chesmu wechselten einen raschen Blick. Offenbar legte Frau Wörle ihre Scheu ihnen gegenüber allmählich ab.

»Geh nur«, sagte Chesmu. »Aber sei zum Abendessen zu Hause.«

»Danke.« Sam lief davon, und Chesmu sah ihm nachdenklich hinterher.

Rosa hatte das Geschehen von der Terrasse aus verfolgt und schickte ihre Enkelin zu Wendelin.

Dann zog sie das Paar in die Kate und bot ihnen einen Platz am Küchentisch an. »Was ist passiert?«

Stockend gab Julia das Gespräch mit Felix wieder.

Rosa sank auf den Stuhl neben Chesmu. »Das ist ja entsetzlich! Felix ist beinahe vierzig. Warum lassen sie ihn nicht bei seiner Familie?«

Darauf wussten die beiden auch keine Antwort.

»Zumindest unsere Caroline ist in Sicherheit«, sagte Rosa irgendwann.

»Das ist ein Trost«, ergänzte Julia. »Ich bin heilfroh, dass sie die Familie von ihrem Plan überzeugen konnte. Außerdem ist Walther bei ihr.«

»Ja, richtig.« Rosa zupfte abwesend an den Ecken ihrer Schürze. Chesmu verspürte den Drang, ihr zu sagen, dass bestimmt alles gut gehen und Felix bald wieder heimkehren werde; nur um zu sehen, wie die Anspannung aus ihrem Gesicht wich. Aber eine Scheu hielt ihn zurück, weshalb er ihr wortlos über den Arm strich.

Rosas Gesicht wurde fahl. »Wenn ich wenigstens bei ihnen sein könnte! Wendelin und ich werden alt. Mein großer Wunsch ist, sie alle noch einmal in die Arme zu schließen.«

Julia drückte ihre Hand. »Sag nicht so etwas. Wir werden sie wiedersehen, daran glaube ich ganz fest, Mama. Aber seien wir ehrlich, selbst in Berlin wären wir machtlos.«

Chesmu schüttelte den Kopf. »Ihr seid alles andere als machtlos.«

»Ach ja?« Julias Züge verhärteten sich. »Sicher, wir können kluge Ratschläge geben, schließlich leben wir auf der anderen Seite der Erde.«

Chesmus Blut geriet in Wallung. Er konnte es nicht leiden, wenn sie in diesem Ton mit ihm sprach. »Spar dir deinen Hohn, meine Sonne. Du weißt genau, wie ich es meine.« Er kämpfte gegen seine Ungeduld. Die komplizierte Denkweise der Weißen würde für ihn wohl immer ein Mysterium bleiben.

»Ihr verhaltet euch wie ein junger Adler, der nach seinem ersten Flug auf einem Baumstamm rastet«, fuhr Chesmu fort. »Seine Augen sind scharf. Er ist hungrig. Doch es ist weder ein Hase noch wenigstens eine Maus in Sicht. Der Adler wartet geduldig und unbeweglich. Doch die Sonne sinkt und sein Hunger wird unerträglich. Er begreift nicht, dass er sich nur in die Lüfte schwingen müsste, um Beute aufzuspüren.« Er legte eine kurze Pause ein. »Ja, ihr seid fern vom Geschehen, aber genau das ist von Vorteil. Während die Gedanken eurer Familie immer um denselben Punkt kreisen, seid ihr in der Lage, die Situation aus einer anderen Perspektive zu betrachten. Wie der Adler im Flug. Ihr könnt der Familie Kraft geben, den Krieg zu überstehen.«

Chesmu erinnerte sich an einen Tag im März, als er seinem Vater Akule von wilden Ausritten mit Kenai erzählt hatte und wie der Geist seines Ponys von neuer Kraft erfüllt wurde. Sein Bericht von einem Morgen, als er dem heiligen Pfad zu den Grabstätten seiner Groß- und Urgroßeltern gefolgt war, um sie zu würdigen, hatte den Glanz in die Augen von Vater Akule, Onawa und Mutter Nituna zurückgebracht.

»Trost und Hoffnung sind gute Medizin, unterschätzt sie nicht.« Sein Blick wurde eindringlich. »Genau das ist auch eure Aufgabe. Also sagt mir nicht, ihr könnt nichts für sie tun!«

Julia schnäuzte sich geräuschvoll. »Wie Mama habe auch ich auf den weißen Ahorn geschworen, die Familie

312

zusammenzuhalten. Doch alles, was uns bleibt, ist, unseren Ahornbaum im Garten zu pflegen und unsere Lieben aufzumuntern. Das genügt mir nicht.«

»Es muss genügen, mein Liebes«, sagte ihre Mutter mit tränenerstickter Stimme und zog sie in die Arme.

KAPITEL 13

Isa

Prenzlauer Berg, 20. August 1914

In jenen Tagen scheute sich Isa, frühmorgens die Zeitungen aufzuschlagen, die beinahe täglich neue Hiobsbotschaften verkündeten. Das deutsche Heer kämpfte an der Westfront, außerdem hatte ein Armeekorps die Festung Lüttich eingenommen und Rache an den Feinden aus Belgien und Frankreich geübt, so jedenfalls war es zu lesen. Isa entsetzten besonders die begeisterten Reaktionen, die sie allerorts auf den Straßen zu hören bekam, und die Anfeuerungsrufe an die deutsche Wehrmacht, bloß nicht zimperlich mit dem Feind umzugehen. *Die Franzosen werden zurückschlagen*, dachte sie schaudernd, *und eine Schlacht folgt der anderen. Wie viele gute Männer werden wohl sinnlos sterben?*

Ein Teil ihrer Belegschaft fehlte inzwischen, und die Liste der Männer, deren Arbeitsplatz verwaist war, wurde von Woche zu Woche länger. Sogar in ihren Träumen verfolgten sie die Gesichter ihrer Bekannten und Geschäftspartner, die sich auf dem Weg an die Front befanden.

Ein angenehm frischer Wind drang an diesem trüben Morgen durch Isas geöffnete Schlafzimmerfenster und klärte ihre Gedanken, während ihr Maria beim Ankleiden half.

Isa schloss die Knöpfe ihres pastellfarbenen Kleides, das so gut zu ihrem blonden Haar passte. »Ich nehme heute den kleinen hellblauen Hut.«

Maria beeilte sich, den Wunsch ihres Schützlings zu erfüllen. Isa legte gerade etwas Rouge auf ihre Wangen, da klopfte es an der Tür.

Gleich darauf stand ihr Vater vor ihr, das Haar akkurat zurückgekämmt, den grau melierten Bart ordentlich gestutzt. In seinem dreiteiligen Anzug gab er das perfekte Abbild eines seriösen Geschäftsmannes ab. Die Standuhr schlug sechsmal.

»Guten Morgen, mein Kind.« Er küsste ihre Stirn.

Sie erwiderte seine Umarmung. Sein herbes Rasierwasser kitzelte ihre Nase. »Vater, entwickelst du dich etwa zum Frühaufsteher?«

»Betrachte den heutigen Tag besser als Ausnahme.« Theodor drehte sich zu Maria um, die sich im Ankleideraum zu schaffen machte. »Lassen Sie uns bitte einen Moment allein?«

»Aber gern.« Damit eilte die Schwester hinaus.

Ihr Vater setzte sich zu Isa an den Toilettentisch. »Steht heute Morgen etwas Wichtiges auf deinem Arbeitsplan?«

»Nein, nicht dass ich wüsste.«

Ihre Blicke trafen sich.

»Ich brauche deine Hilfe, mein Schatz«, räumte ihr Vater ernst ein. »Ich möchte dich bitten, mich zu einem Gespräch zu begleiten.«

»Was hast du vor?«

»Das erzähle ich dir unterwegs. Kann ich auf dich zählen?«

Seine grimmige Miene beunruhigte sie. »Natürlich.«

»Danke, dann benachrichtige ich Simon und Frau Fuchs. Bis später.«

Damit eilte er hinaus und ließ sie mit ihren nagenden Fragen allein.

Beim Frühstück erklärte Theodor der Familie beiläufig, sie hätten etwas zu erledigen, was niemanden verwunderte, da Vanda bald Geburtstag feierte.

Pünktlich um halb acht verließ die Kutsche der Breitenbachs die Stadtvilla in der Rykestraße.

Erst auf halber Strecke, sie hatten eben den hektischen Verkehr am Alexanderplatz passiert, wandte sich ihr Vater zu Isa.

»Ich werde beim Kriegsministerium vorsprechen.« Er deutete mit dem Kopf auf ihre Beine, über die Simon eine leichte Decke gelegt hatte. »Ich brauche dich als Zeugin. Das Gespräch führe ich allein.«

»Tu das nicht, Vater!«, stieß sie nach der ersten Schrecksekunde aus. »Felix wird es nicht gefallen, wenn du dich einmischst.«

»Das ist mir gleich«, kam es resolut von ihm. »Soll sich der Junge ruhig aufregen. Ich fühle mich verantwortlich, immerhin habe ich zwanzig Jahre lang mit Ministerialrat Haseloh von der Abteilung Bekleidung und Ausrüstung Geschäfte gemacht, bis Felix mich ablöste. Aber auch das Verhalten von Ministerialrat Winkler, der Felix die Einberufung geschickt hat, bringt mein Vertrauen ins Militär gehörig ins Wanken. Er kennt unsere Familie seit Ewigkeiten, wir haben auf gesellschaftlichen Ereignissen viele Gespräche geführt. Und genau das wird er sich von mir anhören müssen.« Er setzte seine reservierte Miene auf, die auf andere zuweilen einschüchternd und hochmütig wirkte. Doch sie wusste es besser. Mit der Maske des harten Geschäftsmannes verfolgte er ein klares Ziel.

Durch das Kutschenfenster verfolgte sie das rege Treiben auf dem Gendarmenmarkt, an dessen Ständen sich lange Schlangen gebildet hatten. Man rüstete sich für harte Zeiten, und ein jeder tat sein Bestes, die Vorräte aufzufüllen. Dasselbe Bild bot sich ihnen vor einer Bank.

Wenig später bog die Kutsche in die Leipziger Straße mit ihren mondänen Geschäften ein, und Theodor bat Simon, anzuhalten.

Dieser half Isa in den Rollstuhl, und Theodor reichte ihm einen Geldbeutel. »Gönnen Sie sich eine Erfrischung. Bei uns wird es eine Weile dauern.«

Dann wies ihr Vater auf ein Gebäude mit breitem Portal. »Dort ist es.«

Isa folgte ihrem Vater mit einem flauen Gefühl in der Magengegend. Ein Uniformierter begleitete sie zur zweiten Division der ersten Abteilung des Preussischen Kriegsministeriums, das für die Mobilmachung zuständig war, wie Isa einem Schild entnahm.

Auf dem frisch gebohnerten Fußboden hallte das Geräusch der Rollstuhlräder unangenehm laut in ihren Ohren.

»Wen darf ich Ministerialrat Winkler melden?«, fragte der Uniformierte förmlich und weitete die Augen, als Theodor entschlossen auf die Tür zuschritt. »Halt! Sie können doch nicht einfach …«

»Und ob ich kann.« Isas Vater nickte ihm zu. »Vielen Dank. Sie dürfen gehen.«

Theodor klopfte und betrat das Büro.

Der Schreibtisch, an dem ein untersetzter Beamter mit schwindendem Haupthaar und einer etwas zu eng sitzenden Uniformjacke saß, nahm den Großteil des Büros ein. Ein Porträt des Kaisers zierte die Wand hinter ihm, sodass der erste Blick unweigerlich auf den Regenten im vergoldeten Rahmen fiel.

Der Ministerialrat hob den Kopf von einem Aktenordner und blinzelte durch sein Monokel. »Ach, der verehrte Herr Breitenbach! Wir haben uns lange nicht gesehen, nicht wahr?«

Der Beamte stutzte, als er Isa erkannte. »Sehr erfreut, Fräulein Breitenbach. Was verschafft mir die Ehre Ihres Besuches?«

Isas Vater nahm Platz, schlug die Beine übereinander und bedachte den Beamten mit einem langen Blick. »Sagen Sie, wie lange fertigt Schuherzeugung Breitenbach & Sohn bereits für das Kaiserliche Militär?«

Der Ministerialrat kratzte sich das Kinn. »Das entzieht sich meiner Kenntnis. Da müssten Sie in der dritten Division nachfragen, die für die Ausrüstung zuständig ist. Aber es müssten ungefähr zwanzig Jahre sein, nicht wahr?«

»Ich kann es Ihnen sagen: Unser erstes Geschäft kam im August 1889 zustande.«

Winklers Blick wanderte von Isa zu ihrem Vater. »Ist etwas nicht in Ordnung?«

»Wenn Sie es so ausdrücken wollen.« Theodors Stimme nahm an Schärfe zu. »Schuherzeugung Breitenbach & Sohn gehört zu den profitabelsten Unternehmen des Reiches. Dennoch haben Sie meinem Sohn einen Einberufungsbefehl geschickt.«

Das dünne Oberlippenbärtchen des Beamten zuckte erregt. »Der junge Herr Breitenbach wurde als tauglich gemustert, nebenbei bemerkt hat er keinen Antrag auf Zurückstellung eingereicht.«

Theodor baute sich zu voller Größe auf, und Isa wünschte sich jäh, eingreifen zu können. Er stützte sich am Schreibtisch ab. »Ich will ganz offen zu Ihnen sein. Mir ist es unerklärlich, dass Sie meinen Sohn, der mit unserem Unternehmen in erheblicher Weise zu einer gesunden Wirtschaft beiträgt, überhaupt für den Kriegsdienst in Erwägung ziehen!« Mühsam unterdrückter Zorn spiegelte sich auf Theodors Miene wider. »Kein einziger Unternehmer im Umkreis wurde abgezogen. Nur mein Sohn, obwohl jeder fähige Fabrikant benötigt wird, um für die Produktion der Kriegsausrüstung Sorge zu tragen.«

Der Beamte schnappte nach Luft. »Auch ich habe mich an Vorschriften zu halten, Herr Breitenbach. Davon abgesehen irritiert es mich, warum Ihr Herr Sohn mich nicht persönlich aufsucht.«

»Mein Sohn richtet dieser Tage eine Suppenküche ein, damit unsere mittellos gewordenen Soldatenfamilien täglich eine warme Mahlzeit erhalten. Im Gegensatz zu Ihnen ist meinem Sohn Menschlichkeit wichtiger als Paragrafen und Bestimmungen.« Theodor gab seiner Tochter einen Wink. »Das war es von meiner Seite. Ich empfehle mich. Komm, Isa.«

Winkler saß da wie vom Donner gerührt, als sie das Büro verließen. Hätten sich die Räder von Isas Rollstuhl doch nur schneller drehen lassen! Sie fühlte sich wie auf heißen Kohlen.

»Das Militär ist mächtig in unserem Land«, wagte sie sich vor, als sie schließlich wieder in der Kutsche saßen und den Gendarmenmarkt hinter sich gelassen hatten. »Ihr habt uns eingebläut, diplomatisch zu bleiben. Das Militär kann uns eine Menge Steine in den Weg legen.«

Er quittierte dies mit einem lässigen Achselzucken. »Risiken gehören zum Leben. Außerdem hört bei mir die Diplomatie dort auf, wo es um unsere Familie geht. Aber ich denke, die Risiken halten sich in Grenzen. Nach all den Jahren hätte Winkler über den Umstand, dass wir Felix kaum vertreten können, informiert sein müssen.« Theodor tätschelte sie flüchtig. »Mir geht es um Gerechtigkeit, in dem Punkt lasse ich auch nicht mit mir handeln.«

Den Kopf voller düsterer Gedanken, schwieg Isa und lauschte dem gleichmäßigen Tritt der Kutschpferde, die sich ihren Weg durch den lebhaften Verkehr bis zum Firmengelände bahnten.

Als Simon sie zum Stehen brachte, hielt ihr Vater sie fest. »Ich rede gleich mit Felix. Es wäre mir unangenehm, würde er auf anderem Wege von meinem Gespräch mit Winkler erfahren.«

»Ich komme mit.«

Anders als erwartet nahm Felix die Neuigkeit gelassen entgegen, was Isa erleichterte. Nichts konnten sie weniger gebrauchen als Zwistigkeiten innerhalb der Familie.

»Ich weiß, dass du deine Angelegenheiten gern selbst regelst«, erklärte Theodor sanft. »Doch gerade, weil wir Winkler seit Ewigkeiten kennen, war es mir wichtig, mit ihm zu sprechen. Ich hoffe, du nimmst es mir nicht übel.«

Felix schüttelte den Kopf. »Nein, es hätte aber wirklich nicht nötig getan. Ich erfülle meine Bürgerpflicht. Ist schon in Ordnung, Vater. Was ich allerdings von dem Mann persönlich halte, brauche ich wohl nicht zu erwähnen.«

Im Betrieb erwartete Isa hektische Betriebsamkeit. Da der Vorschlag einer Suppenküche sowie einer kleinen Beteiligung der Belegschaft an den Kosten mehrheitlich beschlossen worden war, arbeiteten einige Handwerker mit Hochdruck an der Vergrößerung der Küchenzeile neben dem Versammlungssaal, denn die Suppenküche sollte schon Ende der kommenden Woche eröffnet werden. Nun musste sie die Belegschaft über eine Entscheidung in Kenntnis setzen, die sie gemeinsam mit Felix getroffen hatte.

Schweren Herzens machte sie sich auf den Weg zur Fertigungsabteilung. Draußen entdeckte sie Levy, der mit abwesender Miene das Sekretariat verließ. Sie begrüßten einander herzlich. »Hat Felix schon mit dir gesprochen?«

»Ja, ich komme gerade von ihm.« Aus seinen dunklen Augen sprach Betroffenheit. »Wir stehen das zusammen durch, Isa.« Er strich über ihre Wange. »Mach dir um uns keine Sorgen.«

»Danke, Levy. Ich muss es jetzt der Belegschaft mitteilen.«

Sie betraten die Fertigungshalle. Otto Staub stand bei einem ihrer ältesten Arbeiter und kontrollierte den Absatz eines zierlichen perlmuttfarbenen Ballschuhes, dessen kobaltblaue Schnalle die Form einer geringelten Schlange hatte. Es war Isas erklärtes Lieblingsmodell der neuen Kollektion.

»Oh, guten Tag, Fräulein Breitenbach.«

Die Männer strichen ihre Kittel glatt und standen stramm.

»Guten Tag, meine Herren.« Die jähe Stille in der Lagerhalle drückte auf ihr Gemüt. »Rufen Sie bitte die gesamte Belegschaft zusammen.«

Wenig später blickte sie in die erwartungsvollen Gesichter der etwa hundertfünfzig verbliebenen Männer und Frauen, von denen sie viele seit Kindesbeinen kannte. Levy stand in der hintersten Reihe und ließ keine Regung erkennen.

»Mein Bruder hat mich beauftragt, euch eine Nachricht zu überbringen. Wir sind leider gezwungen, die Produktion der Frühlings- und Sommerkollektion mit sofortiger Wirkung einzustellen.«

Ein erschrecktes Raunen ging durch die Belegschaft.

In Isas Innerem kribbelte es nervös. »Von anderen Unternehmen haben wir erfahren, dass sie bereits für die Ausrüstung der Soldaten produzieren. Auch unser Unternehmen wird da gewiss keine Ausnahme darstellen. Es tut mir furchtbar leid um die vielen Stunden, die wir alle an der Kollektion gearbeitet haben. Aber die Situation erfordert Weitsicht und Vernunft, wenn wir nicht auf unseren wunderschönen Produkten sitzen bleiben wollen. Wer an der Produktion der neuen Kollektion mitgewirkt hat, geht bitte nach Hause. Sobald wir wissen, wie es weitergeht, sagen wir Ihnen Bescheid.«

Aus der Menge löste sich eine Näherin, die sich Tränen aus dem Gesicht wischte. »Uns tut es auch leid, Fräulein Breitenbach. Dürfen wir die Suppenküche bis dahin trotzdem nutzen?«

»Selbstverständlich.«

Niedergeschlagen kehrte Isa schließlich zu ihren Aufgaben zurück. Felix bekam sie nur kurz auf dem Flur zu Gesicht, was ihr sehr gelegen kam.

Am späten Nachmittag wurden Bänke und Tische geliefert, und Isa und Emilie gaben ihr Bestes, um aus dem kargen Saal einen einladenden Speiseraum zu gestalten.

Zurück in der Stadtvilla holten sich die beiden jungen Frauen Ratschläge bei Magda über gesunde und schmackhafte Gerichte für die hundert Bedürftigen, die sich für die Mahlzeiten eingetragen hatten.

Bald darauf zog sich Isa mit einem Buch in ihre Privaträume zurück, der Tag hatte gehörig an ihren Nerven gezerrt.

Sie vertiefte sich in den neuen Abenteuerroman, den Herr Benjamin ihr empfohlen hatte, und lauschte dem Regen, der gegen die Fensterscheibe prasselte.

Da streckte Maria den Kopf durch die Tür. »Herr Wedekind erwartet Sie im Salon. Darf ich ihn hereinbitten?«

Bernhard. Isa holte tief Luft. Was konnte er von ihr wollen? »Sagen Sie ihm bitte, ich bin gleich bei ihm.«

Maria nickte und entfernte sich.

Mit zitternden Fingern puderte sie sich die Nase, nahm einen tiefen Atemzug und verließ den Raum.

Bernhard trug einen dunklen Regenmantel und hielt seinen Hut in den auf dem Rücken verschränkten Händen. Seine Mundwinkel hoben sich unmerklich, als er sich ihr näherte und eine Armlänge von ihr entfernt verharrte.

»Guten Abend, Isa.«

Er wirkte schmaler, auf attraktive Weise gereifter und aus seinen Augen strahlte ihr dieselbe Wärme entgegen wie früher.

»Guten Abend, Bernhard. Was führt dich hierher?« Isa ärgerte sich im Stillen über ihre heisere Stimme, die ihre Aufregung verriet. Sie wies zu der Sitzgruppe. »Bitte mach es dir bequem. Darf ich dir etwas anbieten?«

Bernhard betrachtete sie nachdenklich. »Nein danke. Ich habe nicht viel Zeit.« Er schien nach Worten zu ringen. »Ich wollte mich erkundigen, wie es dir geht.«

»Danke.« Ein unbestimmtes Gefühl hielt Isa davon ab, seinen intensiven Blick zu erwidern. »Ich trainiere täglich und mache allmählich Fortschritte.«

»Das freut mich.« Er senkte die Stimme. »Weißt du, dass ich unangemeldet bei dir aufkreuze, hat einen besonderen Anlass.«

Noch bevor sie etwas entgegnen konnte, ging er vor ihr in die Hocke. »Ich wurde einberufen. Morgen früh verlasse ich Berlin mit Ziel Breslau, wo ich einem neuen Armeeoberkommando unterstellt werde.«

Isas Mund wurde auf einmal staubtrocken. »Das tut mir so leid.«

»Das muss es nicht, es ist meine Pflicht, dem Kaiser zu dienen.« Bernhard zwang sie, seinem Blick zu begegnen, in dem Wehmut, aber auch Entschlossenheit lagen. »Ich weiß nicht, ob und wann wir einander wiedersehen, Liebes.« Seiner Manteltasche entnahm er ein goldenes Armband mit einem Anhänger in Form eines Kleeblatts.

Reglos verfolgte Isa, wie er ihr das Armband anlegte.

»Es soll dir Glück bringen und dich daran erinnern, dass ich dir immer nahe bin.« Bernhard wollte sich erheben, doch sie nahm seine Hände und legte sie an ihre Wange. »Danke, ich … werde das Armband nie ablegen. Bitte komm gesund zurück.«

»So wahr mir Gott helfe.« Er küsste ihre Wange und eilte hinaus.

Isa zuckte zusammen, als er die Tür ins Schloss zog, und weinte haltlos.

KAPITEL 14

Caroline

Mailand, 21. August 1914

Die Sonne stand bereits hoch am Himmel, als der Briefträger Caroline gewohnt redselig in ihrem Büro begrüßte und einen Stapel Briefe auf ihren Schreibtisch legte. Unter ihnen befand sich auch ein Umschlag mit einer wohlbekannten Handschrift.

Freudig riss Caroline den Umschlag auf.

> _Meine liebe Caroline,_
> _mein letzter Brief liegt erst zwei Wochen zurück._
> _Ich hoffe, Ihr seid wohlauf und Du bist es noch_
> _nicht leid, so häufig Post von Deiner Tante zu_
> _bekommen. Die brütende Hitze in Cortez_
> _zwingt Deinen Onkel und mich allzu häufig_
> _zum Müßiggang. Was mir gar nicht guttut, denn_
> _dann wandern meine Gedanken zu Euch, und_
> _das Heimweh, mit dem ich dachte, umgehen_

zu können, wird unerträglich. Gerade jetzt, wo die Welt wegen ein paar verrückt gewordener Staatsmänner auf dem Kopf steht. Wir sind sehr glücklich, dass wenigstens Ihr zwei in Mailand sicher seid.

Das bringt mich zu dem, was ich Euch unbedingt sagen möchte und was mir seit geraumer Zeit auf der Seele liegt. Trotz mancher Widrigkeiten führen wir ein arbeitsreiches, aber friedliches und erfülltes Leben. Uns macht es nichts aus, nach mageren Ernten sparsamer zu haushalten. Mein Herz schlägt für dieses Land und seine Bewohner, und ich bin mir sicher, Ihr würdet es ebenfalls lieben. Hier wächst die neue Generation unserer Familie heran, Sam und Gracie sind wunderbare Kinder. Vielleicht werden sie eines Tages die Geschicke unseres Unternehmens lenken. Gute Fabrikanten werden in Colorado händeringend gesucht. In meinen Träumen erkennen meine Brüder und unser lieber Felix, dass sie hier die Weichen für eine friedliche Zukunft stellen könnten. Eine Zukunft ohne Angst, die einem die Luft zum Atmen abschnürt. Das ist mein Herzenswunsch. Was für eine wunderschöne Vorstellung, Euch in unserer Nähe zu wissen. Würde sie nur Wirklichkeit werden!

Fühle Dich umarmt!

In Liebe, Deine Tante Rosa, mit herzlichen Grüßen von Wendelin,

Julia, Chesmu und den Kindern

Bewegt starrte Caroline auf die Zeilen und steckte den Brief in ihre Rocktasche. Wie sie ihre Familie kannte, hatte sie bisher keinen Gedanken an eine Ausreise zugelassen und würde es vielleicht niemals tun. Doch in ihr hallten Tante Rosas Worte wie ein stetes Flüstern nach. Tief in Gedanken versunken eilte sie zum Postamt, wo sie ein Gespräch mit Berlin angemeldet hatte. Walther würde sie nachher im Straßencafé an der Ecke erwarten.

Wenig später presste sie auf dem Postamt den Telefonhörer ans Ohr, damit sie ihre Schwester trotz der schlechten Verbindung verstehen konnte.

»Wir kommen zurecht«, wirkte Isa beruhigend auf sie ein. »Felix macht einen gefassten Eindruck, er hat sich mit der Situation arrangiert. An den Abschied am Montag mag allerdings keiner von uns denken. Überhaupt empfinden wir es als unheimlich, uns von so vielen Mitarbeitern zu trennen. Wir können nur hoffen, dass der Krieg bald endet. Weißt du es schon? Gestern haben uns die russischen Truppen in Ostpreußen besiegt.«

Caroline stieß heftig die Luft aus. »Das sind keine guten Vorzeichen. Ich frage mich, ob die Soldaten noch ebenso siegessicher sind wie vor ein paar Wochen.«

Zwischen ihnen wurde es still.

»Was ist, Isa?«, hakte sie nach, weil diese so lange schwieg.

»Bernhard hat sich gestern von mir verabschiedet. Er ist jetzt auf dem Weg nach Breslau.« Isa schluchzte auf. »Er redete von Pflichterfüllung. Wenn ich das schon höre! Ich habe solche Angst, meine Gedanken kreisen ständig um ihn. Zum Abschied hat er mir ein Armband geschenkt, damit ich ihn nicht vergesse.«

»Grundgütiger.« Carolines Härchen an den Unterarmen stellten sich auf. »Der gute Bernhard. Liebst du ihn noch?«

»Ich weiß es nicht.« Isas Stimme war kaum noch vernehmbar. »Ich dachte, ich wäre darüber hinweg. Aber gestern, als er … vor mir stand und mir sagte, er werde immer an mich denken …«

Caroline wartete, bis sich ihre Schwester wieder gefangen hatte. »Das klingt, als ob er dich noch immer liebt. Oh, ich hasse die Hilflosigkeit und den Krieg, der die halbe Welt ins Unglück stürzt! Die Männer gehen fort, und wir werden täglich bangen, dass sie gesund zurückkehren.«

Isa schnäuzte sich. »So ist es. Wie geht es Walther und dir?«

Caroline starrte durch das Fenster des Postamtes. Sonnenstrahlen fingen sich in einer Pfütze, in der eine Taube badete, dass das Wasser nur so spritzte. »Wir verstehen uns blendend, und im Unternehmen ist er mir eine große Hilfe. Walther ist sehr gescheit und weiß um Längen besser, mit Finanzen umzugehen, als mein früherer Buchhalter.«

»Das glaube ich gern. Aber das meinte ich nicht, Schwesterherz.«

»Ich fühle mich wohl mit ihm, wenn es das ist, was du hören möchtest«, erwiderte Caroline schmunzelnd.

»Ihr beide seid wie füreinander gemacht«, sagte Isa am anderen Ende. »Wer hat schon das Glück, einen Partner zu finden, mit dem es diesen besonderen Gleichklang gibt wie bei euch? Liebe wird überbewertet. Wir haben doch gesehen, wohin sie Bernhard und mich geführt hat.«

Die Bitterkeit in Isas Stimme schmerzte Caroline. »Enzo und ich denken übrigens über eine zweite Hochzeitskollektion nach«, wechselte sie das Thema, um ihre Schwester abzulenken. »Diesmal jedoch eine für den noch kleineren Geldbeutel. Ich bin so froh, dass wir die Brüder davon überzeugen konnten, für die einfache Bevölkerung zu fertigen.«

»Das freut mich, herzlichen Glückwunsch!«

Warum klang Isas Stimme so gepresst?

»Vor Kurzem warst du noch unglücklich, weil du dich in Mailand nicht politisch engagieren konntest«, fuhr ihre Schwester fort. »Arbeitsschuhe und Garderobe für die unteren Schichten zu produzieren, finde ich sehr politisch und lobenswert. Was schwebt euch denn für die neue Kollektion vor?«

»Ich dachte an etwas Praktisches.« Caroline bemerkte, dass der Herr, der nach ihr mit einem Gespräch an der Reihe war, von einem Fuß auf den anderen trat. »Ich stelle mir eine Garderobe vor, die man mit geringem Aufwand nach der Hochzeit zu Kleidungsstücken für andere Gelegenheiten umarbeiten kann. Zweiteilige, kombinierbare Garderobe, mehrschichtige Röcke oder Umhänge, die zu Mänteln werden.«

»Das klingt reizvoll.« Isa hielt kurz inne. »Aber ich glaube, du erfasst den Ernst der Lage nicht, Schwesterherz. Wir haben jetzt bereits Probleme mit der Postzustellung. Die jungen Briefträger wurden eingezogen, und ihre älteren Kollegen stehen vor einem Berg Arbeit, den sie kaum bewältigen können. Nicht anders sieht es auf den Ämtern, in den Geschäften und Banken aus. Unsere Welt versinkt im Chaos.« Sie erzählte vom Stopp ihrer Produktion, und Caroline lauschte fassungslos. »Bisher hat man uns nicht informiert, wie es weitergehen soll. Vermutlich dürfen wir demnächst Kampfstiefel anfertigen, unsere Kreativ- und Vermarktungsabteilung sind dann nicht mehr vonnöten. Das Gleiche gilt für meine Ideen und Entwürfe.«

»Oh, mein Gott, Isa!« Caroline wurde auf einmal die Luft knapp. Alles in ihr zog sich zusammen, und sie rang um Haltung. »Was soll nun werden?« Ihr Entsetzen kannte keine Grenzen. *Die Kreativität, das Streben nach Neuem und die Kunst, mit der die klugen Köpfe unsere Heimat bereichert haben, all das wird für diesen grausamen Krieg in den Boden gestampft,* dachte Caroline. Isas letzter Satz hallte in ihr wider. *Sie fertigen Stiefel. Stiefel, an denen Blut kleben wird. Stiefel für das Kanonenfutter.*

»Such dir einen Modedesigner in Mailand. Ich werde dazu nicht mehr in der Lage sein.« Isa verstummte.

Caroline konnte allenfalls erahnen, was der Umstand für sie bedeutete. »Das ist furchtbar. Mir fehlen offen gesagt die Worte. Ohne dich wird es schwierig, außergewöhnliche Modelle auf den Markt zu bringen.«

Isa lachte bitter auf. »In einem Punkt kann ich dich beruhigen: Einen Krüppel lassen sie sicher nicht an die Maschinen. Das hat etwas Gutes, denn so bleibt mir genügend Zeit, Aufgaben unseres Bruders in seiner Abwesenheit zu erledigen.«

»Himmel!« Carolines Stimme versagte.

»Mach dir keine Sorgen. Woher stammen eigentlich eure Materialien?«

»Das Leder beziehen wir hauptsächlich aus Gerbereien in der Lombardei, der Rest kommt aus der Umgebung.«

»Das ist gut«, erwiderte Isa. »Ich möchte dir unbedingt raten, keine Verträge mehr mit ausländischen Kunden abzuschließen. Handelsrouten können durch das Militär blockiert sein, Gelder erreichen euch womöglich mit Verzögerung oder die Waren kommen beim Abnehmer nicht an.«

»Ich weiß.« Caroline kämpfte ihre aufsteigenden Tränen hinunter.

»Ich muss jetzt Schluss machen. Emilie und ich wollen noch den Speiseplan der Suppenküche für die erste Woche besprechen.«

»Grüße sie bitte herzlich. Bitte passt auf euch auf, Isa. Ich rufe in den nächsten Tagen wieder an.«

Bedrückt kehrte Caroline zu Walther zurück, der in einem Straßencafé bereits nach ihr Ausschau hielt. Als er ihrer gewahr wurde, bestellte er bei der Kellnerin zwei Espresso.

Sie setzte sich zu ihm. »Woher weißt du, dass ich jetzt einen Espresso brauche?«

Er musterte sie aufmerksam. »Gibt es schlechte Nachrichten, orderst du meist Espresso.«

Stockend berichtete sie, was sie erfahren hatte, und er kräuselte die Stirn.

»Um Himmels willen, das ist erschreckend. Ich werde morgen meinen Vater fragen, wie es in seinem Betrieb aussieht.« Walthers Vater arbeitete in einer Bank. »Auch Arturo wird inzwischen die Auswirkungen des Krieges zu spüren bekommen.«

Carolines Gedanken wanderten zu ihrer Familie, und auf einmal sehnte sie sich beinahe schmerzlich danach, in deren Mitte zu sitzen, zu reden und zuzusehen, wie der Pfeifenrauch der Männer an die Decke der guten Stube waberte. In ihrer Vorstellung spielten Onkel Georg und Tante Mathilde ein Duett am Klavier, und die Frauen scherzten wie früher. Hoffnungsfroh erwarteten sie die Ankunft von Felix' und Emilies erstem Kind, das in ein paar Monaten zur Welt kommen sollte. Sie könnte es im Arm wiegen und ihm abends ein Schlaflied vorsingen. Außerdem würde sie Isa zur Herrn Benjamins Buchhandlung begleiten. Und das Allerwichtigste: Sie würden einander Kraft für jeden neuen Morgen geben. Sie räusperte sich und begegnete Walthers abwartendem Blick.

»Was hast du jetzt vor, Caroline?«

»Um ehrlich zu sein, frage ich mich, ob die zweite Hochzeitskollektion wirklich eine gute Idee ist. Isa ist unser großer Trumpf. Ihr haben wir unseren Erfolg mit den Exklusivmodellen zu verdanken. Ohne ihre ausgefallenen Ideen wird es schwierig.«

»Frag Enzo, ob er Lust hat, eine Kollektion zu entwerfen.«

Die Kellnerin brachte die Bestellung an den Tisch.

»Das halte ich nicht für gut.« Caroline drehte ihren Siegelring am Ringfinger. »Die Ideen sollen aus unserer Kreativschmiede kommen. Nach dem Credo verfahren wir, seit Isa für die Entwürfe zuständig ist, und ich denke nicht, dass Felix oder mein Vater mit einer Änderung einverstanden wären.«

Walther gab einen Hauch Zucker in seine Tasse. »Demzufolge stellst du auch keinen Designer ein.« Er spielte mit ihrer Hand, und sie ließ ihn gewähren.

»Richtig.«

Eine Weile später schlenderten sie ins Brera-Viertel. Dorthin zog es Caroline, wenn ihr der Trubel auf den Plätzen der Stadt zu viel wurde und sie Zeit zum Nachdenken brauchte. Sie sprachen wenig, während sie die malerischen Gassen erkundeten, und anschließend eine Kunstausstellung in der Pinacoteca di Brera besuchten. Zuweilen fing sie einen verstohlenen Blick von Walther auf, doch er war einfühlsam genug, sie nicht zu bedrängen.

Er nahm sie am Arm. »In einer Gasse nicht weit von hier habe ich ein gemütliches Restaurant gesehen, das für sein Risotto alla Milanese bekannt sein soll.«

»Das klingt unwiderstehlich«, erwiderte Caroline.

Im Restaurant hatten sich nur wenige Gäste eingefunden, was vermutlich an der frühen Abendstunde lag. Caroline brannte darauf, Walthers Meinung zu der Entscheidung zu hören, die sie im Laufe des Abends getroffen hatte. Aber das ältere Paar am Nebentisch beäugte sie neugierig, und sie hätte wetten mögen, dass sie obendrein versuchten, sie zu belauschen. Oder fielen Walther und sie selbst einfach nur auf, weil sie deutsch sprachen?

Als der Ober nach dem Essen den Tisch abgeräumt hatte und das Paar endlich gegangen war, brach Caroline ihr Schweigen. »Ich habe mich entschieden, selbst ein paar Hochzeitsmodelle zu entwerfen.«

Walthers Brauen schossen in die Höhe. »Liebes, du?«

»So ist es«, erklärte sie so ernsthaft, wie es ihr angesichts seiner entgeisterten Miene möglich war. »In meinem Kopf spuken so einige Ideen herum, weißt du? Ich bin zwar eine lausige Zeichnerin, aber fürs Erste muss es eben genügen. Danach bitte ich Enzo, von meinen stümperhaften Versuchen ordentliche Entwürfe anzufertigen.« Es prickelte in ihren Fingerspitzen. Auf einmal konnte sie es kaum erwarten, den Bleistift zu zücken und mit der Arbeit zu beginnen. »Sollte ich scheitern, habe ich es zumindest probiert.«

Walther zwinkerte. »Das ist eine mutige Entscheidung. Herausforderungen sind dazu da, gemeistert zu werden, nicht wahr?«

»Ganz recht. Für den Fall, dass Enzo mir von der Kollektion abrät, verwahre ich die Entwürfe eben, bis ein geeigneter Moment gekommen ist.« Caroline ärgerte sich über das Beben ihrer Lippen, während sie sprach. »Verzeih, ich bin heute etwas schwermütig. Ich dachte nicht, dass mich das Heimweh derart heftig erwischen würde, aber ich habe mich wohl getäuscht.« Sie sah in sein Gesicht, das durch das leise Lächeln ungeheuer anziehend wirkte. »Mit dir zusammen ist es zum Glück nur halb so schwer.«

Walther küsste ihre Handfläche. »Das ist das Netteste, was du seit Langem zu mir gesagt hast.«

Einige Zeit später traten sie auf die wie ausgestorben wirkende Gasse. In den Fenstern der Häuser brannte Licht. Der Duft von gebratenem Knoblauch stieg ihnen in die Nase und irgendwo spielte jemand Klavier.

Walther begleitete sie bis zu ihrer Haustür. Dort angelangt zog er sie in die Arme. »Weißt du eigentlich, wie sehr ich mich darauf freue, bald mit dir verheiratet zu sein?«

Sie löste sich von ihm. »Warum bald? Es besteht überhaupt kein Anlass zur Eile.«

»Warum?« Walther schnaubte. »Weil wir dann endlich die Abende miteinander verbringen und wieder gemeinsam kochen können, so wie früher. Ich bin es leid, dich nur in der Öffentlichkeit zu sehen, und noch viel mehr, mich abends von dir zu verabschieden, um den vermaledeiten Anstand zu wahren.«

Horchte Caroline in sich hinein, musste sie ihm beipflichten. Sie verbrachten zwar beinahe den ganzen Tag zusammen, für Gespräche unter vier Augen fehlte ihnen aber oftmals die Gelegenheit. »Das ist wahr.«

»Wir suchen uns eine größere Wohnung, in der jeder seine eigenen Räumlichkeiten erhält.« Sein Blick war offen und direkt. »Unsere unverbindlichen Verabredungen zerren allmählich an meinen Nerven. Ich stelle es mir wunderbar vor, wieder so unbeschwert wie damals in Berlin mit dir den Abend zu begehen, ohne auf die Blicke von Nachbarn oder Mitarbeitern Rücksicht nehmen zu müssen.« In einer Geste der Verlegenheit fuhr er sich übers Kinn. »Sieh mich nicht so erschrocken an, Caroline. Ich werde nie etwas von dir erwarten, was du nicht willst. Darauf gebe ich dir mein Wort.«

Sie forschte in seiner Miene. »Das weiß ich, Walther.« Je länger sie darüber nachdachte, umso verlockender erschien ihr die Vorstellung. »Gut, sehen wir uns nach einer geeigneten Wohnung um.«

Freude erhellte sein Gesicht, und als er sich an diesem Abend verabschiedete, küsste er sie zart auf die Lippen.

KAPITEL 15

Felix

Prenzlauer Berg, 27. August 1914

Die neuesten Meldungen von der Ost- und Westfront schockierten Felix. Laut der Presse waren dort in den vergangenen Tagen Hunderttausende Soldaten gefallen.

Sie alle hinterließen trauernde Eltern, verzweifelte Ehefrauen und oft auch Kinder, die nicht begreifen konnten, dass ihr Vater nie wieder heimkehrte. Obendrein beunruhigte es ihn, dass man die angehenden Soldaten offenbar nur auf die Schnelle in den Gebrauch der Waffen einwies. So jedenfalls wurde gemunkelt, was die meisten, mit denen er gesprochen hatte, herunterspielten. Schließlich sei sich das Militär seiner Aufgabe bewusst. Das hoffte Felix inständig, denn seine Grundausbildung lag fast zwanzig Jahre zurück, und er gedachte nicht, als Kanonenfutter zu enden.

Vor ein paar Tagen hatte nun auch Japan dem Deutschen Reich und Österreich-Ungarn den Krieg erklärt. Seit er jene Schreckensnachrichten gelesen hatte, fand er keinen Schlaf mehr.

Auch diese Nacht hatte Felix damit verbracht, Emilies Schlaf zu bewachen. Er liebte den Schwung ihrer Lippen, die zarten

Züge und ihre Sommersprossen, die unter ihrer Bräune kaum zu erkennen waren. In fünf Tagen erwartete man ihn bei seiner künftigen Einheit, wo man ihn wie alle anderen in den Dienst an der Waffe einweisen würde. Danach würde man ihnen das Ziel ihrer Armee mitteilen. Emilie rekelte sich im Schlaf, und Felix zog ihre Decke höher. Die vergangenen Wochen hatte er genutzt, um Vorkehrungen zu treffen, für den Fall, dass er nicht aus dem Krieg heimkehrte. Sein Testament lag versiegelt beim Notar, Emilie war finanziell versorgt, sie würde ein komfortables Leben führen können. Auch für die Ausbildung seines ersten Kindes hatte er Rücklagen geschaffen. Isa, Vater und Onkel Georg würden sich um die letzten regulären Aufträge sowie die für das Militär kümmern, für alle anderen Angelegenheiten lagen Vollmachten bereit.

Es war halb sechs, und durch das geöffnete Fenster drang fröhliches Vogelgezwitscher. Der Ministerialrat hatte sich für zehn Uhr bei Felix angekündigt, um die weitere Vorgehensweise bezüglich der Zukunft des Unternehmens mit ihm zu besprechen.

Als sich Felix rührte, weil sein Fuß eingeschlafen war, schmiegte sich Emilie an ihn. Widerwillig löste er sich sanft von ihr und schlich ins Badezimmer.

Da ihm nicht der Sinn nach einem Frühstück stand, trank er nur zwei Tassen starken Kaffee und fuhr frühzeitig in die Firma.

Sein erster Weg führte ihn in die Fertigungshalle zum Vorarbeiter Otto Staub, der mit Mitte fünfzig glücklicherweise zu alt für den Kriegseinsatz war.

»Ich grüße Sie. Wie geht es Ihrer Familie?«

»Dieser Tage bin ich besonders froh, Töchter zu haben, Herr Breitenbach.«

Das konnte Felix nur allzu gut verstehen. Er sah sich um. »Es ist traurig, die Halle wirkt schon recht verlassen, nicht wahr?«

»Sie sagen es, uns fehlt mittlerweile fast die Hälfte unserer Belegschaft.« Staubs hohe Stirn kräuselte sich. »Heute haben weitere fünf Männer ihren letzten Arbeitstag. Meine besten Leute holen sie an die Front.«

Der hagere Mann sprach einen so starken ostpreußischen Dialekt, dass er Felix damit so manches Mal ein Schmunzeln entlockt hatte. Heute jedoch war ihm nicht danach zumute.

»Wir liefern am Nachmittag die letzten Waren aus«, erklärte Staub. »Wissen Sie schon, wie es in der Fertigung weitergeht?«

»Nein, tut mir leid. Ich gebe Bescheid, sobald ich nähere Informationen habe.«

Ein junger Mann mit strohblondem Haar, der draußen ein Fuhrwerk beladen hatte, kam direkt auf ihn zu. Es war Frederik Lind, einer ihrer frisch gekürten Schuhmachermeister, der bereits seine Ausbildung im Unternehmen absolviert hatte. Von seinem jugendlich frischen Teint war am heutigen Tag nichts zu erkennen, als er den Unternehmer grüßte.

»Schön, Sie zu sehen«, sagte Felix warm. »Ich hoffe, Sie bleiben uns erhalten.«

»Leider nicht«, erklärte der stille und fleißige junge Mann, der just in jenem Jahr seine Lehre begonnen hatte, als Felix das Unternehmen von seinem Vater übernommen hatte. »Montag geht es los.«

»Dann sehen wir uns vielleicht«, meinte Felix.

Die Augen des Schuhmachers weiteten sich.

»Sie auch?« Staub bekreuzigte sich. »Das ist ... gar nicht gut. Ich meine, Ihr Herr Vater kann Sie vertreten, aber ...«

»Schon gut, wir müssen es nehmen, wie es kommt, Herr Staub.« Felix wandte sich Lind zu. »Wollten Sie nicht im September heiraten?«

Die Miene des Blondschopfs verfinsterte sich. »Ja, daraus wird jetzt wohl nichts.«

»Das tut mir aufrichtig leid.« Felix legte ihm eine Hand auf die Schulter. »Letztendlich ist das nebensächlich. Hauptsache, Sie kommen wieder gesund nach Hause. Die Hochzeit lässt sich nachholen.«

»Das stimmt. Danke, Herr Breitenbach.«

Gleich darauf betrat Felix den Empfangsbereich, wo bereits ein Dutzend arbeitswillige Frauen jeden Alters auf ihn warteten. Nach den Bewerbungsgesprächen beauftragte er die Sekretärinnen mit den vertraglichen Angelegenheiten und zog sich in seine Schreibstube zurück. Mit schwerem Herzen starrte er hinaus auf den Ahornbaum mit seinen leuchtend roten Blättern, der ihn stets an seinen Großvater erinnerte, und an den Schwur, der jetzt wie Blei auf seinen Schultern lastete. Sein Vater und Onkel Georg hatten das Unternehmen jahrzehntelang hervorragend geführt, aber waren sie den täglichen Herausforderungen, die die Leitung mit sich brachte, noch gewachsen? Felix wäre ruhiger in den Krieg gezogen, hätte er *Schuherzeugung Breitenbach & Sohn* in jüngere Hände legen können.

Es war kurz vor zehn, da brachte ihm Frau Fuchs die Post und stellte eine Schale mit Gebäck sowie zwei Gläser Saft dazu.

»Der Herr Ministerialrat ist eben eingetroffen.«

Felix unterzeichnete ein paar Papiere und reichte sie ihr. »Führen Sie ihn bitte herein.«

Winkler betrat schwungvoll die Schreibstube und deutete eine Verbeugung an.

Felix wies auf einen Stuhl. »Guten Morgen, Herr Ministerialrat.«

»Danke, dass Sie es einrichten konnten. Wir haben einiges zu besprechen.« Der Beamte nahm Platz und putzte umständlich sein Monokel.

Felix bemühte sich um einen sachlichen Tonfall. »Nur, damit wir uns richtig verstehen. Ich bin bereit, an die Front zu ziehen.« Er hielt Winklers Blick fest. »Mein Vater und sein Bruder, die sich beide schon längst im Ruhestand befinden, werden sich um die Belange unseres Unternehmens zu kümmern haben. Dass mir dieser Umstand höchst unangenehm ist, brauche ich gewiss nicht zu erwähnen.«

Winkler öffnete seine Uniformjacke. »Dafür möchte ich mich in aller Form entschuldigen. Die Situation ist in der Tat unerfreulich. Der Einberufungsbescheid beruht auf einem Missverständnis.« Er stockte.

Felix musterte sein Gegenüber kühl. »Inwiefern?« Warum kam Winkler nicht zur Sache? Er stellte seine Geduld auf eine harte Probe.

»Nun, ich bin von falschen Voraussetzungen ausgegangen, überdies haben Sie keinen Antrag auf Zurückstellung aus besonderem Grund gestellt.«

»Über die Möglichkeit wurde ich nie informiert«, erklärte Felix.

Winkler hob beschwichtigend die Hand. »Offenbar handelt es sich um eine Verkettung unglücklicher Umstände. Ich gebe zu, ich war bestürzt, als Fräulein Breitenbach das Büro im Rollstuhl aufsuchte. Mein letztes Zusammentreffen mit ihr liegt einige Jahre zurück. Ich hatte leider keine Kenntnis über ihren Zustand. Deshalb habe ich mir erlaubt, Erkundigungen über Ihre Familie einzuziehen. Das ist das übliche Vorgehen in solchen Fällen.«

Felix' Puls pochte hart an der Halsschlagader. »Ist es das? Wieso haben Sie nicht einfach das Gespräch mit mir gesucht? Kennen wir uns nicht lang genug?« Es hielt ihn kaum noch auf seinem Platz.

Der Ministerialrat räusperte sich vernehmlich und reichte ihm ein Schreiben. »Jedenfalls habe ich Ihnen einen zweiten Bescheid ausgefertigt.«

Felix starrte auf das Dokument in seinen Händen. »Sie stellen mich ohne einen Antrag zurück, wie ist das mit Ihren Paragrafen und Gesetzen vereinbar?«

Der Beamte tat, als hätte er seinen Hohn nicht vernommen. »Für das kommende Jahr behalte ich mir jedoch vor, Ihre Zurückstellung für den Fall, dass sich die Situation innerhalb Ihrer Familie ändern sollte, erneut zu prüfen.«

Zwiespältige Gefühle schüttelten Felix. Sollte der Kerl hoffen, er werde ihm jetzt überschwänglich danken, hatte er sich geirrt.

Winkler beugte sich vor. »Zudem habe ich mich mit Ministerialrat Haseloh vom Militär-Ökonomie Departement, Abteilung Bekleidung und Ausrüstung besprochen. Kommen wir zu den Änderungen, die aufgrund des Kriegszustandes auf Ihr Unternehmen warten.«

»Die da wären?« Der Mann machte Felix rasend.

Der Ministerialrat blieb ungerührt. »Folgende Informationen soll ich Ihnen im Namen von Ministerialrat Haseloh übermitteln. Ihr zweiter Firmenstandort Berlin-Mitte ist für die Produktion der Kampfstiefel völlig ausreichend.« Er hielt kurz inne. »In den Fertigungshallen am Prenzlauer Berg wird ab sofort Munition für unsere Maschinengewehre produziert.«

Das Militär spielt seine Macht aus, und wir sind seine Marionetten, schoss es Felix augenblicklich durch den Kopf.

»Wir erwarten, dass Sie rund um die Uhr fertigen«, setzte Winkler erneut an. »Die Maschinen, Materialien sowie einen Techniker, der Sie in die Materie einweist, stellen wir Ihnen zur Verfügung, Sie kümmern sich um den Rest.« Winkler griff nach einem Stück Mandelgebäck und händigte Felix ein weiteres Schreiben aus. »Die Anweisungen können Sie in diesem Schreiben nachlesen. Weitere Instruktionen lassen wir Ihnen in den nächsten Tagen zukommen. Sie sind gewiss daran interessiert, so viele Arbeitsplätze wie möglich zu erhalten.«

»Das ist unser wichtigstes Anliegen.« Felix schielte auf seine Taschenuhr. »Danke für die Informationen.«

Winkler erhob sich. »Das ist doch selbstverständlich.«

Weitere Höflichkeiten ersparten sie sich, und Felix atmete auf, als er wieder allein war. Er riss das Fenster weit auf und atmete tief die frische Luft in die Lungen. Die munteren Geräusche der Fabrik hüllten ihn ein, und etwas, was seine Brust seit Langem eng umklammert gehalten hatte, wurde weit. Weil seine Knie plötzlich butterweich wurden, setzte er sich auf seinen Schreibtischstuhl und schloss die Augen. Seine größte Furcht, die Familie in der dunkelsten Zeit allein lassen zu müssen, löste sich allmählich in der Sommerluft auf.

Immer wieder schielte Felix auf seine Uhr, doch die Zeiger schienen sich kaum zu bewegen. Gegen fünf kehrten Isa und er nach Hause zurück, und weil er auf ihre Fragen einsilbig antwortete, warf sie ihm verstohlene Blicke zu, drang aber nicht weiter in ihn.

Als sich die Familie schließlich vollzählig im Speiseraum eingefunden hatte und Magda kalte Pasteten, Salat und ofenwarmes Brot servierte, wartete Felix, bis sich alle Augen auf ihn richteten.

»Was ist?«, fragte Emilie ihren Mann. »Du machst so ein feierliches Gesicht.«

Felix sah in die erwartungsvollen Mienen seiner Familie. »Winkler hat mich zurückgestellt. Vater, Onkel Georg, ihr dürft weiterhin euren Ruhestand genießen.«

Emilies Gabel fiel mit einem hellen Klirren auf ihren Teller. Im nächsten Moment fand er sich in ihrer Umarmung wieder. »Dem Himmel sei Dank.«

Zärtlich wischte er eine Träne aus ihrem Augenwinkel. Seine Familie strahlte, als alle ihre Freude und Erleichterung ausdrückten. Sie so zu erleben, schmälerte seine Furcht vor der ungewissen Zukunft.

»Ha! Ist der verbohrte Paragrafenhengst doch noch zur Einsicht gekommen!« Sein Vater tunkte ein Stück Brot in die Salatsoße. »Wer hätte das gedacht!« Er stützte seine Ellenbogen auf. »Junge, ich sag dir eins: Wenn der Krieg vorüber ist, sollten wir uns gut überlegen, ob wir den Vertrag mit dem Militär erneuern. Er läuft nämlich in eineinhalb Jahren aus.«

»Worauf du dich verlassen kannst, Vater. Betrachten wir die Sache pragmatisch, sind wir auf das Militär nicht angewiesen. Ob es allerdings klug ist, die Zusammenarbeit zu beenden, werden wir beizeiten zu besprechen haben.« Ungewohnt schweigend beendeten sie ihre Mahlzeit und beobachteten, wie Simon und Magda das Geschirr abräumten und den Speiseraum verließen.

Mit ernster Miene nahm Felix den Gesprächsfaden wieder auf. »Meine Zurückstellung schmeckt leider bittersüß.« Er berichtete von der Munition, die sie ab sofort am Prenzlauer Berg zu fertigen hatten.

»Munition zum Töten«, sprach Isa heiser aus, was vermutlich jeder im Raum dachte.

»Hat der Kerl auch einen Vorschlag, woher wir die vielen Arbeiterinnen nehmen sollen?«, polterte Onkel Georg. »Nicht jede Frau ist in der Lage, arbeiten zu gehen. Erst recht nicht, wenn sie Kinder zu versorgen hat.«

Tante Mathilde sah in die Runde. »Natürlich nicht. Dennoch bin ich zuversichtlich, weil wir ihnen denselben Lohn zahlen wie den Männern.«

»Das entscheidest du, ohne dich mit uns zu beraten?«, kam es entgeistert von Onkel Georg.

»Das ist doch sonnenklar, mein lieber Mann.« Tante Mathilde stemmte die Hände in die Hüften. »Wenn sie dieselbe Arbeit verrichten, müssen sie auch entsprechend entlohnt werden. Anderenfalls hätten sie Schwierigkeiten, ihre Kinder anständig zu versorgen.«

Felix lachte leise, als er Onkel Georgs gequälte Miene sah. »Tante Mathilde, du bist unverbesserlich.«

»Na hoffentlich«, entgegnete sie energisch.

Theodor strich über seinen Bart, und aller Augen richteten sich auf ihn. »Ich gebe dir recht. Wollen wir finanzielle Nöte verhindern, müssen wir uns dafür entscheiden. Hat jemand Einwände?«

Der Rest der Familie schüttelte den Kopf.

Emilies Mundwinkel hoben sich leicht. »Ausgezeichnet, so machen wir es. Ich benötige aber mindestens zwei Küchenhilfen für die Essensausgabe. Magda geht mir schon beim Einkauf zur Hand. Sie hat im Haus genug zu tun. Seid ihr einverstanden?«

Die anderen murmelten zustimmend.

Isa ergriff das Wort. »Ich beauftrage gleich morgen die Vermarktungsabteilung, eine Annonce für Schichtarbeitsplätze in der Maschinenfertigung sowie für zwei Küchenhilfen zu schalten.«

»Womit sich der Bedarf an Mahlzeiten voraussichtlich verdoppelt«, erklärte Emilie besorgt.

Felix küsste ihre Stirn. »Unsere Vorräte werden schneller aufgebraucht sein, als uns lieb ist, und wir wissen nicht, wie viel Nachschub wir für den Winter bekommen. Du musst klug haushalten.«

»Ich weiß«, versicherte ihm seine Frau.

»Das betrifft nicht nur Emilie. Wir sollten es ebenso handhaben«, gab Vanda, die sich bisher mit Kommentaren zurückgehalten hatte, zu bedenken. »Ich will nicht am üppig gedeckten Esstisch sitzen und gleichzeitig der Belegschaft erklären, dass wir sparen müssen.«

»Danke für deinen Einwand, Mama«, sagte Isa. »Mir ist ein ähnlicher Gedanke durch den Kopf gegangen. Wir haben all die Jahre gut gelebt, es schadet nicht, den Gürtel enger zu schnallen.«

Die anderen pflichteten ihr nachdenklich bei.

»Das wird bestimmt eine Herausforderung«, sagte seine Schwester ernst. »Aber wir werden diese Zeit überstehen, so wie hoffentlich alle, die in diesen Tagen in den Krieg ziehen.« Kam es Felix nur so vor, oder schimmerten ihre Augen feucht?

»Wir haben uns«, meinte Emilie weich und warf Felix einen liebevollen Blick zu. »Das ist weit mehr, als ich zu hoffen gewagt habe.«

Als alles besprochen war und Isa wieder an die Arbeit ging, schloss Theodor seinen Sohn wortlos in die Arme und zog sich anschließend mit seiner Frau zurück.

Dann wurde es still im Speiseraum. Der Duft der Pasteten hing noch in der Luft und mischte sich mit dem Rauch der Kerzen, die Magda ausgeblasen hatte. Nebenan in der Küche klapperte Geschirr.

Felix ließ die Atmosphäre auf sich wirken, die Ansichten und Pläne seiner Familie ließen ihn zuversichtlich in die Zukunft blicken.

Der Krieg hatte erst begonnen, und niemand wusste, wie lange er andauern würde. Doch zu seiner Furcht gesellte sich jetzt auch Hoffnung, denn nun hatte er die Gewissheit, dass er die Zukunft mit allen würde teilen können, die ihm etwas bedeuteten.

Er würde auch die nächste Woche und jede weitere darauf neben Emilie aufwachen und zusehen, wie das Kind in ihr heranwuchs, und gemeinsam mit der Familie die kleinen Alltäglichkeiten des Lebens besprechen. Was Julius Münzer anging, brauchte er um Emilies Sicherheit nicht mehr zu bangen, man hatte ihn in einer Anstalt untergebracht. Ob er je vollständig genesen würde, blieb fraglich.

Felix würde darauf achten, dass sich seine Eltern genug Ruhe gönnten, und Isa bei ihren täglichen Trainingsübungen unterstützen, damit sie eines Tages die drei Stufen zu Herrn Benjamins Buchhandlung bewältigen konnte.

Wie er Emilie kannte, musste er sie zuweilen ermahnen, sich mit der Suppenküche nicht zu überanstrengen. Bei Entscheidungen, die für die Firma zu treffen waren, würde er sich stets mit seinem Vater und Onkel Georg beraten. Während ihrer wöchentlichen Telefonate konnte er zudem Caroline versichern, dass die Familie wohlauf sei.

Im nächsten Herbst, darauf freute er sich schon heute, würde er seinem Kind die bunt verfärbten Blätter ihres Ahornbaumes zeigen. An Heiligabend wollte er mit ihm die Christmesse besuchen und dem Himmel für die Zeit danken, die er ihm und seiner Familie durch die Zurückstellung geschenkt hatte.

Er fieberte schon jetzt dem Augenblick entgegen, an dem er auch Rosa, Wendelin, Julia und Chesmu die wunderbare Neuigkeit verkünden konnte.

Meine wichtigsten Quellen

Verlorene Welten – Eine Geschichte der Indianer Nordamerikas 1700–1910 – Aram Mattioli, ISBN: 978-3-608-96325-0, Klett-Cotta, 2017

We Shall Fall as the Leaves – A compilation of events that led to the banishment of the Uncompahgre and Northern Ute tribes from their ancestral Colorado homeland – Howard E. Greager, First Edition, ISBN: 0-9634407-3-7, Copyright Howard E. Greager, 1996

I Lived in the Rico Depot – Mildred Joanne Branson Smith, First Edition, ISBN: 1-4196-1987-X, 2005

Begrabt mein Herz an der Biegung des Flusses – Dee Brown – Aus dem amerikanischen Englisch von Helmut Degner, ISBN: 978-3-86647-836-7, Anaconda Verlag, 2012

The Last War Trail, The Utes and the Settlement of Colorado – Robert Emmitt, University of Oklahoma Press, Library of

Congress Catalog, Card Number: 54-10057, First Edition, 1954

The Ute Indians of Colorado in the Twentieth Century – Richard K. Young, University of Oklahoma Press, Norman, Library of Congress Catalog, ISBN: 0-8061-2968-9, Publishing Division of the University, 1997

The Ute Indians of Utah, Colorado, and New Mexico – Virginia McConnell Simmons, University Press of Colorado, ISBN: 0-87081-571-7, Boulder, Colorado, 2000

Mrs. Howard Porter, CWA interview. Report of C. F. Stollsteimer, U.S. Commissioner of Indian Affairs (Washington: Government Printing Office, 1885, S. 15)

Kommandant Swaine in einem Brief an den Generaladjutanten von Fort Leavenworth, Kansas, 19. Juni 1885, und an den Generaladjutanten von Santa Fe, 22. und 28. Juni 1885

Nachwort

In meinem Roman zitiere ich hin und wieder Auszüge von Worten der First Nation, die ich zwar einkürze, aber aus Respekt nicht verfälschen möchte.

Kapitel 4:

Die Weißen halten uns für Wilde, sie haben unsere Gebete nie verstanden. Sie sagen, unsere Seelen wären verloren, nur weil wir zu Sonne, Mond oder Wind gesungen haben. Sie haben es nicht mal versucht.

Dies ist ein Auszug aus einem Zitat von Tatanga Mani – Walking Buffalo – Stoney Indianer aus Alberta, 1871–1967

Kapitel 4:

Sie fordern mich auf, das Land umzupflügen. Soll ich ein Messer nehmen und die Brust meiner Mutter zerreißen?

*Dann kann ich, wenn ich sterbe, nicht in ihren Leib ein-
gehen, um wiedergeboren zu werden.*

Dies ist ein Auszug aus einem Zitat von Smohalla,
dem Gründer der Träumer-Religion, die im 19. Jahrhundert viele Anhänger fand. Er war ein Nez-Percé-
Indianer aus dem Gebiet des Columbia River im öst-
lichen Washington, geb. etwa 1815–1820

Danksagung

Dass Sie meinen Roman jetzt in Händen halten, habe ich vielen lieben fleißigen Bienen zu verdanken, die im Hintergrund gearbeitet haben.

Mein herzlicher Dank geht an meine liebe Lektorin Lena Woitkowiak und Amazon Publishing für die kreative Freiheit, die man mir zugesteht, und das Vertrauen in mich.

Wie immer ein großes Dankeschön an meine Literaturagentin Lianne Kolf und ihre Mitarbeiterinnen, die mich seit vielen Jahren begleiten und denen ich viel zu verdanken habe.

Den Korrektoren danke ich für das aufmerksame Auge, mit dem sie mein Manuskript auf Herz und Nieren geprüft haben, und den Grafikern für das wunderbare Cover.

Danke an meine Familie und meine Freundinnen. Ihr seid mein Licht.

Mein größter Dank gilt wie immer Ihnen, meine lieben Leser, weil Sie sich auf jedes neue Buch von mir freuen. Damit bereiten Sie mir das größte Geschenk, das ein Autor bekommen kann.

Bis bald, auf Wiedersehen und Schalom
Ihre Mina Baites

Zeitfracht Medien GmbH
Ferdinand-Jühlke-Straße 7
99095 Erfurt, Deutschland
produktsicherheit@kolibri360.de

Druck:
CPI Druckdienstleistungen GmbH
im Auftrag der
Zeitfracht Medien GmbH
Ein Unternehmen der Zeitfracht - Gruppe
Ferdinand-Jühlke-Str. 7
99095 Erfurt